Knaur.

Im Knaur Taschenbuch Verlag ist bereits folgendes Buch der Autorin erschienen:
Sternschnuppensommer

Über die Autorin:
Christine Vogeley, geboren 1953, Jazzerin, Kabarettistin und Kunsthistorikerin, hat lange Zeit für den WDR gearbeitet. Jetzt lebt sie als freie Autorin in Berlin. Bei Knaur erschien mit großem Erfolg ihr Roman »Sternschnuppensommer«.

Christine Vogeley

Dritte Sonnenblume links

Roman

Knaur Taschenbuch Verlag

Besuchen Sie uns im Internet:
www.knaur.de

Vollständige Taschenbuchausgabe Februar 2007
Knaur Taschenbuch.
Ein Unternehmen der Droemerschen Verlagsanstalt
Th. Knaur Nachf. GmbH & Co. KG, München

Umschlaggestaltung: ZERO Werbeagentur, München
Umschlagabbildung: Getty Images
Satz: Adobe InDesign im Verlag
Druck und Bindung: Clausen & Bosse, Leck
Printed in Germany
ISBN 978-3-426-63454-7

2 4 5 3 1

Für Burkhard Heim
lieber Freund
großartiger Schauspieler

Das Leben krempelt einen um.
Egal, wo man anfängt,
man endet woanders,
selbst wenn man zu Hause bleibt.
Verlass ist nur auf eins:
Es ist immer eine Überraschung.

Rita Mae Brown

Wenn man an einem Sonntagmorgen um sechs Uhr einen rosa Hasen im Grunewald sieht, einen, der etwa einsfünfundsiebzig groß ist, auf zwei Beinen läuft, einen Korb mit einer Ananas und drei angebrochenen Weinflaschen trägt, dann kann es passieren, dass man an seinem Verstand zweifelt.

Edwin Sunray alias Edgar Hansen starrte auf die rosa Erscheinung und umklammerte das Lenkrad seines Autos noch fester, denn er hatte auf einmal das Gefühl, dass ihm die Beine versagten, obwohl er doch saß. Hätte ihm jemand gesagt: »Edwin Sunray, dieser Hase wird dein Leben unwiderruflich verändern!«, hätte Edwin ihm nachsichtig lächelnd die Telefonnummern einiger Analytiker seines Vertrauens vorgelegt.

Aber es war die reine Wahrheit.

Edwin hielt den Hasen für eine Bewusstseinsstörung, die ihn allerdings stärker beunruhigte als seine immer schlimmer werdende Vergesslichkeit. Es kam vor, dass er zu Hause vom Klavierhocker aufstand, in sein Kellerstudio rannte, sinnend vor dem Mischpult stand und nicht mehr wusste, warum er eigentlich die lange Treppe hinuntergelaufen war. Wieder oben angekommen, zurück an seinem Arbeitsplatz mit dem goldenen Namen »Bechstein«, fiel es ihm dann ein: Den Filzschreiber hatte er gesucht. Den Filzschreiber mit den Antirutschnoppen, der im Gegensatz zu seinem Kugelschreiber nicht versagte, wenn man mit ihm im rechten Winkel zum Notenblatt …

Der Hase. Er musste das Auto gehört haben. Jetzt drehte er sich um und hielt die Pfote hoch. Auch der Hase wusste nicht, dass er gerade einen Schicksalshelfer herbeiwinkte. Mit dem Daumen.
Edwin schaltete in den zweiten Gang, Tempo dreißig. Ihm wurde übel, er begann zu schwitzen. Fuhr eine Fata Morgana per Anhalter? Er öffnete das Fenster und spürte den Zug der kalten Morgenluft auf seiner Stirn. Kurz überschlug er, wie viel und was er heute Nacht getrunken hatte. Einen grünen Tee vor seinem Auftritt, ein Glas Sekt und zwei Whisky auf der Feier danach. Verteilt auf etwa fünf Stunden war dieses Quantum Alkohol absolut kein Grund für Visionen. Vielleicht vertrug er das neue Antidepressivum doch nicht so gut. Der rosa Hase wankte etwas, aber Edwin war sich nicht sicher, ob es nicht vielleicht an ihm selbst lag. Ein milchiger Schleier legte sich für einen Moment über seine Augen. Jetzt wandte sich der Hase wieder um und hielt den Daumen hoch. Edwin Sunray bremste automatisch, in derselben Sekunde sah er die Schlagzeile vor sich: »Psychopath in rosa Hasenkostüm erwürgt Schlagersänger«.
Zu spät. Das Fenster war nur ein paar Zentimeter geöffnet. Mit dem linken Ellenbogen drückte Edwin den Türknopf herunter. Nicht zu auffällig, denn brüskieren wollte er den Mörderhasen schließlich auch nicht. Edwin Sunray war ein außerordentlich wohlerzogener Mensch, manchmal.
»Können Sie mich ein Stück Richtung Roseneck mitnehmen?«
Der Hase war eine Frau. Edwin blickte in ein Gesicht, das keinen Anlass zum Fürchten bot, nickte und öffnete die

Tür. Erleichtert ließ sich der Hase auf den Beifahrersitz fallen und zog die Kapuze vom Kopf. Die rosa Hasenohren lagen jetzt rechts und links auf den Schultern einer kräftigen Frau. Sie mochte vielleicht Ende vierzig sein, hatte Falten um die Augen, dunkelblonde Igelhaare, einen frischen Teint und erinnerte Edwin entfernt an seine sieben Jahre ältere Schwester, die sich immer noch nicht abgewöhnt hatte, den mittlerweile achtundfünfzigjährigen Edwin »Brüderlein« zu nennen und ihm bei jeder Begrüßung so auf die Schulter zu hauen, dass er in die Knie sackte.
Die Hasendame fuhr sich mit den Fingern durch die Haare und atmete tief durch. »Gott sei Dank! Die haben meine richtigen Kleider aus Versehen in den Müll geworfen. Ich laufe nämlich nicht immer so rum.« Im Korb zu ihren Füßen klirrte es leise, als Edwin anfuhr. Die Hasenfrau nahm eine Flasche heraus und zog den Korken ab. »Und aus der Flasche trinke ich sonst auch nicht«, meinte sie und nahm einen kleinen Schluck, wie jemand, der sich nach großer Anstrengung mit einem Cognac stärken muss.
Edwin wandte sich ihr kurz zu. »Jetzt weiß ich schon zwei Sachen, die Sie normalerweise nicht machen. Aber was *machen* Sie denn normalerweise?«
»Momentan kellnere ich. Bis vor einer Stunde noch. Im Hasenkostüm. Kennen Sie Krawuttniks Marzipan- und Schokoladenmanufaktur?«
Natürlich. Welcher Berliner kannte die nicht. Krawuttnik & Söhne, seit 1925, Villa in Dahlem, Fabrik in Tempelhof.
»Frau Krawuttnik hatte gestern Geburtstag. Siebzig, glaube ich. Sieht aber aus wie hundert. Es gab rosa Sekt, rosa Schokoladenmousse, und der Service musste in Rosa ge-

wandet sein, weil das die Lieblingsfarbe von Frau Krawuttnik ist.«

»Furchtbar originell«, bemerkte Edwin.

»Und wissen Sie was? Als ich dem Geburtstagskind erzählte, ich hieße Rosa, hat sie mir einen Schein zugesteckt. Einen mittelgroßen.«

»Stimmt das?«

»Klar doch. Ach, die haben doch Geld ohne Ende«, meinte sie wegwerfend.

»Nein, ich meine, dass Sie Rosa heißen.«

»Ja. Ich heiße Rosa Echte.«

Sie drehte sich halb zu ihm. Plötzlich wurde ihr Blick hellwach, sie kniff die Augen zusammen und runzelte die Stirn.

»Ich glaub's nicht … Sie sind doch Edward Sunway!«

»Edwin Sunray«, korrigierte er.

»Oh, Entschuldigung. Also nein! Der leibhaftige Edwin Sunway!«

»Sunray«, wiederholte Edwin matt. Jetzt fehlte nur noch, dass sie ihn fragte, ob er immer noch bei den »Stachelschweinen« mitspiele. Vor drei Jahren noch hätte ihn jede Frau mittleren Alters beim richtigen Namen genannt und sofort ein Autogramm gewollt.

»Meine Freundin Anastasia hat alle alten Platten von Ihnen. Und auch die neue CD.«

Immerhin.

»›Gräser im Wind‹ hieß die, stimmt's?«

»›Blumen im Regen‹«, verbesserte Edwin, und seine Laune sank weiter.

»Sie sind ein exzellenter Pianist!«

Er blickte sie kurz an. Das Lob war echt. Sie schwieg einen

Moment, räusperte sich. »Und … um diese Uhrzeit … Sie kommen sicher auch von einer Feier zurück?«
Edwin nickte. Dann lachte er, aber es klang nicht heiter. »Ich hatte auch einen Job, genau wie Sie. Mittlerweile ist mein Tarif so gesunken, dass man mich zum Geburtstag verschenken kann. An Leute, die sich noch an meine Blütezeit erinnern und deren schlechter Musikgeschmack sich nicht geändert hat.«
Sie schwieg. Was war dazu zu sagen? Wieso schlecht, Herr Sunray? So schlecht war Ihre Musik doch gar nicht! Das war in jedem Fall beleidigend. Ach, Herr Sunray, Ihre Musik ist doch wunderbar! Das war gelogen. Rosa erinnerte sich nicht an seine Schlager, doch sie erinnerte sich daran, dass sie ihrer Freundin Anastasia beim Hausputz zugebrüllt hatte: »Dreh das leiser, davon werden einem ja die Gardinen fettig!« Dennoch: erstaunlich, befremdlich, dass er seine eigene Musik so einschätzte. Wenn Menschen von sich selbst unfreundlich redeten, wollten sie von den anderen meist etwas Freundliches hören, aber bei Erwachsenen machte Rosa das ungeduldig oder müde. Also schwieg sie weiter.
Die Sonne war plötzlich da. Sie waren am Roseneck angekommen. Auf den Glasscheiben eines Wartehäuschens blendete sie das frühe Licht. Außer einem einsamen Spaziergänger mit Hund war niemand zu sehen. Rosa packte ihren Henkelkorb, suchte den Türgriff, ließ die rechte Hand wieder sinken. Sie blickte ihn an, sah die verdunkelten Augen, die Falten, die seinen Mund zu einer tristen Sichel formten. Plötzlich hatte sie das unbedingte Bedürfnis, ihm etwas Nettes zu sagen, aber ihr fiel nichts ein. »Vielen Dank fürs Mitnehmen. Das war sehr freundlich

von Ihnen. Am liebsten würde ich Sie zu einem Morgenkaffee einladen, aber hier in der Gegend ist um diese Uhrzeit sicher noch alles geschlossen.«

Edwin Sunray hob nur kurz die Hand vom Lenkrad und ließ sie fallen. »Also dann, adieu, Rosa Echte.«

Sie suchte wieder nach dem Türgriff, zögerte. »Es tut mir Leid.«

»Was?« Er runzelte die Stirn.

Sie spürte seine Ungeduld, fand den Griff und öffnete. »Dass ich Ihren Namen falsch in Erinnerung hatte. Aber ich höre nun mal eine andere Sorte Musik.«

»Und welche?«

»Bach. Und Rock. Und Chopin. Den am liebsten.«

Er blickte sie prüfend an. »Fänden Sie es beleidigend, wenn ich sagen würde, dass das ein ungewöhnlicher Musikgeschmack für eine Kellnerin ist?«

Rosa lachte. »Wenn Sie es nicht beleidigend finden, dass Sie für einen Schlagersänger ungewöhnlich intellektuell wirken.«

Er verzog den Mund zu einem halben Lächeln und schwieg.

»Kann ich ein Autogramm haben? Für meine Freundin.«

Er beugte sich vor, bekam Maiglöckchenduft in die Nase und öffnete das Handschuhfach. »Hier, bitte.«

Sie studierte das Photo, das man offensichtlich vor längerer Zeit aufgenommen hatte, und streckte ihm die Karte hin. »Könnten Sie vielleicht noch draufschreiben: Für Anastasia?«

Er verzog den Mund, suchte nach einem Stift in seinem Jackett und fand ihn. »Für …«

Plötzlich zitterte der Stift in seiner Hand, er lehnte sich zurück und schloss die Augen. Seine Stirn glänzte, er war blass.
»Ist Ihnen nicht gut?«
Er atmete in kurzen Zügen und schüttelte den Kopf. »Schon gut, schon gut. Mir ist ein bisschen flau. Geht schon wieder.« Er krakelte das Autogramm zu Ende, dann fiel ihm der Stift aus der Hand und rollte unter den Sitz.
Rosa stieg aus, ging um den Wagen herum und öffnete die Fahrertür. »Los, steigen Sie aus!«
Er schüttelte wieder den Kopf.
»Na los! Hopp! Sie glauben doch nicht, dass ich Sie so weiterfahren lasse! Ich bringe Sie jetzt nach Hause.«
Er reagierte nicht. Sie fasste ihn am Oberarm, wollte ihn ein Stück herausziehen. Er öffnete die Augen. »Lassen Sie das bitte. Sie benehmen sich wie eine furchtbare Oberschwester.«
»Ich *bin* eine furchtbare Oberschwester. Wenn Sie sich gleich um einen Baum wickeln, haben Sie nichts mehr von diesem schönen Sonntag.«
»Es gäbe Schlimmeres.«
»Es gibt einen Haufen Leute, die heute sterben müssen und die noch gerne weiterleben würden«, sagte Rosa, plötzlich wütend, und ließ ihn los. »Na, dann fahren Sie halt selber weiter. Dahinten, an der Clay-Allee, stehen ein paar besonders dicke Bäume.«
Edwin blickte sie vorwurfsvoll an, dann hangelte er sich mühsam aus dem Wagen, ging mit wackeligen Beinen um das Auto herum, wobei er sich auf dem Kotflügel und der Motorhaube abstützen musste. Sie half ihm nicht mehr,

sondern setzte sich hinter das Steuer und studierte die Gangschaltung. Edwin ließ sich auf den Sitz fallen und schloss erschöpft die Augen. Rosa musterte ihn besorgt. Ob man besser gleich zu irgendeiner Ambulanz fuhr?

Edwin öffnete sein linkes Auge. »Haben Sie überhaupt einen Führerschein?«

»I woher denn. Wieso? Braucht man so was für die Wanne hier?«

Es waren zu viele Energien, die da vom Fahrersitz herüberwogten. Zu viel für den frühen Morgen und die Übelkeit, die jetzt, da er sich nicht mehr auf sein Auto konzentrieren musste, stärker in ihm hochstieg. »Sie müssen wenden, dann da geradeaus und die vierte rechts, letztes Haus am Waldrand«, murmelte Edwin und überließ sich seiner Mattigkeit.

Rosa lenkte den Wagen vorsichtig die Clay-Allee hinunter. Sie war froh, dass nur wenige Autos unterwegs waren, denn sie hatte das letzte Mal vor einem Jahr hinter dem Steuer gesessen. Als sie herunterschaltete, um in die vierte Querstraße abzubiegen, gab das Getriebe ein schartiges, gequältes Geräusch von sich.

»Bitte nicht!« Edwin stöhnte. »Für diesen Roadster muss ich alle Ersatzteile aus England kommen lassen!«

»Leihen Sie mir doch mal Ihre Sorgen.«

Rosa parkte den Wagen vor dem letzten Haus am Waldrand, beugte sich plötzlich vor und blickte ungläubig durch die Windschutzscheibe. Sie pfiff durch die Zähne. »Meine Herren! Und das ist Ihr Haus?«

Sie stieg aus, warf die Tür zu, ging drei Schritte näher und wandte ihren Blick die ganze Zeit nicht von der Riesen-

villa ab. »Da konnte sich jemand nicht zwischen Kreml und Neuschwanstein entscheiden, was?«
Erst jetzt fiel ihr der Patient wieder ein, der ihre Frage nicht gehört haben konnte. Sie öffnete die Beifahrertür und half Edwin aus dem Wagen. Es schien ihm schlecht zu gehen, er stützte sich auf ihre Schulter und hielt alle zwei Schritte inne. »Schlüssel ist in der rechten Sakkotasche«, murmelte er, dann sackte er in die Knie.
Rosa erschrak und fingerte hastig den Schlüsselbund aus seinem Jackett, was ziemlich schwierig war, denn der kollabierende Schlagersänger war plötzlich schwer wie ein nasser Sandsack. Irgendwie gelang es ihr, die Haustür aufzuschließen und ihn durch den Korridor in ein Zimmer zu bugsieren, dessen Tür gerade offen stand. Sie lud ihn auf der Couch ab und legte seine Füße hoch. Er japste.
»Ich rufe einen Arzt!«, erklärte sie.
Er wedelte abwehrend mit der Hand. »Bloß nicht. Ich hasse Ärzte. Alles Verbrecher!«, flüsterte er. »Kreislauf. Hab ich immer mal. Geht vorbei. Bitte ein Glas kaltes Wasser!«
Rosa fand die Küche sofort, denn die Tür stand weit offen. Der Raum wirkte vollkommen unbenutzt, wie die Musterküche eines Möbelhauses. Kühle Pracht aus polierten Edelmetallflächen, ordentlich einsortierte Profimesser in schweren Holzständern, rote Digitalanzeigen an Geräten, die so wirkten, als gehörten sie in ein medizinisches Labor. Nirgendwo ein Krümel oder ein verschmiertes Brotmesser. Kein altes Schraubglas, in dem etwa rote Gummiringe, schmuddelige Kaugummipäckchen und ungültige Fünfpesetenstücke lagen. Keine Spur von gelebtem Leben.
Wo waren Gläser? Rosa fand nur Kaffeetassen und öffnete

den gigantischen Kühlschrank. Im oberen Fach lagen ausschließlich Medikamente. Im Fach darunter eine Butterdose aus Cromargan, daneben ein geöffnetes Päckchen mit angetrocknetem Magerquark. In der Tür eine Flasche mit Ginsengextrakt, daneben eine halbe Flasche Mineralwasser. Ansonsten herrschte in diesem Kühlschrank mit dem Volumen einer englischen Telefonzelle gähnende Leere.

Es musste Edwin Sunray besser gehen, denn als sie mit einer wassergefüllten Kaffeetasse zurückkehrte, waren seine Augen wieder klar. Er blickte befremdet auf die Tasse, nahm einen Schluck und bemerkte: »Ich besitze auch Gläser.«

Es war nicht die Information, es war der Tonfall, der Rosa missfiel.

»Oh, Verzeihung, aber mir ist es relativ egal, in welchem Napf ich Ihnen das Wasser reichen darf. Ich dachte nämlich, Sie sterben vielleicht. Ich bleibe noch zehn Minuten, bis Sie sich stabilisiert haben, dann können Sie mir ein Taxi rufen.«

Er nickte, sah auf einmal gehorsam und klein aus. Eigenartig. Dieser Mann weckte ihr Mitleid und brachte sie gleichzeitig in Sekunden auf die Palme. Rosa setzte sich ihm gegenüber in einen weißen Ledersessel und betrachtete das Interieur. Der Raum war sehr groß. Vor der Sprossentür zum Garten stand ein schwarz glänzender Flügel. Art-déco-Lampen, ein Gemälde von Emil Nolde. Ob es ein Original war? Das Umfeld ließ es vermuten. Lange Bücherregale, Nepalteppiche mit ruhigen Farbflächen in Pastell – irgendwie hatte sich Rosa das Wohnzimmer eines

Schlagersängers anders vorgestellt. Hier hätte auch ein pensionierter Zahnarzt wohnen können.
Nein, doch nicht, denn jetzt entdeckte Rosa die Raumecke, die von oben bis unten mit gerahmten Photos gepflastert war. Mit Photographien, Plakaten, Illustriertenartikeln. Sie stand auf, wanderte zu dieser Devotionalienwand und betrachtete die Zeugnisse eines Lebens für den deutschen Schlager.
Edwin Sunray und ein dunkelhaariger, jüngerer Mann im weißen Smoking nehmen eine vergoldete Trophäe entgegen. Edwin Sunray am Flügel, über die Schulter photographiert, schräg hinter ihm ein vielköpfiges Publikum. Edwin Sunray mit anderen Größen der Branche, angetrunken, mit ulkigem Mützchen auf dem Kopf. Fernsehkameras, immer wieder der dunkelhaarige Partner, mal mit, mal ohne Mikrophon. Frauen mit funkelndem Schmuck, Blitzlichtphotos, professionell gebleckte Zähne, ledrige Sonnenbankgesichter, überschminkte und deshalb noch auffälligere Falten, erprobte Posen.
Rosa erkannte viele. Ein Dinosauriertreffen der Talkmaster, Schlagersängerinnen und Fernsehunterhalter, die vor zehn, zwanzig Jahren groß gewesen waren und die nun auf ihren Sonnenterrassen am Starnberger See oder auf den Kanaren dem verhallten Applaus nachlauschten.
Sie wandte sich ab. Jetzt lag einer von ihnen hier, lebte offensichtlich allein und konnte sich nicht eingestehen, dass ihn sein Leben krank zu machen schien. Was hatte er vorhin, im Auto, noch gesagt? »... Leute, die sich noch an meine Blütezeit erinnern können und deren schlechter Geschmack sich nicht geändert hat.«

Welch zynischer Blick auf die eigene Lebensgeschichte. Dieser Mensch musste sich vor langen Jahren einen gefährlichen Schwerpunkt gesetzt haben: Ruhm und Erfolg. Jetzt lag er auf seinem teuren Sofa mit einer schwarzen Wolke über dem Kopf. Warum demontierte er, auf der Schwelle zum Alter, seine Vergangenheit? Man konnte doch unmöglich zwanzig, dreißig Jahre lang Musik produzieren, die man selbst beschissen fand. Oder doch?

Edwin saß jetzt aufrecht und verfolgte seine ambulante Krankenschwester mit Blicken. Rosa betrachtete das silbergerahmte Bild des dunkelhaarigen Mannes, das in einem Regal stand. Edwins Duopartner Charles, jetzt fiel ihr auch der Name wieder ein. Er mochte Mitte vierzig sein, hatte ein gutmütiges Gesicht, besonders geschwungene Augenbrauen, die ihn wach, aber auch kindlich erstaunt aussehen ließen. Daneben hingen Kinderphotos von Charles. Ein kleines Mädchen stand neben ihm und lachte zahnlückig. Dasselbe Mädchen noch einmal, mit dem gleichen erstaunten Ausdruck. Charles' Schwester?

Rosa versuchte sich daran zu erinnern, warum Edwin nicht mehr zusammen mit ihm auftrat, aber sie las, außer beim Zahnarzt, keine Klatschzeitschriften und wusste nicht, was mit Charles geschehen war. Fragen wollte sie nicht, denn die Antwort konnte immerhin tragisch ausfallen. Dann, als sie ein zweites Photo von Charles auf einer Konsole entdeckte, mit einer Vase voller Maiglöckchen davor, fiel es ihr plötzlich wieder ein. Es war damals durch die Boulevardpresse und die Nachrichten gegangen: Charles war tot. War er verunglückt? Sie wusste es nicht mehr.

Edwin musterte Rosas kräftige Figur. Das Kostümoberteil

hatte sie ausgezogen, es hing ihr jetzt von den Hüften herab, Edwins Wohnzimmer war überheizt. Die rosa Hasenarme baumelten fast bis auf den Fußboden. Unter dem Kostüm trug sie ein schwarzes T-Shirt, auf dem Rücken die einladende Aufschrift: »Fuck you, I have enough friends!«

Edwin fürchtete sich vor Fragen. Noch mehr vor den Antworten. So, als wolle er sie von diesem Photo entfernen, sagte er auf einmal kühl: »Das Telefon ist im Flur!«

Rosa wandte sich um. »Sie können mir doch direkt sagen, dass ich Sie alleine lassen soll. So was versteh ich.« Sie schnappte seinen Autoschlüssel vom Wohnzimmertisch. »Ich nehme nur meinen Korb aus Ihrem Wagen.« Im Flur fand sie das Telefon und bestellte ein Taxi. Draußen auf der Straße holte sie tief Luft. »Ekel!«, knurrte sie. Sie wartete neben Edwins Auto, bis das Taxi in Sichtweite war.

Zurück im Wohnzimmer, ließ sie den Schlüssel auf den Couchtisch fallen, Edwin wollte noch etwas sagen, aber der Taxifahrer klingelte schon. Rosa nahm ihren Korb. In der Tür drehte sie sich noch einmal um. »Gehen Sie mal in Ihre Küche, Mister Sunray. Ihr Kühlschrank ist Ihnen zum Verwechseln ähnlich!«

Noch bevor er etwas sagen konnte, war sie wieder draußen. Die Tür fiel ins Schloss. Edwin starrte in den Garten. Auf dem Teich war ein Stockentenpärchen gelandet, ruhig zog es seine Kreise zwischen den überhängenden Zweigen der Trauerweide, die schon dort gestanden hatte, als Edwin und Charles vor achtzehn Jahren in die Villa gezogen waren. Stockenten blieben ein Leben lang zusammen, erinnerte sich Edwin, und bei dem Gedanken durchzuckte es ihn. Er wandte sich ab, ging in die Küche, öffnete seinen Kühlschrank und betrachtete ihn aufmerksam. »Sie hat tatsächlich Recht«, sagte er halblaut. »Außen Blech, innen alter Quark und ansonsten völlige Leere.«

*

Die Toilette des alteingesessenen Prominentenlokals *Goldwasser* war eine Sehenswürdigkeit von ganz eigenem Charakter. Vom Restaurant musste man etliche Stufen hinunter in den Keller, um plötzlich in einem überraschend großzügigen Vorraum zu landen. Dort residierte Frau Anastasia Pachulke an einem Campingtisch, vor sich einen Porzellanteller, Dessin Wildrose. Auf dem Teller lag immer eine einzelne Euromünze. Das heißt, sie klebte dort fest, was aber keiner wusste. Dieser Euro diente sozusagen als Honorarmuster.

Saß Anastasia an ihrem Tisch, traute sich fast niemand, weniger als einen Euro auf den Teller zu legen. Man wollte sich schließlich nicht vor der Toilettenfrau blamieren, der es durchaus zuzutrauen war, dass sie herumerzählte, der Herr Staatssekretär sei noch geiziger als die Kulturredakteurin vom Öffentlich-Rechtlichen.

Anastasia hatte besondere Vorstellungen über ihre Herkunft. Sie erzählte jedem, der es hören wollte – und denen, die es nicht hören wollten, auch –, dass sie die einzig echte Anastasia sei. Die letzte, wirkliche Zarentochter. Ihr Chef hatte ihr einmal vorgerechnet, sie könne gar nicht Anastasia sein, denn dann wäre sie jetzt so etwa hundertzwei Jahre alt. Und Anastasia Pachulke war nachweislich genau siebzig. Aber sie wischte diese kleinliche Beweisführung mit einer wegwerfenden Handbewegung vom Tisch. »Quatsch! Wenn man blaues Blut in den Adern hat, denn is der Rest Marginaljen.«

Ihr großzügiger Umgang mit Realitäten und Autoritäten, ihre Lebensweisheit und ihr Nadelkissen, auf dem bereits eingefädelte Nähseide in den gängigsten Farben auf Notfälle wartete, sicherten Anastasia einen unbedingten Verehrerkreis. Sie tröstete verheulte Damen: »Männer sind sowieso Schweine. Außer die, die keine sind.« Sie verteilte Kaugummis und ging mit der Wahrheit sehr direkt um: »Herr Doktor, Sie haben Mundgeruch. Damit machen Sie keine Schnitte bei Ihrer neuen Flamme!« Sie nähte Knöpfe an und spendierte Sicherheitsnadeln. »Ihr Rocksaum hängt, die Dame! Un det sieht scheiße aus bei der feinen Kledage!«

Anastasia war eine Institution. Sie bekam Freikarten zu Konzerten, man schickte ihr Postkarten aus dem Urlaub, oder man brachte ihr Souvenirs mit. Schneekugeln, Glasfische, Trachtenpuppen – die Prominenten hatten häufig einen noch schlechteren Geschmack als die Normalsterblichen. Anastasia besaß eine große Sammlung interessanter Autogramme: Politiker, Fernsehstars und Akteure der großen Berliner Bühnen. Es gab ein gerahmtes, signiertes Photo: Anastasia und Pavarotti, mit schwungvoller Unterschrift: »Für einen Engel mit Nadel und Faden …« Welche Naht geplatzt war, gab Anastasia nicht preis: »Erstens hat der Mann gut gezahlt, und zweitens bin ick diskret.«

Ein Messingregal mit gläsernen Einlegeböden war immer auf Hochglanz poliert und mit besonderen Schätzen gefüllt. Anastasia liebte und sammelte Raumspray: Banane-Erdbeer, Alpenföhre, Pacific Ocean. Mittlerweile füllten fast dreihundert Spraydosen verschiedener Provenienz, von Alaska bis Zaire, ein weiteres Messingregal. Und es kamen immer neue dazu.
An der Wand über ihrem Tisch, umgeben von all den vielen Starphotographien und Autogrammen, hing ein großes Photo der Zarenfamilie, im Goldrahmen. Ein Kugelschreiberkreuz über dem Haupt eines kleinen Mädchens, das steif, ernst und gelockt in die Kamera blickte, markierte die jüngste Zarentochter. »Det bin icke!«, erklärte sie, wenn man sie danach fragte.
Auf dem Campingtisch lag, je nach Jahreszeit, eine gestickte Decke mit wahlweise Hasenreigen und Osterglocken, feist schmunzelnden Nikoläusen oder Weihnachtssternen. Auf dem zweiten Küchenstuhl, auf dem Anastasia niemals saß und es auch sonst nur wenigen erlaubte, prunkte ein Sitzkissen aus purpurrotem Samt. An den vier Ecken hingen Seidentroddeln, in die Mitte des Kissens war ein handgroßes »A« gestickt. In Gold. Dieses Kissen war ein Geschenk ihrer Freundin Rosa, die es bei der Auktion eines Theaterfundus in Berlin-Mitte ersteigert hatte.
Wenn nicht viel Betrieb war, löste Anastasia mit Leidenschaft Kreuzworträtsel. Unter dem Klapptisch lag, artig in seinem Körbchen, der Kleinhund Rasputin. Rasputin hatte Fledermausohren, zu kurze Beine, ein drahtiges Fell und wache Augen. Außer wenn er schlief, und das tat er gerade. Vor einer halben Stunde hatte er in der Küche des *Gold-*

wasser einen Napf mit erstklassigem Filet Stroganoff geleert. Die Belegschaft des Restaurants mochte ihn, weil er seine Zuneigung gleichmäßig auf den schwulen Chef René, den Koch und Exknacki Josef und die beiden ukrainischen Kellnerinnen Mirka und Antonia verteilte.

»Liebst du jede, was, altes Nuttenhund? Bist du keine treu, was, altes Ratte?«, und Mirka kraulte ihn hinter den Ohren. Außerdem war Rasputin einfach gut erzogen. »Hofsitten«, erklärte Anastasia vornehm. »Ich erlaube der Töle nich, dass sie sich danebenbenimmt, was, Hundi? Was sacht man, wenn man Würstchen kriegt?« Und Rasputin setzte sich auf sein Hinterteil, hob anmutig die Pfote, legte seinen Kopf schief und sah aus wie ein Charakterdarsteller: hässlich, aber mit Seele.

Heute ließ sich das Geschäft schleppend an. Allerdings war es um achtzehn Uhr, kurz nach Öffnung des *Goldwasser,* selten lebhaft. Um halb sieben kam eine ältere Frau die Treppe heruntergekeucht. Sie verschwand in der Damentoilette, tauchte nach kurzer Zeit wieder auf und musterte unsicher die hagere Frau am Klapptisch, die ein Kreuzworträtsel löste und sich nicht um sie scherte. Die Besucherin fand, dass die Toilettenfrau eine für ihr Alter ungewöhnliche Haartracht hatte: einen Herrenschnitt. Und diese feuerrote Tönung war eigentlich nur möglich, wenn die Naturfarbe darunter weiß war. Auch die Kleidung fiel auf, jedenfalls an einer Dame über sechzig: Heute trug Anastasia einen türkisfarbenen Perlonkittel, eine goldene Lurexhose und grüne Turnschuhe.

Die Toilettenfrau schien sich überhaupt nicht um ihre

Kundschaft zu kümmern. Gäste vor zweiundzwanzig Uhr interessierten Anastasia nur ganz am Rand.

Die Rentnerin räusperte sich. »Entschuldigung!«

Anastasia blickte auf und kniff die Augen zusammen. »Wat ’n, hä?«

An den Berliner Normalton nicht gewöhnt, wich die Rentnerin einen Schritt zurück. Sie klopfte zaghaft auf die geöffnete Doppelseite eines Taschenreiseführers. »Ich dachte, das ist ein Prominentenlokal? Steht hier drin! Aber oben ist keiner. Nur drei besoffene Schweden! Wissen Sie, ich komme aus Bottrop. Ich hab mich auf diese Reise gefreut wie sonst was.« Sie wischte sich die Stirn mit einem Papiertaschentuch. »Und ich war auf dem Reichstag, und Ku’damm und Fernsehturm und all so was haben wir gesehen, und wir waren im Friedrichstadtpalast, aber ich denk immer, hier gibt’s doch so viele Stars und die Regierung, und *einen* willste doch mal in echt sehen, Annemarie, denke ich. Und wissen Sie was? Keinen. Niemand. Noch nicht mal was Politisches. Und meine Tochter hat mir die Reise zum Fünfundsiebzigsten geschenkt. Und in einer Stunde geht unser Zug zurück.«

Anastasia musterte die Frau im Frühjahrsmantel. Mit Sorgfalt waren die weißen Haare frisiert, das Halstuch aus Seidenbatik sah handgemalt und nach Volkshochschulkurs aus. Anastasia wies mit einer Handbewegung auf ihre Wandcollage, die unzähligen Photos mit Autogrammen. »Die kommen immer später, gute Frau. Um sechs, halb sieben sind hier immer nur Touris.«

Die Frau aus Bottrop nickte schuldbewusst, nahm ein Etui aus ihrer Handtasche, beugte sich vor, die Lesebrille auf der

Nase, und betrachtete das Starphoto einer Dame mit kunstvoller Föhnfrisur. »Das ist wirklich Lucy Lou?«
Anastasia nickte.
»Ach. Ach jaja. Das arme Mädchen. Die is ja nu auch schon hin.«
Das kam mit so viel Andacht, dass Anastasia ihren Kugelschreiber auf das Rätselheft legte und beschloss, sich diesem unwichtigen Gast zu widmen. Die Touristin fuhr langsam und gründlich mit der Nase an den Photos herauf und herunter, nach links und nach rechts. Ein wenig erinnerte sie an diese Aquariumputzerfische, die mit ihren Sauglippen Glasscheiben sauber nuckeln. Endlich hatte sie das Gefühl, der ersehnten Prominenz wenigstens ein Stückchen näher gerückt zu sein. Sie seufzte, nahm ihre Brille wieder ab und wandte sich Anastasia zu. »Und die waren alle hier bei Ihnen?«
Anastasia nickte. Annemarie aus Bottrop zeigte auf ein Hochglanzphoto. »Dann kennen Sie auch Edwin Sunray? Sogar persönlich?«, fragte sie andächtig.
Anastasia gab sich lässig. »Klar kenn ich den persönlich. Aber der ist nich mehr oft hier. Eigentlich war er gar nich mehr hier, so seit ein, zwei Jahren. Man hört ja nich mehr viel von ihm, seitdem der andere tot ist. Der Charles.«
»Ja, der arme Junge. Also nein … Edwin Sunray!« Die Touristin berührte das Photo, Edwin und Charles Sunray am weißen Flügel, schwungvoll unterschrieben, mit Filzstiftherz: »Für Anastasia!«
»Was Sie so alles erlebt haben müssen!« Sie betrachtete Anastasia ehrfürchtig.
Anastasia nickte. »Von Schusswechsel bis geplatztes Trans-

vestitenkorsett – alles dabei.« Sie zündete sich eine Zigarette an und sah höchst großstädtisch aus, wie sie den Rauch durch die Nase blies und sich mit den Fingern durch die roten Koboldhaare fuhr. Rasputin setzte sich plötzlich auf und begann zu bellen. Einen Augenblick später klapperten Absätze die Treppe herunter, eine Blondine in buntem Gewand stand mitten im Vorraum. Sie stellte eine Flasche rosa Sekt auf dem Klapptisch ab. »Na, Zarentochter, wie ist die Gesundheit heute?«

»Ah, Rosa! *Rad tebja segodna widetj!«* Die Touristin fand das alles höchst besonders, ihr Blick wanderte zwischen diesen beiden Erscheinungen hin und her. Die Blonde war nicht mehr jung, aber voller Energie und ungewöhnlich gekleidet. Annemarie Kowalski fragte sich, ob sie es mit einer Künstlerin oder einer zweiten Toilettenfrau zu tun hatte – in dieser Stadt schien alles möglich. Jedenfalls wirkte die bunt gewandete Gestalt wenig bürgerlich.

Rosa nickte ihr freundlich zu, nahm das samtene Prachtkissen vom Stuhl, legte es auf dem Klapptisch ab, fragte: »Darf ich?«, und erst, als Anastasia nickte, setzte sie sich auf den frei gewordenen Stuhl. Etikette war auch auf der Toilette des *Goldwasser* einzuhalten.

»Rat mal, wo ich heute früh war!« Sie hielt Anastasia ein Photo vor die Nase. Anastasia betrachtete das Hochglanzbild, entzifferte den gedruckten und den handgeschriebenen Namen, reichte es ihrer Bottroper Kundin und meinte: »Sehnse, grad haben wir noch von ihm gesprochen. Können wir das der Dame schenken, Rosa? Is ja egal, wenn nich Ihr Name draufsteht, sondern bloß der von der letzten Zarentochter.« Die Rentnerin konnte es kaum fas-

sen. Ein Autogramm von Edwin Sunray, für Anastasia zwar, nicht für Annemarie, aber war es nicht ganz unglaublich, das alles? Dann entdeckte sie das goldgerahmte Bild der Zarenfamilie und zeigte verwirrt darauf. »Aber Sie heißen doch nicht etwa Anastasia, weil Sie Anastasia …?«
»Doch!« Anastasia hob stolz den Kopf. Rosa nickte zur Verstärkung. Die Szene war zu oft geprobt, um sie jetzt grundlos ausfallen zu lassen. Anastasia tippte mit dem Zeigefinger auf das Photo ihrer fürstlichen Familie: »Hier, das ist Mama, da der Papa, meine Schwester Olga, Bruder Alexej, dahinter Hofdame Fürstin Oblomow, die blöde alte Schnalle, hier bin ich, und das …«, sie wies auf einen finster blickenden, bärtigen Mann in Kutte, »… das ist Rasputin.« Rasputin bellte, als er seinen Namen hörte.
»Schnauze, Töle, du doch nich! *Jub twoja mat!*«
Die Dame aus dem Ruhrgebiet starrte von Edwins Photo auf die große Photowand, auf das Bild der Zarenfamilie, auf Anastasia, dann schließlich auf Rosa, als erwarte sie, dass sich diese mollige Frau in ein paar Sekunden als Zilles Enkelin oder Marlene Dietrichs letzte Zofe zu erkennen gäbe. Sie hatte Zweifel an Anastasias Geschichte, das sah man, irgendwie konnte das zeitlich nicht ganz stimmen, aber aus diesem Traum wollte sie nicht erwachen. Noch nicht.
Mit einem Blick auf ihre Armbanduhr verabschiedete sie sich, ihre Augen glänzten. Beim Hinausgehen zögerte sie und wollte Anastasia ein Eurostück auf den Teller legen, aber Anastasia winkte ab. »Einmal Toilette kann ich ausgeben!«, meinte sie. Die Rentnerin bedankte sich noch einmal und noch einmal, dann kletterte sie die Stufen zum Restaurant hoch, um oben schnell ihre Cola zu bezahlen,

bevor sie, Edwins Photo an die Brust gepresst, den knappen Kilometer zum Bahnhof Zoo lief, wo die Reisegruppe schon auf sie wartete.

Anastasia prüfte die Temperatur der Sektflasche. »Pisse«, diagnostizierte sie und machte sich auf in die Küche, um die Flasche kalt zu stellen. Mit ihren dünnen Beinen in den glitzernden Leggins sah sie von hinten aus wie eine Siebzehnjährige. Als sie zurückkam, trug sie eine Thermosflasche in der einen Hand und in der anderen einen Teller mit schlesischem Butterstreusel.

»Nu zähl ma, Kind.«

»Zähl ma was?«

»Wie's war bei deiner Marzipanfabrik und wieso du Edwin Sunray getroffen hast. War der da zu Besuch?«

Rosa schraubte die Thermosflasche auf, nickte bei dem Duft von heißem Kaffee mit Weinbrand und goss zwei Henkelbecher voll. Sie antwortete nicht, sondern fragte: »Sag mal, Anastasia, erinnerst du dich noch an Edwin Sunray? Hat der sich damals eigentlich gut benommen?«

Anastasia starrte auf das Photo, das vor einer Viertelstunde noch der Gegenstand großer Andacht gewesen war. »Klar erinner ich mich. An alle beide«, meinte sie und kratzte sich nachdenklich den Hinterkopf. »Charles war ein Schätzchen. Edwin war 'n bisschen eckig, so vom Charakter her. Wieso fragst du?«

Rosa erzählte, was sie heute, am ganz frühen Morgen, erlebt hatte. Anastasia lauschte interessiert, denn wenn sie auch viel Prominenz auf ihrer Feudaltoilette erlebte, richtig vor Ort oder sogar in der Küche eines Stars war sie

noch nie gewesen. »Würde ich ja gerne mal sehen, die Villa«, meinte sie versonnen, als Rosa ihren Bericht beendet hatte.
Rosa nahm einen Schluck Brandykaffee und lehnte sich zurück. »Ziemlich viel Luxus überall, aber … komisch. Es war nicht die Einrichtung. Es war etwas, das in den Wänden hing. Schrecklich.«
Anastasia stützte das Kinn auf die rechte Hand und blickte noch einmal zu dem signierten Großphoto. »Wahrscheinlich hat er die Krise. Wenn ich ehrlich bin, die letzte CD war absolut scheiße. Als hättest du die vorletzte noch mal aufgegossen, wie 'n müden Teebeutel. Solo ist der Mann einfach nix. Das wird an ihm nagen. Und dann ist er wahrscheinlich noch nich über den Tod von Charles hinweg.«
»Woran ist der eigentlich gestorben?«
»An irgendwas Idiotischem. Er hatte nur was am Blinddarm, aber dann kam eine Infektion nach der Operation.«
»Sepsis«, sagte Rosa und angelte eine Zigarette aus Anastasias Päckchen.
»Wat du alles weißt«, nickte Anastasia bewundernd. »Na ja, hast ja auch beinahe studiert.«
»›Beinahe‹ ist mein zweiter Vorname. Weißt du doch, Olle. Ich wäre beinahe eine berühmte Schauspielerin geworden, wenn mir nicht ein Mann dazwischengekommen wär, der mich beinahe geheiratet hätte. Leider hat er mich nicht beinahe, sondern gründlich geschwängert und dafür beinahe Unterhalt gezahlt. Und beinahe hätte ich nach all der Schufterei auch mal Glück gehabt.« Sie goss sich noch einen Schluck Kaffee ein und schwieg.
Auch Anastasia, die selten einen Topf ohne Deckel ließ,

hielt jetzt den Mund. Rosas letzte, wirklich große Katastrophe lag ein knappes Jahr zurück und war noch nicht überwunden. Nach einer Weile schnaufte Rasputin im Schlaf, wachte auf, gähnte überkieksend und zwickte Anastasia ins Bein. Sie beugte sich hinunter, zauselte seine Ohren und blickte zu Rosa auf. »Wie geht's denn jetzt weiter, Rosa? Du kannst doch nich ewig diese Fuffzig-Mäuse-auf-die-Kralle-Jobs machen.«

»Weiß ich doch selber. Ich fange beim Citikauf an, die machen eine Kaffeebar auf.«

»Citikauf zahlt doch so schlecht, oder?«

»Schlecht ist gar kein Ausdruck. Aber von Stütze leben, da krieg ich was an mich, das geht nur, wenn gar nichts mehr geht. Das Problem ist allerdings: Die Angebote passen in einen Fingerhut, wenn man Ende vierzig ist, Zarentochter.«

Anastasia musterte ihre Freundin genau. »Brauchst du Geld?«

»Ich bin sehr knapp, aber es hat keinen Zweck, wenn ich jetzt auch noch Schulden mache. Außerdem hab ich noch meine eiserne Reserve auf der Bank. Aber danke. Du bist ein Schatz.«

Ausgerechnet von Anastasia Geld leihen! Anastasia saß mit ihren siebzig Jahren auf diesem Klappstuhl, weil sie die Münzen brauchte, die man ihr auf den Teller legte. Anastasia sprach nie über ihre wirtschaftliche Situation. Sie war Verkäuferin gewesen und hatte eine winzige Rente, das war alles, was Rosa wusste. Alles, was Anastasia erzählt hatte. Und Anastasia war sparsam. Auf der täglichen Gratismahlzeit im *Goldwasser* bestand sie, für sich und für ihren

Hund. Allerdings konnte sie bei besonderen Anlässen, wie der Hochzeit der Kellnerin Mirka, erstaunlich großzügig sein. So großzügig, dass Rosa besorgt nachrechnete und überlegte, ob Anastasia für den Monat überhaupt noch die Miete zahlen konnte. Nein, von Anastasia würde sie sich nichts leihen, überhaupt von niemandem, denn sie würde wieder auf die Füße fallen, verdammt noch mal.

Oder untergehen.

In letzter Zeit hatte sie sich manchmal vorgestellt, wie es wäre, am nächsten Morgen einfach nicht mehr aufzuwachen. Die schmerzliche Erleichterung, die sie dabei verspürte, beunruhigte sie, denn diese Sorte Gedanken war neu. Zumindest in ihrer Intensität.

Sie erhob sich. »Na denn, meine Gute. Ich muss mal eine Runde Haushalt einlegen.«

»Bevor ich's vergess. Da hinten ist wieder eine Ladung von Käthe.« Anastasia wies mit dem Kopf zum Putzmittelschrank. Rosa öffnete die Tür und zog zwei prall gefüllte Stoffbeutel heraus. Kaffee, Konserven, vakuumverpackter Käse, Salami, Wein.

»Also sag mal … das kann deine Käthe doch alles selbst aufessen.«

Anastasia schüttelte den Kopf. »Käthe ist binnen einer Woche in der Klapse, wenn ich das Zeug nich wegschaffe. Du kennst ihre Schwiegertochter nich, die hat kein Erbarmen.«

Käthe war eine Canastafreundin, die laut Anastasia nur eine Leidenschaft hatte: ihre hohe Rente in Lebensmittelkäufe umzusetzen. Ohne den täglichen Gang zum Supermarkt konnte sie nicht leben. Dabei packte sie jedes Mal ihren

Einkaufsroller bis oben hin voll, haltbare Nahrung, aber auch kiloweise frisches Obst und Gemüse.
»Kriegsmacke«, sagte Anastasia. »Die braucht das eben. Die Käthe muss immer das Gefühl haben, dass sie was zu essen kaufen kann, wann und so viel und so oft sie will.«
Einmal, so erzählte Anastasia, sei die Schwiegertochter nach ihrem Urlaub kaum mehr zur Tür hereingekommen, weil der gesamte Korridor von Knäckebrotpackungen, Fischkonserven und verrotteten Gemüsekisten überquoll. Seitdem drohte die resolute Schwiegertochter mit der Anstalt.
»Die hat bloß Angst, dass Käthe ihre dicken Sparbücher in Dosenwurst und Kaffeebüchsen umsetzt und dass für sie nix mehr übrig bleibt«, erboste sich Anastasia. »Wenn jemand so ’ne Macke hat, na und? Ich kann mir auch ’n Karnickel auf den Kopf setzen und mir jeden Tag mit dem Hammer die rechte Zehe blau hauen, solange ich keinem anderen schade. Na ja, nehm ich halt ab und an ’ne Tüte mit.«
Rosa fand das alles eigenartig, aber sie war dankbar, denn Käthes Stoffbeutel hatten sie im letzten halben Jahr so manchen Engpass besser überstehen lassen.
»Danke dir, Anastasia. Und danke auch Käthe, wenn sie es überhaupt mitkriegt.«
»Klar kriegt sie das mit, sie quatscht mir doch jedes Mal den Krempel auf.«
»Na, tschüss dann, Zarentochter, bis morgen. Wird spät heute, was?«
Anastasia zuckte mit den Schultern. »Schon möglich. Heute hat dieser Nachrichtenaffe Geburtstag, dieser blöde

Dauergrinser mit den Rechtsaußen-Parolen. Ich vergess immer den Namen. Ich schätze mal, die rollen hier um neune an, dann wird gefressen, und ab halb zwölf fängt der harte Kern an sich zuzulöten. Und denn sind sie wieder nich ins Bett zu kriegen. Und wenn sie das dritte Mal pinkeln kommen, zahlen sie nich mehr. Aber alles wird kreuz und quer voll gepullert. Da kämst du dann nich drauf, dass das feine Leute vom Fernsehen sind.«

Eine halbe Stunde später stand Rosa in der Küche ihrer kleinen Wohnung in der Wilmersdorfer Straße und goss heißes Wasser auf Cappuccinopulver. Sie nippte nachdenklich an der dampfenden Tasse und überflog noch einmal das Schreiben der Citikauf-Personalabteilung. Eigentlich war der Posten gar nicht schlecht. Man hatte eine Espressobar mitten in der Damenabteilung eröffnet, Kaffee und Kekse zwischen Filz und Strick. Man suchte eine erfahrene Kraft, ja, man wollte sogar jemanden, der nicht allzu jung war, wegen der eher bürgerlichen Klientel der Damenabteilung.

Sie würde abends zu Hause sein, und das war nach all den Jahren Gastronomie auch mal ganz schön. Rosa trat auf den kleinen Balkon ihrer Wohnung und wässerte einen grünen Plastikkasten, in dem Kapuzinerkresse wuchs. Sie beugte sich über die Brüstung und versuchte, mit der Gießkanne einen Begonientopf auf Anastasias darunter liegendem Balkon zu tränken, traf aber nur zwei japanische Touristen, die vermutlich gerade vom Charlottenburger Schloss kamen. Sie zog schnell den Kopf zurück, als einer der beiden sie oben entdeckte. Nach ein paar Sekunden steckte sie vorsichtig wieder ihren Kopf durch die Kresse und sah, dass die beiden Herren immer noch unter dem Balkon standen und eine nass gewordene Kamera untersuchten. Vorige Woche hatte es eine empörte Dame im Businesskostüm erwischt, die daraufhin im gesamten Mietshaus Sturm geklingelt hatte. Warum Anastasia auch immer vergaß, ihre Begonien zu gießen. Rosa konnte keine Blumen verdursten sehen.

Es klingelte. Rosa zuckte zusammen. Das fehlte noch. Die Schadensersatzforderung eines zu Recht empörten Kamerabesitzers. Rosa war fest entschlossen, die Tür nicht zu öffnen. Wieder klingelte es. Sie hielt die Luft an, so, als könne sie ihr Atem verraten. Dann klingelte es in der Wohnung über ihr, dann in der Wohnung zur Rechten, zur Linken und schließlich im ganzen Haus. Irgendjemand betätigte den Summer, irgendjemand kam schnaufend die Treppe herauf, irgendjemand wummerte jetzt an ihre Tür. Rosa reagierte nicht, sondern schlich auf nackten Füßen an die Spionlinse. Bevor sie noch die Tür erreicht hatte, brüllte jemand: »Mensch, Mama! Verdammt noch mal, ich weiß, dass du da bist! Ich hab meinen Schlüssel vergessen! Mach auf!!«

Rosa öffnete schnell, zog ihre Tochter herein und warf die Tür wieder zu. »Ich dachte, das wären die zwei Japaner!«

»Sag mal, Rosa, hast du irgendeinen Schaden? Seh ich aus wie zwei Japaner?«

Tanja ließ sich auf einen der drei weiß lackierten Trödlerstühle fallen. Sie schnaufte und streckte ihre dünnen Beine mit den schweren Stiefeln aus. »Mama, hast du mal fünf Euro?«

»Seh ich aus wie ’n Bankautomat?«
»Na ja, von der Breite her kommt es hin.«
»Rabentochter!«
Rosa wühlte in ihrer Tasche und zog das Portemonnaie heraus. Sie legte einen Zehneuroschein auf den Küchentisch.
»Fünf ist genug, Mama.«
»Steck weg. Ich bin sowieso pleite, das ist jetzt auch egal.«
»Danke.« Tanja steckte den Schein in die hintere Hosentasche. Rosa machte sich am Herd zu schaffen. »Isst du etwas mit?«
»Ein ganz kleines bisschen.«
Rosa lud ihrer Tochter den Teller voll, denn das Kind konnte essen, bis es schielte, und nahm kein Gramm zu. Tanja stopfte die Nudeln in sich hinein. Zwischendurch blickte sie auf. »Schmeckt gut, Mama. Ich hab aber auch einen Hunger. Zwei Schichten U-Bahn bin ich gefahren! Aber glaubst du, die Leute hätten mal *einen* Euro für meine Kunst? Null Interesse an guten Inhalten und guter Sprache, diese Dreckbeulen.«
Rosa hütete sich, etwas dazu zu sagen. In jeder freien Minute schrieb Tanja. Lyrik, kleine Geschichten. Aber statt sie wie andere Jugendliche in einem Geheimbuch verschwinden zu lassen, photokopierte Tanja ihre Kurzliteratur und verkaufte sie zettelweise in der U-Bahn. Ihr größtes Problem dabei war, die Leute dazu zu bringen, überhaupt zuzuhören. Denn wenn in einer Berliner U-Bahn jemand den Mund aufmachte, um sich laut leiernd an die Fahrgäste zu wenden, konnte man im Normalfall davon ausgehen, dass es sich um Verkäufer einer Obdachlosenzeitung

handelte, die im Achtminutentakt auftauchten und die die Zuhörbereitschaft des Normalberliners längst verschlissen hatten.

Alle dezenten Vorschläge Rosas, Tanja möge doch eher den konventionellen Weg gehen, erst einmal schreiben, sammeln, überarbeiten, dann mit ihren Werken vielleicht bei einer Zeitung oder bei einem Verlag anklopfen, waren vergeblich.

»Ach hör doch auf, Rosa. Diese erzbürgerliche Scheiße mach ich nicht mit. Die Menschen sollen den direkten Kontakt mit demjenigen, der Kunst macht, spüren. Ich will sie wecken. Ich will was bewegen bei ihnen. Ich will sie mit Worten und Blicken anfassen!«

Die Erfahrung, dass die eigene Begeisterung und Überzeugung auf andere meist nur dann übertragbar war, wenn die Menschen sich selbst mühelos und angenehm oder ihre Mitmenschen boshaft und witzig in dem erkannten, was sie hörten oder sahen, musste Tanja selbst machen. Es waren nur wenige, die sie mit ihrer Lyrik ansprach:

»Dein blöder Kopf, er dreht sich dreht sich
du kannst wild sein
du kannst das Leben
herausreißen aus deinem Herzen
du kannst den Puls zerschneiden
kannst dich zerstören
kannst die Flucht antreten in das große Schwarz
das große Nichts
bleib dumm
aber vorher

lausche dem Lied der Sterne
lausche, sie wissen die Antwort.«

Ab und zu fingerte eine stille, dicke Schülerin ein Fünfzigcentstück aus ihrem Rucksack mit Teddybärkopf, oder eine gut erhaltene Dame in Leinenkleidung nickte und nahm gegen einen Euro lächelnd ein Gedicht entgegen, aber die meisten Menschen steckten ihre Köpfe hinter die aufgeklappten Schutzflügel der Boulevardzeitungen oder starrten zum Fenster hinaus.

»Das ist etwas trivial, junge Dame. Aber Sie sollten bei der Sache bleiben!«, hatte heute ein älterer Herr zu ihr gesagt und beim Aussteigen freundlich genickt. Aber ein Gedicht hatte er ihr nicht abgekauft.

»Idiot! Trivial! War bestimmt 'n Lehrer. Geizkragen und Besserwisser, das ist immer dieselbe Kombi.« Tanja hackte in den Teller, als sei er das Gesicht ihres Kritikers.

»Wie bitte?« Rosa schreckte auf.

»Ach, nix.«

»Was war denn los, Tanja?«

Tanja legte ihre Gabel auf die Nudeln. »Ich weiß zu genau, was du antworten wirst, Rosa, also lassen wir's.«

Rosa zuckte mit den Schultern. Sie hatte es schon lange aufgegeben, nachzuhaken, wenn ihre Tochter so reagierte. Tanja kam mit elementaren Problemen immer von allein. Bohren war in diesem Fall Energieverschwendung. Und mit ihren Energien musste Rosa im Moment haushalten.

Rosa drehte ihre Spaghetti langsam um die Gabel und überlegte, ob hinter den Niederlagen und Enttäuschungen ihres Lebens ein geheimes Strickmuster steckte. Nie hatte sie etwas wirklich gebrochen. Sie war immer wieder aus allem herausgekommen, mit neuem Mut, einem messbaren Stück Selbststärkung, mit der Kraft zum Weitermachen, aber diesmal war die Katastrophe existenziell. Jetzt, mit neunundvierzig Jahren, war sie finanziell am Ende.

Das behagliche Restaurant, in das sie die gesamten Ersparnisse der arbeitsreichen Jahre als Köchin und später Geschäftsführerin gesteckt hatte: verloren, alles verloren. Sie versuchte, es nicht als ihr persönliches Versagen zu betrachten. Aber wer, wenn nicht sie selbst, hatte dem falschen Menschen Vertrauen geschenkt, hatte die Vorzeichen missachtet? Anastasia wäre das nicht passiert. Sie hatte versucht, ihre Freundin zu warnen, vergeblich.

Rosa seufzte.

Unglück war komischerweise oft an Geld gebunden, an seine Abwesenheit, und der Umkehrschluss wäre gewesen, das Glück käme mit seiner Anwesenheit, aber das traf nicht zu. Es gab auch jetzt noch Glück in ihrem Leben. Tanja zum Beispiel. Sie war anstrengend, aber sie war immer wieder ein Quell von Überraschungen, von Lebhaftigkeit, Lachen. Ihren unverstellten Blick auf Menschen hatte sie von Rosa übernommen. Mutter und Tochter konnten abends lange zusammen mit Anastasia am Küchentisch sitzen, Weißwein mit Sprudel trinken und Anastasias *Goldwasser*-Revue an sich vorbeiziehen lassen oder Rosas Kellnerinnenerlebnisse. Sie kreischten wie die Eulen, Tanja ließ oft vor Lachen ihren Kopf auf die Tischplatte fallen, und Rosa vergaß für Stunden, was ihr fast das Genick gebrochen hatte.

Manchmal verspürte Rosa Glücksmomente ohne besonderen Anlass. Rosa überlegte, wann sie zum letzten Mal eine dieser Inseln gefunden hatte. Vor ein paar Wochen, sie erinnerte sich. Es war der Blick auf einen Streifen Sonnenlicht an der Küchenwand, ein schräger, leuchtender Pfeil. Und da war plötzlich dieses unmittelbare Daseinsgefühl. Kein Gedanke, kein Wort. Die einfache Empfindung, *da* zu sein. Vielleicht war das Wort Glück überhaupt zu anspruchsvoll für die ruhige, warme Leere, die sich anfühlte wie Fülle. Die immer zu schnell verschwand.

Es glich fast einem Wunder, dass es diese Glücksinseln wieder gab. Nach der Katastrophe war sie wochenlang in halbbetäubtem Zustand herumgelaufen, die Gänge zum Arbeitsamt oder zum Rechtsanwalt konnte sie nicht mehr rekonstruieren. Sie hatte nicht gelebt, sie hatte funktioniert. Wie ein Roboter. Dann war es doch weitergegangen.

Es ging immer weiter. Irgendwie.

Allerdings spürte Rosa, dass sie immer häufiger depressive Anwandlungen hatte. Sie kämpfte dagegen an, aber es war so, als sei diese Verletzung, die sie erlitten hatte, eine unheilbare. Eine, mit der man weiterleben konnte, aber die Seele hatte einen Sprung. Und es stimmte diesmal nicht, dass die Zeit heilte. Die Kanten der Bruchstelle waren weniger scharf geworden, aber der Riss ließ sich nicht schließen.

Seit einem Jahr nicht. Vor einem Jahr hatte sie sie noch einmal gespürt: diese mit nichts zu vergleichende Freude, geliebt zu werden. Dass der Verlust ihrer Liebe einhergegangen war mit ungeheurem Vertrauensbruch und Betrug, hatte sie an den Rand ihres Lebenswillens gebracht. Aber eben nur an den Rand. Denn es gab ihre Tochter, das für sie stärkste aller denkbaren Bande ans Leben.

»Mama?« Tanja riss sie aus ihren Gedanken.
»Hm?« Rosa verschluckte sich fast an ihren Nudeln, die sie in den letzten fünf Minuten schweigend vertilgt hatte.
Tanja erhob sich, um aus der hinteren Jeanstasche einen Brief zu ziehen. »Post!« Sie warf den zerknitterten Umschlag auf den Tisch und hielt ihren Nudelteller fordernd hoch. »Ich will noch was, Mama.«
Rosa hatte eben den Brief geöffnet und sprach, ohne aufzublicken. »Der Herd befindet sich im südlichen Teil unserer weitläufigen Küche. Mit etwas Glück findest du ihn, Tochter.«
Tanja erhob sich, schlurfte zum Herd, lud den Teller randvoll, schlurfte zum Tisch zurück und hielt plötzlich inne. »Mama, was ist los? Mama!«
Rosa hatte das Gesicht in den Händen vergraben und murmelte: »Nee, bitte nicht. Nicht das auch noch.«
Tanja zog das Schreiben heran, blickte auf eine dick gedruckte Summe und las: »Die Mieterhöhung tritt also zum angekündigten Termin in Kraft. Wir bitten Sie, Ihre Bank …«
»Sag mal, Mama, spinnen die? Um so viel dürfen die doch gar nicht erhöhen!«
»Doch, dürfen sie. Wir haben eine neue Heizung und neue Fenster gekriegt. Und das ganze Haus eine neue Fassade.«
Tanja schluckte. Schon wieder nichts. Seit vier Tagen wartete sie auf einen günstigen Moment, um ihrer Mutter etwas mitzuteilen. Eher: etwas zu gestehen. Leider sogar *zwei* Probleme. Irgendwann, wahrscheinlich sehr bald, würde sie es ja doch erfahren. Und es wäre schlimm, wenn ihr jemand zuvorkäme. Tanja kannte ihre Mutter. Das würde

sie ihr nicht verzeihen. Schweigen und sie damit hintergehen, nein. Es gab wenig, was Rosa wirklich böse machte. Mangelnde Offenheit gehörte dazu.

*

»Edwin, mein Lieber, wie sieht's denn aus?«, fragte der Telefonhörer. Edwin Sunray saß in seinem Kellerstudio, drehte sich mit seinem Hocker langsam im Kreis herum und antwortete: »Es geht vorwärts.«
»Das hast du uns vor einem Monat auch schon erzählt. Wir warten, mein Lieber. Das hier ist eine Plattenfirma und kein Verwaltungsgericht, wo was Brandeiliges schon mal sieben Jahre lang liegen kann. Aber lass dir was Besseres einfallen. ›Gräser im Wind‹ lief schlecht und ›Blumen im Regen‹ überhaupt nicht. Wie soll denn die neue Sunray heißen?«
»›Blätter im Sturm‹«, entgegnete Edwin dumpf.
Am anderen Ende lachte man ungläubig. »Hört sich an wie Kapitel vier aus einem Gartenratgeber. Junge, Edwin, wach auf! Du musst zu eurer alten Form zurück oder ganz was Neues machen, denn deine Texte bringen es nicht. Die Leute wollen diese depressiven Sachen nicht.« Die Stimme begann zu singen: »Ohohoooo, muss alles Glück verwehen … der Regen fällt auf die graue Welt, du kannst kein Licht mehr sehen, ohoo …«
»Halt's Maul«, brüllte Edwin in den Hörer.
»Kritik musst du schon vertragen«, giftete es vom anderen

Ende zurück. »Jedenfalls wirst du dir einen neuen Texter suchen, Mister Dostojewski light.«
»Ach ja? Was schwebt euch denn so vor? ›Vom Besten die Sahne‹, gesungen von der Torte Edwin? Glaube, Liebe, Hoffnung und Schnittblumen, die bewährte Mischung?«
»Warum nicht? Knüpf an Charles' Texte an, dann bist du auf dem richtigen Weg. Sonst lass es lieber, mein Junge. Oder suche dir einen Texter.«
»Ich will keinen fremden Texter.«
»Mach, was du meinst – aber beeil dich.«
Der Telefonhörer verstummte. Edwin warf ihn angewidert in die Ecke und erhob sich. Edwin wusste, dass die Kritik berechtigt war, aber das machte es nicht leichter: »… du musst zu eurer alten Form zurück oder ganz was Neues machen.«
Ja, was denn? Edwin drehte sich mit dem Hocker zur Photowand. Oben rechts in der Ecke hing ein Schnappschuss, der den etwa dreißigjährigen Edwin zeigte, mit geschlossenen Augen an einem Klavier, neben ihm ein Bassist, dessen Gesicht man nicht erkennen konnte, weil er sein Instrument gerade zärtlich um die Taille gefasst hielt. Edwin lächelte. Das Edgar-Hansen-Jazz-Quartett. Was war damals sein Lieblingstitel gewesen?

»Night and day, you're the one
only you beneath the moon and under the sun
in a roaring traffic boom
in the silence of my lonely room
I think of you night and day«,

summte er, suchte auf seinem Keyboard die alten Akkorde und tastete sich ein paar Takte weiter vor, bis er die Harmonien wiederfand und der lyrische Cole-Porter-Song ihn einhüllte wie ein uralter Pullover, von dem man sich niemals trennen will.

Mitten im zweiten Teil, als Edwin plötzlich wieder die fliegende Leichtigkeit seiner alten Improvisationen wiederfand, befiel ihn ein Schwindel. Er ließ die Hände auf die Tasten sinken, fasste sich an den Kopf und stand vorsichtig auf. Ein Glas Wasser.

Wieder kam der Schwindel, plötzlich, ein sich drehender Schatten. Edwin ging langsam die Treppe hinauf, der Schwindel wurde stärker. Die Küche erreichte er noch, dann fegte er eine Tasse vom Tisch, fiel hin, spürte keinen Schmerz, denn die Schwärze war weich.

Als er wieder zu sich kam, beugten sich große, besorgte Insektenaugen über ihn, die Riesenaugen einer freundlichen Grille, die ihn anzirpte. Edwin verstand sie nicht, ließ es in wohliger Empfindung seiner Schwäche geschehen, dass die Grille ihm irgendetwas unter die Knie schob, ihm ein kühles Läppchen auf die Stirn legte und noch eine ganze Weile weiterzirpte, bis er endlich begriff, wie die Grille hieß. Es war Frau Pleschke, seine Putzfrau.

»Jotte, wat machen Sie denn für Sachen, Herr Sunray? Nee, nee, wieder nüscht jefressen, also wenn Sie so weitermachen, denn gute Nacht, Luise. Hal-lo! Bloß nich wieder abtauchen, Herr Sunray, Sie verzeihen mal eben!« Sie gab ihm ein paar kleine Ohrfeigen, sah sehr besorgt aus. »Sie bleiben schön wach, Herr Sunray, ich hüpf mal eben rüber zu Professor Hürlimann, wach bleiben, mein Junge!«

Hürlimann war Mediziner im frühen Ruhestand und seit knapp achtzehn Jahren Edwins Nachbar.
Eine Minute später kam Frau Pleschke zurück, drei Minuten später kam Hürlimann angaloppiert, in schmutzigen Gartenhosen, ein Stethoskop um den sonnengebräunten Hals.
»Edwin, mein Bester! Na, was haben wir denn da? Kreislauf, was? Und die Beine hochgelagert! Das war richtig.«
»Ilse Pleschke weiß immer, was zu tun ist!«, sagte die Putzfrau stolz. »Der hat bestimmt wieder seit vorgestern nichts gegessen, Herr Doktor. Ich seh's doch. Ein Kühlschrank so leer wie die Wüste Gobi.« Die Putzfrau wies anklagend auf den Riesenkühlschrank mit integriertem Eiscrusher. »Aber Eiswürfel für 'ne ganze Bongobar, die kann er produzieren!« Hürlimann und Frau Pleschke schleppten Edwin in den Salon und legten ihn auf das Sofa, auf das Rosa ihn vor einigen Tagen gebettet hatte. Komischerweise musste Edwin jetzt gerade an sie denken. Eigentlich war sie angenehmer gewesen als dieser ganze Almauftrieb mit dem bärenstarken Riesenarzt und der geschwätzigen Putzfrau. Ruhiger, zumindest.
Frau Pleschke zupfte den Professor am Ärmel. »Nur 'ne Sekunde, Professor!«
Er folgte ihr in den Korridor.
»Ich trau mich kaum, das zu sagen, Herr Professor, aber ich wollte heute eigentlich kündigen. Meine Jüngste hat in Cottbus gebaut, und wir wohnen denn auch da, mein Mann is ja seit Januar in Rente, und was soll ich in Berlin, wo meine Enkel doch woanders sind, aber ich hab 'ne Freundin, die könnte zwei Mal die Woche, und die ist ganz fix und sauber, da leg ich meine Hand …«

»Ich kümmer mich darum, Frau Pleschke!«, unterbrach Hürlimann, nickte ihr zu und ließ sie stehen. Er schloss die Tür zum Flur, setzte sich neben seinen Patienten. Er untersuchte Edwin schweigend und ließ schließlich das Stethoskop sinken. »So, jetzt raus mit der Sprache: Wann hast du das letzte Mal was gegessen?«
Edwin schwieg.
»Na, wird's bald?«
Unwillig blickte Edwin ihn an. »Weiß ich nicht mehr. Ist bestimmt noch nicht lange her.«
»Wahrscheinlich vorgestern, einen halben Toast. Edwin, du brauchst nicht mehr abzunehmen. Das weißt du, ja? Wenn du so weitermachst, bist du in ein, zwei Monaten hin. Oder schon früher. Nämlich dann, wenn du dir in einem Schwächeanfall die Rübe aufhaust. Eine Platzwunde, ein ordentlicher Blutverlust, und das war's dann, weil dich keiner vom Boden aufliest. Du hörst mir jetzt mal gut zu, ich habe nämlich eine Idee.«
»Hürlimann, ich lasse mich nicht von dir liften, und wenn du dich auf den Kopf stellst. Meine Lebenskrisen bleiben drinne im Gesichte.«
»Ach Gott, Edwin, auf die Idee käme ich nie! Du und Lifting! Du würdest diese dreißigstündige Operation gar nicht durchstehen!« Hürlimann grinste, wurde wieder ernst. »Du brauchst jemanden, der auf dich aufpasst. Wenn du dich nicht in den nächsten Tagen darum kümmerst, werde ich deine große Schwester einschalten.«
»Nein!« Jetzt hüpfte Edwin entsetzt auf, fast fiel er vom Sofa. »Wenn du das machst, kenne ich dich nicht mehr.«
»Ich hab noch 'n Haufen anderer Nachbarn, Sunray. Da

fällt das gar nicht auf, wenn du mich nicht mehr kennst, du undankbare Heulboje.« Er beugte sich über Edwin, seine süffisante Miene war auf einmal verschwunden.

»Ich meine es ernst. Meinst du, ich mach mir keine Gedanken um dich? Dass du dich hier vergräbst, dass du immer mehr aussiehst wie ein Zombie. Ich habe dir zwar schon oft gesagt, dass du jederzeit zu uns rüberkommen kannst, du weißt, meine Tochter liebt dich aus unerklärlichen Gründen, aber das ist ja keine Dauerlösung. Übrigens hat mir deine Pleschke eröffnet, dass sie kündigt.«

»Wieso das denn? Ich habe sie doch nie geschlagen!«

»Sie will zu ihren Enkeln oder so ähnlich.«

»Das auch noch … Jetzt kann ich mir eine neue Putzfrau suchen. Zauberhaft.«

»Edwin, warum überredest du nicht deine Schwester, zu dir zu ziehen? Sie ist doch auch wieder solo, wie du. Ein netter Mensch, der dich bekocht, der dafür sorgt, dass du dreimal am Tag etwas zu dir nimmst, dass du nicht so viel Kaffee säufst und Ansprache hast. Und dass du nicht endgültig zum Menschenhasser wirst.«

»Wenn du mir meine Schwester auf den Hals hetzt, dauert genau das höchstens fünf Minuten, Hürlimann.«

Der Arzt machte eine warnende Handbewegung. »Hör auf, Edwin. Du spielst mit deinem Leben. Es gibt für alles eine Zeit: für den Erfolg, für die Krankheit, für die Trauer, für die Freude. Und es ist ein Reigen in loser Folge mit jeder Menge Wiederholungen. Aber eben ein Reigen und nicht das Auf-der-Stelle-Treten, das Verharren in einem Zustand. Ich will nicht, dass du abstürzt.«

Edwin zog eine Augenbraue hoch und sah einen Moment

lang aus wie der garstige Alte aus einem Stück von Molière. »Ich wusste gar nicht, dass du mich so lieb hast, Hürlimännchen. Aber bitte setz mir dein psychotherapeutisches Küchengewäsch nicht auf die Rechnung.«
»Meine Ratschläge sind gratis, du giftige alte Tunte. Aber für das Abhorchen kriegst du die Privatrechnung eines Professors der Medizin, mein Lieber. Dreifacher Satz wegen schwieriger Bedingungen. Und denk dran, ich habe die Adresse von deinem Schwesterchen!«

Es dunkelte. Die Putzfrau kam ins Wohnzimmer, brachte ihm noch einen Tee, ein paar schiefe Sandwiches. »Brauchen Sie noch was, Herr Sunray? Und Sie sollen das essen, hat der Doktor gesagt. Übrigens, hat er Ihnen schon von meiner Freundin Henriette erzählt?«
Edwin blickte sie irritiert an. »Sollte er? Ich weiß nicht, ob Sie das schon gemerkt haben, Frau Pleschke, aber ich interessiere mich nicht so schrecklich für Frauen.«
»Ach, Herr Sunray, Sie oller Witzemacher. Ist doch nur, weil ich nicht mehr kommen kann ab nächsten Monat.«
»Ach ja, stimmt.«
Sie war beleidigt, weil er kein Wort des Bedauerns für ihre Kündigung hatte, war aber noch nicht zum Abschied bereit. »Haben Sie schon Nachrichten gehört, Herr Sunray? Ich aber eben, wo ich die Küche geputzt hab. War wieder ein Riesenerdbeben in Südamerika. Das mit den Erdbeben in Südamerika, schlimm. Ich mein auch, das würde immer schlimmer in den letzten Jahren mit den Erdbeben. Das hat bestimmt mit dem Klima zu tun wie die Flutwellen und die Hurrikane. Und in unserem Garten am Spandauer

Damm kommen die Erdbeeren jedes Jahr immer 'n Tacken später, da stimmt doch was nicht.«
Edwin seufzte. Sie hörte nicht auf zu reden, wenn er sich mit ihr in demselben Raum befand. Sie litt unter so etwas wie verbaler Inkontinenz. Wenn man ihr antwortete, war man verloren. Aber er konnte sich die Antwort nicht verkneifen. »Wir bewegen uns auf eine neue Eiszeit zu, Frau Pleschke.«
»Meinen Sie? Das ist ja 'n Ding. Und wann isses so weit?«
Er schaute auf seine Armbanduhr. »Wenn Sie sich beeilen, schaffen Sie's noch bis Schmargendorf!«
»Ach, Sie ...! Aber das mit meiner Freundin, das sollten Sie sich überlegen. Die kann für Sie kochen, die kann auch öfter kommen, und die kann nicht nur Krautwickel oder so, die macht auch italienisch. Lasagne und all die Sachen, und denn kann sie auch ...«
»Danke, ich muss jetzt mal 'ne Runde schlafen, Frau Pleschke. Also bis nächste Woche. Da kommen Sie doch noch mal, oder?«
»Na sicher.«
»Und eh ... tut mir wirklich Leid, wenn Sie gehen, Frau Pleschke. Das passt mir gar nicht.«
Sie lächelte zufrieden. »Das ist nett, dass Sie das sagen. Preislich wär die Henriette bestimmt günstig für Sie, Herr Sunray. Die ist Witwe und hat jede Menge Zeit, und selber kochen ist ja nicht so teuer wie im Restaurant, und für Gäste macht die auch. Letzte Woche ...«
»Wiedersehen!«
Sie begriff langsam, dass das Gespräch wirklich seinem Ende zuging, verzog sich an die Garderobe, kam noch ein-

mal im Mantel zurück und sagte: »Na denn, ich bin mal weg, Herr Sunray. Für heute hab ich aber eine halbe Stunde länger aufgeschrieben, denn das mit dem Tee und den Butterbroten hält ja so was von auf, nur dass Sie Bescheid wissen. Und wegen Ihrem Kollaps, da hab ich später angefangen, da musste ja der Doktor erst gerufen werden, und einer musste sich ja um Sie kümmern, was ein Glück, dass ich gerade heute da war, also, Sie sollten wirklich …«

Edwin schnarchte laut.

Als die Tür ins Schloss gefallen war, stand er auf, knipste die Lampe mit dem grünen Glasschirm an, suchte nach einer bestimmten CD und legte sie auf. Er wanderte durch das schwach erleuchtete Wohnzimmer und blieb vor dem Photo seines Freundes stehen. Charles und er hatten einen fast gänzlich entgegengesetzten Musikgeschmack gehabt. Aber Albinoni liebten sie beide. Hatten geliebt.

Edwin stand ein paar Minuten still, lauschte dem Adagio in g-Moll.

Es gab gleich zu Beginn eine Passage, die sich anhörte, als tapse ein sanfter Riese mit dunklen Schuhen eine Treppe hinunter. Darüber schwebten Orgelklänge, die mit jedem Schritt klagender wurden. Edwin spürte, dass die Musik sich auf ihn legte wie ein zu schwerer Mantel. Immer, wenn er Charles' Bild länger betrachtete, die Augen, in denen er schon kleinste Stimmungsumschwünge hatte lesen können, das Gesicht des vertrauten Gegenübers, das Jahre, Jahrzehnte neben ihm aufgewacht war, konnte er nicht mehr richtig atmen.

Er war mit zwei Schritten an der Stereoanlage und drückte auf »off«. Albinoni hören war auch eins von den Dingen, die nicht mehr möglich waren. Er zog die Nase hoch und setzte sich wieder an den Couchtisch, nippte an dem mittlerweile fast kalten Tee. Er hob die obere Brotscheibe von Frau Pleschkes wunderbarem Sandwich. Es war mit zerdrückten Ölsardinen belegt und mit Tomatenmark beschmiert. Edwin schüttelte sich. Aber kein Wunder, es war nichts im Kühlschrank gewesen. Edwin erhob sich, öffnete die Terrassentür, trug den Teller nach draußen und kippte das Sandwich auf den Kompost.

Ein Rest Helligkeit schimmerte noch im Westen, ansonsten war die Nacht schon fast da – die Berliner Nacht, natürlich. Richtig dunkel wurde es hier nie. Über der Stadt wogte die Lichtglocke der Kneipen, Theater, Bars, Schaufenster. Scheinwerfer strahlten Gebäude an, und zuckende Laserschweife markierten irgendwelche Vergnügungsstätten; die Autos von ein paar Millionen Bewohnern dieser tobsüchtigen, verrückten Stadt wälzten sich durch die Straßen. Hier, am Rand von Berlin, kam er sich immer vor wie auf einem Balkon über der gesamten Stadt, auch wenn es hier nichts zu überblicken gab, denn sein Grundstück war mit hohen Kiefern und Buchen umwachsen. Es waren kaum Sterne zu sehen.

Er dachte daran, wie er einmal mit Charles in Frankreich am Atlantik gewesen war, wie sie beide, im Sand liegend, der Brandung gelauscht und den Nachthimmel beobachtet hatten. Edwin hatte nie geglaubt, dass der Himmel so aussehen konnte. Unendlich viele Sterne, wie leuchtend erfrorene Regentropfen, eine Milchstraße, so deutlich zu sehen, dass man den Namen endlich richtig nachvollziehen konnte, und Sternbilder, die er nur aus Büchern kann-

te. Sie zählten Sternschnuppen, so viele, dass es kaum zu glauben war.
Edwin atmete tief die Nachtluft ein. Der Frühling war gekommen, endgültig. Heute roch es gut nach Pflanzen und Wald, kleine Tiere raschelten geschäftig durch die Hecke, hinter der der Grunewald begann. Es waren tatsächlich die einzigen Tröstungen, die ihn erreichten. Tiergeräusche. Blattgeruch, der Anblick kleiner Moospolster in Mauerritzen. Einmal, bei einem ihrer glücklicherweise nicht sehr zahlreichen Besuche, hatte seine Schwester verkündet: »Du musst die Trauer endlich zulassen, Edwin.« Er hatte fluchtartig den Raum verlassen, um nicht einen schweren Gegenstand nach ihr zu werfen.
Er fröstelte. Plötzlich musste er wieder an die blonde Frau denken, die ihm – war es vor einer Woche? – geholfen hatte. Er war ziemlich unhöflich gewesen – warum, wusste er nicht. Eigentlich hatte es keinen Grund gegeben. Ach richtig, sie hatte ihn an seine Schwester erinnert. Diese direkte, energische Art. Eigentlich war sie ihm gar nicht mal so unangenehm gewesen. Auch kein leichtes Leben, in diesem Alter rosa Sekt bei senilen Fabrikantinnen zu servieren, und dazu noch in einem albernen Plüschkostüm.
Sie hatte so etwas Zupackendes gehabt, was ihn bei Frauen oft verschreckte. Aber anders als seine Schwester oder seine Putzfrau war sie angenehm ruhig gewesen, konnte offensichtlich auch den Mund halten. Plötzlich übermannte ihn das schlechte Gewissen. Jetzt erinnerte er sich wieder daran, wie er sie hinausgeekelt hatte – kein guter Stil.
Edwin ging ins Haus und schloss die Terrassentür. Vielleicht konnte er über die Schokoladen-Krawuttniks die

Adresse herausbekommen? Ein paar Blumen als Dankeschön, das gehörte sich doch. Ihm fiel ein, dass sie ihren Namen genannt hatte. Rosa, ja, natürlich. Rosa wie die Lieblingsfarbe von Madame Krawuttnik.
Und weiter? Ach verflucht, sein Gedächtnis. Er griff nach dem Telefonbuch und suchte die Nummer der Schokoladendynastie heraus.

*

»Anastasia? Hast du mal 'n Moment Zeit?«
Tanja betrat den Toilettenvorraum des *Goldwasser.* Anastasia hockte an ihrem Campingtisch und löste Kreuzworträtsel.
»Indischer Strom mit sechs Buchstaben?«, fragte sie, ohne aufzuschauen.
»Purksi«, entgegnete Tanja.
»Quatsch. Ganges, du Schulschwänzer!«
»Dann frag doch nicht, Zarentochter. Hör mal, du musst mir helfen.«
Anastasia malte weiter an ihrem Rätsel herum.
»Hör mir mal zu!!«, sagte Tanja laut.
»Portemonnaie ist in meiner Anoraktasche, hängt dahinten.«
»Es geht nicht um Geld. Doch, es geht natürlich auch um Geld, aber auch noch um was anderes. Mama hat nächste Woche Geburtstag.«
Anastasia schlug sich die Hand vor die Stirn. »Oh, Schiete, den hätte ick jetzt schon wieder vergessen.«

»Ich weiß nicht, was ich ihr schenken soll, denn Geld hab ich keins. Hast du eine Idee?«

Anastasia blickte endlich auf. »Ich werd mal drauf rumdenken.« Sie fixierte Tanja. »Und was liegt dir sonst noch auf der Seele? Such jetzt keine Ausrede, ich sehe alles. Raus damit.«

»Kannst du vorläufig schweigen, Anastasia?«

Anastasia warf ihr einen vernichtenden Blick zu. »Willst du darauf echt 'ne Antwort?«

Tanja holte Luft. »Ich will die Schule schmeißen. Ich werde diesmal sowieso nicht versetzt. Ich will nur noch schreiben. Ich will nur noch Straßendichtung machen, ich will, dass die Leute wieder zuhören lernen, ich will ...« Sie hob beide Hände und sprach mit Nachdruck: »... ich will, dass die Menschen das Geheimnis ihres Lebens entdecken.«

Anastasia schwieg, klug genug, keine Kommentare abzugeben. Schließlich nickte sie. »Das Geheimnis des Lebens – Mensch, Kind, da haste dir aber was vorgenommen. Ich denke, die U-Bahn-Dichtung läuft nich so gut?«

»Ich will das ja auch jetzt anders angehen. Öffentliche Plätze und freie Lesungen und so. Und zusammen mit Zip und Stefan.«

»Sind das die beiden netten Jungs, die Rosa immer abfüttert?«

Tanja nickte.

»Kennst du die von der Schule?«

»Nein. Aus dem richtigen Leben.«

»Und was ist das richtige Leben?«

»Alles – außer Schule.«

»Bist du in der Schule so schlecht geworden?«

Tanja nickte. »Sag mal, Zarentochter, hast du in deinem Leben noch nie so ein Gefühl gehabt, dass du ganz unten auf dem Boden von einem riesigen, schwarzen Topf hockst, nichts wert bist, gar nichts, dass du nackt bist, obwohl du was anhast, dass du frierst, obwohl es warm ist?«

Anastasia malte Spiralen an den Rand des Rätselheftes und schwieg. »Nee!«, meinte sie schließlich. »Das mit dem Frieren – nee. Aber wie der letzte Dreck hab ich mich oft gefühlt. Früher. Jetzt nich mehr. Ich hab mich im Laufe der Jahre zum vorletzten Dreck hochgearbeitet. Das reicht mir.« Sie lächelte, blickte Tanja dabei aber nicht an.

»Vorletzter Dreck find ich gut. Fast so gut wie ›ziemlich tot‹. Schenkst du mir den Ausdruck?«

Anastasia nickte. Dann blickte sie Tanja genau in die Augen. »Fühlst du dich wie einer, der in so ’nem Topf hockt?«

»Manchmal. Aber ich weiß, wie vielen Menschen es immer so geht. Und ich will ihnen helfen. Mit meinen Gedichten.«

Anastasia seufzte.

Tanja zappelte auf ihrem Stuhl hin und her. Dann platzte sie heraus: »Mensch, ich hab noch ’n anderen Stress. Ich weiß nicht, wie ich das Mama beibringen soll!«

Anastasia beugte sich vor und schob ihre Brille auf die Nasenspitze. »Kind, jetzt sitz mal ruhig. Also nich nur die Schule. Was ist noch los?«

Tanja zog die Schultern hoch. Die Augen verdunkelten sich, sie konnte nicht sprechen, machte stumme Mundbewegungen, dann auf einmal brachen die Worte hervor wie Stücke eines schwer zu ziehenden Zahnes. »Ich bin schwanger, Anastasia.«

Anastasia hatte zu viel erlebt. Sie zuckte nicht zusammen. Sie zündete sich eine Zigarette an und lehnte sich zurück.
»Also du willst die Schule kippen und bist schwanger. Gute Kombi. Un nu?«
Tanja zuckte mit den Schultern.
»Wievielter Monat?«
»Müsste so Mitte zweiter sein.«
»Dann ist es doch kein Problem. Du lässt es wegmachen.«
Tanja blickte sie an, ihre Augen verloren den Schatten und weiteten sich. Sie musterte die Photowand, die vielen Raumsprays im Regal und schwieg.
»Ich erkundige mich«, versprach Anastasia. »Dann brauchst du es Rosa überhaupt nich erzählen, Tanja.«
Tanja seufzte tief, aber beim Ausatmen hörte man, dass sich die Last sofort wieder auf sie legte.
»Aber ich glaube, ich will das nicht. Ich meine, ich glaube, ich will es. Ich nenn es schon Emil.«
»Tanja, du hast 'n Schaden, Kind! Wie alt bist du?«
»Achtzehn. Nächste Woche.«
Anastasia verdrehte die Augen. »Weißt du überhaupt, was dir Emil alles verbaut? Freizeit kannst du vergessen. Und das Straßendichten, wie soll das dann aussehen? Wer ist 'n der Vater? Auch Dichter?«
Tanja machte eine wegwerfende Handbewegung. »Irgendwer, Anastasia. Ist schon wieder aus Berlin weg. Musiker. War so 'ne schnelle Nummer.«
»Ach ja. So macht man das heute! Die schnelle Nummer braucht aber alle paar Wochen neue Schuhchen, braucht von morgens bis abends jemand um sich rum, braucht Klamotten, aus denen sie laufend rauswächst, braucht Liebe

und Zeit und Schotter, mein Kind. Ach, du hast ja keene Ahnung von nischt. Babys sind doch keene Plüschtiere! Du denkst ans Schmusen und an putzige kleine Fingerchen, aber ick saje dir, wenn du erst mal alle paar Meter stinkende Windeln in den Müll trägst, wenn du nächtelang jede Stunde rausgeschmissen wirst, weil das Kind plärrt und trinken will, wenn die Brustwarzen so kaputtgesaugt sind, dass schon das Draufkucken wehtut, wenn du bei Fieber rund um die Uhr am Bett hockst, weil du denkst, es passiert was, wenn du …« Sie brach ab. »Ick vasteh dir.« Je mehr Emotionen hochkamen, desto mehr berlinerte Anastasia.

Tanja hatte sie beobachtet und wesentlich mehr begriffen, als Anastasia recht war. Aber es gab in der Freundschaft zwischen den drei Frauen das ungeschriebene Gesetz, dass man Anastasia nicht fragte. »Und wo ist dein Kind jetzt, Anastasia?«, wäre eine üble Grenzüberschreitung gewesen, das wusste Tanja. Und nach ihrer Vergangenheit durfte man Anastasia nur fragen, wenn das Interview mit »Sag mal, damals, bei euch am Zarenhof …« begann, wenn man also die Zarensaga bedingungslos akzeptierte. Auf Anastasias Post war zwar immer »Anastasia Pachulke« zu lesen, aber Tanja hatte auch schon mal Behördenbriefe mit dem Aufdruck »Grete A. Pachulke« gesehen. Jetzt kam noch ein Mosaikstein aus Anastasias zweiter Vergangenheit dazu, ein Kind, das aber in ihrem Leben nicht oder nicht mehr auftauchte. Wie viele schwarze Schatten daran geknüpft waren, konnte man nur ahnen.

Tanja beobachtete die rätselhafte ältere Freundin, die vor drei Jahren in die billige Wohnung im ersten Stock eingezogen war. Es war schon seltsam mit ihr: Von außen betrachtet, musste man zu dem Urteil kommen, dass bei ihr eine Schraube locker war. Anastasia kultivierte ihre Zarenmacke konsequent und bis ins Detail. Ansonsten war sie realitätsbewusst, lebensklug und lebenstüchtig, und man fand bei ihr keinerlei Verhaltensauffälligkeiten. Jedenfalls keine, die man mit dem Etikett »pathologisch« hätte versehen können.

»Und wenn Emil da ist, Kind, wie ist denn das mit dem Platz? Rosa und du, ihr tretet euch ja sowieso schon auf die Füße, auch ohne Baby. Und stell dir mal vor, Emil fängt an zu krabbeln! Wo kann Emil das? In der Küche, zwischen dem hochgeklappten Bügelbrett und dem Kühlschrank, auf dreißig Zentimetern Breite? In deinem Winzzimmer zwischen deinen drei Millionen Büchern und dem Zwergentisch, an dem du schreibst?«

»Weiß ich doch auch nicht, Anastasia. Vielleicht kann Rosa ja eine größere Wohnung mieten, sie hat doch noch Geld auf der Bank.«

Anastasia zog an ihrer Zigarette. »Die fünftausend, die deiner Mama noch geblieben sind, die sind …«

»… für die Rente, sprich bloß nicht weiter, Zarin. Die Leier kenn ich.«

»Weißt du, wie wenig das ist als Alterspolster? Das ist in die hohle Hand geschissen. Das Alter kann lang sein. Und deine Mama kriegt später eine Rente, bei der du mit der Lupe ranmusst.«

»Rente, Rente, Altersversorgung … Mann, ich lebe jetzt und heute. Wo bin ich hier?«

»Am Arbeitsplatz einer alten Frau, Mausi«, entgegnete

Anastasia ungerührt. »Woran du siehst, wie üppig es sich mit einer kleinen Rente lebt.«

»Ach gib's doch zu, ohne dein Promiklo würdest du es gar nicht aushalten, Anastasia.«

»Stimmt auch wieder.«

Tanja seufzte tief, zog dabei die Schultern hoch, ließ sie wieder fallen und sah einen Moment lang wie eine hilflose Sechsjährige aus. Anastasia tätschelte ihre Hand. »Na, wer weiß, Kleene. Vielleicht gibt's ja irgendwo eine Lösung. Und wann willst du es ihr sagen? Ich meine jetzt die Sache mit Emil.«

»Einen Tag nach ihrem Geburtstag.«

Anastasia seufzte. »Und was machen wir mit dem Geburtstag? Was schenkst du ihr?«

»Keine Ahnung.«

»Sollen wir zusammenlegen? Wie viel Geld hast du denn noch?«

»Vier Euro«, sagte Tanja bedrückt.

»Her damit. Ich hab eine Idee. Eine Freundin von mir löst gerade ihre Wohnung auf und geht ins Altersheim. Bei dem ganzen Krempel finde ich schon was.«

Tanja erhob sich, zog ihre arg mitgenommene Lederjacke an und wandte sich zum Gehen. Anastasia zupfte sie am Ärmel. »Sag mal ... wieso willst du Emil eigentlich behalten? Ich finde das nich sehr gewöhnlich für 'n Mädchen in deinem Alter!«

Tanja hatte seit dem Entschluss, ihr Kind zu bekommen, genug Zeit gehabt, um sich auf diese Frage vorzubereiten. Das Problem war allerdings: Tanja fand die Antwort nicht. Sie wusste einfach nicht, warum sie fest entschlossen war,

ihr Baby zu behalten. In den vierzehn Nächten, in denen sie darüber nachgedacht hatte, was jetzt werden sollte, hatten ihr immer wieder die kleinen rosa Streifen entgegengeschimmert, die Schicksalsstreifen aus der Apotheke. Als Tanja den Schwangerschaftstest schließlich in den Mülleimer warf, hatte sie das Gefühl, sie vernichte ein wichtiges Dokument. Der blassrote Positiv-Befund stand für etwas, das nur aus ihr gewachsen war, nur von ihr selbst hervorgebracht. Eine runde Leistung, ein Emil. Wenn Tanja an Emil dachte, war Emil nie ein Baby, das es zu umsorgen galt, sondern eher ein Mitstreiter, eine Verdoppelung ihrer selbst, eine Rückenstärkung. Undenkbar, Emil nicht in ihr Leben aufnehmen zu wollen.
Sie würde für Emil Geschichten schreiben, sie würde abends an Emils Bettchen zusammen mit ihr neue Wörter erfinden, und sie würden sich scheckig lachen. Emil war etwas, das sie zwischen sich und die Welt halten konnte, nicht als Zeugnis des Versagens, sondern mit trotzigem Stolz. Aber all das konnte sie nicht formulieren, noch nicht, und so antwortete sie: »Traditionsbewusstsein!«, und grinste. »Oma war ledig und hat ein Mädchen gekriegt, Mama auch, und jetzt bin ich dran.«
»Woher weißt du, dass es ein Mädchen wird?«
»Weiß ich eben. Und sie heißt Emil.«
Anastasia schüttelte ratlos den Kopf. Aber Tanjas Entschluss imponierte ihr.

*

Tanja gab sich Mühe. Im Park des Charlottenburger Schlosses hatte sie alle möglichen Frühlingsblumen geklaut, den Zupfkuchen hatte sie gestern bei Anastasia gebacken. Auf den Tisch kam ein blau gefärbtes Betttuch, dazu Papierservietten mit Vergissmeinnicht, Tanja war zufrieden. Geburtstage wurden im Hause Echte ernst genommen. Tanja rückte das Besteck zurecht. Es klingelte. Anastasia schleppte ein Paket und zwei Stoffbeutel voller Lebensmittel in die Küche und wischte sich die Stirn. »Kaffee, Kind. Kaffee und Zigarette, aber sofort!«
»Na, hat Freundin Käthe wieder Rosinenbomber gespielt?« Tanja wuchtete die Taschen mit den Lebensmitteln auf den Kühlschrank und deponierte Anastasias Geschenkpaket auf dem Herd. Es war groß, weich und aufwendig verpackt.
Tanja goss zwei Henkelbecher voll und bugsierte Anastasia auf den Balkon, auf dem außer für zwei kleine Hocker nur noch für eine alte Holzkiste Platz war. Auf der Kiste lag eine von Wind und Wetter abgeschilferte Holzplatte, die als Tisch diente. Tanja fischte eine Zigarette aus Anastasias Schachtel. Anastasia zog eine Augenbraue hoch. »Ich denk, du bist am Brüten?«
»Ach, bloß mal eine, Zarentochter. Davon geht Emil schon nicht ein, was, Kleene?«
Sie klopfte sich auf den Bauch. »Ich übertreib ja sonst nicht. Trinke keinen Alkohol, kiffe nicht, und die eine Kippe …«
»Was macht die Dichterei?« Anastasia legte ihre dürren Beinchen, die wie immer in gewagt gemusterten Leggins steckten, auf die Balkonbrüstung zwischen die beiden Blumenkästen. Tanja nickte zufrieden. »Heute Abend ist

Auftritt im *Eierkarton,* Poetry-Slam. Ihr müsst kommen. Ich bringe Rosa ein Ständchen. Eintritt ist für euch beide frei.«

»Bin ich doch viel zu alt zu, all die jungen Leute.«

Tanja lachte. »Och, nicht wieder *die* Leier.«

Es klingelte. Tanja schreckte hoch, sah auf die Küchenuhr und wunderte sich. Es war elf. Rosa wollte erst um zwölf wieder zu Hause sein und hatte einen Schlüssel. Tanja drückte auf den Summer und wartete an der geöffneten Haustür. Ein älterer Herr mit schütterem Haar, blass, schmal, eher unauffällig, kam langsam die Treppe hinauf. Ab und zu blieb er stehen und schnappte nach Luft. Er blickte sich in dem Treppenhaus um, in dem es nach Kohlrouladen roch. Tanja schaute ihn verwundert an, ihre Blicke trafen sich. Der Fremde ging jetzt weitere fünf Stufen hoch und fixierte dabei das Mädchen mit der kohlschwarzen Stoppelfrisur, den Jeans und dem T-Shirt, auf dem ein Hanfblatt prangte. Sie sah aus wie die Sprecherin einer Wohngemeinschaft für straffällig gewordene Jugendliche. Forschend, etwas böse und ungemein anziehend. Jetzt stand der ältere Herr vor Tanja, die sofort begriff, dass sie es hier mit einem Mitglied der besseren Gesellschaft zu tun hatte. Der Mantel war vermutlich aus Kaschmirwolle, der Rasierwasserduft, der ihr entgegenschlug, stammte nicht von Woolworth.

»Ja?«, fragte sie mit zusammengezogenen Augenbrauen, als hätte sie ihn am Telefonhörer.

»Ich möchte gerne Frau Rosa Echte sprechen! Wohnt sie hier?«

»Sind Sie von irgendeinem Amt?«, fragte Tanja misstrauisch. Jetzt erst registrierte sie, dass der Fremde einen verpackten Blumenstrauß in der linken Hand hielt, den er die ganze Zeit halb hinter seinem Rücken verborgen hatte. Amüsiert und ein bisschen müde fragte er: »Seh ich so aus?«

Noch bevor Tanja ihn erneut kritisch mustern und zu einer möglicherweise nicht sehr schmeichelhaften Einordnung kommen konnte, kreischte jemand hinter ihr laut auf, schubste sie beiseite und schlug die Hände zusammen. »Tanja, mach 'ne Pulle Sekt auf! Es ist ja nich ... also isses nich ... Edwin Sunray! Herrgott, dass ich Sie noch mal sehe!«

Edwin wich erstaunt zurück. Er hatte Rosa ganz anders in Erinnerung. Merkwürdig aber, dass ihm diese faltige Dame trotzdem so bekannt vorkam. Sie streckte ihm die Hand entgegen. Wohl oder übel musste er sie schütteln. »Anastasia!«, sagte sie strahlend. »Zarewna Anastasia Nikolajewna von der Toilette im *Goldwasser.*«

Jetzt war das Bild wieder da. Richtig. Plötzlich sah er Charles, der vor dem Campingtisch mit dem Trinkgeldteller stand, sich zu dieser verknitterten Klofrau hinunterbeugte, ihr etwas ins Ohr flüsterte, worauf sie lachend und kreischend nach ihm schlug. Zu ihrem Jubiläum im *Goldwasser* vor drei Jahren hatte er ihr Champagner geschenkt. Jetzt war alles wieder da, die Zarenmacke, die Raumsprays. Richtig, Charles hatte sogar einmal in einem Supermarkt im Londoner Flughafen ein Raumdeo mit Himbeerduft für sie aufgetrieben. In dieser Hinsicht schreckten die Engländer vor nichts zurück.

»Ich hatte Ihren Charles sehr gern, wissen Sie!«, sagte Anastasia, ohne das vorsichtige Mitleid, das alle um ihn herum entwickelten, wenn der Name Charles fiel.

»Ich auch«, entgegnete er und meinte es nicht ironisch. Ihm fiel einfach keine andere Antwort darauf ein.

»Nun kommen Sie doch rein, also das ist ja nicht zu fassen!« Anastasia wedelte Tanja beiseite und zog Edwin in die Küche. Edwin musterte den voll gestopften Raum, den alten Elektroherd, die zusammengewürfelten Küchenmöbel. Auf einem mit Heftzwecken festgepinnten Plakat des Brücke-Museums sah man die Reproduktion eines Gemäldes von Ernst Ludwig Kirchner: ein Mädchen in einem Kleid, dessen gelbschwarze Streifen ihn an eine Wespe erinnerten. Sie hatte Ähnlichkeit mit dem strengen Mädchen, das ihm gerade einen Stuhl anbot.

»Meine Mutter kommt gleich«, sagte sie. »Sie ist noch beim Friseur. Was wollen Sie denn?«

Man schien hier einen ziemlich direkten Ton zu haben. Edwin stieg darauf ein. »Blumen vorbeibringen, ich muss mich bei ihr bedanken.«

Tanja runzelte die Stirn. »Ach, Sie haben wohl ein schlechtes Gewissen, weil Sie sie so komisch rausgeekelt haben, was?«

Edwin konnte nicht anders, er musste lachen. Dieses Kind war, nun ja, ziemlich geradeaus konstruiert. »Genau«, antwortete er, und jetzt grinste Tanja.

»Tanja«, sagte sie und streckte ihm die Hand hin.

»Edwin«, sagte er, nahm ihre Hand, schüttelte sie und fragte: »Kann ich vielleicht mal die Blumen loswerden?«

Tanja nahm den Strauß entgegen: »Blumen packt man aus, bevor man sie überreicht!«

»Die sind ja auch gar nicht für Sie!« Edwin machte ein Gesicht wie ein mürrischer Frosch und konnte der aufkeimenden Regung in seinem Gemüt kaum glauben: Er verspürte so etwas wie gute Laune.

»Kaffee?«, fragte Tanja im Tonfall »sonst noch was?«.

»Aber 'n anständigen!«

Anastasia hatte unterdessen die vier guten Gläser aus Rosas Zimmer geholt und polierte sie eifrig. »Mit dem Sekt wartest du aber, bis Mama da ist!«, befahl Tanja. Anastasia fügte sich unter Protest und wickelte etwa dreißig Papageientulpen, die mit rosa Ginster und Kirschblütenzweigen zu einem Riesenbukett gebunden waren, aus dem Papier. »Schön!«, bewunderte sie und stellte sie nach längerem Suchen in das einzige Gefäß, das diese Fülle aufnehmen konnte: einen alten Emailkochtopf.

»Ach Jotte, Herr Sunray, geht's Ihnen denn jetzt besser?«, erkundigte sich Anastasia, und ohne eine Antwort abzuwarten, diagnostizierte sie: »Psyche kann ganz schön auf 'n Kreislauf hauen. Als wir von Hofe vertrieben wurden, da war mir die ersten vierzehn Tage lang jeden Morgen schlecht, inklusive Ohnmacht.«

Edwin schwieg. Er nippte an seinem Kaffee und musterte die Toilettenfrau. »Wie sind Sie damals eigentlich aus Russland rausgeschmuggelt worden?«, fragte er in sachlichem Ton. Tanja spitzte die Ohren und beobachtete Anastasia.

»Meine Kinderfrau hat mich als niederes Dienstmädchen verkleidet und mich als ihre kleine Schwester ausgegeben. Aber viel weiß ich nich mehr, denn sie hat mich die halbe Zeit mit Opiumkakao stillgestellt, damit ich mich nich verrate. Ach jajaja. Lassen wir die Wunden der Vergangenheit. Stück Zupfkuchen? Hat Tanja gebacken. Dies Kind sieht aus, als könnte es nur Sprühdosen bedienen, aber das stimmt nich.«

Edwin bestand gerade den wichtigsten Teil der Prüfung, denn er stieg auf den Themenwechsel ein und ließ sich ein Stück Kuchen geben.

»Mann! Das ist Mamas Geburtstagskuchen! Den kannst du doch jetzt noch nicht anschneiden, Zarentochter!«

»Doch, kann ich. Du hast vielleicht Begriffe von Gastfreundschaft!«

Edwin konnte sich nicht daran erinnern, wann er das letzte Mal an einer Kaffeetafel gesessen, wann er das letzte Mal Zupfkuchen gegessen hatte. Doch, vor drei Jahren mit Charles im Ausflugslokal Moorlake am Wannsee. Das war beider Lieblingslokal gewesen, hier beobachteten sie mit Vergnügen die dauernörgelnden Witwen, die, mit Turban oder Wollmütze, die Kellner quälten: »Ditte soll Mohnkuchen sein? Na ja, is allet im Niederjang, al-let. Ooch Kuchen.«

»Schmeckt gut.« Edwin zeigte mit der Kuchengabel auf Tanja. »Hätte ich Ihnen gar nicht zugetraut.«

»Was wollen Sie denn von mir hören? Dass ich beim Müllkippenhüpfen die goldene Ratte gewonnen habe? Ich bin …«

»Noch 'n Kaffee?«, unterbrach Anastasia, denn sie verehrte Edwin immer noch zu sehr, um ihn von diesem struppigen Teenager beleidigen zu lassen.

In diesem Moment wurde die Haustür geöffnet. »Rosa kommt«, flüsterte Anastasia aufgeregt. Sie eilte in den Flur, ließ die Küchentür einen Spalt geöffnet. »Du glaubst ja gar nich, was wir dir zum Geburtstag schenken!«, hörte man Anastasias Stimme: »Einen Mann!«

»Was, bitte, soll ich mit einem Mann? Ich brauche einen neuen Staubsauger«, entgegnete Rosas Stimme.

»Tanja!«, brüllte Anastasia aus dem Flur. »Mach ma' Sekt auf!«

Tanja öffnete gehorsam Anastasias Sektflasche vom Discounter, füllte die vier besten Weingläser, die im Hause Echte aufzutreiben waren, und stellte sie mitten auf dem Geburtstagstisch ab. »Fertig!«, schrie sie zurück.

Rosa trat ein, sah zunächst nur die brennenden Kerzen im Leuchter und strahlte. Dann, als sie Edwin Sunray registrierte, erschrak sie. Er stand auf, reichte ihr die Hand und blickte in ein höflich reserviertes Gesicht. Sie sah gut aus, fand er, viel besser und gepflegter als an dem bewussten Morgen. Aber damals steckte sie verschwitzt und müde von einer langen Arbeitsnacht in einem albernen Hasenkostüm, jetzt kam sie von der Hausfriseuse im ersten Stock, die preiswert, weil schwarz arbeitete. Und Rosa trug diesmal ein sonnengelbes Baumwollkleid.

»Frau Echte, ich gratuliere Ihnen zum Geburtstag. Ich wollte mich eigentlich nur noch einmal für Ihre erste Hilfe bedanken« – Edwin wies auf die Tulpen im Kochtopf – »… und mich für meine … ehem … Unhöflichkeit entschuldigen. Mir ging es nicht so gut, dann bin ich schon mal …«

»Ach, schon gut. Ich meine, vielen Dank. Setzen Sie sich doch!«, sagte Rosa.

»Nein, danke, ich muss jetzt gehen.« Edwin blickte sich suchend nach seinem Mantel um.

»Och nö, doch nicht jetzt schon! Jetzt, wo sie da ist!« Anastasia protestierte. Tanja reichte ihm ein Glas. »Auf das Geburtstagskind! Happy birthday to you, happy …« Anastasias Gießkannenstimme war allein nicht zu ertragen, deshalb stimmten Tanja und Edwin hastig mit ein. Sie stießen an, Edwin trank einen Schluck und stellte sein Glas wieder ab. Tanja verschwand für zwei Minuten im Badezimmer.
»Tut mir Leid, aber ich habe wirklich einen Termin.« Er wandte sich zur Tür. Rosa reichte ihm seinen Mantel, begleitete ihn nach draußen und streckte ihm die Hand entgegen. »Auf Wiedersehen!« Sie hatte einen kräftigen Händedruck. »Und noch einmal danke für die schönen Tulpen. Das war nett.«
Er sah, dass sich über der Küchentür ein großer Feuchtigkeitsfleck befand, den man mehrfach übermalt hatte. Dann, als der Fleck sich wohl zum dritten Male unter seiner Farbschicht hervorgekämpft hatte, musste man ihn akzeptiert haben: Eine gemalte Blumenranke verdeckte die schlimmsten Salpeterkränze. Die Tür zum Hausflur stand bereits offen, jetzt zog ein dünner Geruch nach Bratfisch in die Wohnung. Rosa trat beiseite, ließ ihn passieren. »Waren auf einmal doch zu viel Leute für Sie, was?«
Edwin zog die Augenbrauen hoch, nur ein wenig, aber sie sah es. Er antwortete nicht und wandte sich ab. Sie blickte ihm hinterher, als er die Treppen hinunterging. Unten am Absatz sah er noch einmal hoch und hob die rechte Hand.

Sie setzten sich wieder an den Kaffeetisch. Anastasia musterte Rosa und fand, dass sie bedrückt wirkte. »Hübsche

Tulpen«, sagte Rosa. »Und so ein schöner Kuchen, Schätzchen. Danke euch.«

Anastasia sah plötzlich, dass das Geschenk noch unbeachtet auf dem Herd lag und hüpfte hoch. »Und hier ist noch was zum Auspacken! Von Tanja und mir zusammen.«

Tanja fiel ein, dass sie gar nicht wusste, was Anastasia bei ihrer Freundin abgestaubt hatte. Hoffentlich kein Brokatkissen. Anastasia liebte so etwas und ihre Freundin sicher auch.

Rosa zog die Satinschleife auf, nahm das Geschenkpapier ab und starrte auf das Paisley-Muster. Dann begriff sie, was es war. Sie faltete die gesteppte Baumwolldecke auseinander. Nun leuchtete die ganze Pracht der Ornamente in Korallenrot, Ultramarinblau, Indischgelb. Rosa fingerte nach dem Stoffetikett des Herstellers und blickte Anastasia entsetzt an. »Zarentochter, ich weiß, was diese Dinger kosten. Seid ihr wahnsinnig?«

»Also, sie sind billiger als ein neues Sofa, und du wolltest so was doch immer schon mal. Außerdem ist es gebraucht gekauft.«

»Aber es riecht ganz neu!«

»Ich hab's in die Reinigung gegeben. Für alle Fälle. Also freu dich gefälligst und popel mir keine Preise aus der Neese.«

Rosa konnte es kaum glauben. Neu kostete dieses Textil ein kleines Vermögen. Jedes Mal, wenn sie durch das KaDeWe lief, besuchte sie eine bestimmte Luxusecke, in der die bunten Decken dekoriert waren. Beim Anblick der Preise wusste sie, dass sie sich so etwas nie würde leisten können. Und jetzt lag hier so ein Prachtstück von über vier Quadratmetern und wartete darauf, ihr schäbiges Schlafsofa in ein Märchenbett zu verwandeln. Nicht zu fassen.

Tanja war nicht ganz so ergriffen, denn kostbare Stoffe interessierten sie in etwa so stark wie die Weltwetterlage während des Pleistozäns. »Mensch, Mama, die Schabracke war doch secondhand. Jetzt fass dich.«

Rosa stand auf, packte die neue Decke und schleppte sie in ihr Zimmer.

»Was hast du denn dafür hingelegt, Anastasia?«, flüsterte Tanja.

Anastasia grinste: »Nicht, wat du jetzt denkst. Hat Käthe von ihrer Schwiegertochter, die steht auf so was. Aber Käthe nich. Die steht weder auf italienische Decken noch auf ihre Schwiegertochter. Käthe wollte dafür dreißig, aber ich hab's auf fünfzehn runtergehandelt.«

»Dann kriegst du noch dreifuffzig von mir, aber ich hab erst morgen Abend wieder Geld, nach meiner U-Bahn-Schicht. Hoffentlich jedenfalls.«

»Lass mal stecken.«

Als sie die Tür zu Rosas Zimmer öffneten, saß Rosa auf ihrem bunten Sofa, streichelte andächtig den Stoff und bemerkte sie nicht.

»Ist ja rührend«, sagte Anastasia. »Fast wie beim ersten Teddy.«

Rosa blickte auf. »Genau, Zarentochter. Es hat auch was davon.«

»Du kannst dir die Matte heute Abend um die Schultern wickeln, Mama. Dann siehst du aus wie Cleopatra. Also wie Cleopatra *vor* der Diät.«

Rosa antwortete nicht. Sie malte mit dem Zeigefinger Muster nach. Sprach immer noch nicht.

»Mama!! Was ist?«

Rosa schwieg. Anastasia verzog sich in die Küche und machte sich daran, das Geschirr vom Morgen abzuwaschen. Rosa hob den Kopf. Sie blickte ihre Tochter müde an, abwesend, wie es Tanja schien, dann klopfte sie mit der flachen Hand auf die Bettdecke. Tanja verstand. Sie setzte sich neben ihre Mutter, ängstlich. Eine Zeit lang hockten sie einfach schweigend nebeneinander. Rosa musterte immer noch die Deckenornamente, und Tanja betrachtete die Filzstiftschmierereien auf ihren Jeansknien.

»Und«, fragte Rosa auf einmal, »... was hat der Schwangerschaftstest ergeben?«

Tanja zuckte zusammen. »Woher weißt du das?«

»Bei meiner Friseuse erfährt man ja nicht nur, wer vom englischen Königshaus jetzt gerade wieder durchdreht, nein, man erfährt auch, dass die liebe Tanja vor zwei, drei Wochen ein Testset in der Apotheke gekauft hat. Immer schön aufpassen, wer in der Schlange hinter dir steht, Tanja. Und sie hat mir auch schon Babywäsche angeboten.«

»Nimm die Wäsche, Mama«, sagte Tanja dumpf.

Es war ganz still in Rosas Zimmer. Durch das Fenster blickte man auf eine pockennarbige Brandmauer, davor kämpften sich zwei Hinterhofbirken in die Höhe, zum Licht. Den Himmel konnte man hier, im zweiten Stock, nicht sehen. Die Mauer war zu hoch, zu nah. Man musste schon ans Fenster gehen und den Kopf in den Nacken legen.

Rosa schloss die Augen. Das also war der Tag, an dem sie erfuhr, dass sie Großmutter wurde. Heller Wahnsinn. Kein

Geld, kein Job, Mietwohnung in Pappschachtelgröße und bald ein Enkelkind, dem sie noch nicht einmal einen Kinderwagen kaufen konnte, einfach deshalb nicht, weil sie pleite war. »Oma! Ich und Oma!« Rosa war nicht bewusst, dass sie die letzten drei Worte laut gesprochen hatte. Ihr Kopf dröhnte, auf ihren Ohren lag ein taubes, filziges Gefühl.

»Ja, du wirst Oma, und nein, ich werde es nicht wegmachen lassen. Ich will es kriegen, und wenn du dich auf den Kopf stellst! Ich kriege es! Ich will auf jeden …«

Rosa erwachte. Sie hieb mit der flachen Hand auf ihr Bett. »Nun halt mal die Luft an! Ich habe mit keinem Wort von Abtreibung gesprochen. Aber sei so gut und erkläre mir, wie das passiert ist.«

»Ach Mama! Wie so was eben passiert. Auf einmal war ich eben schwanger mit Emil.«

»Wer, bitte, ist Emil? Sag bloß, du nennst es Emil! Und wenn's ein Mädchen wird?«

»Dann erst recht.«

»Und wer ist der glückliche Vater?«

»Er heißt Nick und lebt in Amerika.«

»Nick in Amerika, ist das die vollständige Adresse?«

Tanja nickte.

»Kennst du wenigstens seinen Nachnamen?«

Tanja schüttelte den Kopf. »Das war so 'n klassischer One-Night-Stand, wie das eben mal vorkommt. Spiel bloß nicht die Moraleule, Mama.«

»Den Nachnamen deines Vaters weiß ich heute noch. Und ich bin auch nicht bei der erstbesten Gelegenheit mit ihm ins Bett gehüpft.«

»Vielleicht nicht bei der ersten, aber bei der besten, Mama.«
»Und ich war auch nicht siebzehn, sondern einunddreißig.«
»Ja, toll, Mama. Einunddreißig und Chorusgirl in einem Londoner Szenetheater, dritte Sonnenblume von links. Was willst du mir damit sagen? Statusmäßig warst du mit einunddreißig auch nicht viel besser dran als ich jetzt. Und Emil ist mir so passiert, so, wie ich dir passiert bin. Ich habe einfach nicht aufgepasst.«
Rosatochter, Teufelskind. Das Gör war verbal kaum zu schlagen. Und sie hatte einfach Recht. Rosa seufzte. »Kind, ach Gott ... wo sollen wir denn all das Geld hernehmen, das so ein Baby kostet? Und keinen Pfennig Alimente! Kannst du nicht herausfinden, wo sich dieser Nick befindet?«
»Mama, der Mann stammt aus New York. Und wenn ich ihn richtig verstanden habe, fährt er die meiste Zeit mit einem Wohnmobil durch die USA und macht in irgendwelchen Kneipen Musik. Geld hat der keins. Ich fand ihn nett und er mich auch, wir haben was getrunken und ein bisschen geknutscht und, na ja, wie das dann so kommt.«
Sie blickte zum Fenster hinaus. Ihr Gesichtsausdruck wurde plötzlich leer. Wie schon einige Male suchte sie nach Spuren in ihrer Seele, nach einem Nachhall dieser kurzen Geschichte. Aber eigenartig – da war fast nichts. Auch keine Sehnsucht. Nur einzelne Bilder, wie Photos. Sein Profil gegen die Tresenbeleuchtung in der Kneipe, irgendwo am Prenzlauer Berg, sein wippender Gang, die langen Haare, die heftige Stunde auf einer fremden Kreuzberger Matratze morgens um drei, das Frühstück in freundlicher Unverbindlichkeit. Der Vater ihres Kindes war eine Photoserie.

»Und hast du keine Ahnung, wo er hier in Berlin gewohnt hat?«
Es kam keine Antwort.
»Wo er gewohnt hat!! Tanja!!«
»Was? Ach so … weiß ich nicht. In Kreuzberg bei einem Taxifahrer, den er am Flughafen aufgetan hat. Aber wer das jetzt wiederum ist, weiß ich auch nicht.«
»Weiß sie auch nicht …« Rosa hob die Hände und ließ sie wieder in den Schoß fallen.
»Mama?« Tanja blickte sie nicht an, ihre Stimme wurde dünner. »Mama, als du damals gemerkt hast, dass du schwanger warst, hast du drüber nachgedacht, mich abzutreiben?«
Rosa antwortete nicht sofort. Dann setzte sie sich gerade, fasste ihre Tochter um die Schultern und sprach ganz langsam. »Sieh mich an, Tanja Echte. Du warst kein geplantes Wunschkind, das wäre glatt gelogen. Aber ab der Sekunde, in der die Ärztin mir sagte, was los war, *warst* du mein Wunschkind, ganz einfach.« Tanja lehnte sich gegen ihre Mutter, senkte den Kopf und blieb eine Weile still, wie ein Tierchen, das nach langem Irrlauf erst einmal Luft holen und Wärme tanken muss. Rosa legte den Arm um ihre Tochter und blickte wieder auf die Birken. Das hatte sie im Leben gelernt: lügen, wenn es notwendig war. *Eigentlich sollte es dich gar nicht geben! Warum habe ich bloß verpasst, dich abzutreiben? Du bist ein Ausrutscher. Deinetwegen hatte ich keine Chancen im Leben!* Verantwortungslose Worte, Worte wie geworfene Steine, Steine, die sie selbst in ihrer Kindheit an den Kopf bekommen hatte. Natürlich hatte sie damals darüber nachgedacht, das noch namenlose Etwas verschwinden zu lassen. Sie hatte mit sich und diesem Ding gezürnt,

diesem Ding in ihrem Bauch, das ihr Leben irreversibel verändern würde.

Und es hatte ihr Leben verändert. Berühmte Schauspielerinnen können sich eine Babypause leisten, bei ihnen klopft man nach einem Jahr oder zweien wieder an. Aber nicht bei der dritten Sonnenblume von links. Und von irgendetwas musste man leben. Aber warum Tanja all das sagen? Die Wahrheit konnte manchmal furchtbar verletzen, und manchmal war eine Lüge die bessere Wahrheit.

Schließlich hatte Rosa ihr Kind angenommen, als etwas, das ihr das Leben geschickt hatte, als Aufgabe, die sie zu lösen hatte. Es war eine Entscheidung gewesen, die sie nicht bedauerte. Und nur das zählte.

*

Blauer Rauch hing über den Köpfen, ungefähr hundert vorwiegend junge Menschen saßen im *Eierkarton*, dem holzgetäfelten Tanzsaal des ehemaligen Vergnügungslokals aus dem 19. Jahrhundert, zwei Scheinwerfer waren auf die Bühne gerichtet, auf der man noch vor zwanzig Jahren mit traditioneller Besetzung »Das ist die Berliner Luft, Luft, Luft« gespielt hatte.

Der junge blonde Mann, der gerade mit vernebeltem Blick sein Publikum übersah, hatte noch vier Minuten Zeit, um die Anwesenden mit unvermuteten Zwischenexplosionen davon zu überzeugen, dass er ein großes literarisches Talent sei. Länger als zehn Minuten durfte heute kein Einzelauftritt dauern.

»Mondphasen Mohnphasen Mohndrüsen Drüsen düsen
zähe Zeit im Rinnsal teuflischer Lust
reiß mich auf, Teufelsmond und bewohn die Höhlen
meiner Augen,
friss Wurm den Asphalt, der mich verschüttet hat,
begraben wie euch alle, euch Scheißtypen ...«

Anastasia rückte näher an Rosa und wisperte: »Sach mal, Rosa, ist das so mit modernen Gedichten, dass die sich nich reimen müssen?«
Rosa nickte. Sie saßen ganz vorne an der Bühne, Rosa gähnte verstohlen. Anastasia streichelte Rasputin, der unter dem Tisch lag und schlief, mit ihrem Fuß. Jetzt gähnte auch sie, aber weniger versteckt. Rosa studierte einen der photokopierten Zettel, die auf jedem Tisch lagen. »Tanja und die Jungs sind gleich dran, Olle. Nach dieser Nummer.«
»Danach krieg ich Migräne, wär das okay für dich, Rosa?«
Rosa nickte. »Aber du musst behaupten, du könntest nicht alleine laufen, Zarentochter. Ich glaube nämlich, um halb zwölf gibt es im Ersten so einen hinreißend schwachsinnigen Film mit Doris Day und Rock Hudson. Und ich habe Lust auf möglichst wenig Jugend und ein Glas grünen Veltliner, der *nicht* nach Katzenpisse schmeckt.« Sie hob ihr Weinglas gegen das trübe Licht.
Anastasia nickte zufrieden.
Tanja und »die Jungs«, Zip und Stefan, hockten in der hinteren Ecke des Lokals, steckten die Köpfe zusammen und berieten die letzten Feinheiten ihres Auftrittes. Zip und Stefan hatten Tanja hier im *Eierkarton* kennen gelernt, in einer ebenso kalten wie glühenden Winternacht, der lan-

gen Nacht der Slam-Poeten. Sie wohnten in Kreuzberg, fast gegenüber der Markthalle, und teilten ihre Wohnung mit einer hochneurotischen Schauspielerin und einem ausgeglichenen Leguan. Und sie hatten Pläne. Wenn Tanja die Schule verlassen würde, wollten sie in aller Regelmäßigkeit, pünktlich und jedem Wetter trotzend, ihre Straßendichtung zu einer festen Institution machen. Sie wollten im Schichtdienst, allein, zu zweit, zu dritt ihre ambulante Kulturarbeit betreiben, in einer der Fußgängerzonen Berlins, in der U- oder S-Bahn, auf öffentlichen Plätzen oder auf den blank polierten Marmorböden der besseren Shoppingmalls.

Zip war klein und stoppelhaarig, sah aus wie eine liebenswürdige Schildkröte. Er stammte aus Dresden, war gelernter Konditor, hatte immer schon gedichtet:

»Oh, goldner Staub, o Mehl,
aus dem das Leben kommt,
verrühr ich dich mit Öl,
wird aus dir Kuchen prompt!«

Er lebte davon, auf den Wochenmärkten feines Gebäck zu verkaufen. Jeder Kunde bekam ein photokopiertes Gedicht mit in die Tüte. Es gab auf dem Winterfeldtmarkt einige Kundinnen, die im Laufe der letzten zwei Jahre tatsächlich auf die Dreingabe der Gedichte nicht mehr verzichten wollten und schon eine ganze Sammlung angelegt hatten. Zip bewunderte Tanjas Arbeit rückhaltlos und reagierte eher verstört oder hilflos, wenn seine Kundinnen sich über seine Gedichte amüsierten. Was sie komisch fanden, meinte er ernst. Er saß in den Arbeitspausen der großen Bäckerei in der Ecke und schrieb, die Zunge in den Mundwinkel geklemmt, seine kleinen Tütenreime.

»Ich bin ein Reim, kein Plätzchen,
drum iss mich nicht, du Schätzchen!
Denn auch 'n Reim aus Tüten,
den muss man gut behüten!«

»Du musst irgendwie tiefer gehen mit deinen Problemen, Zip!«, meinte Stefan wohlwollend. Der hatte gut reden. Stefan hatte viel mehr Zeit als Zip, um tiefer zu gehen, was auch immer das heißen mochte. Stefans reiche Mutter stellte nur eine Bedingung: Mit 27 Jahren musste er ein Studium abgeschlossen haben, gleichgültig, welches. Bis dahin hatte er genau noch sechs Jahre Zeit. In genau sechs Jahren würde sie die außerordentlich hohe Unterhaltszahlung an ihn einstellen, und danach musste er sehen, wo er blieb. Bis zum Tage des Erbantrittes, natürlich.
Von dieser nicht gerade beunruhigenden Abmachung und der königlichen Apanage wusste Zip nichts, ebenso wenig wie Tanja. Tanja und Zip blieb lediglich ein Rätsel, wie jemand so spartanisch leben konnte wie Stefan und wie jemand so virtuose Strategien entwickeln konnte, irgendetwas zu ergattern, das es gratis gab. Nie war er ohne Jutebeutel unterwegs, von den Kneipentoiletten stahl er das Klopapier, wurden im Haus in die Briefkästen Gratispröbchen von Shampoo oder Weichspüler geworfen, fischte er sie mit seinen langen, zarten Fingern überall wieder heraus. Wenn der blasse Junge mit den dunklen Locken auf dem

Markt nach einem Obstpreis fragte und dann wehmütig den Kopf schüttelte, kam es vor, dass ihm mitleidige Marktfrauen einen Apfel in die Hand drückten.

Rosa setzte sich plötzlich kerzengerade, denn Tanja hüpfte auf die Bühne. Wie eine bibbernde Blattlaus sah sie aus in ihrer giftgrünen Hose und dem grün gefärbten Sweater. Dünn, stoppelhaarig und sehr aufgeregt. Rosa wurde sofort nervös, weil sie ihrem Kind nicht helfen konnte. So nervös, als stünde ihr selbst ein Auftritt bevor. Sie beugte sich nach vorn, biss sich auf die Knöchel der geballten Faust und nickte Tanja aufmunternd zu. Tanja vermied den direkten Blickkontakt. Die Bühne war kein Platz für eine Nabelschnur.

»Ich bin …«, sagte Tanja und räusperte sich, »… ich bin bloß ein Drittel von der Gruppe Gallenstein, die anderen beiden kommen gleich. Die erste Nummer heißt Erdbeernase, die mache ich allein, und warum das so ist, sag ich danach.«

Tanja schloss die Augen und schien entrückt. Sie schwieg etwa drei Sekunden lang, machte die Augen wieder auf, und dann war es plötzlich so, als stünde dort oben jemand Neues. Ein Kraftpaket, gespannt und bereit, das, was es hatte, großzügig zu verschenken, wie ein Prinz, der an seinem Glückstag die Taler unters Volk wirft. Das Mädchen mit den schwarzen Stoppelhaaren und dem wilden Blick schien ständig in das Mikrophon beißen zu wollen, skandierte die Verse, schleuderte einzelne Wörter wie kleine Flugobjekte ins Publikum:

»Happy birthday Erdbeernase
bist nicht alt
auch nicht mehr jung
bist einfach gut du rosa Nase
dritte Sonnenblume links
pack deine broken dreams
zum Lebensmüll
zum Müll
und lass ihn liegen lass ihn liegen
tief und hell hast du verloren
hoch und wild gewinnen
wirst du Rosa bald. Ganz bald.
Neu geboren jeden Tag rosa Rose dritte Blume
Erdbeernase strawberry
Töchter ohne Väter
fuck you daddies
fuck you fuck
you fuck you!!«

Tanja hielt plötzlich inne, breitete die Arme aus, glich einer kleinen, zärtlichen Krähe und wies mit der Nase auf ihre Mutter. Jetzt hatte Tanja so viel Boden unter den Füßen, dass sie Rosa anblicken konnte. Sie lächelte, ihre Stimme wurde auf einmal eine ganze Tonlage höher, sie rezitierte die folgenden Zeilen wie ein Kinderlied.

»Aber Rosa Echte
du bist keine schlechte
Erdbeernase
Mom!

happy birthday
Erdbeerkuchen
Weihnachtsmama, Eiersuchen
Kinderland ist abgebrannt
Rosa alte Nervensäge
bist so straight und trotzdem schräge.«

Sie holte noch einmal aus, dann brüllte sie: »Happy birthday, Rosa!«

Sie brach ab, ihre Tonlage normalisierte sich wieder, und dann kam: »Okay, das war für Rosa, die hat heute Geburtstag, und außerdem ist sie meine Mutter.« Tanja ließ die Arme fallen, das Publikum klatschte, ein paar Leute pfiffen und johlten.

»Hört auf damit, das geht von unserer Zeit ab, Leute, Ruhe!«, rief Tanja ins Mikrophon. Rosa lachte. *Das* musste sie ihrer Tochter noch beibringen: Applaus musste man sich nehmen. Stefan und Zip hüpften auf die Bühne, Stefan zog sofort die Blicke aller jüngeren und älteren Frauen auf sich. Er nahm das Mikro von Tanja entgegen. »Und jetzt geht es weiter mit ›Sozialarschloch‹, ein Werk von Gallenstein, das sind wir drei.«

Sie sprachen zu dritt, fast ganz synchron, was ziemlich professionell wirkte. Aber als Zuhörer passte man mehr darauf auf, ob vielleicht jemand aus der Reihe tanzte, nicht so sehr auf den Inhalt.

»Im Rinnstein pink die Träume
schwimmen auf den Schäumen der Latrinen
pennerhaftes Glück aus aufgebrochnen Flaschen

auch du bist mal geboren nicht nur
um zu verlieren bist geboren aber jetzt verloren
im Rinnsteinstrom der grauen Zeit …«

Rosa bemühte sich zuzuhören. Das Grundgefühl von Müttern war offensichtlich das Schuldgefühl. Damit würde sie länger leben als mit ihren Zähnen, das wusste sie. Immer dieser Spagat zwischen Kind und Ich, zwischen richtig und falsch, zwischen mittelrichtig und halb falsch, Müdigkeit und Aufmerksamkeit. Sie hob den Kopf, blickte durch das kleine Fenster in den schwarzen Hof. Es schien so wichtig für Tanja. Sie war so intensiv bei der Sache. Tanja hatte endlich ein Ziel, strebte mit all ihrer Energie in eine Richtung.

Aber vor ein paar Tagen war Rosa eine Lehrerin über den Weg gelaufen, eine nette Pädagogin, die ihr mit sanfter Stimme nahe gelegt hatte, doch ein bisschen mehr auf Tanja einzuwirken. Auf der Ebene der Arbeitsmoral. »Sie sieht aus, als denke sie an andere Dinge, Frau Echte. Und sie notiert sich immerzu heimlich etwas unter der Bank. Ist sie vielleicht verliebt?«

So kann man es nennen, dachte Rosa. Verliebt in den Gedanken, eine große Prosaistin und Lyrikerin zu werden. Verliebt ins Schreiben. Blieb nur zu hoffen, dass sie vom Schreiben zurückgeliebt wurde.

*

Seit knapp vier Wochen hörte Rosa jeden Tag: »Frau Mitschke zur Zentralkasse, Frau Mitschke zur … Herr Andernach, bitte zum Personalbüro, Herr Andernach, bitteeeee!« Dann spülte windelweiche Fröhlichmusik durch versteckte Lautsprecher. Rosas Anstrengungen, an dieser Musik vorbeizuhören, sie zu ignorieren, waren anfangs kräftezehrend gewesen, hatten sie immer verbissener werden lassen. Jetzt allmählich setzte der Gewöhnungsprozess ein. Mit Unvermeidlichkeiten musste man sich abfinden, sonst wurde der Energieaufwand zu groß. Die Geschäftsleitung des Citikauf jedenfalls war der Meinung, dass die Berieselung verkaufsfördernd sei.

Süßlich roch es hier, nach Chemikalien, neuen Textilien und Kundinnenparfums. Die Etage mit den Damen- und Kindertextilien war neu gestaltet worden, die Kaffeebar zwischen den Mänteln und den Stretchjeans wurde von den Kundinnen stark frequentiert. Rosa versuchte nicht nur, die Musik von sich fern zu halten. Auch der Umstand, dass sie an ihrem Arbeitsplatz nur Kunstlicht, kein Tageslicht sah, bedrückte sie zusehends, ohne dass sie es sich eingestehen wollte. Wenn sie morgens, gerade jetzt im Frühling, die Wohnung verließ, wenn trotz der Berliner Abgase ein frischer Hauch durch die Straßen wehte, der Wind die Wolken auf das freie Land jenseits der Stadtgrenzen trieb, kam sie sich vor wie der heimliche Betrachter einer noch unentdeckten Pforte in ein anderes Leben. Einer Pforte, die allen, die an ihr vorbeihasteten, verschlossen blieb. Kein Tageslicht sehen war Strafe.

»Hörnsemal, Sie, wo sind denn hier die Kundenklos?«

Auf die Anrede »Hörnsemal« reagierte Rosa in adäquater

Form, indem sie schweigend den Daumen über die Schulter hielt und hinter sich wies. Kunden, denen der Gebrauch von »bitte« und »danke« vertraut war, wurden von Rosa freundlicher behandelt. Sie wischte den Edelstahltresen, braute einen Espresso, eine Latte macchiato und zerrte ein Heidelbeermuffin aus der Zellophanverpackung. Zwei Hausfrauen unterbrachen ihr Gespräch nicht für ein »Danke«, sondern nahmen ohne Kommentar entgegen, was ihnen Rosa über die Theke schob.

Das hier war keine gastronomische Herausforderung für jemanden, der ein richtiges Lokal betrieben hatte und der etwas von guter Küche verstand. Die Bezahlung war schlecht, denn es war nicht zu übersehen: Besondere Qualifikationen brauchte es nicht für die vier möglichen Bedienungsvarianten der Kaffeemaschine.

»Hallöchen, schöne Frau, einen schnellen Kaffee will der liebe Wilhelm!«

Rosa blickte den lieben Wilhelm kurz an und schob ihm seinen Kaffee über den Tresen. Der glatzköpfige Hausdetektiv Wilhelm Krupka und sein »Hallöchen« erzeugten bei Rosa allergieähnliche Reaktionen.

»Na, haben Sie heute schon was vor?«

»Aber ja, Herr Krupka. Mein alter Hund hat ein eitriges Geschwür am Bauch, ich muss jede Stunde den Verband wechseln.«

Bei dem Gedanken an einen schorfigen Köter mit Geschwüren verzog Krupka angeekelt das Gesicht und rückte ab. Rosa Echte war nicht im mindesten dankbar für sein Interesse an ihr. Seit einiger Zeit schon versuchte er ihr klar zu machen, dass man als Frau ab einem gewissen Alter

nicht mehr viel Auswahl hatte, aber die Dame Echte zeigte sich sperrig.
Gerade als Krupka den Sitz seines Anzugs in einem bodentiefen Spiegel überprüfen wollte, gab es hinten in der Kinderabteilung einen Tumult. Jemand schrie laut: »Festhalten, festhalten!«
Eine Verkäuferin in engem Rock versuchte, eine Gestalt in dunkler Jacke zu verfolgen, die Verkäuferin stolperte, fiel der Länge nach hin und schrie weiter. Krupka sprang auf. Verdutzte Kundinnen mit Plastiktüten kugelten durcheinander, als die flüchtende Gestalt sie beiseite stieß. In derselben Sekunde, als Krupka zur Rolltreppe rannte, hatte Rosa erfasst, wer da mit Riesenschritten die Stufen hinunterjagte.
Sie setzte Krupka hinterher, schrie: »Da!«, tat, als würde sie auf die Flüchtende weisen und schlug Krupka mit einer heftigen Bewegung das Funkgerät aus der Hand, damit der Detektiv den Posten am Hauptausgang nicht alarmieren konnte.
Jetzt musste es Tanja nur noch durch die Haupteingangstür schaffen, dann war sie gerettet.
Krupka fluchte, brüllte: »Blöde Kuh!«, und rannte ohne sein Funkgerät weiter.
Und Tanja hatte Glück. Der Sicherheitskollege vom Parterre stand nicht auf seinem Posten, weil er gerade einer älteren Dame beim Suchen ihres Brillenetuis half, das sie zwischen den beiden Tischen mit den verbilligten Herrensocken verloren hatte. Noch bevor der Kollege begriffen, noch bevor Krupka keuchend das Erdgeschoss erreicht hatte, zischte Tanja wie ein Kugelblitz durch das Haupt-

portal, löste Alarm aus, schlängelte sich durch eine vorbeiströmende Gruppe schwedischer Touristen und wurde vom Gewühl des Tauentzien verschluckt.

*

Rosa stand am Spülbecken und schälte Kartoffeln. Schon seit geraumer Zeit schwiegen Mutter und Tochter. Tanja wusste nicht, was sie sagen sollte. Schließlich wandte sich Rosa um und brach das Schweigen. »Sag mal, bist du eigentlich vollkommen verrückt?« Sie starrte auf ihre Tochter, die mit gesenktem Kopf am Küchentisch saß und mit einem roten Strampelsack herumspielte. Der Sicherheitsknopf steckte noch in der Kapuze.

»Ich weiß auch nicht, Mama. Ich wollte dich eigentlich nur an der Kaffeetheke besuchen, ehrlich. Und dann bin ich noch kurz durch die Kinderabteilung. Weißt du, die Sachen sind so putzig. Man kann sich gar nicht vorstellen, dass jeder von uns mal so klein war, dass er in so was reinpasste!« Tanja hob ein Steppärmelchen hoch und ließ es wieder fallen.

»Lenk nicht vom Thema ab!« Rosa klang streng.

»Mama, ich weiß es nicht, sag ich doch.«

»Klaust du öfter?«

Tanja schüttelte wortlos den Kopf.

»Sieh mich an, junge Frau. Tanja, stiehlst du?«

»Nein. Ich lass mal 'n Schokoriegel mitgehen oder so. Aber sonst nichts. Ehrlich.«

»Sonst nichts. Aha. Auch der Schokoriegel gehört anderen Leuten, liebe Tochter.«

»Ach, ich hab doch nie Geld, Mama. Dann passiert so was eben.«

»Nein, tut mir Leid, Tanja, das ist keine Entschuldigung. Ich hatte auch selten Geld. Entweder gab es dann eben keine Schokoriegel oder Augenbrauenstifte oder was weiß ich, oder ich ging arbeiten. Geld verdienen, Kind. Schuften, malochen. Notfalls auch mal neben der Schule, anstatt ewig Gedichte zu schreiben und darauf zu warten, vom Literaturbetrieb entdeckt zu werden.«

Tanja stöhnte. »Sag mal, Rosa, wie viel kriegst du eigentlich von mir mit? Genau das will ich doch gar nicht! Warum hörst du mir nie zu? Ich könnte es hassen, wenn du so was sagst. Nee, ich hasse es!! Der Literaturbetrieb kann mich mal!! Du weißt doch ganz genau, dass ich Dichtung für die Menschen mache, mitten unter ihnen, und dass ich finde, dass man für ein Gedicht nicht mehr bezahlen soll als für ein Kilo Tomaten.«

Es stimmte. Rosa hörte nie zu, wenn Tanja über die Vertriebswege ihrer literarischen Kunst sprach. Rosa hörte nicht zu, weil sie wusste, dass diese idealistischen Kartenhäuser in sich zusammenfallen würden, sie hörte nicht zu, weil sie von den Enttäuschungen, die sie Tanja doch nicht ersparen konnte, lieber nichts wissen wollte. Und sie hörte nicht zu, weil sie oft zu müde war. Das schlechte Gewissen ließ ihren Tonfall bissiger werden als beabsichtigt. »Meistens kriegst du weniger dafür, du Lyriksozialistin.«

»Das ist mir auch egal. Ich will einfach Kunst machen. Ich bin Sprachkünstlerin.«

»Aha. Künstlerin. Und mit diesem Hochglanzetikett kann man klauen, man ist ja Künstlerin. Alle anderen Idioten, die sollen gefälligst bezahlen. Künstlerinnen kriegen alles gratis. Babyjäckchen und Schokoriegel. Sonst noch was?«
Tanja hob den Kopf. »Es ist nicht in Ordnung, wenn man klaut, das weiß ich ja. Ich hab's trotzdem gemacht. Irgendwie eine Fehlreaktion. Vorgezogener Mutterinstinkt oder so. Ich hab auf einmal Emil in dem Ding gesehen, so ein kleines Igelgesicht mit abstehenden Ohren. Und da musste ich den Strampelsack haben.«
Rosa antwortete nicht, warf stattdessen den Sparschäler ins Spülbecken, flutete Kartoffeln, knallte den Topf auf den Herd, dass das Wasser überschwappte.
»Mama! Sei doch nicht so böse, bitte.«
Statt einer Antwort öffnete Rosa den Kühlschrank, nahm einen Kopfsalat aus dem Gemüsefach und schob die Plastikschublade ruckartig und laut zurück. »Künstlerin! Ha!« Die Sprudelflasche rumste auf die Tischplatte. »Vorgezogener Mutterinstinkt! Dass ich nicht lache!« Die Salatschüssel landete mit einem dumpfen Geräusch auf der Arbeitsplatte. »Fehlreaktion! Was für ein Scheißdreck!« Sie warf einen Essteller auf den Tisch. Der Teller brach mit einem trockenen Geräusch mittendurch, ein sauberer Schnitt. Es war ein alter Keramikteller, ein Relikt ihrer einzigen Reise nach Mallorca, vor gut zwölf Jahren. Der letzte Teller von vieren.
Rosa starrte ihn an wie einen toten Vogel, nahm die beiden Hälften, ließ sie in den Mülleimer gleiten, setzte sich an den Küchentisch, verzog das Gesicht und begann zu schluchzen. Tanja erschrak. Rosa heulte bei sentimentalen

Filmen, Rosa heulte vor Freude, selten, wenn sie traurig war. Das hier war etwas anderes.
Tanja erhob sich, quetschte sich neben ihre Mutter auf die Küchenbank und legte den Arm um sie. »Es tut mir so Leid! Ich bring's zurück! Mama, bitte hör auf zu weinen, bitte!«
Aber Rosa hörte nicht auf. Es wurde im Gegenteil immer schlimmer.
»Mama! Bitte! Hör auf! Ich hab doch niemanden umgebracht! Bitte!!« Nutzlos. Rosa ließ den Kopf auf ihre Arme fallen und flennte haltlos. Zwischendurch hieb sie, ohne aufzusehen, mit der Faust auf den Tisch. Tanja konnte gerade noch den anderen Teller in Sicherheit bringen. »Mama, ich entschuldige mich. Mama, bitte bitte.«
Rosas Oberkörper wurde von Schluchzern geschüttelt.
»Ach Scheiße …« Tanjas Stimme begann zu zittern, als Rosa auf einmal, ohne aufzusehen, den Arm hob, ihn um ihre Tochter legte und sie zu sich zog. »Tanja, ibinsoeineaaagein, meine leine uuuhhh …«
»Mama, nimm doch mal die Tischdecke aus dem Mund, ich kann dich nicht verstehen.«
Rosa hob ihr rotes, verheultes Gesicht, schnäuzte in ein Stück Haushaltspapier, schüttelte den Kopf und war plötzlich still. Dann brach es aus ihr heraus. »Ich hab alles in den Sand gesetzt. Einfach, weil ich zu blöd war. Hab mich bescheißen lassen wie eine Sechsjährige. Hab mir ein ganzes kleines Vermögen aus der Tasche ziehen lassen. Ach, all die Arbeit! All die Jahre! Nicht zu fassen. Jetzt kriegst du ein Kind, und ich kann dir noch nicht mal ein paar Sachen kaufen. Ich weiß, dass du nie Geld hast. Ich wünschte, ich

könnte dir mehr Taschengeld geben, aber ich hab eben nicht mehr, es geht nicht. Und du sollst ja auch gar nicht neben der Schule jobben. Ich bin eine vollkommene Versagerin, fast fünfzig und lebe demnächst von Stütze.«

»Aber du hast doch wieder einen Job, Mama.«

»Nein, den hab ich nicht mehr.«

»Was?«

»Ich hab heute nach Ladenschluss die Brocken hingeworfen.«

»Wie … aber warum denn, Mama?«

Rosa strich sich langsam und fest mit beiden Händen die Haare aus dem Gesicht und verharrte einen Moment mit erhobenen Ellenbogen, so, als wolle sie alle Spannung in sich sammeln und sie dann mit einem Ruck abwerfen.

»Krupka – dieser Hausdetektiv – hat natürlich genau gemerkt, dass ich ihm das Funkgerät aus der Hand gehauen habe. Ich war auch nicht besonders geschickt, das gebe ich zu. Es musste halt schnell gehen. Jetzt hockt er da wie eine fette Kröte und versucht herauszubekommen, warum ich das gemacht habe. So, und jetzt zähl mal zwei und zwei zusammen. Krupka ist widerlich, aber nicht blöd. Warum sollte ich verhindern wollen, dass man eine Ladendiebin schnappt? Dafür kann es nur einen Grund geben. Nämlich den, dass ich sie kenne. Darüber hinaus, dass ich sie mag. Sonst wäre es mir ja egal, ob sie geschnappt wird oder nicht. Also wird er garantiert hinter mir herschnüffeln. Und irgendwann einmal kommen wir beide zusammen die Straße entlang, und die Verkäuferin wird dich wiedererkennen. Und er auch. Wenn ich nicht mehr da bin, ist die ganze Angelegenheit nicht mehr so spannend.«

»Mama! Du hast meinetwegen gekündigt?? Ach du großer Gott, ach du …«

»Hör auf, Tanja. Das war bloß der halbe Grund. Irgendwie glaube ich, dass dir mein schusseliger Schutzengel diese kriminelle Hormonstörung geschickt hat. Wir hätten uns ja auch darauf einigen können, dass du dich ein paar Wochen lang ein bisschen vorsichtiger bewegst, Sonnenbrille und nicht mehr am Citikauf vorbei und so – aber ich will einfach nicht mehr.« Sie holte Luft und schnurrte herunter: »Ein Espresso, aber hurtig, Frollein. He, Sie, und noch 'n Kaffee ohne Milch, aber mit viel Zucker, drei Brownies, hören Sie, ich hab drei gesagt, nicht zwei! … Ich hab es so satt, Tanja. Und weißt du, was das Allerschlimmste ist in diesem Laden?« Rosa machte eine Pause, schnäuzte sich noch einmal in das Haushaltspapier und wollte gerade weiterreden, aber Tanja wusste es auch so: »Kein normales Tageslicht!«

Rosa nickte. »Es hat was von Begrabensein. Jedenfalls für mich.«

Tanja schwieg. Sie sah ihre Mutter an, sah das runde, vom Weinen gerötete Gesicht, sah den Trotz, die Trauer. Und die Kraft, instinktiv und gegen den Verstand zu handeln.

»Wenn deine Seele Tageslicht braucht, ja verdammt, dann kannst du da eben nicht mehr bleiben. Und du bist überhaupt keine Versagerin, Mama. Du bist geleimt worden mit deinem Restaurant, und das kann jedem passieren, denn dieser Kerl hat es schlau aufgezogen. Ich bin auch auf ihn reingefallen, alle sind es.«

»Außer Anastasia.«

»Ach Mama, so ganz ernst nehmen kann man sie doch

auch nicht. Wieso hättest du ausgerechnet in diesem Punkt auf sie hören sollen? Weißt du übrigens, dass ich glaube, dass sie ein Kind hat? Oder mal eins hatte? Ich hab ganz vergessen, dir das zu erzählen. Also …«

Und während Tanja erzählte, schnitt Rosa vorsichtig die Sicherheitsplakette aus dem Strampelsack und stickte einen Marienkäfer auf das Loch in Emils Kapuze.

*

Edwin Sunray wurde blass, als seine Schwester ihm telefonisch ankündigte, sie wolle »… nur ein wenig nach ihm schauen«.

Auch die Information, er habe aber sehr viel zu tun und könne sich ihr überhaupt nicht widmen, war höchstens Anlass zu weiterem Frohlocken: »Na wunderbar, dann koche ich für dich, massiere deine Schultern, und du kannst dich so richtig deiner Arbeit widmen. Aber wie man hört, läuft es gerade nicht so besonders, oder? Ich kann dir sagen, Edwin, woran das liegt, nämlich …«

Ihm blieb eine Gnadenfrist von vierundzwanzig Stunden, bis der ICE seine Schwester am Bahnhof Zoo ausspucken würde.

Ella Piepenbrock, geborene Hansen, seit sechs Jahren geschieden, hatte sich in den Kopf gesetzt, das Leben ihres kleinen Bruders zu entrümpeln und ihm bei der Möblierung eines neuen Alltags zu helfen. Aus reiner Geschwisterliebe natürlich. Zu Hause in Hamburg hatte sie schon so viele Leute mit guten Ratschlägen versorgt, dass man sie immer seltener anrief. Frau Piepenbrock hatte also jede Menge Vakanzen. Geld verdienen musste sie auch nicht, denn ihr Mann war bei der Scheidung sehr großzügig gewesen, vor lauter Erleichterung. Ella Piepenbrock war jetzt fünfundsechzig und hatte die stabile Gesundheit der ungebrochen Selbstgerechten. Von einer langen Neuseelandreise gebräunt, berstend vor Energien, brauchte sie in diesem Frühjahr eine Baustelle, auf der sie sich austoben konnte, aus psychohygienischen Gründen. Das Wort »Reformstau« hatte bei ihr eine gänzlich andere Bedeutung als in Politikerkreisen. Sie litt regelrecht physisch, wenn sie nicht in das Leben anderer Menschen eingreifen konnte. Sie hatte natürlich ihre sehr eigenen Vorstellungen von den notwendigen Hilfsmaßnahmen. Alkoholiker? Kein Problem. Man musste die Opfer nur intensiv überwachen, im gesamten Haus alle Alkoholvorräte vernichten und die Abhängigen telefonisch permanent kontrollieren, wobei sie ihre Schützlinge mit dem Mantra »Man muss nur wollen!« in den Wahnsinn trieb. Seelische Störungen, Depressionen? »Zwanzig Kilometer Waldlauf und jeden Tag vor dem Spiegel dreimal: Ich bin fröhlich, ich bin fröhlich, ich bin fröhlich!«

Trennung oder Tod? »Nach Regen kommt Sonnenschein, und einmal ist auch das Schlimmste vorbei. Allerdings muss man an sich arbeiten, o ja. Das habe ich auch hinter mir. Trauerarbeit muss man schon leisten!« »Trauerarbeit« war eins von Ellas Lieblingswörtern. Es hörte sich so handfest an, so ordentlich. Man arbeitete sich eben von Tag zu Tag mit Disziplin und Struktur durch seine Emotionen, beschriftete ordentlich die geleistete Arbeit, heftete sie in alphabetische Ordner und staubte die Regale ab, bevor man die übersichtlichen Ergebnisse von A wie Albtraum (»War doch nur ein Traum!«) bis Z wie Zwangsneurose (»Alles Quatsch, man muss sich eben zusammenreißen!«) hineinstellte. Nachdem sich ihr letztes Hamburger Opfer freiwillig in eine Suchtklinik begeben hatte, nur um Frau Piepenbrock nicht mehr begegnen zu müssen, war eine gewisse Leere in ihrem Leben eingetreten. Auch ihre vorletzte Freundin meldete sich nicht mehr, weil Frau Ella unaufgefordert und vor versammelter Mannschaft Partnerschaftsberatung betrieb: »Waaas? Du sagst ›Hase‹ zu deinem Mann? Ja, dann musst du dich über nichts mehr wundern, also ›Hase‹ sagt man ja nun nicht zu einem ausgewachsenen Mann. Ich habe meinen nur beim Nachnamen genannt, nämlich Piepenbrock, *das* hat was.«

Edwin starrte durch seine Terrassentür auf den grün glänzenden Garten. Er beobachtete das hüpfende Muster der Regentropfen auf der sonst so ruhigen Wasseroberfläche des Fischteichs und stöhnte vor Unbehagen, wenn er daran dachte, mit welcher Taktlosigkeit seine Schwester ausgestattet war. Es war kurz vor neunzehn Uhr. Morgen Abend um diese Zeit würde Ella bereits die erste Ladung Lebensweisheit über ihn ausgekübelt haben. Sosehr Edwin auch andere Menschen mit seinen mürrischen Unhöflichkeiten vor den Kopf stoßen konnte, seiner Schwester gegenüber war er chancenlos.

Einmal, am Rande der Selbstbeherrschung angelangt, hatte er versucht, sie zum Schweigen zu bringen, hatte ihr gesagt, wie sehr sie ihm auf die Nerven ging. Die Folgen waren furchtbar. Ella konnte nämlich ganz besonders schweigen. Es war kein Schweigen von der Sorte »Endlich-hält-sie-mal-die-Klappe«, sondern man wurde in drei Sekunden zum Kleinkind und ängstigte sich vor einem Ausbruch, der nie stattfand, dessen drohendes Knurren man aber unter dem Vulkankegel zu hören glaubte.

»Ich wusste nicht, dass dir meine Zuneigung so zuwider ist«, war alles, was sie sagte, als sie nach einem weiteren wortlosen Tag ins Taxi stieg. Edwin schlich noch tagelang mit hängenden Schultern durch sein Haus, mit Schuldgefühlen, schwer wie Dachbalken.

Edwin schaltete den Fernseher ein, aber die Nachrichten rauschten an ihm vorbei, er spürte Unruhe, Bewegungsdrang, Energien, die unangenehm in den Händen kribbelten. Er zog seinen Trenchcoat an, nahm den Regenschirm von der Garderobe und steckte den Autoschlüssel ein. Er wusste nicht, wohin er fahren wollte, nur erst einmal weg hier, in Bewegung sein, sich auf den Straßenverkehr konzentrieren müssen und nicht auf die Aggressionen, die er immer dann entwickelte, wenn er lange genug an seine Schwester dachte. Morgen Abend würde sie als Erstes seine gesamten Badezusätze in den Schrank räumen, statt die bunten Flaschen, die Edwin in einer ganz bestimmten Reihenfolge aufgestellt hatte, am Rand der Wanne stehen zu lassen. »Wie soll da ein Mensch putzen können, Brüderlein? Aber deine gute Pleschke putzt ja so oder so etwas großzügig …« Und dann folgte eine Tirade über die Schlampigkeiten von Frau Pleschke, die schon zweimal gekündigt hatte, als Ella zu Besuch gewesen war. Edwin kostete es jedes Mal Blumen, Pralinen und, weitaus lästiger, längere Lobreden, bis Frau Pleschke wieder zurückkehrte. Zwar ging auch sie ihm auf die Nerven, aber eine Putzfrau brauchte er, und Frau Pleschke kannte er seit fünfzehn Jahren, sie war ehrlich bis auf die Knochen. »Und sagen Sie Ihre Frau Schwester, det ick an ihre Kontrollköder nich anbeiße!« Und sie warf die Münzen und Geldscheine, die Ella ausgelegt hatte, auf den Wohnzimmertisch. Daraufhin gab es eine lautstarke Auseinandersetzung zwischen den beiden Damen, mit dem Hinweis von Frau Pleschke, ihr Mann habe noch jedem »die Brille jebügelt«, der es gewagt habe, seine Gattin zu beleidigen. Der Titel »Gewalttätige Proletin«, von Frau Piepenbrock an Frau Pleschkes bebende Brust geheftet, kostete Edwin sogar einen Hausbesuch bei Pleschkes.

Edwin umklammerte das Lenkrad seines Sportwagens und fuhr auf die Stadtautobahn. Immer noch ohne konkrete Vorstellungen, wohin er wollte, nahm er die Ausfahrt Kurfürstendamm und rollte langsam die verknitterte Prachtstraße hinunter. Er mochte den alten Westen Berlins, die Behäbigkeit der bejahrten Stadtvillen, die soliden Langweilerbauten aus den Siebzigern, als die Stadt noch Geld hatte und als Bollwerk gegen den sie umzingelnden Kommunismus gehätschelt und vergoldet wurde. Edwin bemerkte, dass die Ginkgobäume schon Blätter angesetzt hatten. Ginkgos waren Charles' Lieblingsbäume gewesen. Eines Morgens hatte Edwin Charles ein Ginkgoblatt und Goethes berühmtes Gedicht aus dem »West-östlichen Divan« auf den Frühstücksteller gelegt.

Charles las: »… fühlst du nicht an meinen Liedern, dass ich eins und doppelt bin?«, lächelte seinen Geliebten unter Tränen der Rührung an und meinte: »So wonderful. Soll man nicht meinen, dass der alte Junge seit fünfhundert Jahren tot ist.«

Edwin schluckte. Als Edwin sich in Charles verliebte, hieß Edwin noch Edgar Hansen. Der bissige, schräge Edgar Hansen, der sich à la Oscar Wilde frisierte, jede Schwulenbar im Westen aufmischte und ein gefragter Musiker war. Charles, rundlicher Alleinunterhalter aus dem englischen Seebad Brighton, war eine ungewöhnliche Mischung aus Begabung und kultureller Ignoranz. Er sprach binnen kürzester Zeit sehr gut Deutsch, wusste, was das deutsche Schlagerpublikum liebte, und textete mit schlafwandlerischer Sicherheit einen Hit nach dem anderen. Edwin war herausragender Jazzmusiker und Komponist und hätte seine Laufbahn eher im mittleren Postdienst als in der Schlagerbranche gesehen. Aber der erste Hit, den er mit Charles und gegen seine eigenen inneren Widerstände komponierte, der mit einem Telefonklingeln beginnende Schlager »Bist du einsam heute Nacht, dann ruf mich an«, war wochenlang in den Charts gewesen, verkaufte sich über eine Million Mal, und mittlerweile gab es ihn auch auf Japanisch.

Es war aber nicht nur das Geld, das Edwin dazu brachte, sich vom Jazz beruflich abzuwenden. Für Charles bedeuteten die Schlager, die er »poetisch« nannte und böse Zungen »fettig«, die ganze Welt, die ganze Schönheit des Daseins. Charles lebte in anderen ästhetischen Kategorien als Edwin. Den ölgemalten Clown mit Tränen in den Augen, den er am Strandboulevard von Margate gekauft hatte, hängte er neben eine Reproduktion von Max Liebermanns »Badende Knaben«. Für ihn bestand der Unterschied nur darin, dass das eine Bild ein echt gemaltes war und das andere ein Druck. Er liebte beide Bilder und sah sie mit Freuden, wenn er von seinem Schreibtisch aufblickte.

Und Charles liebte die Menschen. Einen bösartigen Kritiker, der das Sunray-Duo einmal in Grund und Boden gestampft hatte, überraschte er mit Pralinen im Krankenhaus. »Der arme Mann muss so totally giftig sein, den geht bestimmt kein Schwein besuchen!«, hatte er Edwin gesagt – und so war es dann auch. Die Freude, die Charles an seiner Arbeit hatte, wärmte Edwin. Über seine mangelnde Bildung konnte niemand lauter lachen als Charles selbst. Charles hatte ein intelligentes Herz, er begriff Edwins Verletzungen instinktiv und schirmte ihn vor neuen ab. Aber er war auch energisch, dickköpfig, hartnäckig, stellte in seinem direkten Umfeld Regeln auf, die zu verletzen niemandem gut bekam. Die großen Charakterunterschiede, die für jede andere Beziehung das Aus gewesen wären, hielten diese Verbindung zusammen. Und Edwin gab für Charles die Jazzkarriere auf.

Niemand aus Edgars Umfeld hatte damals begriffen, warum aus Edgar Edwin wurde, warum der virtuose Jazzer in die Schlagermusik eingestiegen war. Niemand hatte damals begriffen, was der immer etwas scharfzüngige Pianist an diesem rundlichen Gefühlsmenschen fand. Es war auch nicht notwendig, dass irgendjemand es verstand, solange er selbst, Edwin, wusste, was er gefunden hatte. Und jetzt,

nach Charles' Tod, wusste er auch, dass er es nie wieder finden würde.
Wieder griff es nach ihm, umklammerte seinen Hals, würgte ihn, ließ ihn trocken aufschluchzen. Er hustete, verschluckte sich, seine Atmung geriet so außer Kontrolle, dass er den Wagen an den Straßenrand lenkte und stehen blieb. Er keuchte, ließ den Kopf auf das Lenkrad fallen und gab sich keine Mühe mehr, seine Tränen zurückzuhalten.
Eigentlich war auch er seit zwei Jahren tot. Er hatte an Selbstmord gedacht, oft genug, aber bislang hatte ihn nur ein Gedanke davon abgehalten, es wirklich zu tun, die Gewissheit nämlich, dass es Charles nicht recht gewesen wäre.
Manchmal leuchtete die vage Hoffnung auf, noch einmal einen guten, neuen Lebensabschnitt beginnen zu können, mit Schmerz, natürlich, aber mit einem gewandelten, erträglichen Schmerz, mit Licht, mit Musik. Man hatte doch nur dieses eine Leben. Aber wenn es ihm so ging wie heute, war dieses eine Leben eins zu viel. Er hasste sich für seine Schwäche, am Leben zu bleiben, und schämte sich manchmal für diesen Hass. Er musste an Rosa Echte denken, wie sie ihn angefaucht hatte: »Es gibt einen Haufen Leute, die heute sterben müssen und die noch gerne weiterleben würden, reden Sie nicht so einen Scheißdreck!«
Eigentlich hatte sie ihm gefallen, diese Reaktion.
Edwin nahm ein Papiertaschentuch aus seinem Handschuhfach und schnäuzte sich. Im Rückspiegel sah er seine roten Augen, die Falten, die Blässe. Ein Bild des Jammers, ein Opfer für seine liebe Schwester, die ihn ab morgen auf unbestimmte Zeit quälen würde. Plötzlich verspürte er

Lust auf einen Schluck Rotwein oder auch zwei. Zurück nach Hause? Lieber nicht. Jetzt noch nicht.

Er stellte fest, dass er im Halteverbot stand, und fuhr in Richtung Savignyplatz. In einer Seitenstraße, bei den S-Bahn-Bögen, fand er einen Parkplatz.

Als er ausstieg, bemerkte er, dass er zwanzig Meter vom Lokal *Goldwasser* entfernt war. Um diese Zeit musste es noch leer sein, sinnierte er, und René, der ebenfalls schwule Chef, war ein auskömmlicher Mensch. Notfalls sogar ein schweigsamer.

Tatsächlich war das *Goldwasser* leer. Die Blondine hinter der Bar kannte er nicht, er war schon lange nicht mehr hier gewesen. »René nicht da?« Edwin zog die Stirn kraus und blickte die junge Frau finster an.

»Später. Acht. Vielleicht.« Die Ukrainerin Mirka griff den Telegrammstil auf. »Ist Gast unheflich, ich auch unheflich«, war Mirkas Wahlspruch, der erheblich zu ihrem Seelenfrieden beitrug. Edwin bestellte seinen Wein, setzte sich mit dem Rücken zum Raum und griff nach einer Zeitung.

Die Tür wurde aufgerissen, herein kam eine alte Frau mit feuerrotem Kurzhaar, an der Leine ein kläffendes Bündel, eine Mischung aus Ratte und verfilzter Wollsocke. Die Frau marschierte mit dem zielsicheren Schritt, den man nur auf bekanntem Terrain entwickelt, auf den Tresen zu.

»Na, Mirka, meene Süße? Noch nischt los? Na, denn mach Muttern mal noch 'n Kaffee. So eine Latte macki-dingsda mit meterhoch Schaum.« Anastasia kletterte auf einen Barhocker.

Edwin erkannte sie sofort, bevor sie ihn identifiziert hatte. Bloß keine Erkennungsorgien und Verbrüderungsszenen.

Keine Komplimente und keine mitleidigen Freundlichkeiten, selbst wenn sie ehrlich gemeint waren. Er hielt die Zeitung etwas höher und bedankte sich für den Wein, den die Kellnerin an seinen Tisch brachte, ohne aufzusehen, nur mit einem Kopfnicken.

»Sag mal, Süße, meinste, René könnte noch wen im Service brauchen?«

»Was denn, Zarewna, willst du nicht mehr auf Toilette arbeiten?«

»Nee. Doch. Also ich frag wegen Rosa. Die hat ihren Job geschmissen. Und jetzt ist wieder zappenduster.«

»Warum geschmissen?«

Anastasia leckte die Milchtropfen wie eine Katze vom Glasrand und löffelte den Schaum.

»Na ja, Tanja ist doch schwanger. Und da hat dieses blöde Aas tatsächlich ...«

Der Name Tanja drang an Edwins Ohr. Die Drahtbürste mit dem frechen Blick, den Straßenkindmanieren. Ob er wollte oder nicht, er hörte die ganze Geschichte von Strampelsack, Hausdetektiv und Kündigung. Unwillkürlich baute sich vor ihm dieses struppige Mädchen auf, mit ihrem durchdringenden Blick, ihrer großen Klappe, ihrer Direktheit. Und dieses Kind war schwanger? Er sah den Salpeterfleck auf der Tapete, erinnerte sich an die ärmliche Möblierung der Küche, an den Geruch von Kohlrouladen und Bratfisch im Treppenhaus.

»Und denn kündigt Rosa ihren Job! Jetzt, wo die Mieterhöhung kommt. Und denn sagt sie mir auch noch, eigentlich käme ihr die Sache mit Tanjas Klauerei ganz gelegen: Sie hätte sowieso da aufgehört. Und weißte, warum? Weil sie da kein Tageslicht am Arbeitsplatz hat. Kein Tageslicht! Also nee …«

Edwin ließ die Zeitung sinken. Wieso begegnete er dieser Frau, wenn auch indirekt, in diesem großen Berlin immer wieder? Eben noch hatte er an sie gedacht, im Auto. Er sah Rosa Echte in dem absurden Hasenkostüm, dachte an ihren Sprachwitz, ihr resolutes Wesen, wie sie ihm, ohne große Worte zu machen, geholfen hatte.

Mutter und Tochter schienen, jede auf ihre Art, Dimensionen zu besitzen, die über den Platz hinauswiesen, an dem sie lebten. Kein Geld zu haben und zu kündigen, weil man an seinem Arbeitsplatz kein Tageslicht sehen konnte, das war schlichtweg idiotisch. Dennoch, diese Form von Kompromisslosigkeit gefiel ihm, und sie erinnerte ihn an … ja, zweifellos: an Charles.

Eine Gruppe lärmender Touristen enterte das Lokal, und Anastasia verließ ihren Barhocker, um sich an ihren tageslichtlosen Arbeitsplatz zu begeben, ohne dass sie Edwin registriert hatte.

*

»Was, bitte, hast du gemacht?«

Edwin stand vor dem Kühlschrank, drehte sich langsam um und starrte seine Schwester fassungslos an. Sie war jetzt seit einer Viertelstunde im Haus und hatte ihn bereits zum Siedepunkt gebracht. Hatte ihn schon die Größe ihres Reisekoffers alarmiert, so löste ihre jüngste Information,

die er gerade in ihren ganzen Auswirkungen begriff, höchstes Entsetzen aus.
»Sag mal, bist du wahnsinnig? Wie kommst du dazu, so einen Schritt zu unternehmen, ohne mir irgendetwas davon zu sagen? Seit wann bist du für mein Leben verantwortlich?«
»Immer schon, Brüderchen.« Ella saß auf einem Hocker an der Küchenbar und nippte an einem Glas heißer Milch. Vor dem anderen, unbesetzten Hocker stand ebenfalls ein Glas mit dampfender Vollmilch, nur war es unberührt. Ella hatte in der Viertelstunde, in der sie sich in seinem Haus befand, alle Türen im Erdgeschoss aufgerissen, überall den Kopf hineingesteckt und hatte zu allem eine Meinung gehabt: »Benutzt deine Pleschke etwa Raumdeos für die Gästetoilette? Scheußlich, diese gelben Frotteetücher zu den grünen Kacheln. Wieso ist der Kühlschrank leer, wenn du doch weißt, dass ich komme? Wie lange hast du eigentlich das Wohnzimmer nicht mehr gelüftet? Also, das Staubgrau dieser Seidenkissen hat was Depressives. Überhaupt müsstest du hier mal etwas ändern. Findest du nicht, dass du die ganzen alten Starphotos mal reduzieren solltest? Du könntest endlich das Stillleben mit den Kürbissen aufhängen, das ich dir vor drei Jahren geschenkt habe. Es ist immerhin ein echtes Ölbild. So, und jetzt mach ich uns eine heiße Milch.«
Diese Art von Geschwisterliebe hatte Ella praktiziert, seit sie laufen konnte. Eine Liebe von der Kraft und Dynamik einer wuchernden Liane, mit der man einen Menschen erwürgen konnte. Jetzt aber hatte Schwester Ella eindeutig übertrieben.

Übermorgen früh um halb neun sollte eine Frau Gisela Waidelich-Wong ins Haus kommen, Schwäbin, vierzig Jahre alt, vormals Diätassistentin in Bad Mergentheim, ab übermorgen Haushälterin bei Edwin Sunray. Frau Waidelich-Wong war mit einem chinesischen Akupunkturspezialisten verheiratet gewesen, verstand sich auf Reiki, Tofugerichte und die punktgenaue Erhitzung durchblutungsfördernder Kirschkernkissen. Sie war Frau Ella bei der letzten Gruppenreise begegnet.

Dass auch sein lieber Nachbar Professor Hürlimann seine Finger mit im Spiel hatte, brachte Edwin noch mehr in Rage. Nach Edwins Zusammenbruch war er ans Telefon geeilt und hatte Ella alarmiert, gegen Edwins ausdrücklichen Wunsch.

Edwin Sunray kochte vor Wut. Es war egal, dass Hürlimann ansonsten ein brauchbar netter Nachbar war, das hier ging zu weit. Hürlimanns Gehirnkapazitäten reichten vielleicht aus, um dicken Damen Fett abzusaugen. Aber er hatte mit Sicherheit keine Ahnung, was er da angerichtet hatte, dieser hobbygärtnernde Dekorationschirurg.

»Frau Waidelich-Wong sollte im blauen Gästezimmer wohnen, dann hat sie ihr eigenes Duschbad, und ihr kommt euch nicht unnötig in die Quere.«

Ella saß entspannt, aber zu allem entschlossen, auf dem Küchenbarhocker, die Hände im Schoß gefaltet, und lächelte zufrieden. »Sie ist diskret, zuverlässig und tüchtig. Sie wird kochen, auch für Gäste, wenn du mal wieder welche haben solltest, sie kann auch ein bisschen Schreibkram erledigen, und …«

»… und du schickst sie übermorgen früh wieder nach

Hause. Nein, du rufst sie sofort an. Das, liebe Ella, geht zu weit.«

Edwin knallte eine Espressotasse unter die Maschine und drückte ein paar Knöpfe. Das Mahlwerk schredderte die Kaffeebohnen mit lautem Geräusch, Ellas Stimme wurde schrill bei dem Versuch, den Lärm zu übertönen.

»Edwin, ich will ja nichts sagen, aber diese Sorte Kaffee ist Gift für dich …«

Genau das war der berühmte Tropfen zu viel. Edwin ließ die Tasse voll laufen, nahm sie in die Hand, drehte sich um und warf sie an die Küchenwand. Die Flugbahn führte etwa zehn Zentimeter an Ellas akkuratem Pagenkopf vorbei. »Du fährst morgen wieder nach Hamburg, und zwar um neun Uhr dreiundvierzig. Vorher wirst du Kollegin Schmitt-Wong noch absagen.«

»Das werde ich nicht tun.« Ella starrte zuerst auf den tropfenden Kaffeefleck, der im Begriff war, die Silhouette von Sylt anzunehmen, dann starrte sie ihren Bruder an. »Warum versündigst du dich gegen dein Leben?«

»Das tust *du* gerade, liebe Schwester. Ich will hier keine Diätassistentin, die mir an den Füßen herumdrückt, die mir Haferkleie in den Whisky streut und mir meinen Aszendenten ausrechnet.«

»Löwe«, sagte Ella.

Edwin begann zu toben. »Ich will überhaupt niemanden, nie-man-den, hörst du? Niemanden hier im Haus, der ständig hier wohnt. Außerdem …« – er verspürte bei der Erwähnung von Whisky den Drang nach Alkohol und nahm eine Flasche Barolo aus dem Weinregal –, »… außerdem habe ich schon eine Haushälterin.«

Ella ließ das Papiertaschentuch, mit dem sie gerade Sylt bearbeitete, sinken und starrte ihren kleinen Bruder an. Edwin nestelte an der Metallkapsel des Flaschenhalses herum. »Sie fängt erst nächste Woche hier an, weil sie noch, weil sie noch irgendwelche Familienangelegenheiten regeln muss. Und sie wohnt vor allen Dingen nicht hier im Haus. Sie ist, äh …, nicht Diätassistentin, und ich habe sie mir selbst ausgesucht. Und das ist mein letztes Wort dazu.«

»Wie bitte? Wieso weiß ich davon nichts?«

»Entschuldige, liebe Schwester, seit wann lässt du mich an allen *deinen* Entscheidungen teilnehmen? Sollen wir demnächst Absprachen treffen, in welchem Sanitätshaus du deine Dessous kaufst und mit welchem Knaben ich die Tiefen meiner Lust auf der Herrentoilette auslote?«

»Edwin!!«

»Glas Wein?«

»Das heißt also, du wirfst mich hinaus!«

»Nein, wieso? Ich habe dir gerade einen Wein angeboten.«

»Wenn ich morgen um neun Uhr dreiundvierzig fahren soll, ist das ein Hinauswurf.«

»Wenn du dich anständig benimmst, kannst du meinetwegen noch bis übermorgen bleiben. Ich argumentiere außerordentlich selten mit fliegenden Espressotassen. Du bringst mich einfach zur Weißglut.«

»So …«

Es hörte sich an wie der Beginn des großen Schweigens. Er ertrug es nicht länger und ging hinaus, die Flasche unter den Arm geklemmt. Nach etwa fünf Minuten folgte sie ihm. Er saß in seinem Lesesessel, warf einen schnellen

Seitenblick auf den Pegelstand der Weinflasche und verbarg den Barolo neben dem Sessel. Ach verdammt, sie war doch nicht seine Mutter. Er nahm die Flasche wieder hervor, stellte sie auf den Tisch zurück und kassierte prompt den Kontrollblick, den er so hasste, weil er ihn in Sekunden zum kleinen Jungen werden ließ. Sie war eben doch seine Mutter.

Ella räusperte sich. Edwin war fast erleichtert, dass sie offensichtlich doch nicht endgültig verstummt war, aber sie war mit ihrer Aktion eindeutig zu weit gegangen, er musste es jetzt darauf ankommen lassen, sich mit ihr möglicherweise massiv zu entzweien. Sie räusperte sich noch einmal. »Darf man die Dame kennen lernen?«

»Da du grundsätzlich nichts für gut befindest, was mir gefällt, Charles inbegriffen, wozu sollte ich sie dann deinem Urteil aussetzen?«

»Aber das stimmt doch gar nicht, Edwin. Ich habe deinen Charles immer respektiert.«

O Gott. Immer dieser selbstgerechte Knick in der Perspektive. Jetzt ritten ihn drei, vier Teufel. »Ich weiß, dass er dich mit rührender Freundlichkeit behandelte und du ihn auch. Nur sehr von oben herab. Du hast dich pausenlos über seinen Bildungsmangel mokiert, obwohl du ja nun auch nicht gerade …«

»Was ist das hier, Edwin? Eine Totaldemontage? Gibt es denn nur Dinge, die du an mir hasst und die ich falsch mache?«

»So, wie es im Moment aussieht, machst du wirklich alles falsch. Ich auch, übrigens. Wir sollten es einfach hinnehmen und uns in Ruhe lassen, Schwester.«

Sie setzte sich und schwieg. Er beobachtete sie aus den Augenwinkeln. Sie sah plötzlich nicht mehr alert und jugendlich aus, sondern glich einer kummervollen Schildkröte. Unter ihren Augen zeichneten sich Tränensäcke ab, die Gesichtszüge waren schlaff, seine große Schwester wirkte abgekämpft und unglücklich. Sie hatte mit genau zehn Jahren die Mutterrolle übernommen. Er war damals drei Jahre alt gewesen. Und sie hatte diese Rolle nie wieder abgegeben, nur zwischendurch die Objekte ihrer Fürsorge ausgetauscht. Vielmehr, die Objekte hatten sich ihrer Obhut entzogen.

»Ich will nicht nach deiner Fasson glücklich werden, Ella.«

Sie zupfte ein Fädchen von der Sessellehne und räusperte sich. »Musst du ja auch nicht. Aber bitte, Edwin, nach irgendeiner. Ich will nicht, dass du so unglücklich bleibst.«

Da war es, das Problem. Manchmal blitzte sie auf, die echte Zuneigung, manchmal spürte er die alte Wärme der Kindertage, als er Ella so notwendig gebraucht hatte wie die Luft zum Atmen.

»Dann lass mich einfach in Ruhe, Ella. Ich brauche immer noch Zeit, ganz viel Zeit, um … na ja, um eben.« Er wollte das Wort »Trauer« nicht aussprechen, schloss die Augen und betete stumm, sie möge ihm jetzt nicht eine ihrer Reader's-Digest-Weisheiten predigen, oder, noch schlimmer, griffige Rezeptformeln zum Umgang mit Trauer, wie sie dutzendweise in ihrer Ratgeberliteratur zu finden waren.

Aber sie schwieg glücklicherweise. Es gab ihm Raum, über seine bizarre Blitzidee nachzudenken: »Ich habe schon eine

Haushälterin.« In einer unbewussten Reaktion musste er eine starke Gegenschwester gesucht haben, eine, die ihm half, diese echte Schwester zu neutralisieren.

Sicherlich konnte er auch weiterhin auf eine Haushälterin verzichten. Aber eines war ihm klar: Seit seinem Kollaps war Ella in Alarmbereitschaft. Sie würde ihn täglich telefonisch terrorisieren, würde ihn Kraft kosten, die er nicht hatte. Ella würde nicht aufgeben, würde Hürlimann weiterhin einschalten, würde ihm, Edwin, permanent so zusetzen, bis eine Lösung in ihrem Sinne gefunden war. Ella war nicht klug genug, um zu begreifen, dass ihre penetrante Fürsorge nichts weiter war als eine besondere Form von Egozentrik, dass er seine Ruhe brauchte und nicht ihre Hilfe, die keine war.

Im Übrigen hatte er selbst schon öfter darüber nachgedacht, eine Haushälterin zu engagieren.

Es war, trotz Frau Pleschkes Bemühungen, nicht zu übersehen, dass der Haushalt schleichend verkam. Für einen allein war das Haus zu groß. Es kam vor, dass er bestimmte Räume wochenlang nicht betrat. Vor vier Tagen, als er eine alte Ledertasche aus dem Schrank im blauen Gästezimmer gezerrt hatte, waren ihm fast zwanzig Kleidermotten um die Nase geflattert. Die Idee, dass die Motten vielleicht auch seine alten afghanischen Wandteppiche liebten, missfiel ihm. Aber allein der Gedanke an Vorstellungsgespräche, an ein Defilee rotwangiger Damen mit Hauswirtschaftszeugnissen, erfüllte ihn in Sekunden mit tiefer Müdigkeit. Und jetzt, da Frau Pleschke ihn verlassen wollte, gab es tatsächlich eine gewisse Dringlichkeit – ohne ordnende Hand würde das Haus binnen zwei, drei Wochen völlig verschlampen, so gut kannte Edwin sich selbst immerhin.

Rosa Echte. Es hatte ihn beeindruckt, dass sie gekündigt hatte, weil sie an ihrem Arbeitsplatz das Tageslicht nicht sehen konnte. Und Charles hätte es für stark symbolhaft gehalten, dass Rosa Echte ihm mehr als einmal begegnet war, direkt und indirekt. »There is immer a Sinn hinter such things, love!«, hätte er gesagt. Die Idee begann Edwin zu gefallen.

Es wäre jemand im Haus, der hinter ihm aufräumen würde, der die Aufgabe hatte, für Espresso- und Whiskynachschub zu sorgen. Rosa Echte war offenbar intelligent und handfest. Und arbeitslos. Rosa wäre seine eigene Wahl, nicht die seiner Schwester. Sie würde ihn nicht mit Kirschkernkissen und Haferkleie belästigen, sie sah einfach nicht danach aus. Und falls das Ganze sich als Reinfall herausstellen sollte, konnte er sie nach einer gewissen Probezeit feuern. Ja, genau. Eine Probezeit würde er mit ihr aushandeln.

»Ich fahr mal zum Chinesen und hole uns was Nettes zum Abendessen!« Edwin erhob sich.

»Aber keine Ente! Und nichts Scharfes! Und keine panierten Sachen. Ach, ich komm einfach mit!«

»Ruh dich lieber aus oder deck schon mal den Tisch.«

»Du hast doch Alkohol intus! Wie kannst du dich da ans Steuer setzen?«

»Ganz einfach.« Edwin griff nach dem Autoschlüssel. »Leicht angetrunken eben.«

Die Morgensonne schien auf das Bistro am Viktoria-Luise-Platz. Rosa konnte Edwin schon von weitem erkennen: Nervös blickte er auf seine Armbanduhr und schaute sich ziellos um. Zwar hatte er die Frau, die auf die Caféterrasse zusegelte, durchaus registriert, denn der gelb-rot gestreifte Kaftan fiel auf, aber er erkannte sie erst, als sie schon fast auf dem Stuhl vor ihm saß.

»Jetzt bin ich aber neugierig«, sagte Rosa statt einer Begrüßung und musterte ihn genau. Sie zog den Stuhl in den Schatten des Sonnenschirms, denn es war ungewöhnlich warm heute, setzte sich und bestellte einen Milchkaffee. »Bitte noch mal das Ganze, und diesmal ohne den Hintergrundchor der drei Imbisschinesen. Ich habe gestern Abend nur die Hälfte von Ihrem Anruf begriffen.«

»Und heute habe ich's leider schon wieder eilig. Ich muss in ein paar Minuten meine Schwester am KaDeWe abholen.« Edwin trank hastig einen Schluck schwarzen Kaffee. »Sie macht mich wahnsinnig. Also: Ich wollte Sie fragen, ob Sie Hemden bügeln können.«

»Und zur Beantwortung dieser existenziellen Frage sollte ich heute Morgen in einem Schöneberger Szenecafé erscheinen?« Rosa musterte ihn amüsiert.

»Und Sie müssen Drinks mixen, ein paar Anrufe entgegennehmen und dabei perfekt lügen können. Sie sollten nicht darauf bestehen, dass ich Biojoghurt mit Haferkleie esse. Sie sollten ab und zu mal Blattläuse oder Kleidermotten jagen, meine Anlage abstauben und die Bettwäsche wechseln. Wenn Ihnen das alles zusammen zu viel wird, müssen Sie es sagen, und ich engagiere zusätzlich eine neue Putzfrau. Meine alte hat gekündigt.«

»Haben Sie ihr die falschen Komplimente gemacht?«
»Sie halten mich wohl für ein ausgemachtes Ekel, was?«
»Ich glaube, Sie können eins sein.«
Edwin ignorierte das und fuhr fort: »Sie sollten die unverschämten Faxe meines Produzenten abheften und dafür sorgen, dass mir der Kaffee nicht ausgeht. Caballo nero gran crema.«
»Da kenne ich übrigens einen besseren Espresso zu diesem Preis«, antwortete Rosa.
»Sie dürfen sich absolut nicht in mein Privatleben mischen, ich hasse besorgte weibliche Nachfragen nach meinen Zuständen, und ich brauche auch keine wertvollen Gespräche zur atmosphärischen Luftbefeuchtung, dass Sie's nur wissen.«
»Gehört außer Schweigen auch noch Kochen zur Arbeitsplatzbeschreibung?«
Edwin nickte. »Aber ich esse nicht viel, ich mache mir seit zwei Jahren nichts mehr aus gutem Essen.«
»Klingt motivierend für eine ehemalige Spitzengastronomin.«
Edwin blickte auf seine Uhr. »Sie müssen nicht, Frau Echte.«
»Das weiß ich, Herr Sonnenstrahl. Wer hat Ihnen eigentlich diesen unpassenden Namen verordnet?«
»Also, wollen Sie, oder wollen Sie nicht?«
Rosa musterte ihn mit gefurchter Stirn. »Sie brauchen eine Art Haushälterin. Ich brauche eine Art Job. Gut. Aber ich möchte, dass wir eine Probezeit vereinbaren, denn wenn es mir nicht gefällt, will ich ohne großes Vertragsgehacke gehen können.«

Er nickte erleichtert. »Genau. Genau in meinem Sinne.«
»Also, ab wann?«
»Ab heute Abend. Ich will meine Schwester ruhig stellen. Sie möchte Sie unbedingt kennen lernen. Sonst glaubt sie mir nämlich nicht, dass ich wirklich eine Haushälterin engagiert habe. Wenn sie unverrichteter Dinge wieder abreist, ohne Sie gesehen zu haben, weiß ich genau, was auf mich zukommt. Dieser Idiot von Arzt hat ihr erzählt, ich hätte Schwächeanfälle, weil sich niemand um mich kümmert. Mehr braucht man Ella nicht zu sagen, und sie lässt im hintersten Winkel von Arizona ihre Sonnencreme fallen und ist binnen kürzester Zeit bei ihrem kleinen, halbgreisen Bruder.«
»Hat sie denn sonst niemanden?« Rosa beobachtete ihr Gegenüber. Edwin fuhr sich mit der Hand über die Stirn und schloss für zwei Sekunden die Augen, als müsse er die letzten nervlichen Reserven mobilisieren. »Ella hat nichts, rein gar nichts zu tun. Eine Woche in Hamburg, in ihrer Wohnung allein, und sie hat schon wieder tausend Pläne und mindestens drei neue Haushälterinnen, die sie mir auf den Hals hetzen will. Mein Fax wird täglich drei Briefe auskotzen. Meine Mailbox wird zur Gebetsmühle, von den Anrufen ganz zu schweigen. Wehe, sie wittert irgendwo einen Menschen, dem sie ihrer Ansicht nach helfen muss.« Er wedelte abwehrend mit der rechten Hand. Edwin Sunray wirkte nicht schwul, aber diese Geste war, wenn auch fast unmerklich, so manieriert, dass Rosa seine Homosexualität zum ersten Mal bewusst wahrnahm. Er beugte sich vor. »Frau Echte, es wäre mir daran gelegen, dass Sie heute Abend mal vorbeikommen und als neue Haushälte-

rin Küche und Haus in Augenschein nehmen. Wir erzählen uns zwanzig Minuten lang etwas, und dann können Sie wieder gehen.«

Rosa schüttelte den Kopf. »Das ist leider ganz und gar unmöglich. Heute hat meine Tochter Geburtstag, und ich habe ihr versprochen, dass wir nach der Schule etwas unternehmen.« Edwin seufzte schon wieder. Noch ein weiterer Tag Ella. Ein Tag mit Ella war die reinste Rüttelpiste für sein Gemüt. »Und morgen Vormittag? Dann könnte Ella nachmittags zurück nach Hamburg.«

»Geht in Ordnung. Ich schlage elf Uhr vor. Und wie sieht das aus mit den Finanzen und dem Vertrag?«

»Übermorgen. Auch um elf. Das ist eine hübsche Zeit, um einen Arbeitstag zu beginnen. Und keine Sorge, ich werde Sie nicht in frühkapitalistischer Manier ausbeuten. Ach ja, Ella hat einen Gesundheitsfimmel. Vielleicht fällt Ihnen da etwas Entgegenkommendes ein. Und … äh, *ich* mag Ihre Aufmachung, aber vielleicht könnten Sie sich morgen Vormittag so in Richtung evangelischer Hausfrauenverein verkleiden?«

»Geht auch katholisch? Das liegt näher an meiner barocken Mentalität.«

»Kein Problem. Ich bin da nicht konfessionsgebunden.« Er nickte kurz, schien zu überlegen, dann öffnete er seine Brieftasche und legte fünfzig Euro auf den Tisch. »Für Ihre grünäugige Drahtbürste. Zum Geburtstag. Aber sagen Sie nicht, das käme von mir, ich kann Danksagungen nicht ausstehen!« Er rannte, ohne sich noch einmal umzuwenden, in Richtung Wittenbergplatz. Rosa sah ihm nach, bis er von der Welserstraße verschluckt wurde.

Tanja ließ sich den Frühlingswind um die Ohren wehen, atmete tief ein und betrachtete die lichtgesprenkelte Oberfläche der Havel, die sie nun schon seit geraumer Zeit durchpflügten.

»Es flufft!« Sie wandte sich ihrer Mutter zu, die die Beine auf die Reling gelegt hatte, einen Kaffee schlürfte und die Sonne genoss.

»Was meinst du?« Rosas Stimme war träge, sie hatte die Augen geschlossen.

»Wenn der Wind flufft, wenn er so ein Fluffelgeräusch an den Ohren produziert, dann wird's Sommer. Im Winter flufft es nicht.«

Rosa öffnete die Augen und setzte sich gerade. Sie hielt ihren Kopf hoch und prüfte den Fahrtwind. »Stimmt. Es flufft.«

Auf dem Ausflugsschiff war nur mäßiger Betrieb. Tanja spuckte über die Reling, betrachtete minutenlang die sich ununterbrochen ändernden Muster des Kielwassers, setzte sich schließlich neben ihre Mutter und kramte im Picknickkorb. Auf der Suche nach Schokolade fiel ihr plötzlich ein verschnürtes Päckchen in die Finger. Rosa entriss es ihr mit einem Ruck, hielt inne, lachte – »Na ja, ich wollte es dir erst in Werder, im Ausflugslokal geben!« – und drückte es Tanja wieder in die Hand.

»Mensch, Mama. Ich denke, der Ausflug ist mein Geschenk? Tickets und Fisch essen gehen ist doch schon schweineteuer!«

»Ist es ja auch. Das Geschenk stammt von jemand anders. Verpackt habe ich es allerdings.«

»Anastasia?«

»Nee. Anastasias Geschenk kriegst du doch erst später, was auch immer es sei. Sie macht ja ein furchtbares Geheimnis drum herum.«
»Wahrscheinlich wieder irgendwas vom Canastakränzchen zum Schleuderpreis.« Tanja hatte die Zunge in den Mundwinkel geklemmt, knibbelte die Seidenschleife mit den Fingernägeln auf und nahm den Deckel von einer kleinen Pappschachtel. »Solange es keine Angoraunterhosen … Mama, wer schenkt mir denn fünfzig Euro? Ist ja Wahnsinn!«
»Edwin Sunray, und er will keine Danksagungen. Aber ich kann ihm morgen erzählen, dass du dich gefreut hast.«
»Fünfzig Eier – Spitze!« Tanja verstaute den Schein in den Tiefen ihrer ausgeleierten Sweatertasche und zog den Reißverschluss sorgfältig zu.
»Ich bin ja mal gespannt, wie das morgen wird, mit dir und seiner bescheuerten Schwester. Und mit ihm, natürlich. Ach Mama, ich freu mich, dass du wieder eine Stelle hast. Ist ja schon was Besonderes, bei einem ausgemusterten Schlagersänger zu kochen!«
»Putzen und das Telefon bedienen soll ich auch. Ich habe so meine Zweifel, dass das mit uns gut geht.«
»Ein bisschen gestört wirkt er ja, der Gute. Wie viel Geld du bekommst, weißt du noch nicht?«
»Nein. Aber ich lasse mich nicht über den Tisch ziehen.«
Tanja unterdrückte gerade noch eine Anspielung, von der sie wusste, dass sie vorlaut und verletzend gewesen wäre. »Kannst du mir dann mal seine Telefonnummer durchgeben? Ich müsste ja doch mal Danke oder so was sagen.«
»Bist ja ein gut erzogenes Kind.«

»Ja, ausgestattet mit Herz und Sprachgewalt und todvornehm, Kacke noch mal.«

Ganz klein war das weiße Schiff noch, das sie in zwanzig Minuten zurück nach Potsdam mitnehmen sollte, zur S-Bahn nach Charlottenburg. Der Himmel schien heute selber Geburtstag zu feiern, er war klar und seidig. Tanja saß auf einem Bootssteg und schnipste Brotkrümel ins Wasser. Ein paar aufgeregte Entenmütter mit ihren schwimmenden Pelzkügelchen jagten nach dem Graubrot, das Tanja in der Fischräucherei eingesteckt hatte. Rosa hockte neben ihr und beobachtete die Tiere. »Schöner Geburtstag, Kleene?«
»Schöner Geburtstag, Mama. Der Fisch war lecker, aber mir ist schlecht.«
»Du hast dich ja auch an deine alte Geburtstagsdiät gehalten: Räucherfisch, Cola, Kaffee, noch mal Fisch, noch mal Cola und ein Rieseneis.«
»Und Kartoffelsalat und Apfelstreusel«, ergänzte Tanja zufrieden.
»Und zwei Spreewaldgurken und Schokolade!«, erinnerte sie Rosa.
Sie waren in Werder herumgelaufen, hatten die Speisekarten der Ausflugslokale studiert und sich dann, wie immer, für die Selbstbedienungstheke der Fischräucherei am Seeufer entschieden. Nirgendwo anders konnte man so essen: von Papptellern, mit Plastikgabeln, an festgeschraubten Tischen dinierend, denn es gab sogar schaukelnde Sitzplätze auf dem privaten Bootssteg. Zwar schmeckte hier der Kaffee wie ein Aufguss aus alten Rosshaarmatratzen, dafür war der Fisch gut. Und das Gefühl, über dem funkelnden Was-

ser zu sitzen, unter dem weiten, märkischen Himmel, mit Blick auf das ferne Ufer, die lichten Wälder und den Schilfgürtel, war einfach unbeschreiblich. Jetzt waren sie müde, zufrieden, übersatt.
Tanja dachte an die bittere Pille, die sie Rosa immer noch verabreichen musste.
War jetzt ein guter Moment? Mama hatte eine neue Stelle, immerhin, sie war heute fröhlich und zuversichtlich. Seit drei Wochen schon schob sie diese Mitteilung vor sich her. Tanja war nicht ängstlich, das Vertrauen in ihre Mutter war tragfähig, aber die Schule war ein ganz, ganz heikler Punkt bei Mama. Ein tiefer Seufzer ließ Rosa aufhorchen. »Ist was, Mäuseken?«
Es war das Kosewort, das Tanja den ganzen Druck auf ihrer Seele offenbarte. Das Bedürfnis, dieses Schuldgefühl von der Seele zu wälzen, wurde übergroß. Sie nahm Rosas Hand. »Mama, ich muss dir was sagen.«
»Was denn?«
Tanja antwortete nicht sofort, sie suchte nach dem richtigen Einstieg.
»Kind, nun rede schon.«
»Ich hab Probleme in der Schule. Also … es ist so: Ich stehe ziemlich mies. Und zwar überall. Nur nicht in Deutsch. Und ich … ähm, ich bin schon lange so schlecht.«
Es kam das, was kommen musste. »Du arbeitest nicht genug, Tanja, ich sehe ja, dass du für deine Dichterei alles stehen und liegen lässt, und dann musst du dich nicht wundern. Achtzig Prozent vom Schulstoff ist Lernsache, komm mir nicht wieder mit deiner mangelnden Begabung. Für deine schlechten Noten in den Naturwissenschaften habe

ich Verständnis, aber für Erdkunde oder Geschichte muss man nicht ununterbrochen von irgendwelchen Musen geküsst werden, allerdings muss man …«

»Mama, ich glaube, du verstehst das nicht ganz. Ich werde nicht in die Zwölf versetzt. Ich hab zu schlechte Noten.«

»Tanja, mach keine Witze! Du bist schon einmal hängen geblieben, und du hättest es damals auch geschafft, wenn du mehr gearbeitet hättest. Bis zum Zeugnis ist noch Zeit, und wenn du dich jetzt wirklich anstrengst, muss das doch noch zu regeln sein.«

»Aber ich will nicht mehr. Ich will nicht auf der Schule bleiben. Ich hasse diesen Kasten und dieses sinnlose Zeug, das ich da in mich reinstopfe, Osmose und Globalisierung und europäische Wirtschaftspolitik. Ich will nur noch schreiben. Ich habe so viele Ideen, von denen ich weiß, dass sie gut sind. Ich weiß es einfach.«

Rosa stand auf.

Das Schiff war nur noch hundert Meter von der Brücke entfernt. Sie packte schweigend ihre Jacke ein, faltete und glättete sorgfältig die Plastiktüten, in denen sie Schokolade und Äpfel transportiert hatte, steckte die Tüten in ihre große Handtasche und ging mit langsamen Schritten zur Schiffsanlegestelle, ohne sich umzudrehen.

Tanja sprang auf und rannte hinterher. »Mama, jetzt sag doch was! Es ist doch gut, dass ich weiß, was ich will, und es ist kein Drama, wenn ich die Schule verlasse, um mich meiner wirklichen Arbeit zu widmen. Es ist auch keine Arbeit, es ist wie eine Berufung! Mama!!«

»Nein«, entgegnete Rosa, und Tanjas Magen zog sich zusammen, als sie die Stimme hörte. Wenn sie diese Klangfarbe hatte, war kein Brückenbauen möglich. Dann würde es dauern, unbestimmt lange und unbestimmt heftig.

»Es ist absolut kein Drama, die Schule nach sinnlosen elf Jahren zu verlassen mit nichts in den Händen. Ist auch kein Drama, keine Lehrstelle zu kriegen, denn du bist schwanger und hast ja demnächst einen Beruf: ledige Mutter. Und die Wartezeiten auf dem Sozialamt kannst du damit zubringen, dich an allen möglichen Preisausschreiben zu beteiligen. Das füllt aus. Und ich sage dir was, Tanja Echte: Du wirst das Jahr wiederholen, und du wirst die Schule nicht verlassen.«

»Und ich sage dir auch was, Rosa Echte: Ich bin seit heute volljährig, und ich werde die Schule verlassen! Mama, was soll das? Du weißt genau, dass ich meinen Beruf gefunden habe. Ich werde Schriftstellerin, und ich werde Erfolg haben, verdammt! Ich arbeite total viel! Ich musste dir zuliebe heute Zip und Stefan absagen, mit denen ich noch ein neues Projekt entwickle. Ein ganz großes.« Tanja starrte zu Boden und blieb plötzlich stehen. »Mann, war das gemein, von wegen Preisausschreiben und so. Warum nimmst du nicht ernst, was ich mache? Ich tu doch was!« Sie funkelte ihre Mutter kampfbereit an.

Rosa funkelte zurück. »Habe ich das richtig verstanden, du hast *meinetwegen* abgesagt? Wessen Geburtstag ist das hier? Und du erwartest doch nicht ernsthaft, dass ich ein Abitur gleichberechtigt neben euer *Eierkarton*-Geplärre setze?«

»Doch!«, schrie Tanja. »Ich erwarte, dass du ernst nimmst, was ich mache. So ernst wie ein Abitur.«

»Lächerlich!«, fauchte Rosa zurück.

Tanja hasste es, wenn ihre Mutter mit einer Vokabel Dinge

beiseite fegte, die sie nicht verstand, aber von denen sie glaubte, sie beurteilen zu können. Dinge, die für sie, Tanja, von zentraler Bedeutung waren. Sie holte aus. »Du bist richtig brutal, weißt du das, Rosa? Meine Texte, das bin ich. Geplärre sagst du dazu. Das war das Gemeinste, was du sagen konntest. Das ist ein verdammt gutes Gefühl, wenn man eine Mutter hat, die einen so unterstützt. Bist du eifersüchtig, weil ich Künstlerin werde und du es nicht geschafft hast? Und dieser alberne Kinderausflug, der macht *dir* doch am meisten Spaß, gib's doch zu, Rosa. Und du brauchtest dir nichts Neues einfallen zu lassen, vielleicht mal ein Geschenk, das wirklich nur mit mir zu tun hätte. Jedes Jahr, immer wieder, Werder, Fisch und Dampfer. Das mache ich doch nur mit, weil *du* so gerne auf einem Rentnerkahn rumsitzt.«

Sie waren mittlerweile gleichzeitig mit dem Schiff an der Landungsbrücke angekommen. Schon strömten neue Gäste, die auch am Havelufer Fisch essen wollten, ihnen entgegen. Andere warteten beschwipst, satt und müde auf ihre Passage nach Potsdam. Die Leute drehten sich um, als die beiden gestikulierenden und keifenden Frauen sich näherten.

»Ach so! Ich mache das hier nur, weil *ich* das will? Ich habe also meine zehn liebsten Musical-CDs an meine Friseuse verkauft, weil *ich* einen schönen Nachmittag auf dem Rentnerdampfer haben wollte?«

In derselben Sekunde, in der Rosa dieser letzte Satz herausgerutscht war, hätte sie sich ohrfeigen können. Aber mit diesem Amalgam aus Enttäuschung, Zorn und Aggression war sie nicht schnell genug zurechtgekommen.

Tanja zuckte zusammen. Ihr eigenes Amalgam hatte fast genau dieselbe Mischung, deshalb schaffte auch sie es nicht, den Mund zu halten. »Entweder du schenkst mir was, oder du lässt es. Aber wirf mir nicht vor, dass ich irgendetwas verlangt hätte. Schon gar nicht, dass du deine Andenken meinetwegen verkaufst. Ich verzichte auf solche Opfer, heilige Rosa. Ich kauf sie dir zurück, und dann will ich NIE mehr was von dir geschenkt haben. Das mit dem Geplärre, das vergesse ich dir nicht, Rosa, das war so gemein wie schon lange nichts mehr.«
»Das mit meinem verpassten Künstlertum auch, danke sehr.«
Tanja wurde noch lauter. »Aber es ist die Wahrheit, bloß, die verträgst du nicht. Du hast mir doch selbst erzählt, dass du von der Bühne zum Tresen gewechselt bist, weil du keine Angebote mehr gekriegt hast. Da kann ich doch nichts dafür.«
Deinetwegen habe ich die Bühne verlassen, das ist die Wahrheit, Fräulein! Nein, dieser Stein würde nie geworfen werden. Denn er würde keine Beule verursachen, die wieder verschwand, sondern eine Narbe, die dauerhaft schmerzte.
»Du hast keine Ahnung vom Leben, du hast einfach nur Müll im Kopf, du Künstlerin!« Jetzt brüllte Rosa. Ihr Herz klopfte bis zum Hals, sie reihte sich in die Schlange der Wartenden ein, die eben auf das Schiff gelassen wurden. Sie drehte sich nicht mehr nach Tanja um, auch nicht, als sie die Tickets vorzeigte. Erst, als das Schiff abgelegt hatte, sah sie vom Oberdeck, dass jemand mit kurzen schwarzen Haaren, einem dunkelgrünen Riesensweater und viel zu weiten Cargo-Hosen auf der Uferpromenade davonrannte,

ziellos, wie es schien. Zwischen der Landungsbrücke und dem Schiff vergrößerte sich der Abstand in Sekunden.
Rosa geriet in helle Aufregung, ihr erster Impuls war, den Kapitän zu bitten, wieder anzulegen, dann schlug ihre Stimmung um in Wut. Schließlich holte sie sich eine Flasche Bier vom Ausschank, setzte sich irgendwo unter Deck in eine Ecke, starrte zum Fenster hinaus und versuchte, ihre Gefühle so weit in den Griff zu bekommen, dass das Denken wieder möglich wurde. Der schöne Frühlingstag war kühl geworden, am Horizont, über der Stadt, zogen Wolken auf. Rosa stützte ihr Gesicht in beide Hände und überlegte, wie und wann Tanja wohl nach Hause kommen würde. Nach dem letzten großen Streit war sie für drei Tage bei ihren Poetry-Slam-Leuten abgetaucht – darüber machte sich Rosa nicht allzu viele Gedanken. Die Jungs waren in Ordnung, in ihrer Wohngemeinschaft schlief immer irgendjemand aus Paderborn oder Los Angeles auf irgendeiner Luftmatratze. Aber wie kam Tanja von Werder nach Berlin zurück? Hoffentlich trampte sie nicht. Gott sei Dank, sie hatte Edwins Geld in der Tasche.
Sie stritten sich häufig, aber selten so wie heute, selten so, dass sie sich wirklich verletzten. Rosa griff nach der Bierflasche und setzte sie an den Mund. Man hatte ihr ein Glas gegeben, aber sie ließ es unbenutzt stehen.
Roter Zorn stieg in Wellen hoch, immer wieder. Es war so hinterhältig, dass das Kind sie nicht rechtzeitig informiert hatte. Hinterhältig, diesen Entschluss zu fassen. So ignorant und dumm. Ja, dumm. Und egozentrisch. Aus der Traum vom Studium. Journalistik, Theaterwissenschaft, was auch immer. Studentin! Rosa stiegen die Tränen in die Augen.

Sie hatte sich schon genau zurechtgelegt, was sie Tanja zum Abitur schenken wollte: einen Rucksack, einen Jugendherbergsausweis und eine Kängurutasche mit ein paar Hundert Euro, abgeknapst von ihren Kellnerjobs. »Sieh dir ein bisschen die Welt an, Kind!«, hörte sie sich sagen. »Mach das, was ich nie gemacht habe – fahr nach Paris. Oder nach Amsterdam.« Und jetzt? Sozialamt statt Louvre. Kinderwagen statt Rucksack. Und photokopierte Handzettel mit »Gallenstein & Tanja im *Eierkarton«* statt Abiturzeugnis.
Und zur Krönung hatte sie selbst einen Auftritt hingelegt, wie es ihre eigene Mutter nicht besser hätte machen können. Der blutende Pelikan, der sich die Brust aufhackt. Die gute Mutter, die ihre innig geliebten CDs verkauft, damit das arme Kind einen schönen Geburtstag feiern kann. Mater dolorosa, sterbend in der Abendsonne. Klasse, Rosa. Grandiose Szene. Einmal gründlich schämen, bitte.
Rosa griff nach einer Serviette, die auf dem verklebten Tisch lag. Sie war schmutzig. Sie legte sie zurück und wischte sich die Augen mit dem Ärmel ihrer Sommerjacke. Die Leute strömten unter Deck, denn es begann zu regnen; dicke Tropfen zerplatzten an den Fenstern und verwandelten die frühsommerlich glitzernde Havel in graue Suppe.

Tags darauf, Punkt elf Uhr, klingelte Rosa an Edwins Tür. Im blank spiegelnden Messingschild, auf dem kein Name stand, in dessen Mitte nur der Klingelknopf angebracht war, prüfte sie noch einmal ihre Frisur. Heute keine Zauselhaare, heute gepflegte Föhnwelle. Sie zog den Rock glatt. Wenn sie die Jacke des Kostüms anbehielt, würde man nicht sehen, dass der Rock viel zu eng geworden war. Die

Distanz von Bundknopf zu Knopfloch hatte sie einfach mit einer Riesensicherheitsnadel überbrückt. Allzu frei atmen konnte sie nicht, aber das war bei Edwins Schwester sowieso nicht angebracht, nach dem, was er erzählt hatte. Rosa räusperte sich. In Erwartung einer mürrischen Eule mit kritischem Blick hob Rosa den Kopf, straffte die Schultern und konzentrierte sich auf ihre Rolle: Hauptsächlich Souveränität und Durchblick ausstrahlen, der Text war frei zu improvisieren.

»Guten Abend, Frau Echte!« Edwin Sunray riss die Tür auf, ließ Rosa nicht etwa ins Haus, sondern schob sie an der Schulter drei Schritte zurück. »Himmel noch mal!«, flüsterte er aufgeregt. »Sie liegt im Bett mit Ischias oder Hexenschuss, oder sie simuliert ganz einfach, weil sie noch nicht abreisen will. Keine Ahnung, wie lange das dauern kann. Was mach ich jetzt?«

»Mir erst mal zu meiner Verkleidung gratulieren.«

Er ließ den Arm sinken, trat einen Schritt zurück und nickte. »Sie sehen aus wie vom Jugendamt. Ich würde Sie sogar ohne Ihren Dienstausweis ins Haus lassen! Frau Echte, was mache ich jetzt?«

Er schien tatsächlich hilflos. Dieser bissige Unterhaltungsstar wirkte plötzlich wie ein altes Kind. Rosa schob ihn sacht beiseite. »Lassen Sie mich erst mal ins Haus, dann stellen Sie mich vor, und danach sehen wir weiter.«

Entgegen Edwins Verdacht war der Hexenschuss echt. Ella Piepenbrock hatte am frühen Morgen die von ihr benutzte Badewanne auf Hochglanz bringen wollen, und dabei war es passiert. Krank sein machte Ella wütend, weil aktionsunfähig. Edwin hatte von heute Morgen halb sieben bis jetzt, elf Uhr fünf, die Gelegenheit gehabt, festzustellen, dass er mit der Rolle des Krankenpflegers vollkommen überfordert war. Der grüne Tee sei zu bitter, mäkelte Ella, von dem pappigen Toast bekäme man Verstopfung, und das Schlimmste sei, dass sie nun ihrem Bruder als lästiger Zwangsgast noch länger auf die Nerven fallen müsse. Edwin hatte daraufhin natürlich nicht so reagiert, wie sie es erwartet hatte, sondern geschwiegen.

Seit Viertel vor sieben lag Frau Ella Piepenbrock mit schmerzverzerrtem Gesicht in ihrem Gästebett, erwartete eine Berliner Barschlampe mit pinkfarben bemalten Lippen und führte bereits fiktive Dialoge mit ihrem Bruder. »Du musst ja wissen, was du tust. Aber so jemand wie du wird niemals alt und klug, sondern nur alt.«

In diese entspannte Stimmung schwebte nun Rosa, in blauem Kostüm mit völlig korrekter Rocklänge, milde Autorität ausstrahlend, in das Krankenzimmer und erwartete einen Drachen, wenn auch bettlägerig. So wurden beide relativ angenehm enttäuscht.

»Freut mich, Sie kennen zu lernen!« Rosa streckte der drahtigen Dame, die sie an ihre alte Sportlehrerin erinnerte, die Hand entgegen. »Da haben Sie ja wirklich Pech gehabt! War schon ein Arzt da?«

»Orthopäden lasse ich nicht an mich heran! Verbrecher! Einer schlimmer als der andere.« Ella blickte griesgrämig.

»Da haben Sie Recht, aber ich kenne einen, der den Patienten nicht nur als Experimentierfeld für Ersatzteile betrachtet. Ein Mensch, der die Wörter ›Seele‹ und ›ganzheitlich‹ buchstabieren kann, also etwas Seltenes für einen Orthopäden.«

Das gefiel Frau Piepenbrock, die sich nun neugierig die Brille aufsetzte und diese Haushälterin ins Visier nahm. Rosa griff in ihre ganz und gar unmondäne Handtasche und kramte nach einem Notizbüchlein. »Hier, Herr Sunray, schauen Sie doch mal bitte unter O nach, Dr. Ostertag heißt der Gute, und er praktiziert in Wilmersdorf.« Sie reichte Edwin den Telefonkalender. »Richten Sie ihm einen Gruß aus! Was kann ich jetzt für Sie tun, Frau Piepenbrock?«

Normalerweise duldete Frau Piepenbrock keine zweite weibliche Autorität in dem Raum, in dem sie sich befand. War es ihre missliche Lage, war es Oberschwester Rosas würdig-souveräne Ausstrahlung, dass sich Ella Piepenbrock auf einmal fallen ließ wie ein krankes Kind?

»Ein leichter Mittagsimbiss wäre nett und …« Sie versuchte, sich vorzubeugen, verzog das Gesicht in plötzlichem Schmerz und raunte: »… und ich müsste mal auf die Toilette, aber ich komme vermutlich nicht mehr von der Brille hoch, also wenn Sie da netterweise …?«

»Keine Frage, das erledigen wir jetzt sofort, dann schicke ich Ihren Bruder einkaufen, und Sie bekommen Ihren Imbiss. Was darf's denn sein? Lassen Sie mich etwas vorschlagen: Sie sind vermutlich …« – Rosa legte den Kopf schief –, »… vermutlich eher der Vata-Pitta-Mischtyp. Wenn ich Ihnen dann eine nicht zu salzige, nicht zu heiß servierte ayurvedische Gemüsepfanne mit Reis, ein stilles Wasser und als Sünde des Tages eine Viertelportion Panna cotta mit frischem Erdbeermus empfehlen dürfte?«

Ella konnte nur noch überwältigt nicken.

Es war bereits nach acht Uhr. Rosa hatte sich ganz in ihre Pflegerinnenrolle gestürzt, und Edwin hatte den Nachmittag erleichtert in seinem Kellerstudio verbracht. Oben schlummerte Ella friedlich, nach leichtem Abendessen und schwerem Schmerzmittel. Eine Etage tiefer ging es etwas lebhafter zu.

Edwin, froh, dass seine Schwester auf Rosa angebissen hatte, fühlte sich fast entspannt. Vielleicht war es ja deshalb: Heute Abend meldete sich plötzlich ein vergessenes Gefühl. Als aus der Küche ein feiner Butterduft strömte, untermalt mit Vanille, Estragon und angebratenem Geflügel, verspürte Edwin Sunray zum ersten Mal seit zwei Jahren wieder Appetit. Die Stunde bis zur Essenszeit verbrachte er am Klavier und setzte spaßeshalber das Lied »Hänschen klein« in eine barocke Fuge um. Danach war Beethoven an der Reihe. Mitten in Franz Liszts »Hänschen klein« kam Rosas Ruf. Sie steckte den Kopf zur Tür herein.

»Passen Sie mal auf!« Edwin hob die Hände und ließ seine Finger von Frédéric Chopin führen. Rosa lauschte Chopins »Hänschen klein«. Als er geendet hatte, klatschte sie. »Großartig. Danke. Sie wissen, dass das mein Lieblingskomponist ist?«

Edwin drehte sich auf seinem Klavierhocker um. »Ich habe ein Gedächtnis wie ein Sieb. Aber das habe ich nicht vergessen.«

Die Flügel der Sprossentür waren weit geöffnet. Der Frühsommer kündigte sich an, denn die ersten Grillen zirpten schüchtern, die Luft war lau und erfüllt vom Duft des Flieders, der weiß und violett am Rande der Terrasse blühte.

Am Esstisch im Salon saß ein seltsam zufriedener, leicht angetrunkener Edwin und genoss als Dessert eine Panna cotta erster Güte, dazu Champagner. Edwin liebte Champagner zum Dessert. Rosa auch, aber das hatte sie eben erst entdeckt. Edwin füllte ihr Glas nach, erhob seines und prostete ihr zu. »Wie haben Sie das gemacht? Ein dermaßen köstliches Poulet de Bresse in Estragonsahne, dann diese Pannageschichte hier und für die obere Etage ayurvedische Erleuchtungskost?«
Rosa lächelte und trank einen Schluck Veuve Clicquot. »Ich hatte mal ein Restaurant. Ich kann so was.«
»Warum haben Sie das Restaurant nicht mehr?«
»Das erzähle ich Ihnen vielleicht ein anderes Mal.«
Edwin nickte und lehnte sich zurück. Wenn er etwas akzeptierte, dann waren das verweigerte Antworten. »Sie haben Ella ruhig gestellt, dafür kann ich Ihnen gar nicht genug danken. Das Problem ist nur … sie wird sicher noch eine Woche hier herumquaken. Die Diagnose Ihres Orthopäden ging ja in Richtung geklemmter Nerv. So was kann dauern.«
Rosa nickte. »So schlimm finde ich Ihre Schwester übrigens gar nicht.«
»Das liegt daran, dass Sie nicht ihr jüngerer Bruder sind, Frau Echte.«
»Das mag sein. Blutsverwandte können monströs sein.« Rosa verstummte, drehte ihr Sektglas langsam am Stiel herum, hin und zurück.
»Auch eine monströse Schwester?«
»Nein. Eine Monstertochter.«
»Ach.« Er fixierte Rosa über den Rand seines Glases. »Der

Handfeger. Ich fand ihn ausgesprochen ulkig. Was hat das Kind denn ausgefressen?«

Rosa seufzte tief. Heute Morgen hatte sie einen Zettel unter der Haustür gefunden: »Bin bei Zip und Stefan. Muss mich von dir erholen. T.« Rosa seufzte noch einmal. »Sie hat sich übrigens riesig über Ihre fünfzig Euro gefreut.«

Edwin winkte ab. »Was war denn? Oder möchten Sie mir das auch ein anderes Mal erzählen?« Insgeheim wunderte er sich über sich selbst.

Eigentlich gingen ihm alle Menschen auf den Wecker, aber diesmal war er tatsächlich neugierig. Diese eigenwillige Frau hatte eine schwer zu definierende Wirkung auf sein Gemüt. Es waren melancholische Impulse, aber sie gaben ihm das Gefühl, noch da zu sein. Es war so viel Leben in Rosa Echte. Schutzlos und stark wirkte sie, mutig und voll Angst, wie jemand, der sich vor dem schwarzen Wald grault und dann mitten hineinläuft.

Charles. Das war es. Sie war eine dieser Frauen, die Charles geliebt hätte. Sie war ihm ähnlich, natürlich nur ihr Wesen und natürlich nur ein wenig, aber er spürte es, und es erklärte die scheinbar unerklärliche Anziehung, die er nicht mehr vor sich selbst verneinen konnte.

Rosa leerte ihr Glas, hielt es ihm hin, dann kramte sie in ihrer Handtasche nach Zigaretten. Sie rauchte wenig, aber manchmal war Festhalten notwendig. So wie jetzt.

»Darf ich?«

Er nickte und nahm auch eine, gab ihr Feuer.

Seltsam, dachte Rosa, als die kleine Flamme knisternd die Zigarette in Brand setzte. Sie warf einen seitlichen Blick auf die Sprossentür. In vielen kleinen Quadraten spiegelte sich eine Szene, die sie oft erlebt hatte. Zwei Gläser, zwei Zigaretten. Vier Füße unter dem Tisch. Daraus hatten sich meist ein paar Stunden Paradies und viele Wochen Hölle entwickelt. Oder auch umgekehrt.

Aber dieser Mann war schwul. Rosa spürte, wie die nervöse Spannung, die bei dem bekannten Spiegelbild aufgestiegen war, wieder wich. Er fragte nicht noch einmal nach, sondern rauchte schweigend.

»Sie hat mich enttäuscht. Wahnsinnig enttäuscht.« Rosa blickte dem blauen Rauch nach und nahm noch einen Schluck. Dann erzählte sie. Nicht alles, aber fast alles.

»Verstehen Sie, wie man bei ihrer Intelligenz, so kurz vor dem Ziel, die Brocken schmeißen kann?«

»Na klar«, entgegnete Edwin, ohne mit der Wimper zu zucken. »Das *war* eben nicht ihr Ziel. Sie schmeißt die Brocken ja gar nicht. Höchstens woandershin. Sie spürt, dass jetzt der Moment gekommen ist, auf einen bestimmten Zug aufzusteigen. Nach allem, was Sie mir erzählen, hat sie ein *eigenes* Ziel. Und das ist verdammt viel. Besser als ein Abitur und kein Ziel, würde ich sagen. Nein, sage ich ganz sicher.« Er beugte sich vor. »Ich habe auch kein Abi. Genau an dem Tag, an dem ich die erste verkratzte Teddy-Wilson-Platte gehört hatte, stand mein Entschluss fest. Ich wollte der beste Jazzpianist der Welt werden. Da war ich sieben. Und mit sechzehn bin ich schon in allen möglichen Kaschemmen aufgetreten und fand morgens nie aus dem Bett. In der Schule hatte ich das Gefühl, mein Leben zu versäumen, und damals stimmte das auch. Und wenn ich dann doch mal hinging, schlief ich regelmäßig ein. Ich habe für das, was ich machen wollte, eben eine andere

Schule gebraucht. Kneipengeräusche, Gläserklirren, Stimmengewirr. Ich lief herum, sog Dialoge auf, Bremsenkreischen, lärmende Spatzenhorden, Kindergeschrei, und abends am Klavier kam Musik heraus. Alles wurde transformiert in Töne. Es waren so wichtige Jahre, und nur damals hatte ich das Gefühl, mein Ohr direkt an allem dranzuhaben, ohne diesen Filter von Borniertheit, Professionalität und Business. Vielleicht steht Ihre Kratzbürste auch auf der Schwelle dieser speziellen Schule.«

»Sie haben mit sechzehn die Schule verlassen?«

»Nein, mit achtzehn, ein halbes Jahr vor dem Abitur. Jede Sekunde in dieser Anstalt war für mich wie lebendige Würmer fressen müssen. Ella ist fast durchgedreht, aber ich konnte einfach nicht anders. Sie arbeitete damals als Sekretärin, fütterte mich durch, weckte mich pflichtgemäß jeden Morgen und bekam natürlich nicht mit, dass ich mir die Decke wieder über den Kopf zog, sobald sie die Wohnung verlassen hatte.«

»Hatten Sie keine Eltern mehr?«

Edwin nahm sich eine zweite Zigarette. »Sozusagen keine.«

Rosa fragte nicht weiter. Sie nippte an ihrem Glas, merkte, dass sie genug getrunken hatte. »Ich muss zugeben, dass Sie große Erfolgsgeschichte geschrieben haben, aber Sie hatten auch kein Baby im Handgepäck.«

»Ach, wissen Sie, eine Säufermutter mit Dauerparkplatz im Sanatorium ist kein ganz leichter Koffer für einen halb Erwachsenen. Geschweige denn für ein Kind.«

Da der Vater nicht erwähnt wurde, hatte es offensichtlich auch keinen gegeben.

»Ihre Schwester hat sich also immer schon für Sie verantwortlich gefühlt.«
»Seit meinem dritten und ihrem zehnten Lebensjahr.«
Rosa hätte gerne genauer gewusst, was geschehen war, doch diese Mischung von Ausführlichkeit und Andeutung verunsicherte sie. Nicht nachzufragen konnte aber auch Desinteresse signalisieren, und dieses Gefühl wollte sie Edwin nicht vermitteln. »Aber Ihre Schwester war doch nicht mit zehn Jahren auf sich allein gestellt?«
»Doch. Sozusagen. Können Sie morgen früher als elf Uhr kommen?«
Er hatte wirklich eine unnachahmliche Art, die Tür zufallen zu lassen.
Rosa schob den Stuhl zurück. Sie stand auf und stellte die Teller zusammen. Edwin winkte ab. »Lassen Sie das, ich bestelle Ihnen ein Taxi, okay? Und, ähm, danke für alles, Rosa Echte. You did wirklich a great job.«
Als Edwin dem Taxi nachschaute, klangen ihm seine eigenen Worte nach, und plötzlich fiel ihm wieder ein, dass Charles genau das nach jedem Auftritt zu ihm gesagt hatte.

*

Schon als Tanja die Treppe zur Toilette hinunterstieg, merkte Anastasia, dass nichts stimmte. Tanja sah winzig aus, blass.
»War Mama hier?«
Anastasia schüttelte den Kopf. »Edwins Schwester hält sie

wohl ganz gut auf Trab. Nu sag bloß, ihr redet immer noch nich miteinander?«
Tanja verneinte stumm.
»Also man kann's auch übertreiben. Herrgottsack, du hast doch keine Bank überfallen. Also morgen Abend hab ich frei, dann rede ich mit Mama Rosa.«
»Besser nicht, Anastasia. Sie will mich weich kochen, damit ich angekrochen komme. Aber da kann sie lange warten.«
Anastasia knurrte: »Ihr habt den gleichen harten Schädel. Nee, Kleene, so geht's auch nich.« Sie wurde ernst. »Rosa will dich nich weich kochen, Kind. So was liegt ihr nich. Das mit der Schule hat ihr den vorläufigen Rest gegeben. Es ist einfach zu viel passiert. Sie hat das alles noch nich gefressen, weißt du?«
»Ich kann nichts für Rosas Flops.« Tanjas Stimme klang dumpf.
Anastasia beugte sich vor und legte ihre faltige Hand auf Tanjas Arm. »Das mit der Schule, Kind, das betrachtet sie auch als ihren eigenen Flop.«
»Quatsch!«, fuhr Tanja hoch.
»Doch. Sie ist zwar sauer auf dich, aber sie fühlt sich schuldig. Das ist so bei 'ner Mutter. Mütter haben ein Dauerabo auf Schuldgefühle.«
»Kinder auch, verdammt. Das bringt man uns wahrscheinlich als Erstes bei.« Tanja zog die Nase hoch.
»Also, ich red mit ihr.«
»Ach, lass, Anastasia. Irgendwie geht das immer vorbei, wir brauchen beide noch Zeit.«
Anastasia zuckte mit den Schultern. »Wie du willst. Und jetzt ganz was anderes. Du hast ja dein Geburtstagsgeschenk

immer noch nich abgeholt. Ich sag dir was, Kröte, dir fallen die Augen aus dem Kopf. Pass mal auf!« Anastasia griff in ihr Raumsprayregal und förderte einen hellblauen Umschlag zutage. In altertümlichen Lettern, die Tradition und Solidität suggerieren sollten, prangte der Name »Berliner Credit & Sparanstalt 1908« auf dem Umschlag. Sie gab ihn Tanja. Tanja öffnete ihn. Ein paar bunte Reklamen fielen heraus, Investmentfonds, Immobilienfonds und super Zinsanlagen. Tanja sammelte sie verwundert auf, drehte sie hin und her und verstand nichts.

»Nee, Süßi, du sollst das Schreiben lesen!«

Anastasia setzte sich auf die Kante des Stuhls, stemmte ihre Arme zwischen die Knie und beugte sich vor. Ihre Augen glitzerten.

»... und deshalb freuen wir uns, Ihnen mitteilen zu dürfen, dass Sie bei unserem diesjährigen Kundenpreisausschreiben den 2. Preis in Höhe von 600,- Euro gewonnen haben.«

Tanja ließ den Brief sinken. »Das ist ja toll, Anastasia! Ich gratuliere dir!«

»Nu lies doch mal genau, Kind! Welcher Name steht da oben?«

Tanja las, schluckte, die Hand mit dem Brief zitterte. »Nee, oder? Was ... wie kommt das? Ich hab gewonnen? Nee, oder? Die kennen mich doch gar nicht!«

Anastasia nickte listig. »Aber mich! Ich hab meine paar Rentenmäuse bei denen. Und Preisrätsel löse ich grundsätzlich für fünf, sechs Freundinnen mit. Mach ich immer. Kann gut sein, dass du nächste Woche vom Apothekerblatt 'ne Rheumadecke kriegst.«

Tanja ließ den Brief sinken. »Dann gehört der Schotter trotzdem dir, denn du hast ja …«

»Nu halt mal die Luft an. Ich denke, wir teilen netterweise. Denn hat jeder was davon.«

»Dreihundert!«, flüsterte Tanja. »Ich werd blöd! Was ich davon alles für Emil kaufen kann! Mensch, Zarin, und vielleicht einen gebrauchten Computer zum Schreiben! Ick könnt dir knutschen, Olle!«

»Na, denn mach mal. Mutter kriegt selten Küsschen, den Kerlen bin ich zu runzelig.«

Tanja hüpfte in der *Goldwasser*-Toilette auf und ab, fiel Anastasia um den Hals, riss das Schreiben noch einmal an sich und grinste von einem Ohr zum anderen. »Huh, einen Computer!«

Plötzlich hielt sie inne. »Sag mal, wenn das ein Kundenpreisausschreiben ist, da stimmt doch was nicht. Ich habe doch gar kein Konto bei der Bank!«

»Doch, hast du. Ich hab schlauerweise eins für dich eingerichtet, du musst bloß noch mal da vorbei und unterschreiben. Ich habe erzählt, du wärst meine Nichte, deshalb ging das alles ein bisschen unbürokratischer. Außerdem kennen die mich gut.«

Tanja hüpfte wieder. »Mensch, Zarentochter! Das Leben ist schön!«

»Wird hier für eine Daily Soap geprobt, und sollte das ein Star sein, den ich noch nicht kenne?«, fragte eine männliche Stimme.

Anastasia fuhr herum, dann erkannte sie einen Stammgast. »Herr Doktor, nu schrecken Sie mich mal nich immer so! Das ist Doktor Goldbach, Tanja. Redakteur beim Fern-

sehen. Nüchtern so nett wie besoffen«, stellte Anastasia vor. »Und all das seit – wie lange kenn ich Sie schon?«
»Seit der Oktoberrevolution!«, entgegnete er. Goldbach mochte Mitte vierzig sein, hatte dunkle Haare und dunkle Augen, Lachfalten, eine große, gebogene Nase, wirkte souverän und vertrauenerweckend. Hätte man eine Gruppe beliebiger Passanten gefragt: »Welchen Beruf hat dieser Herr?«, hätte die eine Hälfte auf Schauspieler getippt, die andere auf Seelsorger und zwei besonders Pfiffige vielleicht auf Diplomat oder Testgourmet, und alle hätten Recht gehabt.
Goldbach nahm seine Brille ab und wurde geschäftlich: »Zarentochter, wir machen doch seit Anfang März diese Achtzehn-Uhr-Geschichte ›Schrille Vögel – schräge Typen‹, und ich hätte Sie gern dabei. Mit kleinem Filmbeitrag vom *Goldwasser* und Ihrem Wirkungsort hier und auch ein paar Minuten in Ihrer Wohnung. Und im Studio, da erzählen Sie dann die Sache mit Pavarotti und der geflickten Hosennaht und wie Sie damals von Russland nach Berlin mit der Kinderfrau geflohen sind. Danach gibt's eine kleine Talkrunde mit den anderen Gästen. Wir haben noch eine Hausfrau aus Friedrichshain, die seit der Wende grüne Mambas züchtet. Und einen Typen, der sich aus Tausenden von Kronkorken Möbel baut. Und noch ein paar andere Leute, es steht noch nichts so richtig fest. Und Rasputin bringen Sie auch mit.«
An dieser Stelle brach Dr. Goldbachs übliche Klientel normalerweise in Freudengeschrei aus. Anastasia zündete sich eine Zigarette an und kniff ein Auge zu. »Ich möchte doch nich neben einem Idioten sitzen, der Beethovens Neunte

auf'm Spargelschäler bläst, oder neben irgendeiner beknackten Ilse, die grüne Schlangen züchtet. Nachher denken die Leute, ich hätte auch 'ne Schraube locker … gibt's Geld?«

»Ein bisschen. Normalerweise würden die Leute sogar zahlen, um bei uns aufzutreten. Wir suchen das Besondere, Anastasia, nicht das Bekloppte!«, versuchte er sie zu besänftigen.

»Da sind die Grenzen aber verdammt fließend!« Auch Tanja war skeptisch. Natürlich, es war schon aufregend, aber es hatte auch etwas Entwürdigendes, wenn man Anastasias Zarensaga, ihre *Goldwasser*-Erfahrungen und ihre Lebensweisheit auf eine Lachnummer reduzierte. Und das wäre unvermeidlich.

»Nett, dass Sie an mich gedacht haben, Doktor. Ich denk mal drauf rum.«

»Aber nicht zu lange!«, warnte er.

»Na ja, andernfalls hab ich eben Pech gehabt und steige vielleicht später ein. Ihre Sendung läuft ja noch 'n paar Mal, bevor die Quoten sinken.« Goldbach lachte. Er zog seine Visitenkarte heraus, gab sie Anastasia, zwinkerte ihr zu und ging wieder die Treppe hinauf.

Anastasia schüttelte nachdrücklich den Kopf. »Nie im Leben!«, sagte sie langsam, als Goldbach endgültig verschwunden war. »Nie im Leben.«

Sie kannte seine Sendung, Tanja kannte sie auch. Im Gegensatz zu vielen seiner Fernsehkollegen war es Goldbach wichtig, die Würde seiner schrägen Vögel zu wahren. Er zollte ihnen persönlichen Respekt, den Respekt vor ihren Eigenarten. Solange er die Redaktion dieser Sendung hatte, war ihm dieser Spagat vorwiegend gelungen. Wenn nicht, hatte es oft genug auch an den Kandidaten selbst gelegen, für die der zehnminütige Fernsehruhm wie eine Droge wirkte. Einige hatten sich nicht entblödet, einen emotionalen Striptease vor der Kamera zu vollführen, der unsäglich war. Aber genau von den Sendungen, in denen fette, gepiercte Selbstdarsteller ausdiskutierten, dass man doch auch mit seinem Kampfhund kopulieren könne, wollte Goldbach sich um jeden Preis abgrenzen. Seine Sendung war schräg, aber sie hatte Stil.

Deshalb wunderte sich Tanja über ihre Freundin. Für sie selbst wäre so ein Auftritt eine Versuchung gewesen, vielleicht würden ja ein paar Menschen auf ihre Geschichten und Gedichte aufmerksam. Ein Filmbeitrag, wie sie in der U-Bahn öffentlich ihre Texte vortrug – nicht schlecht. Andererseits: Tanja fand ihre Literatur viel zu anspruchsvoll für eine Sendung, die den Zuschauer nur unterhalten wollte. Aber Anastasia mit ihrem Faible für alles, was prominent war, wieso lehnte sie die Chance ab, selbst einmal, wenn auch nur für eine Viertelstunde, berühmt zu sein?

Anastasia hatte Tanja beobachtet. »Du fragst dich jetzt bestimmt, warum …«

»… frage ich mich, Zarentochter, ja.«

Anastasia zupfte ein paar welke Blätter aus einem Alpenveilchen. Sie blickte Tanja nicht an. Sie holte aus, und Tanja merkte, dass die sonst so spontane Anastasia ihre Worte wägte. »Also, Tanja, es gibt ein paar Leute in meiner Vergangenheit … also, die wollte ich nich unbedingt an mich erinnern.« Sie wandte sich ab, zupfte noch ein paar welke Blättchen aus dem Topf und schwieg. Es war schon das zweite Mal, dass sie Tanja einen kurzen Blick über den Grenzzaun werfen ließ. Interessanterweise tat sie es bei Rosa nie, nur bei Tanja. Warum das so war, wusste Anastasia selbst nicht.

»Und das ist keine Vergangenheit, die sich für 'ne Unterhaltungssendung eignet!«, sagte Tanja langsam. »Ja. Kann ich verstehen. Aber manche Menschen haben ja nicht nur *eine* Vergangenheit.«

Anastasia blickte auf. »Also ich jedenfalls nich. Ich hab mindestens drei.« Wieder schwieg sie. Sie hatte noch nie zuvor die Zarengeschichte selbst relativiert. »Sorg du mal dafür, dass du eine Vergangenheit kriegst, die erzählbar ist!«

»Jede Vergangenheit ist erzählbar, Olle. Fragt sich nur, ob man sie erzählen will.«

Anastasia schüttelte den Kopf. »Für manche Sachen gibt's keine Worte, Kleene.«

»Wetten? Wetten, dass ich sie finden würde?«

Anastasia lächelte. Es war ein ganz und gar anderes Lächeln als sonst. Das Koboldhafte fehlte, ihre Augen schienen leer. »Vielleicht, Kind. Du vielleicht. Eines Tages kannste mir vielleicht mal suchen helfen, bei all den Worten.«

*

»Ach, Frau Echte, das ist doch hoffentlich Joghurt mit rechtsdrehender Milchsäure?«

»Nein. Mit linksdrehender. Zwei Tage rechtsdrehend, zwei

Tage linksdrehend. Das gibt den besten Ausgleich für den Stoffwechsel.«

Ella Piepenbrock beobachtete Rosa scharf. Aber Rosa war vollkommen ernst und konzentriert, wie sie mit schnellem Hausfrauengriff die Kissen aufschüttelte und die Bettdecke glatt strich.

»Und jetzt bringe ich Ihnen etwas zu lesen. Ich habe bei meiner Freundin Anastasia tief ins Bücherregal gegriffen. Ich selbst lese eher Krimis und Kochbücher. Meine Freundin hat einen anderen literarischen Geschmack, und ich dachte, leichte Unterhaltung tut Ihnen im Moment ganz gut, Frau Piepenbrock!« Rosa deponierte einen bunten Stapel Taschenbücher auf dem Nachttisch. Dabei wusste sie genau, was sie tat, denn in dem Stapel befanden sich neben allerlei Strandkorblektüre auch drei Arztromane aus Anastasias Bibliothek. Drei dünne Heftchen im Gegenwert von drei Dosen Bier. Damit würde Ella beschäftigt sein und nicht alle zwölf Minuten nach ihr rufen. Ella hielt Rosa auf Trab, denn dafür wurde sie ja schließlich bezahlt, fand Frau Piepenbrock.

Heute, am dritten Nachmittag, hatte Rosa sich vorgenommen, endlich den mottenverseuchten Schrank zu säubern. Edwin war fort, er musste Geschäftliches erledigen und würde erst zurückkommen, wenn Rosa sich längst wieder auf dem Heimweg befand.

Rosa hätte ihren Kopf verwettet, dass Ella Piepenbrock (die sich als Wagnerianerin bezeichnete und deren Hamburger Bücherschrank vier Meter Gesamtausgaben der deutschen Klassiker beherbergte) das englische Buch, das sie dem Bücherregal des Gästezimmers entliehen hatte, sofort gegen eines der Groschenhefte eintauschen würde, sobald sie allein war. Die englische Originalfassung von Thomas Hardys *The Dynasts* las sich mit Sicherheit sperriger als *Chefarzt Dr. Holm sucht sein Glück*.

»Hoppla, bin ich ungeschickt!« Rosa hob die bunten Bücher auf, die sie gerade unauffällig vom Nachttisch gefegt hatte. Ella beäugte den Bücherberg, den Rosa wieder ordentlich in Form brachte.

»Ach du lieber Gott, Frau Piepenbrock, ich habe wohl aus Versehen auch drei von Anastasias Groschenheften mitgenommen, na, dann packe ich die gleich mal wieder …«

»Ach, lassen Sie doch, das können Sie doch alles später mitnehmen. Krieg ich noch eine Tasse Tee, Frau Echte?« Und Ellas Blick hing schon an Oberschwester Renates Schicksal. Rosa wandte sich ab und grinste. Ihre Menschenkenntnis hatte sie bisher außerordentlich selten im Stich gelassen. Eigentlich nur einmal. Dafür aber richtig.

Es war kurz nach neun. Der Bus fuhr erst in einer halben Stunde, Zeit für den Rest Rotwein, der vom Kochen übrig geblieben war. Rosa setzte sich mit ihrem Glas neben den noch warmen Topf mit provenzalischem Daube de bœuf. Vielleicht hatte Edwin Hunger, wenn er nach Hause kam, sie würde ihm einen Zettel in den Flur legen.

Sie betrachtete die Küche. Dicke Büschel Basilikum standen in Töpfen auf der Fensterbank, ein bereits deutlich gerupfter Knoblauchzopf hing an einem Haken, leere Weinflaschen füllten einen Einkaufskorb, an der Pinnwand steckten Rechnungen, Quittungen und ein paar Werbezettel. Auf der Küchenbar stand eine Vase mit Blütenzweigen

aus dem Garten. Nach nur drei Tagen unter ihrer Regentschaft sah diese Küche lebendig aus.
Ella fiel ihr ein. Sie glitt vom Barhocker, schlich leise die Treppe hinauf. Das Licht brannte. Rosa lugte durch den Türspalt. Ella Piepenbrock war eingeschlafen. Den letzten literarischen Ausrutscher hielt sie noch fest in ihrer rechten Hand. Aus Sorge, Ella zu wecken, ließ Rosa die Nachttischlampe brennen und schlich wieder hinunter in die Küche. Noch fünfundzwanzig Minuten. Rosa kletterte wieder auf ihren Hocker, nippte an dem Rotweinrest und spürte, wie sich die Müdigkeit über sie legte wie ein warmer Mantel. Ihr Blick blieb an dem länglichen, braunen Fleck an der gegenüberliegenden Wand hängen. Seltsam. Hatte da jemand eine Tasse Kaffee an die Wand geworfen?
»Was machen Sie denn noch hier?«
Rosa zuckte zusammen. Edwin stand plötzlich in der Tür. Viel früher, als er angekündigt hatte. Sein Gesichtsausdruck verhieß nichts Gutes. Vermutlich waren diese geschäftlichen Besprechungen nicht so verlaufen, wie er es sich vorgestellt hatte.
»Kommen Sie doch bitte mal ins Wohnzimmer!«
Rosa stellte ihr Glas ab, folgte ihm und atmete gegen den Druck, der plötzlich auf ihrem Magen lastete. Vor dem Bücherregal mit Charles' Photoaltar blieb er stehen und wies mit dem Zeigefinger auf die Blumenvase, die Rosa vor einer Stunde mit anmutigen kleinen Birkenzweigen und einer weißen Rose bestückt hatte. »Was soll das?«
»Das ist ein neuer Strauß, den ich gegen den alten, abgeblühten ausgetauscht habe. Außerdem habe ich einen Satz

toter Blattläuse abgeräumt und trockene Blütenblätter, die zwischen den Photos lagen, entsorgt.«

»Ah ja«, entgegnete er tonlos, wandte sich ab, hielt inne, legte die Stirn in Falten: »Aber darum gebeten hatte ich Sie nicht, wenn ich mich recht entsinne?«

»Nein. Sie haben mich auch nicht darum gebeten, Ihnen englischen Teekuchen zu backen, und trotzdem haben Sie ihn gestern zusammen mit Ihrer Frau Schwester fast ganz aufgegessen.«

»Rosa Echte, das ist eine Ecke, von der Sie die Finger lassen, ein für alle Mal, haben Sie mich verstanden?« Seine Augen waren schmal vor Wut.

Rosa brauchte ein paar Sekunden, bevor sie antworten konnte. Es reichte, um ihren Ton zu mäßigen, nicht ihre Aggressionen, die wie Stichflammen hochschossen. »Edwin Sunray, ich bin kein Scheuerlappen. So reden Sie nicht mit mir! Haben Sie mich verstanden?«

Sie zog ihre Sommerjacke über und verschwand im dunklen Flur, Edwin hörte das leise Klicken der Haustür.

Die Nachtluft tat gut, Rosa fühlte sich gleichzeitig betäubt und wach, als habe sie eine unwirkliche Szene erlebt, geträumt. Sie blieb stehen und schnappte nach Luft. Was für eine Unverschämtheit! Dann rannte sie die wenigen Minuten zur Clay-Allee in doppelter Geschwindigkeit, weil sie merkte, wie die Spannung nach ihrem Körper griff. An der Bushaltestelle war niemand.

Rosa begann laut zu reden. »Das war ultimativ das letzte Mal, Sunray, dass ich hier war. Altes neurotisches Arschloch. Überhaupt keine Erziehung. Du kannst deine Nörgel-Ella alleine aufs Klo setzen. Ach, ich glaub's nicht.« Sie setzte

sich auf die Bank des Wartehäuschens und lehnte sich an die schmuddelige Wand aus Plexiglas.
Plötzlich stiegen ihr die Tränen in die Augen. Schon wieder. Schon wieder keine Arbeit mehr. Was war eigentlich los? Streit mit Tanja, Streit mit Edwin. Sein Verhalten war unverschämt gewesen, daran gab es nichts zu rütteln. Trotzdem. Lag es auch an ihr selbst? War Staubwischen auf einem persönlichen Hausaltar wirklich eine Distanzverletzung? War sie möglicherweise selbst so verstrickt in unerträgliche Verhaltensmuster, dass sie anderen Menschen immer nur auf die Füße trat, ohne es zu merken? Wieso konnte man fast fünfzig Jahre alt sein und sich immer noch solche Fragen stellen, Fragen fundamentaler Unsicherheit? Ach Quatsch. Seine neurotischen Verknotungen waren sein Problem. Jetzt tropften die Tränen auf den Ärmel. Ein scharfer Windstoß brachte das Wartehäuschen zum Wackeln. Rosa hielt die Jacke am Kragen zu, aber die Kühle drang bis auf die Haut.
Die Scheinwerfer des Busses tauchten auf. Rosa erhob sich und trat zum Bordstein. In derselben Sekunde bremste ein Sportwagen genau vor ihr, jemand machte von innen die Tür auf und rief schlecht gelaunt: »Steigen Sie ein, verdammt!«

Die englische Standuhr tickte leise. »Bleiben wir bei unserem bevorzugten Getränk?« Edwin hob fragend die Flasche mit dem orangefarbenen Etikett hoch. Rosa zuckte mit den Achseln. »Solange Sie's bezahlen!«
»Man hat schon mal begeisterter auf meinen Champagner reagiert.«

»Auf meine Arbeit auch.«

Edwin füllte zwei Gläser. »Prost, Rosa Echte.«

Sie prostete stumm zurück, trank ihr Glas in einem Zug halb leer.

Edwin kam ohne Umschweife zur Sache, diesmal war sein Tonfall beherrschter, aber immer noch kühl. »Ich will nicht, dass Sie irgendetwas anpacken, das mit Charles zu tun hat. Das erlaube ich niemandem. Bitte unterlassen Sie das in Zukunft, Rosa.«

»Wenn man mir so etwas unter Einhaltung der mitteleuropäischen Höflichkeitsformen mitteilt, bin ich bereit, mich daran zu halten.«

»Und? Entsprachen mein Ton und meine Wortwahl gerade Ihren Vorstellungen?«

»Es geht so. Sie könnten insgesamt etwas freundlicher zu mir sein. Oder sagen wir, etwas weniger zynisch.«

»Sie sind hier aber in meinem Haus gelandet und nicht in einer Minitherapiegruppe, Frau Echte.«

»Wollten Sie mich einfach weiter beleidigen, oder warum haben Sie mich an der Bushaltestelle wieder eingepackt?«

»Ach, ich packe manchmal so dies und das ein, was am Straßenrand herumsteht.«

Rosa stellte ihr Glas ab und nahm ihre Sommerjacke.

Edwin seufzte. »Rosa Echte, die Sache ist ganz einfach: Ich bin allergisch gegen Übergriffe. Das können Sie sich doch denken.«

»Stichwort Ella?«

Er nickte. »Dann reagiere ich so. Es tut mir übrigens wirklich Leid.«

»Ich wusste nicht, dass das ein Übergriff war.«

»Es gibt Dinge, bei denen ich allergisch reagiere, wenn man sie anfasst.«
»Das wird schwierig. Bitte listen Sie mir unbedingt auf, in welchem Winkel ich Ihren Flügel abstauben soll und welche Ihrer Wolljacken ich nicht anfassen darf, aus welchen Gründen auch immer.«
»Sie halten mich wohl für hochneurotisch?«
»Ja!«, entgegnete Rosa und sah ihn fest an.
»Sie fassen ganz einfach nichts an, was mit Vergangenheit zu tun hat. Unter Vergangenheit verstehe ich …«
»Ich habe schon begriffen.«
Edwin nickte kurz, dann, nach einer Schweigepause, grinste er plötzlich. »Es riecht gut hier.«
»Daube de bœuf auf Südfranzösisch.«
»Würde es sehr viel Arbeit machen, wenn Sie mir eine Portion aufwärmen? Vielleicht mit einem Stück Baguette?«
Rosa grinste zurück. »Ihre schwache, kranke Schwester hat heute davon zwei Portionen weginhaliert. Und sie hat Ihnen geröstete Polenta übrig gelassen.« Edwins Augen leuchteten. Rosa erhob sich. Während sie das Essen für Edwin aufwärmte und anrichtete, versuchte sie zu verstehen, warum er so heftig reagiert hatte. Dass eine geradezu kultische Behandlung der Dinge, die mit dem Verstorbenen zusammenhingen, bei der Bewältigung der Schmerzen helfen konnte, leuchtete ihr ein. Einen Moment lang tauchte die schreckliche Vision eines Tanja-Altars auf, sie schnappte nach Luft, verbot sich diesen Unsinn. Immerhin ließ das Aufblitzen dieses Schreckens ahnen, wie viele mögliche Wege sich ein solcher Schmerz bahnen konnte.

Edwin schnupperte, probierte und schloss die Augen. »Rosa Echte, Sie können was.«
Sie lächelte.
»Essen Sie nichts?«
»Ich habe schon im Dienstbotentrakt gegessen, danke.«
Edwin seufzte. »Ich wiederhole meine Entschuldigung. Wie oft werde ich das heute Abend noch tun müssen, was schätzen Sie? Ich kenne mich da nicht so gut aus mit Frauen.«
Rosa lächelte wieder, und er registrierte mit Erstaunen, dass es ihn erleichterte.
»Vermutlich habe ich das getan, was auch schwule Männer mit ihren Misserfolgen machen: Ich habe sie an Ihnen ausgelassen. Meine geschäftlichen Besprechungen waren ziemlich unerfreulich. Und das ist sehr milde ausgedrückt. Meine Plattenfirma will sich von mir verabschieden, wenn es so weitergeht. Sagen Sie mal, Rosa, ist immer noch Eiszeit mit Ihrem Handfeger?«
Rosa war ehrlich erschrocken und ging nicht auf seine letzte Frage ein. »Gibt es denn keine andere Firma?«
»Natürlich. Aber nicht für mich, wie es im Moment aussieht. Ich bin nicht mehr gefragt, ganz einfach.«
»Sie meinen, Ihre Musik ist es nicht mehr.«
»Das ist doch dasselbe.«
»O nein, das sehe ich anders.«
Edwin schob den halb geleerten Teller beiseite. »Das gütige Schicksal hat mir die eine Hälfte meines Lebens geraubt. Sie hieß Charles. Die andere Hälfte war die Arbeit. Jetzt ist es arithmetisch nicht mehr so schwierig, auszurechnen, was von mir übrig bleibt.«

»Aber Sie waren doch schon Musiker, bevor Sie Charles getroffen haben. Und haben andere Musik gemacht.«
»Wie kommen Sie denn darauf?«
»Ich bilde mir ein, das zu hören, wenn Sie spielen.«
»Ich war Jazzpianist.«
»So etwas verliert sich nicht. So wie in mir Rosa, die Schauspielerin, die Musicaldarstellerin.«
»Ach?«
»Aber das erzähle ich Ihnen ein anderes Mal.«
»Dann gibt's aber Erzählstau. Über Ihr Restaurant hätte ich gerne was gewusst. Ich kann mir überhaupt nicht vorstellen, dass jemand mit solchen Fähigkeiten Pleite macht.«
»An meinen Fähigkeiten als Köchin lag es auch nicht. Es lag an meiner gottverdammten Blauäugigkeit und daran, dass ich Gefühle und Geschäftliches vermischt habe.« Jetzt hatte sie mehr gesagt, als sie wollte.
Sie schwiegen beide. Rosa musterte Edwin, der in seinem Sessel lag und das Bücherregal betrachtete. Er wartete. Aber sie fühlte sich nicht belauert. Warum sie den Impuls spürte, ihm von sich zu erzählen, wusste sie nicht. Aber der Impuls war da, und er war plötzlich stark. Auf einmal hatte Rosa die Gewissheit, dass sie Edwins Narben irgendwann einmal kennen lernen würde, wenn sie jetzt von ihren eigenen sprach.
Sie hielt ihm das Champagnerglas hin. »Kennen gelernt habe ich Arthur vor dem Kühlregal mit italienischen Antipasti, beim Großhändler. ›Was würden Sie zu Vivaldi servieren?‹, fragte mich auf einmal jemand. ›In jedem Fall etwas Helles, mit Zitronensauce vielleicht‹, sagte ich. ›Das sehe ich auch so‹, antwortete er. ›Aber wie ist das mit Beet-

hoven?‹ Und wir fingen an zu spinnen, dass man zu Beethoven stark reduzierte Rotweinsauce und zu Debussy praktisch zwangsläufig Fisch servieren müsse. Wir alberten fast eine Stunde in dem Laden herum. Das war der Auftakt zu einer Beziehung, mit der ich nicht mehr gerechnet hatte und die mich ganz, ganz hoch fliegen ließ. So hoch, dass der Absturz sogar jetzt immer noch nicht beendet ist.«

Rosa schwieg für einen Moment. Ihr Blick blieb an Charles' Photo im Silberrahmen hängen. »Ich will nicht zu sehr ins Detail gehen. Er kam, sah – und so weiter. Tanja klebte an ihm wie ein Kaugummi. Er nannte sie Prinzessin und behandelte sie auch so. Er hatte so eine Art, uns zum Lachen zu bringen – ich weiß nicht, wie ich das beschreiben soll. Er machte den Mund auf, und man fühlte sich gut. Der ganze Mann eine Droge. Ich wusste nicht mehr, wie es war, hofiert zu werden. Auch das konnte er, wie ein Grande des 18. Jahrhunderts. Wenn er mich ansah, gab es nur eine Botschaft: Du bist das Wichtigste auf der Welt. Und dieses Gefühl vermittelte er jedem.«

»Eigentlich keine schlechte Eigenschaft!« Edwin lehnte sich in seinen Sessel. »Kann aber eine prekäre Angelegenheit werden, je nachdem, welche Charakterzüge die Fee ihm noch in die Wiege geschmuggelt hat.«

»Und da hatte die Fee so richtig zugelangt. Arthur log, dass sich die Balken bogen. Aber dermaßen virtuos, dass kein Mensch es merkte. Ich nicht, Tanja nicht, und ich glaube, er selbst auch nicht. Wenn er eine Geschichte erfunden hatte, und er hielt sie für gut, wurde sie Wirklichkeit für ihn. Einzig meine Freundin Anastasia zog immer die rechte Augenbraue hoch, wenn sein Name fiel.«

»Unser Orakel vom *Goldwasser?«*, fragte Edwin.

Rosa konnte plötzlich nicht verhindern, dass ihre Gesichtszüge entgleisten, dass sie anfing zu weinen.

Edwin stand auf und griff nach dem erstbesten Textil: einer großen, frisch gebügelten Leinenserviette vom Esstisch. Diese Geste rührte Rosa, aber sie schüttelte den Kopf, legte die Serviette neben sich und fand ein Papiertaschentuch in ihrer Jacke. Rosa schnäuzte sich und blickte auf. »Es hört sich kitschig an, verdammt, aber ich liebte, liebte, liebte ihn.«

Edwins Antwort kam ruhig. »Es hört sich überhaupt nicht kitschig an. Und ich verstehe es. Es markiert die Fallhöhe, wenn es vorbei ist.«

Rosa räusperte sich. »Er hatte ein Restaurant, ein mäßig florierendes, in der Rosenthaler Straße. Ich stieg ein. In die Beziehung, in das Geschäft. Und es dauerte nicht lange, da lief der Laden immer besser.«

»Was an Ihnen lag«, vermutete Edwin.

»Ja. Ich habe das Konzept verändert, die Gäste sehr persönlich behandelt, frisch und gut gekocht. Und mit dem Personal verstand ich mich auch. Es war schlichtweg ideal.«

Edwin angelte sich eine Zigarette aus Rosas Schachtel. Rosa ballte beide Hände zu Fäusten, bis die Knöchel weiß hervortraten, entspannte sie wieder, betrachtete sie. Faltige, nicht mehr junge Hände. Abgearbeitete Hände. Sie lehnte sich zurück und atmete tief aus. »Ich war Köchin, Einkäuferin, Tresenpsychologin und Geliebte. Bezahlt wurde ich schlecht, manchmal gar nicht: ›Ich habe noch ein paar Restschulden‹, sagte er, ›Geduld, in ein, zwei Monaten wirst du meine Teilhaberin, mit Brief und Siegel.‹ Ich glaubte ihm rückhaltlos. Alles würde er für mich tun, sagte er, alles. ›Allerliebste Rosa, sage mir, ich soll für dich auf Händen und im Tüllröckchen die Eigernordwand hoch und das dickste Edelweiß mit den Zähnen pflücken, ich tu's.‹«

»Sie hätten es vielleicht drauf ankommen lassen sollen«, meinte Edwin versonnen.

Rosa lächelte dünn. »Und ich, Rosa Echte, normalerweise keine dumme Frau, habe mich nie um die Finanzen gekümmert, weil Arthur stets sagte: ›Nicht einfach, allerliebste Rosa, aber es geht schon seinen guten Weg.‹ Und eines Tages meinte er überraschend: ›Wir sollten in die Ausstattung investieren!‹ Das wollte ich schon lange, und wir fuhren zu einer Lagerhalle an die polnische Grenze. Man hatte ein altes Restaurant in Krakau für immer geschlossen. Zauberhafter Tresen, Möbel, Spiegel und Lampen im Stil des Budapester *Café New York*. Ich muss dazu sagen, es war ein großes Restaurant gewesen, und es waren viele Möbel. Alles original und in hervorragendem Zustand. Und nicht billig. Genauer gesagt, mein gesamtes Erspartes, nämlich ungefähr sechzigtausend Euro. Inklusive Lieferung und Montage. ›Kriegst du in einer Woche zurück, wenn bei mir eine Anlage frei wird.‹ Und er zeigte mir die Photokopie eines ziemlich runden Sparbriefes, fällig in einer Woche. Das Datum stimmte, sein Name, alles. Einen Tag vor der Lieferung kamen drei gut gekleidete Herren und fragten nach Arthur. Er war an diesem Tag unterwegs. Nein, nicht *an* diesem Tag, sondern *ab* diesem Tag. Das Kartenhaus brach zusammen. Das Paradies zeigte endlich seinen meterbreiten Drecksaum. Alles, alles kam unter den Hammer.

Und mein Geld war weg. Ich hatte es ja Arthur geliehen, um die Möbel zu finanzieren, aber Arthur hatte die neue Restauranteinrichtung nicht bezahlt, sondern war mit meinem Geld fort. Gott sei Dank hatte ich sonst nichts unterschrieben, musste für nichts weiter haften. Aber er war verschwunden und ist es bis heute.«

»Jesusmaria.« Edwin beugte sich vor. »Und die Sparbriefkopie?«

»War gefälscht. Irgendein altes Dokument, kopiert und manipuliert. Aber auf diese Idee wäre ich nicht im Traum gekommen. Nicht bei Arthur.« Rosa versuchte ein Lachen, aber es misslang. »Und dann erfuhr ich es: Arthur hatte überall Schulden. Er lieh sich Geld von Hinz und Kunz, borgte bei Meier, wenn Müller seins zurückwollte, und hielt so eine ganze Zeit lang ein sehr fragiles finanzielles Gebäude im Gleichgewicht. Der ganze Laden basierte auf gefälschten Assen. Außerdem war unser Umsatz ja gar nicht so übel. Solange kein Sturm aufkam, hielt das Kartenhaus. Und eines Tages hat dann doch jemand gepustet.«

Sie schwiegen. Rosa malte mit dem rechten Zeigefinger geometrische Muster auf die Lehne des Sessels.

Sie blickte auf, sah ihm ins Gesicht, unbewegt. »Ich habe für Arthur eine sehr gute Stelle aufgegeben. Eine, auf die ich mich fast zehn Jahre lang hochgearbeitet habe, bis zur Geschäftsführerin eines traditionsreichen Restaurants der Oberklasse. Seit dem Tag des Kartenhauses habe ich keine gescheite Arbeit mehr gefunden. Aber manchmal ist mir auch so, als hielte es mich nirgendwo mehr. Ein Stück in mir ist abgestorben, und es ist noch nichts Neues nachgewachsen. Trotzdem lebe ich mittlerweile wieder vorwiegend gern, es gibt zumindest wieder die Ahnung vom sonnigeren Ufer. Aber es scheint verdammt lange zu dauern.«

Edwin starrte auf den Boden und schwieg weiter. Sie tranken ihre Gläser leer, er wollte nachschenken, doch sie hielt die flache Hand über den Kelch. Schließlich stand sie auf, schüttelte das Leinenkissen, auf dem sie gesessen hatte, und sah auf ihre Uhr.

»Ich nehme den letzten Bus. Nein, Sie bringen mich nicht nach Hause. Ich will ein bisschen kalte Nachtluft atmen. Übrigens …«, grinste sie plötzlich, »… Sie sollten gleich mal vorsichtig ins Zimmer Ihrer lieben Schwester schleichen. Es wird Sie erheitern.«

Edwin begleitete Rosa bis zur Haustür. Er gab ihr die Hand. »Auf gute Zusammenarbeit. Und, Sie haben Recht, Rosa.«

Rosa wollte ihn nicht fragen, womit. Sie verschwand in der Dunkelheit, drehte sich noch einmal um, sah, dass er auf der Schwelle stand und ihr nachblickte. Sie hoben beide gleichzeitig die Hand, dann schloss Edwin die Tür. Er wollte sich gerade noch ein Glas Champagner genehmigen, als ihm Rosas letzte Aufforderung einfiel. Zwar fand Edwin Rosas Vorschlag ziemlich seltsam, aber er schlich folgsam und auf Socken die Treppe hoch.

Ella Piepenbrock lag auf dem Rücken, schnarchte mit offenem Mund. Die Lesebrille saß auf ihrer Nasenspitze, am Boden lagen zwei vermutlich ausgelesene Hefte, das letzte hielt sie noch in der erschlafften Hand.

Das Cover war deutlich sichtbar: Ein dickes, blondes Knäblein in putzigen Lederhosen schmiegte sich an einen mar-

kanten Herrn im weißen Kittel, darüber der Titel: *Lass Mutti wieder lachen!*
Edwin wandte sich ab und hielt die Hand vor den Mund.

*

»Sag mal, bist du der Papst, oder warum krieg ich keine Audienz bei dir?«
Anastasia sprach auf den Anrufbeantworter, weil sie Rosa jetzt schon den dritten Abend nicht erwischt hatte. »Nur für den Fall, dass du dich tot stellst: Das zieht bei mir nich. Komm doch übermorgen nach deinem Edwin-Tag ins *Goldwasser,* damit wir 'ne Runde klönen.«
Rosa gähnte und zog ihre Schuhe aus. In Tanjas Zimmer brannte noch Licht. Es war fast Mitternacht. Rosa ging in ihr Zimmer und stellte fest, dass Tanja sorgfältig das Bett gemacht und die neue Prachtdecke darüber gebreitet hatte.
Sie schwiegen sich jetzt schon seit vier Tagen an. Aber Rosa hatte Tanja gestern einen Zettel auf den Küchentisch gelegt, mit der lakonischen Notiz: »Klopse im Kühlschrank.« Für Rosas Königsberger Klopse ließ Tanja alles stehen und liegen, und als Rosa nach Hause kam, waren die Klopse verputzt, aber auch sämtliches Geschirr abgewaschen, und die Küche blinkte.
Seit Rosa bei Edwin arbeitete, hatte Tanja nicht eine einzige schmutzige Tasse stehen lassen, was gänzlich gegen ihre Gewohnheit war. Heute früh hatte Rosa einen Zehneuroschein auf den Tisch gelegt, mit einem weiteren spar-

tanischen Zettelsatz: »Wir brauchen Spülmittel. Rest für dich.«

Jetzt stand auf dem Küchentisch eine Flasche Spülmittel, daneben lag eine glitzernd verpackte Mozartkugel, daneben das Restgeld, und der Zettel war ergänzt durch die Bemerkung: »Hab selber noch Geld.«

Wenn sie sich wirklich gestritten und gegenseitig verletzt hatten, war genau das ihre Art, sich wieder dem anderen zu nähern. Sie wussten beide, was sie sich an den Kopf geworfen hatten, jede war der anderen böse gewesen, beiden tat es Leid. Rosa hatte noch oft über das erste Gespräch mit Edwin nachgedacht. Und vielleicht, vielleicht hatte er ja Recht, und Tanja war auf dem einzig richtigen Weg: auf ihrem. Die größten Zweifel nagten immer noch an Rosa, aber es war an der Zeit, die Tatsachen anzuerkennen. Sie würde Tanja zu nichts zwingen können. Blieb die Hoffnung, dass dieses schwangere Katastrophenkind den richtigen Instinkt hatte und nicht vorzeitig in ein Abseits trudelte, das mit Enttäuschungen und Demütigungen gepflastert war. Jetzt gerade war Rosa zu müde, um über Töchter und Tiefs nachzudenken.

Sie ließ sich auf ihr Bett fallen, massierte die schmerzenden Knöchel und war in zwei Minuten eingeschlafen. Eine halbe Stunde später zog sie jemand an den Haaren. Rosa tauchte aus tiefem Schlaf auf, verwirrt, erschöpft, aber als sie bemerkte, dass sie noch ihre Wetterjacke trug und ihre Handtasche geschultert hatte, musste sie genauso lachen wie Tanja. Mühsam erhob sie sich und torkelte ins Bad, um ihren Pyjama anzuziehen.

»Und die Zähne hast du dir auch nicht geputzt, was?«,

fragte Tanja streng, als Rosa mit nur halb geöffneten Augen zurückgewankt kam.
»Mach ich auch nicht mehr«, murmelte Rosa. »Mach ich einfach nicht.« Sie legte sich ins Bett und wurde von ihrer Tochter zugedeckt.
»Schlaf gut, blöde Kuh!«, sagte Tanja freundlich, und Rosa tätschelte ihre Hand. »Schlaf doch selber gut, blöde Kröte«, und die letzte Eisscholle schwamm davon.

*

Edwin frühstückte mit erstaunlich guter Laune, denn heute würde Schwesterlein ihren Koffer packen und am frühen Abend nach Hamburg fahren. Heute um sieben war sie, noch etwas vorsichtig und windschief, bereits in die Küche geschlichen und hatte sich einen Morgentee gekocht. Noch vor Rosas Ankunft. Ab achtzehn Uhr würde es wieder ruhig sein in seinem Haus, kein »Eeeedwin! Komm doch mal kurz!« mehr. Zwar hatte Rosa ihm alle Arbeit abgenommen, aber die Unruhe, die treppauf, treppab herrschte, zerrte an seinen Nerven, er sehnte sich nach Stille. Jetzt wirtschaftete Rosa in der Küche, und er hörte, wie Ellas Motor langsam, aber sicher wieder anlief.
»Frau Echteee! Wo könnte denn mein Morgenrock liegen?«
»Gefaltet in Ihrem Koffer, Frau Piepenbrock.«
»Ach so. Vielen Dank. Aber ich falte ihn immer anders, Frau Echte, das muss ich Ihnen mal zeigen, also …«

Edwin schloss die Tür seines Kellerstudios und ließ mit einem Seufzer das Band noch einmal laufen. Er hatte einige Textfragmente von Charles aus dem Archiv geholt, hatte den Text vervollständigt, die alten musikalischen Ideen abgerundet und neu arrangiert. Ein neuer Song im Stil von Charles, aber mit Edwins kantiger Stimme.

»Du bist so schön, wenn du weinst, du bist so schön,
aber lieber würde ich dich lachen sehn,
du bist so …«

»… nervig und bescheuert«, knurrte Edwin, legte die Füße auf sein Mischpult, stand wieder auf, öffnete die Kellerluke und kramte in einer Schublade nach einem streng verbotenen Zigarillo. Als Rosa mit einem Tablett vor der Tür stand und klopfte, rief er: »Stellen Sie den Kaffee vor die Tür, Rosa, ich kann gerade nicht vom Computer weg.«
»Sie müssen die Flurtüre zur Kellertreppe schließen, Edwin«, hörte er Rosa sagen. »Der Rauch zieht sonst bis nach oben. Aber ich mach die Schotten schon dicht. Und in anderthalb Stunden sollten Sie nach oben kommen, Ihre Schwester möchte noch einen Tee mit Ihnen trinken.« Sie entfernte sich.
Wieder und wieder hörte Edwin alte Schlager, die vor Jahren Riesenhits gewesen waren. Es musste doch möglich sein, irgendwo anzuknüpfen. Wenigstens *eine* gute CD noch, eine CD in memoriam, ein großer Abschiedsgesang, und dann würde er aufhören, Musik zu machen. Aber Edwin wäre es wie Verrat an Charles vorgekommen, dem Ganzen keinen Abschluss zu geben. Da waren noch halbe

Texte, die man zu Ende dichten musste, es gab noch altes Material, das man aufarbeiten konnte. Es würde reichen für die CD »Memories«.

Aber selbst die neuen Arrangements einiger alter Hits waren alle so blutarm nach der Bearbeitung, es fehlte ihnen die ganze Emotionalität, die Charles' Stimme, sein Akzent, seine Wärme ihnen verliehen hatte. Edwin hatte bei den Duogesängen Charles immer in den Mittelpunkt gerückt, mit gutem Grund. Von den Schlagern blieb genau das übrig, was sie ohne Charles waren: rosa Kunststoff.

Edwin drückte den Zigarillostummel in einem Blechdeckel aus, trat gegen den Papierkorb und setzte sich wieder. Er spielte an den Einstellungen seines Keyboards herum, schließlich klimperte und summte er den Klassiker »Lady Be Good« und vertiefte sich in Variationen des schönen, alten Swingstückes. Es ließ ihn den unlösbaren Konflikt zwischen Charles' Andenken und seinen eigenen musikalischen Neigungen leichter tragen.

Er spielte mit geschlossenen Augen, suchte, tastete der Melodie nach, wurde freier, die Finger tanzten, ein neues Thema wuchs nach oben. Neue Töne aus alten Zeiten, die plötzlich in die Gegenwart ragten. Schließlich griff er zum Stift und notierte die Harmonien, bis Rosa Edwin mit dem Haustelefon zum Abschiedstee nach oben rief.

»Ich gebe ja zu, dass ich skeptisch war, Frau Echte. Mein Bruder hat keinen Sinn fürs Praktische, aber ich bin froh, dass er Sie gefunden hat, nein, wirklich. Jetzt kann ich mich doch wieder mit etwas mehr Ruhe meinen Angelegenheiten widmen.«

Rosa antwortete nicht, sondern platzierte Blätterteigküchlein auf eine große Porzellanplatte. Ella saß auf einem der Küchenbarhocker und beobachtete Rosas flinke Griffe. »So eine Riesenplatte für vier Küchlein? Ach, lassen Sie doch den Puderzucker weg, Frau Echte. Blätterteig hat genug Kalorien.«
Rosa verspürte ein kleines Kribbeln im Nacken. Heute war nicht der Tag, mit Ella Piepenbrock noch einen Krieg zu beginnen, aber eins war klar: Noch so eine Bemerkung, und sie würde unwillkürlich nach irgendetwas suchen, das man durch die Gegend werfen konnte. Rosa sah Ella nicht an, fixierte den braunen Espressofleck an der Wand hinter der Küchenbar und wusste plötzlich, wie er entstanden war. »Sie haben schon gepackt, Frau Piepenbrock?« Rosa schrubbte das Backblech mit einer Energie, die weit über das Nötige hinausging.
»Ja. Hab ich.«
Rosa blickte kurz auf und sah, wie blass Ella Piepenbrock auf einmal war. Zurück musste sie, zurück in die Ruhe ihrer Hamburger Wohnung, zu Wagnerplatten und Ratgeberliteratur, zurück in eine unbeseelte Stille, denn Ella war nicht für die Einsamkeit gemacht, konnte sich in ihr nicht entdecken. Tragisch, dass sie sich selbst hineintrieb. In einer Hinsicht ähnelten sich diese ungleichen Geschwister: Sie brachten einen in Sekunden zur Weißglut und taten einem Sekunden später wieder Leid.
»Ach, Frau Piepenbrock, Sie waren doch in Neuseeland, oder? Erzählen Sie mal. Sollte ich jemals wieder richtig Geld haben, werde ich unbedingt da hinfahren.«
Und Ella griff dankbar nach der Gelegenheit, ihren Wis-

sensschatz vor Rosa auszubreiten. Man musste ihr lassen: Sie konnte fesselnd erzählen. Rosa hörte mit echtem Interesse zu und versprach Ella, ganz exakt ihre Reiseroute zu wiederholen, falls sie jemals nach Neuseeland käme, denn das war klar: Abseits der Ella-Route gab es nichts Interessantes zu sehen. »... und gerade in dem Moment, als unser Jeep im Graben festhängt, kommt so ein entzückender Maori und will ...«

Es klingelte. Ella winkte wegen Rosas nasser Hände ab und ging zur Haustür. Das junge Mädchen mit der schwarzen Kurzhaarfrisur und der Schlabberjacke blickte sie neugierig und streng an.

»Ja, bitte? Wir kaufen nichts an der Tür, Fräulein!« Frau Piepenbrock sah aus wie ein doppelt verschlossenes Hamburger Stadttor. Jeder, ob Zeitungswerber, Pfarrer oder Oberbürgermeister, wäre instinktiv zurückgewichen. Dieses Geschöpf tat nichts dergleichen.

»Ach?« Die junge Dame trat näher. »Auch kein Findelkind? Ein blondes Baby für fünzig Euro? Oder einen schwarzweißen Mischlingsköter? Ich hätte auch preiswerte Rhabarbermarmelade im Dreikiloeimer. Aber zuallererst würde ich gerne mal Frau Echte sprechen. Die Dame behauptet, meine Mutter zu sein.«

Tanja hatte ihren guten Tag heute.

Ella Piepenbrocks Kinn fiel herunter. Aber da stand schon Rosa hinter ihr. »Komm rein, Tanja, und erzähl nicht so viel Blödsinn. Entschuldigung, Frau Piepenbrock. Das hier ist meine Tochter Tanja, Tanja, das ist Frau Piepenbrock, Edwin Sunrays Schwester.«

»Hallo, Frau Schwester.« Tanja hob die Hand, schob sich an

Ella Piepenbrock vorbei, gab Rosa einen Kuss auf die Wange und blickte sich um. »Meine Herren, hier wohnt aber kein armer Mensch. Und sogar alle Tasten auf dem Klavier!«
Sie blickte in den Salon und pfiff durch die Zähne. Rosa zog sie an der Jacke zurück. Das Kind war heute entschieden zu aufgedreht. Irgendetwas musste passiert sein.
»Komm in die Küche, Tanja, und bleib bitte da. Was willst du überhaupt hier? Ich mache eben noch das Teetablett fertig, Frau Piepenbrock.«
Edwin kam die Kellertreppe hinauf, und Tanjas Augen leuchteten. »Hoppla! Der Schnulzenfürst! Ich danke für die Geburtstagsgabe, das war total nett von Ihnen!«
Edwin runzelte halb belustigt die Stirn, blickte Rosa aber vorwurfsvoll an. »Keine Danksagungen, Frau Echte, das war doch so vereinbart!«
»Ach Quack.« Tanja drückte Edwin einen Kuss auf die Wange, bevor Rosa sie davon abhalten konnte. »Ich hab den Schotter gut angelegt, Mister Sunray!«
»Nicht in einen Friseurbesuch, wie man sieht«, meinte Edwin, und Rosa merkte, dass ihm der Flur entschieden zu bevölkert war.
»Marsch, in die Küche, Tanja.« Sie schob ihre Tochter durch die offene Tür und zischte: »Hast du etwa gekifft, du Untier? In deinem Zustand?« Edwin hörte es noch eben, lachte lautlos in sich hinein und betrat den Salon, von dem aus Ella die Szene ungewohnt sprachlos verfolgt hatte.
»Hat deine arme Frau Echte eine schwer erziehbare Tochter, Edwin?«
»Nein, das nicht.« Edwin ließ sich gähnend am Teetisch

nieder. »Sie ist nicht schwer erziehbar. Sie ist überhaupt nicht erziehbar, aber sehr erfrischend. So, liebe Schwester, iss, trink, in einer Stunde kommt dein Taxi.« Und er unterdrückte ein freudiges Vibrato.

»Tanja, das mit dem Schnulzenfürst fand ich nicht sehr nett. Der Mann ist empfindlich. Außerdem ist er ein hervorragender Jazzpianist.« Rosa war verärgert.

Von ihrer Wolke herunter schien Tanja plötzlich einen Fuß auf den Boden zu setzen. »Meinst du, das hat ihn beleidigt? Das wollte ich nicht. Aber es ist doch die Wahrheit, Mama.«

»Trotzdem. Du findest das zwar lustig, aber immerhin waren Schlager in den letzten zwanzig Jahren sein Beruf. Ob du die Musik jetzt doof findest oder nicht. Man sollte vorsichtig sein mit dem, was man sagt, das haben wir beide doch auch gerade zum hundertsten Mal gelernt.«

Tanja nickte, plötzlich bedrückt. Sie seufzte tief. Dann strahlte ihr Gesicht wieder. »Mama, ich hab einen Computer! Anastasia hat's dir bestimmt erzählt, das mit dem Preisausschreiben!«

»Hat sie!« Rosa füllte Rumsahne in einen Glaspokal.

»Ich kann endlich richtig schreiben. Und stell dir vor, ich hab nur hundert dafür gezahlt, obwohl er über achthundert wert ist!«

»Wie kommt das?«

»Vom LKW gefallen.«

Rosa hob die Brauen.

»Ich kenne nicht alle Kontakte von meinen Jungs«, meinte Tanja unschuldig. »Will ich auch nicht.« Sie erhob sich vom Küchenhocker, begutachtete die Küchengeräte und die Einrichtung und öffnete den gigantischen Kühlschrank. Aus einem Päckchen zog sie Salamischeiben, stopfte sie in den Mund, dann untersuchte sie den Eiscrusher, der in den Kühlschrank integriert war. »Meine Herren, das ist ja vielleicht ein Luxusschuppen! Aber diese Schwester sieht aus wie ein pupstrockenes Knäckebrot, also …«

Rosa legte erschrocken den Zeigefinger auf die Lippen. »Schschsch! Sie ist doch noch da!«

Ella Piepenbrock steckte den Kopf zur Tür hinein. »Ich möchte mich von Ihnen verabschieden, meine Liebe, und Ihnen danken! Und ich bin sehr froh, dass Sie auf Edwin aufpassen. Aber was ich Ihnen noch sagen wollte, nur ein paar winzige Vorschläge vielleicht, Sie könnten doch zum Beispiel …«

*

Es war spät, Rosa war längst wieder in Charlottenburg, Ella seit zwei Stunden in Hamburg. Edwin stieg die Treppe vom Kellerstudio hoch, unwillkürlich lauschte er. Sieben Tage lang war das Haus erfüllt gewesen von ungewohnten Gerüchen und Geräuschen. Aber in der Küche klapperte jetzt niemand mehr mit Kupferkasserollen. Der Geruch von Knoblauch und Gebratenem schwebte noch im Haus, dünn, aber wahrnehmbar, Coq au Vin von heute Mittag. Für Edwin hatte Rosas Essen nicht nur exzellente geschmackliche Qualität, es war auch jedes Mal eine Augenweide. Burgundersauce, reduziert bis zur optimalen Geschmacksdichte, von der tiefen Farbe indischen Granats, frühlingsgrüne Salate, frisch mit Olivenöl überglänzt, kleine, märkische Kartoffeln in der Schale gebraten, mit einem ganzen Wald frischen Rosmarins, dessen Nadeln man nach dem Braten vom Stängel knuspern konnte wie eine nimmersatte Ziege. Heute früh hatte die Waage ein Kilo mehr angezeigt. Edwin musste sich eingestehen, dass ihm Rosas magisch zu nennende Kochkunst nicht mehr gleichgültig war.

Er öffnete die Küchentür. Wie jede gute Köchin hatte Rosa die Küche in perfektem Zustand hinterlassen, aber irgendwie war es bunter, roch es nach Leben. Er stellte die Espressomaschine an. Dabei fiel sein Blick auf die Stelle, an der die Kaffeetasse den länglichen braunen Fleck an der Wand hinterlassen hatte. Er erschrak, denn dort saß ein Tier. Ein Gecko von der Größe des Kaffeeflecks. Jemand hatte ihn mit braungelber Farbe übermalt und geschickt in die Figur des putzigen Reptils integriert. Ein brauner Gecko, mit gelben Phantasietupfen und kleinen Saugpfötchen. Geckos waren Glücksbringer, erinnerte sich Edwin. Charles hatte sie sehr gemocht.

Er ging näher an das Wandgemälde und bekam plötzlich einen intensiven Geruch in die Nase. Er tupfte vorsichtig mit dem Finger auf den Rücken der kleinen Echse und probierte. Tatsächlich, der Gecko war mit Curry und Kakao über den Kaffeefleck gemalt. Es war nicht schwer zu enträtseln, wer das gewesen sein musste.

Auf dem Küchentresen lag ein Zettel.

»Lieber Mister Sunray!
Mama hat einen Schlag gekriegt, als sie den Gecko gesehen hat. Sie war für eine Stunde im Garten und hat im Kräuterbeet gewütet, da habe ich den Gecko auf den Kaffeefleck gemalt. Ich fand den schön. Ist das jetzt sehr schlimm? Sie wollten den Fleck ja wahrscheinlich sowieso entfernen lassen, hab ich Mama gesagt, dann kann man auch den Gecko mit überpinseln, aber Mama hat sich saumäßig aufgeregt und mich gezwungen, mich zu entschuldigen. Und ich soll Sie hier nicht mehr besuchen kommen, weil ich sonst vielleicht auf die Idee käme, Ihren Bechstein hellblau zu sprühen. (Ernsthaft: Wär das nicht auch 'ne gute Idee?) Für die Beseitigung vom Gecko komme ich natürlich auf. Ich hab noch fünfzig Euro von einem Sponsor. Meinen Sie, das reicht?

Zerknirschte Grüße, Tanja«

Edwin lächelte. Als der Espresso in die Tasse gelaufen war, rührte Edwin einen Löffel Zucker hinein, langsam und nachdenklich.

Sein Blick fiel auf ein kleines blaues Buch, das unter der Küchenbar auf dem Boden lag. Er hob es verwundert auf, öffnete es und las: »… es ist die Art, wie du deinen Kopf wendest, und dann fragst du etwas. Aber es ist egal, was du fragst, weil ich nur deinen Mund sehe, der Wörter entlässt, die ich nicht verstehe, weil ich sie nicht verstehen will, denn es ist der Mund, aus dem ich gestern Nacht getrunken habe. Und ich will nicht, dass dieser Mund andere Wörter entlässt, Wörter wie Margarine oder Frühstück oder Zigaretten, denn ich habe aus ihm getrunken, getrunken, wie man nur Liebe trinken kann. Es ist dein schöner Mund, der wie Jazz sprechen soll, wie ein Tenorsaxophon und nicht wie ein Einkaufszettel. Ist das ein banger Moment, der Moment, in dem du gehst? Ich glaube nicht. Ich behalte dein Bild in meinem Körper, in meinem Kopf, Haut auf Haut, du bist jemand, der tödliche Gewalt hat, wenn man ihn liebt, liebe ich dich also besser nicht, mein Freund.«

Mit dem aufgeschlagenen Buch in der Hand wanderte Edwin ins Wohnzimmer, setzte sich in seinen Lesesessel und las aufmerksam Seite um Seite in dieser großen, fließenden Schrift. Tanja hatte eine Liebesgeschichte geschrieben, mit ungewöhnlichen Bildern, in einem besonderen Erzählrhythmus, der ihn zunächst amüsierte, dann packte. Und mittendrin, nach zwanzig handschriftlichen Seiten, brach die Geschichte ab.

Es war frustrierend. Er hätte gerne gewusst, wie diese Liebesgeschichte endete. Sicherlich mit einem Bruch, denn der Blick auf den jungen Mann war kühl und trotzdem voll Leidenschaft, diese Mischung endete nie in Dur. Das, was die Erzählerin von ihrem Liebhaber behauptete, tat sie selbst: Sie sprach wie Jazz. Edwin blätterte weiter und las kleine Gedichte, alberne Reimereien, skurrile Verse:

»Das Mumpelwieps ist lieb und klein
doch leider stinkt es wie ein Schwein
drum kann es keiner leiden
Doch! Du und ich, wir beiden.«

Dann kam ein längerer Liedtext. Sie musste daran gefeilt haben, denn der Text war nicht in der fliegenden Handschrift eines Arbeitsprozesses verfasst, sondern sorgfältig und fehlerfrei nach vielen Überarbeitungen abgeschrieben.

Für Sven auf Sandras Melodie

Zwei Sekunden
mal nicht aufgepasst
nein, auf so was
war ich nicht gefasst
denn auf einmal
seh ich überall Sterne.
Noch bis gestern
war die Schwerkraft groß
heute schweb ich
völlig schwerelos
und ich hab den Verdacht
ich mag das irgendwie gerne.

Wie ein Komet – mitten ins Herz
ich lieb diesen intergalaktischen Schmerz.
Ich flieg aus der Bahn – weil alles sich dreht
strahlend und hell – wie ein Komet.
Mitten ins Herz – direkt aus dem All
mach, was du willst, aber mach es noch mal!
lass mich verglühn – sooft es nur geht
flieg mir ins Herz – wie ein Komet.

Das gefiel ihm. Für Sven. Wahrscheinlich eine ihrer Flammen oder auch der Vater des Kindes. Sie war schon ungewöhnlich, diese Mischung. Eigenwillige Prosa, Kinderverse. Den Songtext mochte er, weil die Sprache einfach und frisch war. Und originell: »Mach, was du willst, aber mach es noch mal!«, wiederholte Edwin und lächelte. Auf Sandras Melodie … der Text würde auch auf Edwins Melodie passen. Er setzte sich an seinen Bechstein, summte: »Zwei Sekunden mal nicht aufgepasst …«, und war nach ein paar Minuten in seine Komposition vertieft wie ein Kunstschreiner, der seine sorgsam zurechtgeschnittenen Ornamente in einen Intarsientisch einarbeitet.

Als Nachbar und Professor Nikolaus Hürlimann um nächtliche zwei Uhr von Oper und Restaurant zurückkehrte, sah er in Edwins Salon noch Licht, hörte leise Pianoklänge. »Na siehste, alter Junge«, sagte er halblaut und wusste nicht so genau, wen er meinte, Edwin oder sich selbst.

*

»Sag mal, Rosalileinchen, kann ich dich nich mal besuchen bei Edwin? Ich hab noch nie in meinem Leben das Haus von 'nem Promi von innen gesehen!« Anastasia blies ihre Cola mit einem Strohhalm schaumig.

Rosa legte Schlüssel und Portemonnaie in einen Korb mit dreckiger Wäsche. »Kommst du mit runter, Olleken? Ich muss in den Waschsalon. Ich lad dich zu einem Milchkaffee ein, während meine Socken baden.«

»Ist deine Maschine kaputt?«

Rosa nickte betrübt. »Und zwar vollständig! Im Moment reicht's nicht für eine neue. Auch nicht für eine neue gebrauchte. Mein Gehalt kommt erst in drei Wochen.«

»Du wäschst bei mir! Keine Widerworte!« Anastasia erhob sich. Dann schlug sie sich mit der Hand vor die Stirn. »Mensch, Rosa Echte, das ist ja ein Traumzufall! Käthe geht doch in zwei Wochen in ihr Nobelstift und braucht ihre Maschine nich mehr. Sie hat mich schon dreimal gefragt, ob ich wen wüsste.«

»Was will sie denn dafür haben?«

»Keine Ahnung. Wenn ich ihr sage, dreißig Euro sind genug, dann ist das auch genug. Die Maschine ist topneu, vielleicht ein halbes Jahr alt.«

»Und das macht Käthes Schwiegertochter mit?« Rosa setzte den Wäschekorb wieder ab.

»Die blöde Schnalle kann mich mal«, entgegnete Anastasia grimmig. »Das biege ich schon hin. Käthe macht immer, was ich sage.«

»Aber ich will deine Käthe auch nicht schädigen, wenn sie woanders mehr …«

»Ruhe jetzt! Käthe hat Schotter wie ein Scheich.«

»Mensch, Olle! Was täte ich bloß ohne dich!« Rosa gab ihr einen Kuss auf die rechte Wange.

»Ja, das wüsste ich auch gerne. Sag mal, Rosa, wie geht's Edwin eigentlich? Ich meine, so mit der Seele.«

Rosas Antwort kam langsam. »Es wechselt. Manchmal ist er biestig und bösartig, dann wieder nett und fast freundlich – und es gibt Tage, an denen er mit mir überhaupt nicht spricht, dann höre ich ihn im Studio reden. Mit sich selbst und mit Charles. Er scheint noch einen langen Weg vor sich zu haben.«

Anastasia nickte, so, als wollte sie sagen: »Kenn ick.« Dann fasste sie Rosas Arm. »Und, wie isses jetzt mit einem Staatsbesuch bei Edwin?«

Rosa zögerte. »Vielleicht, wenn er mal unterwegs ist. Tanja war vor einer Woche da, ich will nicht so gerne, dass er glaubt, ich gebe sein Haus zur Besichtigung frei. Er ist unglaublich empfindlich, was Privatsphäre und Distanz anbelangt, weißt du?«

»Ach Jotte, er soll mich ja nich zu einem Cocktail einladen. Ich kann doch mal nachsehen, wo meine Freundin arbeitet, oder?«

Diesmal schien es ihr wichtig zu sein. Und Anastasia bat fast nie um etwas.

»Nächste Woche will Edwin wieder nach Hamburg. Komm am Mittwoch, gegen zehn.«

*

Rosa summte: »Oh, what a beautiful morning … oh, what a wonderful day …«, und probierte den Sandkuchenteig. Sie war noch nicht ganz zufrieden und fügte einen weiteren Schuss Limettenlikör hinzu. Als sie den Probelöffel wieder zum Mund führte, vergaß sie, ihn abzulecken, denn vor Edwins Haus hielt ein Großtaxi. Ein junger Mann stieg aus, öffnete die Seitentür, und heraus hüpfte Anastasia, im Kostüm, mit gewagtem Hut in koketter Schräge. Rosa ließ den Löffel sinken. Hinter Anastasia stiegen aufgeregt kichernd noch vier andere alte Damen aus dem Wagen, alle fein gemacht wie zu einer Kindstaufe. Lenchen, Lore, Marianne und Agnes. Das Canastakränzchen. Der junge Mann ließ sich von Anastasia bezahlen, reichte ihr noch ein Blumenarrangement, unter dessen Gewicht sie schwankte, und verabschiedete sich respektvoll.

Rosa schloss die Augen. War Anastasia wahnsinnig geworden? Edwin befand sich seit genau zwanzig Minuten auf der Straße. Was, wenn ihm einfiel, dass er etwas Wichtiges vergessen hatte? Was, wenn irgendein Nachbar diesen schmuckreichen Almauftrieb sah? Zum Beispiel der Professor von nebenan, der in seinem Garten zu wohnen schien und sie schon einige Male über den Zaun gegrüßt hatte. »In Ihrer Abwesenheit veranstaltet Ihre Haushälterin Führungen, vielleicht sogar gegen Geld, lieber Edwin!« Ihr wurde schlecht.

Es klingelte.

Rosa lief zornig zur Haustür. Mitten im Korridor hielt sie inne. Anastasia hatte eben ausgesehen wie ein Kind kurz vor der Bescherung. Anastasia stellte nie Ansprüche, sie saß jeden Abend in der Geräuschkulisse einer Toilette, weil ihre Rente nicht reichte. Anastasia, die Zarentochter, die auf den Klobrillen die Pinkelflecken der Berliner Prominenz wegwischte, wollte einmal ein bisschen privaten Glanz erhaschen, einmal eine andere Perspektive auf die Künstler haben. Eine andere als den Blick auf einen Herrn, der noch einmal seinen Reißverschluss überprüfte, oder eine Dame, die verstohlen an ihrer verdrehten Strumpfhose zerrte.

Und vor allen Dingen wollte Anastasia einmal vor ihren Freundinnen glänzen.
Rosa atmete tief durch. Der Besuch würde nur zehn Minuten bleiben, beschloss sie, aber diese zehn Minuten sollten für alle schön werden, schimpfen würde sie später. Sie riss die Tür auf.
Anastasia schielte jetzt ängstlich hinter dem opulenten Orchideengesteck hervor, beugte sich rasch nach vorne und flüsterte Rosa ins Ohr: »Nich böse sein, Mausi, ich erklär's dir!«
»Das wirst du wohl müssen, Zarentochter!«, zischte Rosa, blickte auf und nickte freundlich in die Runde. »Sie haben genau zehn Minuten, meine Damen, denn länger darf ich das nicht!«
Die Canastafreundinnen gackerten und nickten wie aufgeregte Perlhühner. Rosa gab den Weg in den Korridor frei, sagte: »Bitte nichts, aber auch gar nichts anfassen, das mag Herr Sunray überhaupt nicht!«, und galoppierte in die Küche, um eine Flasche Prosecco zu öffnen. Anastasia kam hinterher und platzierte das riesige Orchideengesteck auf der Küchenbar. »Rosalein, sei bloß nich böse, ach Gott, aber es war so … ich hab vorgestern beim Canasta zu viel Bowle gesoffen und war breit wie die Autobahn, und denn hab ich von der Villa erzählt und dass ich sie besuchen könnte, und denn haben die Mädels mich platt geredet und … na ja, schließlich hab ich mich breitschlagen lassen. Aber das konnte ich dir doch nich erzählen, denn du hättest bestimmt …«
»… nein gesagt! Das hätte ich auch, Olle! Ich kann einen Haufen Probleme kriegen, wenn Edwin das erfährt! Aber

Schluss jetzt, ihr habt noch acht Minuten, jede ein Glas Prosecco, und dann fahrt ihr mit dem Bus zurück!«
Anastasia nickte aufgeregt und bewunderte den gigantischen Kühlschrank, dann drängte es sie hinaus in den Salon, wo die anderen schon ausgeschwärmt waren und die Devotionalienwand, die Gemälde, den Bechsteinflügel und die Sofakissen und Teppiche anstaunten, als seien diese Einrichtungsgegenstände so exotisch wie ein Terrarium voller karierter Pelzkröten.
Rosa kam mit dem Tablett hinterher, ließ jede der Canastadamen ein Gläschen in die Hand nehmen, dann scheuchte sie die Gruppe die Treppe hinauf. In der Tür zu Edwins Badezimmer rissen einige die Augen auf, denn die gewienerten Goldhähne, die Glasregale voller vielfarbiger Flakons, die dicken Flauschtücher und der grauweiße Marmor sahen in der Tat königlich aus.
»Die kostet im KaDeWe fuffzig Emm!«, flüsterte eine der Damen beim Anblick einer violett schimmernden Flasche Badeöl. Auch das blaue Gästezimmer, von Charles im englischen Landhausstil eingerichtet, begeisterte sie. »Sone Teile stehen im Schloss Charlottenburg in der Vitrine!« Anastasia wies auf eine zartblaue Kanne mit weißen, reliefartigen Verzierungen in griechischem Stil.
»Wedgwood«, klärte Rosa sie auf. »Das ist eine uralte Porzellanmanufaktur in England.«
»Hier könnte auch ’ne Herzogin pofen!«, meinte eine der Freundinnen, die anderen nickten zustimmend.
»So, die Damen, jetzt noch einen Blick ins Kellerstudio, und dann müsst ihr schleunigst verschwinden.« Rosa drängte die Perlhühner ungeachtet ihres Protestes hinunter

und ließ sie das Tonstudio bewundern, das durch die Anzahl der kompliziert aussehenden Geräte beeindruckte. Die Wände waren mit Photos, Preisen, älteren Platten- und neueren CD-Hüllen aus der Glanzzeit tapeziert. Dazwischen große Plakate von Charles und Edwin, im weißen Smoking, im glitzernden Anzug, neben anderen Größen der Showbranche.

»Und hier sitzt er immer!« Die Canastadamen bewunderten den blauen Bürostuhl, als sei er der Marmorthron Karls des Großen unter der Kuppel des Aachener Doms.

Rosa nickte. Sie gestattete den Damen einen Blick in die Küche, verteilte Ingwerkekse, musste sich noch einem Gruppenphoto im Salon stellen und scheuchte sie endlich hinaus. Sie winkten Rosa zu und wackelten fröhlich die Straße hinunter, um ihren Ausflug drei Ecken weiter in einer Konditorei zu beschließen. Rosa blickte sich ängstlich um, aber von den Nachbarn war nichts zu sehen. Sie schloss erleichtert die Haustür, beseitigte in Höchstgeschwindigkeit die wenigen Spuren dieses geriatrischen Überfallkommandos und ließ sich schließlich erschöpft auf das Sofa fallen. »Mein Gott, der reinste Tornado!«, murmelte sie und trank ihr Glas Prosecco leer. Anastasia konnte sich nicht beklagen, das war wirklich ein Freundschaftsdienst gewesen. Rosa musste plötzlich lachen. Diese verrückte alte Nudel!

Aber jetzt an die Arbeit. Rosa hatte sich die Anlage eines richtigen Kräuterbeetes in den Kopf gesetzt. Der Gärtner, der regelmäßig für Edwin arbeitete, dachte an so etwas nicht. Natürlich nicht. Rosa legte die bunten Samentütchen nebeneinander und freute sich auf einen Frischluftnachmittag zwischen Kletterrosen, Kräuterbeeten und Keimlingen.

»Wollen Sie ein paar Setzlinge? Ich habe gerade meinen Liebstöckel halbiert, und mein Salbei wuchert wie Unkraut!«
Rosa fuhr herum. Über dem Zaun zum Nachbargrundstück schwebte ein breites Gesicht unter einem kaputten Panamahut.
Sie richtete sich ächzend auf, strich eine Strähne hinter das Ohr und verpasste sich dabei ein paar breite Dreckschlieren.
»Hürlimann!« Der Hutträger streckte ihr die Hand über den Zaun hin, ungeachtet ihrer schmutzigen Finger. »Ich sehe Sie jeden Morgen, wenn Sie Edwins Tür aufschließen. Hat er jetzt doch jemanden eingestellt. Sehr vernünftig.«
Schlecht, dachte Rosa. Dann hatte er garantiert auch Anastasia und die Canastafrauen gesehen. Nicht zu ändern. »Ich bin Rosa Echte! Aber die Hand gebe ich Ihnen später, sonst müssen Sie in die Wanne. Ich sehe wahrscheinlich aus wie eine verdreckte Vogelscheuche.«
Er legte den Kopf schief, betrachtete sie und lachte. »Nun ja, in der Philharmonie würden Sie etwas aus dem Rahmen fallen, aber als Vogel würde ich mich von Ihnen eher angezogen fühlen!«
»Ist das jetzt ein Kompliment?«
Er nickte. »Es sollte so etwas Ähnliches sein. Ich bin ein bisschen aus der Übung. Wie ertragen Sie denn diesen misanthropischen Fiesling?«
»Ach, ich glaube, er hat das Zeug zu einem philanthro-

pischen Fiesling. Für alle Fälle haben wir eine Probezeit auf Gegenseitigkeit vereinbart.«

»Sie scheinen eine kluge Frau zu sein. Aber lassen Sie sich nicht zu viel aufhalsen. Gartenarbeit gehört eigentlich nicht zum Arbeitsbereich einer Haushälterin!«

»Doch, wenn sie immer frische Kräuter braucht, dann ja. Kochen ohne Kräuter ist wie …«

Er hob die Hand und blickte sie noch intensiver an. »Natürlich! Rosenthaler Straße, im *Zarastro!* Ich erinnere mich. Da habe ich Sie einige Male gesehen.« Er blickte sie erfreut an. »Wir waren öfter da, meine Tochter und ich. Exzellente Bistroküche.«

Rosa betrachtete Professor Hürlimann genauer. Seine grauen Haare waren für eine bürgerliche Existenz ein bisschen zu lang, sein breites gut gelauntes Gesicht, seine nicht ganz schlanke Gestalt verrieten den Hang zum Genuss. Und an dem karierten Flanellhemd war ein Knopf durch eine Sicherheitsnadel ersetzt. Sie war sich nicht ganz sicher, ob sie sich an ihn erinnerte. »Ich war meistens in der Küche«, erklärte sie entschuldigend.

»Und warum hat dieses wunderbare Restaurant dichtgemacht?«

Rosa stützte sich auf ihren Spaten. »Es lag nicht an meiner Kochkunst. Und für so einen sonnigen Nachmittag ist die Geschichte zu traurig. Das erzähle ich Ihnen mal an einem grauen Herbsttag, der eh nicht mehr zu retten ist.«

»Trinken Sie trotzdem einen Pausenkaffee mit mir? Ich muss Ihnen nämlich mal ein chinesisches Süßkraut zeigen, mit dem Sie jedes Cassis- oder Limonensorbet veredeln können.«

Sie nickte erfreut und stellte das Gartengerät in eine Ecke. Für ein paar Minuten verschwand sie noch einmal im Haus, wusch die Dreckschlieren aus dem Gesicht, ging wieder hinaus und öffnete die selten benutzte, aber nie verschlossene kleine Tür im Zaun zum Nachbargarten.
Hürlimann musste Geld haben, wie alle, die hier wohnen konnten. Aber seine Villa aus den Zwanzigern war nicht auf diese künstliche Art hochglanzrestauriert, sondern wirkte verwohnt und belebt; auf der Terrasse standen ein paar lädierte Teakholzstühle und zwei hässliche, bequeme Plastiksessel. Der Garten hingegen … Rosa blieb stehen. Solche Tulpen hatte sie noch nie gesehen. Sie waren winzig, hatten safrangelb und braunviolett gestreifte Blütenblätter und leuchtend gelbe Sterne in der Mitte ihrer Kelche. Und es waren unzählig viele, dazwischen schoben sich dunkelrote, saftige Pflanzentriebe von unbekannten Stauden aus dem Boden, Waldmeister blühte und duftete überall, wo er eine Lücke entdeckt hatte. In einer geschützten Nische wucherte in einem Kübel eine Pflanze, ein Wasserfall von kleinen, fliederfarbenen Blüten. Rosa staunte. Und war begeistert. Überall standen Tontöpfe mit Stecklingen, einzelne Glasglocken bedeckten empfindliche Pflänzchen. Kein Zweifel, das war das Paradies eines Gartennarrs.
Hürlimann kam durch die offene Terrassentür zurück, balancierte Thermoskanne und Tassen auf einem Tablett. Es passte hierher, dass die Steingutbecher schadhafte Glasurstellen hatten, dass die Milch gleich im Tetrapack blieb und dass das gestreifte Sitzkissen, das er auf Rosas Gartenstuhl legte, das Opfer eines zu heißen Waschgangs war.

Rosa nahm den Kaffeebecher in beide Hände und blickte Hürlimann durch den kleinen Tassennebel aufmerksam an. »Sagen Sie – stimmt es, dass Sie Schönheitschirurg sind? Die habe ich mir eigentlich immer anders vorgestellt. Mehr so wie Golfplatz oder Jachthafen.«
Hürlimann lachte und malte mit dem Zeigefinger eine Schlangenlinie auf den Tisch. »Ich habe einen etwas mäandrischen Lebenslauf«, meinte er, biss in einen Keks und sprach mit vollem Mund weiter. »Ich habe tatsächlich mal dicken Damen zu mehr Kontur verholfen, aber nur eine gewisse Zeit lang. Es brachte mir viel Geld und nicht besonders viel Vergnügen. Später bin ich in der Forschung gelandet. Dann passierten ein paar Dinge in meinem Leben, die meine alten Ziele sehr relativiert haben. Seitdem sehe ich lieber den Kerbel als mein Bankkonto wachsen. Nicht, dass mir Geld egal wäre. Es ist, wie Erich Kästner sagt, nicht die Hauptsache, aber die wichtigste Nebensache der Welt. Ich habe genug, um mäßig anspruchsvoll zu leben. Sagen wir so: Für guten Wein reicht es, für Jachthafen nicht.«
Rosa überlegte, welche Erschütterungen in seinem Leben ihn wohl dazu gebracht hatten, seinen Kurs zu ändern, aber fragen wollte sie ihn nicht. »Sagen Sie, wie heißt diese wunderschöne Pflanze, die da hinten …«
Eine junge Frau, vielleicht Mitte zwanzig, erschien auf der Terrasse. Sie hatte die braunen Haare zu einem Pferdeschwanz frisiert, trug ein dunkelgraues Kostüm, musterte Rosa mit undefinierbarem Ausdruck, nickte ihr höflich zu und wandte sich dann an Hürlimann. »Das Taxi kommt gleich«, verkündete sie. »Vergiss bitte nicht, mein Paket ab-

zuholen. Und die Wäsche muss in den Trockner. Aber stell ihn nicht wieder so heiß ein. Du machst meine Sachen kaputt. Tschüss, bis in vier Wochen!« Sie beugte sich vor und gab Hürlimann einen Kuss auf die Wange.

»Sabine, das ist Frau Echte, die … ja, was sind Sie? … Edwins Haushälterin? Seelsorgerin? Dreisterneköchin, Gärtnerin?«

Jetzt lächelte die junge Dame. »Edwin? Ich hab ihn ja lange nicht mehr gesehen, den armen Kerl. Vergräbt sich so. Grüßen Sie ihn von mir!« Mit einem Blick auf die Uhr drehte sie sich um und eilte die Steinstufen zum Straßentor der Villa hinunter.

Hürlimann blickte ihr nach und seufzte. »Es gibt wenige Töchter auf der Welt, die ihrem Vater unähnlicher sind. Sabine ist sachlich, karrierebesessen und versucht – hoffentlich vergeblich – seit Jahren, ihre letzten Kanten glatt zu raspeln.«

»Wenn sie lächelt, sitzt das Grübchen an derselben Stelle wie bei Ihnen. Was macht sie denn beruflich?«

»Touristikfachfrau. Jetzt fliegt sie in die USA, um irgendwelche Hoteliers abzuklopfen. Ich warte auf den Tag, an dem sie mich aus dem Weißen Haus anruft, weil sie den amerikanischen Präsidenten überredet hat, das Oval Office als Erlebnisübernachtungsort im Rahmen einer exklusiven Amerikatour freizugeben.«

Rosa lachte. »Bevor wir jetzt über Töchter reden – ich möchte unbedingt wissen, wie diese wunderschöne Pflanze heißt.« Rosa wies auf die Blütenkaskade in der geschützten Hausecke.

»Das ist eine Solanum crispum – aber ich habe ausnahmsweise keine Ahnung, ob es für sie einen deutschen Namen gibt, ein Nachtschattengewächs.«

»Sagen Sie, wäre es sehr vermessen, wenn ich Sie um einen Steckling bitte? Ich bin nämlich hingerissen. Ich liebe Pflanzen, auch wenn ich diese Liebe nur in Edwins Garten austoben kann. Mein Balkon in Charlottenburg ist nicht so kompatibel mit Bananen oder Solanum crispum. Übrigens, ich glaube, in Deutschland heißt er Kartoffelbaum. Sehr prosaisch. Ich würde ihn gerne in eine geschützte Ecke in Edwins Garten setzen.«

»Ich werde es versuchen, Madame. Wobei die englischen Züchtungen sehr, sehr eigenwillig sind. Manchmal gedeihen sie nur sechs Meter weiter überhaupt nicht, oder sie sehen einen das ganze Jahr lang beleidigt an. Und diese Solanum crispum will im Winter dasselbe wie ein englischer Rentner auf Malta: viel Licht und keinen Frost. Es sind etliche britische Exzentriker hier versammelt. In dieser Hinsicht bin ich ein Snob: Andere Leute tragen Budapester Schuhe, ich kaufe meine Tulpenzwiebeln in südenglischen Spezialgärtnereien.«

Er stand auf, nahm eine kleine Schaufel und grub drei der hübschen Zwergtulpen aus. Dann tat er etwas, was Rosa außerordentlich gefiel: Er schnitt von der leeren Milchtüte mit einem Gartenmesser die Vorderseite fort und setzte die Tulpen mit reichlich Erde in das improvisierte Pflanzkästchen. »Für Ihren Balkon, Frau Echte. Drei kleine wilde Türken!«

Um achtzehn Uhr beschloss Rosa ihren langen Gartentag. Mit einer dampfenden Teetasse setzte sie sich auf das Sofa

im Salon, dehnte und räkelte ihre schmerzenden Glieder. Charles' völlig verwilderte viktorianische Rosen waren endlich ordentlich hochgebunden, die hübsche Sinfonie aus Gräsern, Lavendel und Eisenhut konnte sich vor der Terrasse jetzt richtig entfalten, nur die Unkrautberge mussten noch entsorgt werden. Rosa nippte an ihrem Tee und dachte, wie fast täglich, wie zufrieden sie sein konnte mit diesem Job. Sie war vollkommen selbständig, Edwin redete ihr nicht in die Hausarbeit, zog sich fast immer in den Keller zurück und erschien nur zu den Mahlzeiten, die sie nach Absprache gemeinsam oder getrennt einnahmen.
Dafür, dass er ihr mitgeteilt hatte, er mache sich aus Essen eigentlich nichts, aß er mittlerweile mit ziemlichem Appetit. Rosa lächelte. Sie wusste, dass sie eine exzellente Köchin war, sie kannte den Zauber der Gerüche und Farben und konnte ihn einsetzen. Und das tat sie.
Sie dachte an die letzte Woche, in der sie Edwin kaum zu Gesicht bekommen hatte. Er arbeitete an dem Remix alter Charles & Edwin-Aufnahmen, aber zwischendurch hörte sie andere Rhythmen, andere Texte. Manchmal ließ sie die Kellertüre offen stehen, um den Jazzimprovisationen zu lauschen, mit denen er sich in seinen Arbeitspausen entspannte. Sie bemühte sich, nicht mit den Töpfen zu klappern. Gestern hatte er auf seinem Keyboard »Sophisticated Lady« gespielt und anschließend so hinreißend improvisiert, dass Rosa fast eine Viertelstunde lang auf der oberen Kellerstufe gehockt hatte, um nichts zu verpassen. Er hatte, gerade bei den melancholischeren Stücken, eine unglaubliche Fähigkeit, die Melodie schweben zu lassen oder klassische Themen spielerisch zu zitieren.

Rosa knabberte an einem Schokoladenkeks und überlegte, wie groß die Zuneigung zu Charles gewesen sein musste, wenn Edwin seinetwegen den Jazz aufgegeben hatte. Als könne sie die Antwort aus seinem Anblick lesen, erhob sie sich und schlenderte zum silbergerahmten Portrait, das auf dem Hausaltar stand.

Rosa erstarrte. Das Portraitphoto war verschwunden.

Das Canastakränzchen.

Nein. Nein. Irgendjemand hatte es hochgenommen, betrachtet und woanders wieder abgestellt. Rosa lief panisch und planlos von einem Regal zum anderen, in die Küche, ins Bad, riss die Tür zur Gästetoilette auf, stürmte in die obere Etage, durchsuchte alle Räume, rannte wieder herunter, öffnete in einem sinnlosen Impuls die Haustür, lief wieder in den Salon, in der irrationalen Hoffnung, das Bild sei inzwischen von allein wieder zurückgekehrt, dann schließlich begriff sie, dass das Bild wirklich weg war. Fort und verschwunden.

»Nein!«, schrie Rosa. Verzweifelt wählte sie Anastasias Nummer. Hoffentlich war sie noch nicht unterwegs zum *Goldwasser.*

»Rosa, von den Mädels klaut doch keine, was denkst du denn?«

»Dass es vorher da war und nachher nicht mehr, ganz einfach.«

»Rosa, das gibt's einfach nich.«

»Dann sage mir doch bitte, wo das Bild ist. Oder das war mein letzter Arbeitstag hier. Ich krieg gleich keine Luft mehr, Anastasia, bin ich denn nur zum Verlieren geboren?«

»Jetzt mal ruhig. Ich werde alle vier der Reihe nach anrufen und sie fragen. Das ist natürlich besonders schön, weil sich jede von mir verdächtigt fühlt.«

»Eine war's ja auch«, entgegnete Rosa dumpf.

»Rosa, das sind meine Freundinnen. Die klauen vielleicht im Kaufhaus, aber nich privat!!«

»Dein Ausflug kostet mich meinen Job. Den besten Job, den ich hatte seit dem letzten Weltuntergang. Ach, Zarentochter!« Rosa begann zu weinen.

»Komm sofort nach Hause!« Anastasia klang kurz. »Ich geh nich ins *Goldwasser,* ich ruf an, ich hätte Durchfall. Wir kriegen das Ding schon geregelt.«

»Wie denn?«, schrie Rosa und hasste sich für ihre Hysterie. Aber Anastasia hatte schon aufgelegt.

Tanja saß auf Anastasias Sofa und starrte auf die Sammlung von Porzellanhunden und schillernden Blumenvasen in Herzform.

Diese Wunder fand Anastasia in den Fünfzig-Cent-Stores, die an jeder Ecke ihre Schätze anboten. Anastasia war fast jeden Tag dort. Es erfüllte sie mit Wärme und Wohlbehagen, dass eine lila Klobürste, eine blauweiße Minivase und eine Kilotüte Kekse nur knapp die Hälfte von dem kosteten, was man am Wittenbergplatz für eine Currywurst hinlegen musste.

Anastasias Polstergarnitur, senfgelb und altdeutsch, war aus dritter oder vierter Hand, an einigen Stellen gestopft, entsprach aber dennoch Anastasias Vorstellungen von Eleganz und Solidität. Der Kronleuchter mit seinen zartrosa Plastikprismen war ein Geschenk eines türkischen Gemüsehändlers, die Kristallvasen stammten von Woolworth, aus einer Sonderaktion. Was wirklich auffiel, war ein großer Fernseher allerersten Güte, mit Designergehäuse und allen technischen Schikanen. So ein Gerät hätte man eigentlich im Loft eines Artdirectors aus Berlin-Mitte vermutet, weniger in der Sozialwohnung einer Klofrau.

Tanja zog die Nase hoch. »Er wird Mama natürlich hochkant rausschmeißen, nach allem, was sie mir über seinen Charles-Kult erzählt hat. Elend, das. Auch für Emil und mich. Ach, Olle, wer kann das bloß gemacht haben?«

Anastasia hatte die Füße auf den Wohnzimmertisch gelegt und blies den Rauch ihrer Zigarette in die rosa Plastikprismen des Kronleuchters. »Weeß ick nich. Ich halte es für ausgeschlossen, dass es eines von den Mädels war. Aber muss ja so gewesen sein. Das macht mich ganz fertig.«

»Was sagen denn deine Mädels dazu?«

»Alle sind natürlich stinkesauer auf mich, dass ich es wage, überhaupt auch nur einen Verdacht zu äußern. Keiner kann sich an das Bild erinnern, Lore hat drei große Photos in Erinnerung, Lenchen vier kleine, Marianne fünf, Agnes schwafelte nur von Großplakaten. Und alle glauben, dass es Lenchen war, außer Lenchen selbst, natürlich. Natürlich nich, weil sie kriminell, sondern weil sie so schusselig ist und Schirme mitgehen lässt und weil sie überhaupt ein bisschen neben der Schnur ist. Aber ich kann doch jetzt nich Lenchens Wohnung durchsuchen!«

Tanja stand auf, tigerte unruhig durch das Wohnzimmer und blieb vor dem Regal mit Anastasias CDs stehen. »Herzen aus Gold« hieß eine alte CD von Charles und Edwin. Tanja überflog die Titel und betrachtete die beiden Einzelphotos der Künstler auf der Rückseite. Sie setzte sich

wieder auf das Sofa, legte die CD auf den Tisch und schaute auf Anastasias Uhr.
»Mann, wo bleibt …«
Es klingelte. Tanja sprang wieder auf, drückte auf den Summer und öffnete weit die Haustür. Rosa schleppte sich das Treppenhaus hoch, als trüge sie einen Rucksack voller Feldsteine. Ihre Augen waren rot. Tanja umarmte sie stumm.
»Bist du eigentlich sicher, dass dich Ede sofort rausschmeißen wird?« Anastasia stellte eine Flasche kaltes Bier vor Rosa auf den Tisch.
Rosa nickte.
»Er hat doch so eine Reliquienmeise!«, antwortete Tanja an ihrer Stelle. »Überleg mal, Mama ist kaum bei ihm, schon macht eine Gruppe Freundinnen heimliche Besuche, und prompt fehlt was Wertvolles. Was noch schlimmer ist: etwas von ideellem Wert, das nicht zu ersetzen ist.«
Anastasia hob die Hände. »Kinder, ich weiß es doch. Wat soll ick 'n machen?«
Rosas Blick fiel auf die Rückseite der CD »Herzen aus Gold«. Sie setzte sich gerade. »Das genau ist übrigens das Photo! Genau das!« Sie atmete tief, aber es hörte sich an wie ein trockener Schluchzer.
Anastasia zündete sich die nächste Zigarette an und starrte zum Fenster hinaus. Gegenüber, bei Juwelier Spreitzke, ließ man gerade die Sicherheitsgitter herunter. Plötzlich schlug sie sich mit der Hand vor die Stirn. »Edwin kommt morgen Vormittag, ja? Und wie groß war das Photo?«
Rosa zeigte stumm mit ihren Händen einen postkartengroßen Abstand.

Anastasia griff zum Telefonhörer, wanderte in die Küche und redete etwa fünf Minuten auf das Telefon ein, dann kam sie zurück, nickte Rosa zu und beendete ihr Gespräch: »... also, dein genialer Oller macht uns da ein großes draus. Nee, sofort. Ja, ich weiß, dass heute Fußball ist. Aber du weißt auch, dass es um Rosas Job geht. Ich besorg deinem Wolfi die Socken von der Nationalelf. Egal, was er will. Ihr müsst uns jetzt einfach helfen!«
Sie lauschte kurz, nickte, sagte: »Tschüssing, Marianne, bis gleich!«, und legte auf.
Rosa starrte Anastasia an. »Was hast du vor?«
»Das Photo abphotographieren zu lassen, denn soll Wolfi es entwickeln und vergrößern, und dann besorgen wir uns einen Bilderrahmen.«
»Die Läden sind zu, Anastasia.«
»Wo ein Wille ist, ist auch ein Weg. So, ihr beiden latscht jetzt die gesamte Wilmersdorfer ab. Spreitzke gegenüber hat keine, aber irgendwo wird es ja einen Juwelier mit silbernen Bilderrahmen geben. Und wenn ihr einen Rahmen, der an das Original rankommt, im Schaufenster gesichtet habt, denn schreibt ihr den Besitzer auf, und vielleicht steht ja da auch 'ne Telefonnummer. Ich fahre jetzt nach Klein-Machnow zu Marianne und gebe ihr die CD.«
»Da bist du doch mit der U-Bahn zwei Stunden unterwegs, hin und zurück!«
»Quatsch!« Anastasia, die Zigarette in den Mundwinkel geklemmt, wählte schon die Nummer des Funktaxis. Es war gut, wenn man Bekannte mit praktischen Berufen hatte. Marianne und Wolfdietrich Jaschnick hatten dreißig Jahre

lang ein kleines Photogeschäft in der Krummen Straße betrieben, bevor sie wegen zu lahmer Geschäfte aufgeben mussten. Aber ein guter Photograph war Wolfi immer noch.

Tanja und Rosa entdeckten kurz darauf in der Pestalozzistraße einen Rahmen, den Rosa für ähnlich hielt. Das kleine Messingschild in der Tür verriet außer den Öffnungszeiten auch noch den Namen: L. Nagy. Anastasia kam eben aus Klein-Machnow zurück, steckte noch in ihrem Mantel und hing bereits mit der Nase über Band II des Berliner Telefonbuches.

Sie war von Hoffnung beflügelt, denn der mürrische Wolfi wollte in ein paar Stunden fertig sein und hatte Anastasia für ein Uhr nachts zur Abholung bestellt. Dass er vorher trotzdem noch das Länderspiel schauen würde, hatte er ihr nicht erzählt.

Nagy, Lazlo. Das musste er sein. Es war mittlerweile kurz nach neun, keine so ganz unmögliche Uhrzeit für einen Anruf bei Unbekannt. Hoffentlich saß er nicht auch vor dem Fernseher und musste das Fußballspiel sehen. Diese Befürchtung schien unbegründet, denn als abgehoben wurde, dröhnte laute klassische Musik durch den Hörer.

»Ja?«

»Hier ist Anastasia, die Zare… Anastasia Pachulke. Sie haben doch den wunderhübschen Laden in der Pestalozzi, stimmt's?«

»Habe ich.«

Das »h« sprach Herr Nagy wie ein »ch« aus.

»Ich brauche einen silbernen Bilderrahmen.«

»Das ist scheen für Sie. Kommen Sie morgen in mein Gäschäft in der Pestalozzistraße.«
Ein Ungar. Der Ungar an sich ist nicht uncharmant, das wusste Anastasia. Dass am Hörer eine alte Faltschachtel sitzt, kann er ja nicht sehen, dachte sie befriedigt. »Ich brauch den aber jetzt sofort.«
»Laden ist zu.«
»Aber Sie haben doch einen Schlüssel, oder?«
»Heren Sie gute Frau, ich habe Feiärabend. Haben Sie irgendwie psichische Problemä?«
»Nee, noch nich, aber ich könnte welche kriegen. Jetzt schenken Sie mir mal drei Minuten lang Ihr hübsches Ohr, und denn erzähl ich Ihnen mal, worum es geht.«
Der Juwelier lauschte. Ab und zu lachte er. Als Anastasia fertig war mit ihren Erklärungen, meinte er: »Das ist ziemlich värrickte Gäschichtä, aber hert sich spannendär an als zweite Satz von meine Klassikkonzert. Und was wir machen jätzt?«
»Also, ick hole Sie mit der Taxe. Denn düsen wir in die Pestalozzistraße, Sie verkaufen mir Ihren Bilderrahmen mit Feierabendzulage, und ich bringe Sie mit der Taxe wieder zurück. Ganz einfach. Ach, Sie wissen janich, wat Sie damit für Rabattpunkte im Himmel sammeln! Ick notier mal Ihre Adresse, Herr Juwelier, un ick klingel denn gleich bei Ihnen.«
»Na, wenn Lazlo mit solche Aktionen kommt in Himmäl, dann bittä scheen, junge Frau.«
Anastasia seufzte, als er eine Adresse in Frohnau angab. Wieder eine teure Fuhre. Sie rief gleich die nächste Funktaxe und begann außerordentlich zufrieden mit sich zu

sein. »So, Rosa, Hintern hoch. Du musst den Rahmen schließlich aussuchen. Tanja, kommst du mit, oder bleibst du hier, stellst 'n Sekt kalt und machst Schinkenschnittchen? Wird ja 'ne lange Nacht, wie es aussieht.«
Rosa erhob sich. Sie war ungewöhnlich still und ließ sich für heute Abend von Anastasia gerne an die Hand nehmen. Sie war erschöpft von ihrem langen Arbeitstag, erschöpft von dem Schrecken. Auch im Taxi schwieg sie. Dieser Abend würde sie einen Haufen Geld kosten, Taxi nach Klein-Machnow, Taxi nach Frohnau, ein 825er Silberrahmen mit Notdienstaufschlag … ach, ganz egal. Hauptsache, es bestand die Hoffnung, aus der Sache mit einem blauen Auge herauszukommen.

*

Rosa räumte gerade die Spülmaschine aus, als sie Edwins Roadster hörte. Es war halb elf vormittags. Sie hatte kaum geschlafen. Ihre dunklen Augenringe waren sorgsam überpudert. Sie befand sich in der Stimmung, in der man vor einem schweren Examen ist.
Sie blieb in der Küche, arbeitete leise weiter, stellte das Porzellan so behutsam in die Schränke, als handele es sich um rohe Eier. Im Wohnzimmer lächelte der Ersatzcharles aus seinem Ersatzrahmen, als habe er immer schon hier gestanden. Sogar etwas Staub von einem dicken Bildband hatte Rosa vorsichtig über den Altar gepustet.
Außer, dass das Photo ein etwas gröberes Raster hatte als

das Original, war es perfekt. Soweit sich Rosa erinnern konnte, kam der neue Silberrahmen dem verschwundenen Exemplar so nahe, dass man eigentlich keinen Unterschied feststellen konnte. Da Edwin das Bild nicht in dem Bewusstsein betrachten würde, einen Ersatz vor sich zu haben, konnte auch keine spitzfindige Suche nach Unterschieden stattfinden. Edwin steckte den Kopf durch die Küchentür.

»Hallo, Edwin. Stress?« Sie stellte den Limettenkuchen auf die Küchenbar. Edwin setzte sich wortlos auf den hohen Hocker. Er rieb sich die Schläfe, dann die Augen, gähnte und betrachtete den Kuchen, dessen Glasurrücken mit kandierten Limonenstreifen verziert war.

»Wenn ich so Schlager machen könnte, wie Sie Kuchen backen, dann wäre ich aus dem Schneider, Rosa.«

Rosa schnitt den Kuchen in Scheiben, und Edwin schob sich das daumendicke Randstück in den Mund. »Zapfen Sie mir bitte einen doppelten Espresso?«, fragte er mit vollem Mund.

Rosa stellte eine Tasse unter den Automaten. Sie beobachtete ihn. Er war offenbar eher deprimiert als aggressiv. Für ein paar Sekunden vergaß sie die Sorge um das Ersatzphoto. Es war sinnlos, ihm zu versichern, dass er ein unvergleichlich guter Jazzpianist war. Dass sein eigener Weg ein anderer sein musste als der mit Charles. Er konnte sich offensichtlich im Moment auf nichts anderes konzentrieren als auf die Dauerbeatmung der komatösen Schlager aus vergangenen Duozeiten.

»Vorgestern«, begann sie langsam und überlegte gut, wie sie es formulieren sollte, »vorgestern habe ich auf der oberen Stufe der Kellertreppe gesessen und Ihren Improvisationen zu ›Sophisticated Lady‹ gelauscht. Fast eine Viertelstunde lang. Und irgendwann einmal habe ich die Skyline von New York vor mir gesehen, ein langer blauer Schal kam durch die Luft geflattert, und dann …«, sie machte eine Wellenbewegung mit der Hand, »… und dann wickelte er sich um die Spitze des Chrysler Building. Es gibt ganz wenige Dinge, die mich noch zum Träumen bringen können. Ihr Piano gehört dazu. Ich finde, das ist mindestens dieselbe Preisklasse wie mein Kuchen.«

Edwin lächelte. Er rührte in seiner Espressotasse, leerte sie mit zwei Schlucken und verließ die Küche. Rosa hielt den Atem an. Aber er setzte sich an seinen Sekretär, öffnete die Post von gestern und ließ nichts mehr von sich hören.

Am späten Nachmittag arbeitete Rosa wieder im Garten und versuchte, ihrer Nervosität entgegenzuwirken.

»Rosa?«

Sie fuhr herum.

Edwin stand in der Terrassentür und runzelte die Stirn. »Rosa, ich glaube, ich halluziniere.«

Rosa wurde blass. In der Hand hielt er Charles' Photo.

»Wieso?«, fragte sie vorsichtig und näherte sich langsam.

»Ich habe das hier entdeckt!« Er hielt das Photo hoch.

»Und?«

»Ja, und dann gibt's noch das hier!« Er hielt ein zweites Photo im Silberrahmen hoch. »Ich glaube, ich habe ein Problem.«

Es war das Original, kein Zweifel. Die Unterschiede waren tatsächlich nicht besonders auffällig. Die feine Zierrille am Rand des neuen Rahmens war etwas breiter als die des

Originals. Sie begann vor Rosas Augen wellenförmig zu verschwimmen. Charles lächelte sie zweimal freundlich an. Auch Charles' Gesichter gerieten aus den Fugen.

»Nein, Edwin, Sie haben kein Problem. Ich hatte eins. Oder vielmehr, ich werde gleich eins bekommen. Sie gestatten?« Rosa nahm ihm beide Exemplare aus der Hand, hielt sie etwas entfernt von sich und begann zu lachen. Sie lachte so sehr, dass sie sich setzen musste, die beiden Photos vor sich auf dem Couchtisch. Sie lachte und lachte, bis ihr die Tränen herunterliefen und Edwin sich plötzlich nicht mehr sicher war, ob sie immer noch lachte oder vielmehr hysterisch heulte. Wahrscheinlich wusste sie das selbst nicht so genau.

Edwin zog die rechte Augenbraue hoch. »Haben Sie jetzt einen Anfall, oder was ist das?«

Rosa holte Luft, putzte sich die Nase. »Ja, entschuldigen Sie, es ist ein Anfall. Hören Sie Edwin, bitte sagen Sie mir, woher Sie dieses Photo haben!« Und sie wies auf das Original.

Er schüttelte irritiert den Kopf. »Ich verstehe die Frage nicht ganz: Es steht normalerweise dort im Regal!«

»Auch während der letzten 24 Stunden?«

Er setzte sich. »Nein, natürlich nicht. Ich nehme es immer mit, wenn ich verreise. Als Talisman, wenn Sie so wollen.«

Rosa ließ sich mit ausgebreiteten Armen auf die Rücklehne des Sofas fallen. »Mein Gott. Ich Idiotin. Ich muss mich sofort bei fünf alten Damen entschuldigen, und zwar aufs Heftigste.«

Edwin verstand nichts. »Wie heißt das schöne Wort, Rosa? Erklärungsbedarf, glaube ich.«

Rosa nickte. Lügen hatte keinen Sinn. »In Kurzform, Edwin. Danach dürfen Sie entscheiden, ob meine Probezeit in zwanzig Minuten zu Ende ist.«
»Das hört sich dramatisch an.«
»Also … im Leben der letzten Zarentochter spielt Prominenz eine wichtige Rolle, Edwin, das muss ich vorausschicken. Und Anastasia, die Chefin vom *Goldwasser*-Klo, ist meine treueste Freundin, der ich viel verdanke.«
Edwin zog die Stirn kraus. Was sollte diese Einleitung?
Plötzlich passierte etwas Merkwürdiges. Rosa sah die Szene von außen. Sie hörte sich reden, sie beobachtete sich bei der Suche nach dem richtigen Ton. Sie betrachtete die kräftige Frau auf dem Sofa, wie Lichtreflexe auf ihrem kurzen Haar hüpften, wie sie jede Gefühlsregung in Mienenspiel umsetzte, wie sie die Hände hob, mit ihnen Formen in der Luft beschrieb, Betonungen setzte, wie sich die Haut unter ihren Augen in vielfache Fältchen legte, wenn sie die Mundwinkel nach oben zog. Plötzlich war da eine Empfindung von Rundung, von Gänze, von Richtigkeit. Der tiefe Riss in ihrer Seele, den sie noch vor einigen Wochen so intensiv gespürt hatte, hatte sich nicht geschlossen, noch nicht. Aber er würde es tun, eines Tages. Rosa fühlte auf einmal, dass er ihren Kern, ihre Mitte, damals nicht erreicht hatte. Sie wusste, jetzt, in dieser Minute, dass ihr eigentlich nichts geschehen war. Während sie erzählte, hatte sie ihren Lebenstakt wiedergefunden.
Dieses gute Gefühl würde wieder vergehen, natürlich, aber es war aufgetaucht, es hatte sein Gesicht gezeigt, und es würde wiederkommen.
Entscheidungen, die aus der Tiefe kamen, waren immer die

richtigen, auch wenn sie zunächst vermeintlich falsch waren. Hier gab es kein Falsch. Das, was sich den Worten entzog, was unsagbar war, was man aber fühlend ahnte, was aus untersten Quellen stieg, sich oft mit dem Verstand verkantete und gegen die Meinung der anderen oder sogar gegen die eigene anbrandete, ließ sich nicht betrügen. Es ließ sich unterdrücken, sicher, aber genau daraus erwuchsen die Lebenslügen, die unglücklich machten. Oder krank.

Die Entscheidung, sich in diese Liebe mit Arthur zu werfen, mit allem, was sie hatte und gehabt hatte: Auch das war richtig gewesen, trotz des bitteren Endes. Es hatte gar keine andere Möglichkeit gegeben. Der Irrtum war Arthur gewesen, nicht die Liebe. Eine Liebe nicht leben, einen Freundschaftsdienst nicht erweisen, aus Vorsicht, aus Angst? Was für ein Unsinn. Angst kommt von Enge, dachte Rosa plötzlich, mitten in ihrer Berichterstattung.

Wenn man das Leben nicht eng, ängstlich leben wollte, ließ es sich im Großen und Ganzen nicht planen. Es ließ sich einfach nicht planen. Das Leben bot fast hinter jeder noch so kleinen Kurve eine neue Überraschung, einen unerwarteten Wegweiser, eine plötzlich sichtbare Tapetentür. Die Erkenntnis war nicht neu, aber Rosa fühlte sich auf einmal erleichtert, frei von der bohrenden Frage, wie es weitergehen sollte mit ihrem Leben, wie diese Sache hier enden würde. Wenn Edwin sie gleich hinauswarf – es würde sie treffen, es wäre schlimm, aber sie würde wieder aufstehen. Unter jedem Stein, den sie in ihrem Leben aufnahm und herumdrehte, stand ihr Name. Unter den glatten, schönen, und unter den scharfkantigen auch. Sie alle lagen auf ihrem Weg und gehörten zu ihm.

Sie hörte sich immer noch reden, zwischendurch lachen. »Wissen Sie, wie ich mich gefühlt habe, als eine Taxiladung violett getönter Greisinnen durch den Vorgarten wackelte? Ich konnte meine bekloppte alte Freundin doch nicht bloßstellen. Ich entschloss mich, dem Canastakränzchen eine nette Viertelstunde zu bereiten, eine, an die Anastasia noch lange denken sollte. Ich schenkte den Damen also ein Glas Prosecco ein, von Ihrem guten Valdobbiadene, die Flasche habe ich übrigens heute früh schon ersetzt.«

Edwin grinste. »Natürlich. Sie und Ihr chaotisches Preußentum!«

»Dann scheuchte ich sie in der Rekordzeit von acht Minuten durchs Haus und entließ sie nach dem obligatorischen Gruppenphoto auf die Straße. Und erst abends um sechs sah ich, dass das Bild fort war.«

»Haben Sie denn nicht schon am Morgen, als Ihre Touristinnen durchs Haus wanderten, gemerkt, dass es fehlte?«

Rosa schüttelte den Kopf. »Ich war viel zu sehr damit beschäftigt, die Mädels so schnell wie möglich loszuwerden.« Sie lehnte sich zurück. »Und abends – ich hatte gewünscht, die Erde würde sich auftun.«

»Und wie ging es dann weiter?«

Rosa erhob sich. »Ich mache uns eine Latte macchiato, wenn's recht ist.« Edwin nickte und folgte ihr in die Küche.

Während sie den Kaffee zubereitete, erzählte sie. Nächtliche Taxifahrten kreuz und quer durch Berlin, ein dicker kleiner Juwelier aus Szegedin, der die Damen noch unbedingt auf einen Absacker in die *Paris-Bar* einladen will, Mariannes Wolfi, der mitten in der Nacht in Pantoffeln

über die ausgestorbene Hauptstraße von Klein-Machnow schlurft und mürrisch, aber stolz das fertige Starphoto durchs Taxifenster reicht, Tanja, die zu Hause fiebernd mit ihrer Platte Schinkenbrote wartet, und schließlich die kleine Feier, bei der man den frisch gerahmten Charles mit einem karierten Küchentuch zuhängt und ihn unter Gläserklirren wie ein Reiterstandbild inauguriert.
Die restlichen drei Nachtstunden hatte Rosa schlaflos in ihrem Bett verbracht, aber das verschwieg sie ihm. »Ist Ihr Erklärungsbedarf jetzt befriedigt?«
Edwin sagte nichts. Es war ihm nicht anzumerken, was in ihm vorging. Er hatte während Rosas Erzählungen noch zwei Stück Limettenkuchen gegessen, saß jetzt schweigend an der Küchenbar und pickte mit dem Zeigefinger die Krümel von der Platte. Schließlich blickte er auf. »Rosa, das war ein schönes Bild, das Sie da heute Morgen beschrieben haben, das mit dem blauen Schal, der durch New York flattert. Ich habe heute Nachmittag ein bisschen herumimprovisiert. Die Sache heißt ›Blue Scarves in New York Spring‹ und hat was zu tun mit ein paar Dutzend blauer Schals, die durch den Himmel über dem Central Park flattern. Wollen Sie mal reinhören?«
Es irritierte Rosa, dass er mit keinem Wort auf ihre Geschichte einging. Aber: Einer Haushälterin, der man kündigen will, spielt man keine neue Komposition vor. Sie nickte, leicht vor Freude.
Edwin stand von seinem Hocker auf und zögerte. »Mir … ähm, mir wäre es angenehmer, wenn Sie nicht mit ins Wohnzimmer kämen, sondern wenn wir die Küchentür offen stehen ließen. Ich kann nicht so gut für nur einen

Zuhörer spielen, wenn ich frei improvisiere. Warum das so ist, weiß ich nicht. Sie hören eben von hier aus zu. Ist das in Ordnung für Sie?«

Wieder nickte Rosa und freute sich aus einem weiteren Grund. Der eine Zuhörer, für den Edwin sicherlich ohne Probleme hatte spielen können, war tot. Aber immerhin ließ er jetzt für einen lebendigen Zuhörer die Tür offen.

Sie lauschte. Edwin zitierte in den ersten Minuten einige Male die »Sophisticated Lady«, dann wurde sein eigenes Thema deutlicher. Er spielte mit einer Leichtigkeit, die nur aus Schwere, aus Durchdringung geboren wird, die man in der Malerei genauso erkennen kann wie in der Musik. Hatten sie beide, unabhängig voneinander, ein Stück Freiheit entdeckt? Ein Stück Freude neu erobert? Rosa vergaß ihre Arbeit, lehnte sich, das feuchte Geschirrtuch über der Schulter, an den Rahmen der Tür und hörte zu. Lange stand sie da, fast fünfzehn Minuten.

Plötzlich brach die Musik ab, eine wilde Kakophonie, etwas schien auf die Tasten gefallen zu sein. Rosa erschrak. Ohne einen Laut schob sie sich vorsichtig in den Flur und blickte in den Salon. Edwin hatte beide Arme auf der Klaviatur ausgebreitet wie ein abgestürzter Vogel seine toten Schwingen, sein Kopf lag auf den Tasten, er schluchzte.

Rosa hielt den Atem an und schloss leise die Küchentür. Wen beweinte er? Charles oder sich selbst? Sie konnte ihm nicht helfen, das wusste sie, aber Tränen hatten, wie alles Wasser, eine besondere Eigenschaft: Sie konnten Dinge fortspülen.

*

»Ich brech zusammen!« Tanja starrte ihre Mutter mit offenem Mund an. »Die ganze Nummer mit dem Photo war überflüssig?«
»Ja und nein. Er hat nichts dazu gesagt, überhaupt nichts! Er hat das zweite Charles-Bild ins blaue Gästezimmer gestellt.«
»Seltsam. Du hast doch gesagt, er ist so neurotisch und überhaupt.«
Rosa schwieg und dachte an den weinenden Edwin. Manchmal schienen seine grauen Wolken sich zu lichten, dann wiederum verdichteten sie sich – er sprach nicht darüber. Jedenfalls nicht mit ihr. Aber er schien ihre Gegenwart immer öfter zu suchen, die ruhige Normalität ihrer Anwesenheit. Manchmal tauchte er aus dem Studio auf, um mit ihr einen Espresso zu trinken, sie sprachen über Belanglosigkeiten, oder er bat sie um die Erledigung einer kleineren Schreibarbeit. In den letzten Wochen war er kaum einmal bissig gewesen, eine Kruste schien sich zu lösen, aber es war nicht deutlich, was sich dahinter verbarg. Gestern war die Probezeit abgelaufen. Er hatte nach dem Abendessen auf ihre – zugegeben rhetorische – Nachfrage nur gesagt: »Na ja, dann bleiben Sie halt, bis mir eine bessere Köchin über den Weg läuft«, und dabei sardonisch gegrinst. »Nun gut, vielleicht deckt sich das ja mit dem Zeitpunkt, an dem Sie mir endgültig zum Hals raushängen!«, hatte Rosa geantwortet und ihm einen feuchten Schwamm hinterhergeworfen.

»… So, Kröte, ich soll dir das hier von Edwin geben. Er hat mir nichts dazu gesagt, nur, dass du es dir anhören und dich

mit ihm in Verbindung setzen sollst. Es muss irgendwie mit seinem Hamburger Produzenten zusammenhängen.«
Tanja betrachtete verwundert die unbeschriftete CD und verschwand in ihrem Zimmer. Zwei Minuten später riss sie die Tür zu Rosas Zimmer auf und brüllte: »Mama, Mama, komm sofort her! Hör mal!« Rosa, die sich eben ins Bett gelegt hatte, rappelte sich widerwillig hoch. Tanja hüpfte wie ein Gummiball auf und ab, drückte die Stopptaste, dann die Wahltaste, und Edwins Stimme füllte den Raum:

»Wie ein Komet – mitten ins Herz
ich lieb diesen intergalaktischen Schmerz
Ich flieg aus der Bahn – weil alles sich dreht
strahlend und hell wie ein Komet
Mitten ins Herz – direkt aus dem All
mach was du willst, aber mach es noch mal!
Lass mich verglühn – so oft es nur geht
flieg mir ins Herz – wie ein Komet …«

Edwin sang diesmal mit deutlich mehr Emphase als sonst zu einer aufreizenden, aber gleichzeitig romantischen Melodie. Sie ging sofort ins Ohr. Ein Hinhörer.
»Also, Schlager ist nicht mein Ding«, meinte Rosa, »aber das ist hübsch! Das ist wirklich …«
»… das ist *mein* Text, Mama, mein Text! Den hab ich vor einem halben Jahr für Sandra geschrieben, die aus dem Musikleistungskurs. Sie hatte mich darum gebeten. Sie hatte eine Melodie komponiert und wollte ihren Freund mit einem Song zum achtzehnten Geburtstag überraschen,

auf seiner Fete. Und ich hab das Ständchen dann für sie getextet, und wir haben es zusammen für Sven gesungen. Sie hat's auch ›Für Sven‹ genannt. Wie kommt Edwin an meinen Text, Mama??«

Rosa drückte auf die Stopptaste und drehte sich herum. »Schätzchen, du hast vor zehn Tagen dein blaues Buch bei Edwin in der Küche vergessen. Ich hatte es dir doch am nächsten Tag wieder mitgebracht.«

»Ach ja. Wie peinlich! Dann hat er bestimmt auch die Geschichte gelesen.«

»Was für eine Geschichte?«

»Tu doch nicht so, Mama. Du hast sie bestimmt auch gelesen.«

Rosa gähnte. »Nein, habe ich nicht. Ich bin abends immer viel zu müde. Und im Bus kann ich nicht lesen, da wird mir schlecht.«

»Das geht den alles überhaupt nichts an. Keine Songs und keine Geschichten. Wie spät ist es?«

»Halb elf.«

»Dann rufe ich ihn sofort an.«

»Das tust du nicht, es ist viel zu spät dazu.«

»Und ob ich das tue. Der soll nicht in meinen privaten Geschichten rumschnüffeln.«

»Tanja, Herrgottsack, kapierst du nicht, dass er dir eine Chance geben will? Und lass eben deine intimen Geheimnisse nicht in fremden Küchen liegen.«

»Danke für den dämlichen Ratschlag. Als ob du nie was liegen lässt. Das ist doch ein Zeichen von absoluter Scheißerziehung, wenn einer in fremden Notizen herumschnüffelt.«

»Heilige Tanja«, meinte Rosa milde. »Ich freue mich, dass du die Fahne der guten Erziehung hochhältst. Stell dir mal vor, Edwin ließe intime Aufzeichnungen in unserer Küche liegen, in rotes Leder gebunden. Was würden wir zwei Kleinen wohl machen, hm? Und bitte bedenke: Es hat noch nicht einmal ›Tagebuch‹ oder so etwas Ähnliches auf deinem blauen Buch gestanden. Es waren erkennbar literarische Versuche.«

Tanja schwieg. Nach einer Weile rieb sie sich die Nase und fragte: »Die Musik zu dem Song war ja schon gut. Viel besser als Sandras Komposition. Das kann er echt. Sag mal, Frau Rosa, wie meintest du das mit der Chance? Ob er mir den Text abkaufen will?«

»Nicht nur diesen Text«, gab Edwin am nächsten Morgen zur Antwort. Tanja hatte in dem Moment den Telefonhörer am Ohr, als Rosa das Haus verließ.

»Ich habe eine Hand voll nie veröffentlichter Songs aus den frühen Jahren unseres Duos. Es sind mehr oder weniger Fragmente. Es fehlen ganze Strophen, manchmal sind es nur ein paar Zeilen und eine musikalische Idee. So wie eine Kiste voller Stoffreste. Charles fand diese Schnipsel schlecht, und das sind sie auch. Trotzdem frage ich mich, ob Sie nicht Lust und Zeit hätten, die alten Texte zu vervollständigen. Ich habe aus den Fragmenten drei Songs zu Ende komponiert, aber es fehlen etwa sechzig Prozent des Textes. Und da habe ich an Sie gedacht.«

Tanjas Herz begann zu klopfen. Sie hatte ihren Kometensong gestern Abend noch etwa dreißigmal gehört und konnte die Melodie mittlerweile rückwärts.

»Mh, ja, da denk ich eventuell mal drauf rum. Und wie komme ich an die Melodien?«
»Entweder schicke ich sie Ihnen mit dem Rosa-Kurier, oder Sie kommen einfach vorbei, wenn es Ihr Terminkalender erlaubt. Wir sollten vielleicht über ein paar Dinge sprechen.«
»Ich hätte heute Mittag zufällig noch einen Termin frei. Wie ist das, Sie haben doch 'ne neue Köchin – kann die nicht noch ein Gedeck auflegen? Ich kriege seit Wochen mittags nichts Warmes mehr.«
»Das ist ja grauenhaft!«, entgegnete Edwin. »Bis elf Uhr werden von der Küche noch Menüwünsche entgegengenommen.«
»Königsberger Klopse! Mit drei Tonnen krätzesaurer Kapern!«
»Könnten wir uns auf zwei Tonnen einigen?«, fragte Edwin vorsichtig.

Rosa dachte mit einiger Sorge daran, dass Tanja von ihrem Taktgefühl immer dann verlassen wurde, wenn ihr ein besonders gelungenes Witzchen auf anderer Leute Kosten einfiel oder wenn sie aus Unsicherheit einen besonders guten Eindruck schinden wollte. Und was Tanja von Schlagern im Allgemeinen und von Edwins Produkten im Besonderen hielt, wusste sie.
Aber ihre Bedenken waren unbegründet. Tanja saß aufmerksam im Studio, hörte sich einige alte Charles-Schlager an, große Erfolge, und ließ sich, obwohl sie sie kitschig fand, nicht zu dummen Kommentaren hinreißen. Mehr noch, die warme Stimme, der kaum greifbare Hauch lie-

benswerter Naivität des Tons packten sie, fast widerwillig. Und eines musste man den Sunray-Produkten lassen: Musikalisch waren sie einfach gut. Außerdem war sie tief beeindruckt von diesem Studio.

»Und jetzt kommt die Flickenkiste, Tanja. Ab jetzt nur noch Schnipsel.«

Edwin spielte einen alten Song ein, den Charles nie hatte veröffentlichen wollen. Das Fragment hieß: »Wenn die Nacht dich traurig macht.«

»Wenn die Nacht – dich traurig macht – wenn kein Stern am Himmel brennt«, sang Charles mit voller Stimme. Ab dem nächsten Takt schien die Stimme den Text zu suchen. »Wenn du weißt … du bist allein … weil dich niemand, niemand kennt … mmhh…«, tasteten sich die Laute weiter. Plötzlich knödelte er laut und übertrieben wie ein venezianischer Gondoliere: »Dann denk an mich, oh, denk an mich, es gibt …«, plötzlich hörte der Gesang auf, Charles lachte und summte statt eines Textes:

»… es gibt – ja was weiß ich denn, oh, mmhh,
I forgot the fucking text,
the fucking text is weggehext,
ohohoo,
es geht aber auch sooo …«

Dann lachte Charles wieder, dann brach die Aufnahme ab.

»War das Charles?«, fragte Tanja überflüssigerweise.

Edwin nickte.

»Wie lange waren Sie zusammen?«

»Zwanzig Jahre, drei Monate und einen Tag.«

Edwin spielte ihr noch etwa fünf fragmentarische Lieder vor. »Ich werde die Melodien natürlich zu Ende komponieren, und Sie stricken Charles' Textideen weiter, na?«
Tanja zögerte. Dann nestelte sie an der Innentasche ihrer Lederjacke. »Ich hab hier noch etwas. ›Du gehst mir aus dem Sinn‹ heißt der Text.« Sie reichte Edwin einen handgeschriebenen Zettel. Edwin nahm seine Lesebrille und las sorgsam, Zeile für Zeile, halblaut:

»Wir sind so weit gekommen in den Jahren,
ich hab mir nie was andres vorgestellt,
was immer auch geschah, wir beide waren
gemeinsam eine Insel in der Welt.
Nun reise ich in schweigenden Gedanken
allein zu meiner eignen Insel hin,
wo niemand mich beim Namen nennt
und wo den deinen keiner kennt,
wo nicht mehr kalt ist oder heiß
und die Erinnerung schwarzweiß,
wo man sein Herz nicht schlagen hört
und wo kein Traum die Nächte stört
und wo du nicht mehr fragst,
warum ich traurig bin –
du gehst mir aus dem Sinn …«

»Wenn Sie möchten, könnten Sie dazu ja auch eine Melodie komponieren!«
Edwin legte seine Brille auf das Mischpult, den Zettel daneben und schwieg.
»Kennen Sie Erich Kästners ›Sachliche Romanze‹?«, fragte

Tanja. »Ich weiß nicht, warum mich sein Gedicht so gepackt hat. Vielleicht, weil es irgendwie ein ähnliches Thema ist … ich hab das so noch nie erlebt, ich war ja nie länger als ein paar Monate mit irgendwelchen Jungs zusammen. ›Und als sie einander acht Jahre kannten, und man kann sagen, sie kannten sich gut‹ …«

»… ›da kam ihre Liebe plötzlich abhanden, wie anderen Leuten ein Stock oder Hut!‹«, ergänzte Edwin und lächelte. »Kennen Sie das?«

»Was meinen Sie, das Gefühl oder das Gedicht?«

»Das Gefühl, wenn die Liebe abhanden kommt, natürlich.«

»Ich kenne das Gefühl, wenn der Mensch abhanden kommt.«

Tanja schwieg einen Moment lang, sah ihn nicht an. Plötzlich blickte sie ihm geradewegs in die Augen. »Haben Sie eigentlich vor zehn Tagen auch noch die Geschichte in meinem blauen Buch gelesen?«

Edwin zögerte. »Ja!«, entgegnete er. »Hab ich. Sie sollten sie zu Ende schreiben.«

»Geht nicht. Sie ist abhanden gekommen, aber anders als bei Kästner. Und als sie den Menschen erst acht Stunden kannte – und man kann sagen, sie kannte ihn kaum –, da kam ihre Liebe erst gar nicht zustande, und sie blieb zurück und … ja, und das da.« Sie zeigte auf ihren Bauch.

»Viel Kummer deshalb?«

Tanja schüttelte den Kopf. »Nein. Komischerweise nicht.«

»Weiß er das mit dem Kind?«

»Nein. Ich habe noch nicht mal seine Adresse. Ich kann diese Geschichte nicht zu Ende schreiben, weil sie sich selbst zu Ende schreiben soll. In welcher Form das sein wird, weiß ich nicht. Ob ich Emils Vater noch einmal wiedersehe oder nicht, oder ob Emil die Geschichte in sieben Jahren selbst weiterschreibt, wenn sie Lesen und Schreiben gelernt hat – ich hab keine Ahnung.«

»Ihr Text hier …« Edwin nahm den Zettel zur Hand, »… Ihr Text hört sich so an, als wären Sie mindestens vierzig Jahre alt, Tanja.«

Sie hob die Schultern. »Ich hab ihn geschrieben, als Rosa ihren letzten Erdrutsch gerade hinter sich hatte. Wir haben viel miteinander geredet. Manchmal ist mir so, als ob ich das Leben anderer Leute mitlebe, wenn sie darüber reden, so, als wäre es meins. Ich will damit sagen, ich muss es nicht selbst erlebt haben, um darüber schreiben zu können, ich muss es nur gefühlt haben.«

»Sie sind ein erstaunlicher Mensch, Tanja. Dieser Text hier, das sollte doch auch ein Song werden, oder?«

»Ja, aber er ist noch nicht fertig, ich suche einen anderen Anfang, und dann bin ich nicht so glücklich mit der Melodie, die ein Mädchen aus unserem Musikleistungskurs dazu gemacht hat.«

»Sandra!«

»Ja. Irgendwie zu flach. Es ist ja mehr ein Chanson, kein Schlagertext! Entschuldigung, also ich meinte nur, dass ich …« Sie wurde rot.

Edwin lachte. »Ist schon okay. Stimmt schon. Charles' Texte kannten keine Pastelltöne, und Zwischentöne erst recht nicht.«

Tanja war immer noch verlegen. »Ich hab's echt nicht so gemeint, Herr Sunray!«

»Wie denn sonst, Tanja? Stehen Sie doch dazu.« Er wechselte das Thema. »Emil wird, wenn ich das richtig verstanden habe, ein Mädchen?«

»Ich weiß es nicht. Aber ich bin trotzdem sicher. Und ich freu mich drauf, und ich habe Angst.«

»Sie sind mutig, Tanja.«

Tanja räusperte sich. »Mister Sunray – ich glaube, ich kann Ihr Angebot nicht annehmen.«

Er zog irritiert die Augenbrauen zusammen.

»Es ist so – ich kann nicht zu einem schon vorhandenen Text Ergänzungen schreiben. Das ist mir eben erst klar geworden, erst, nachdem ich die Sachen gehört habe. Ich schreibe nicht so wie Charles. Er hatte eine andere Welt im Kopf als ich. Tut mir Leid, ich hätte es sehr gerne gemacht. Aber es geht nicht.«

Er musterte das sonst so flapsige Mädchen, das ihn ernst ansah. Er beugte sich vor, starrte auf einen Monitor, sprach beiläufig, ohne sie anzusehen. »Ich glaube, ich verstehe das. Dann machen Sie eben ganz neue Texte zu den Songs. Und texten Sie ›Du gehst mir aus dem Sinn‹ fertig. Ich warte drauf.«

*

»Haben deine Canastamädels alle ihre Blumen und die Entschuldigungskarten bekommen, Olleken? Mein Gott, war mir das peinlich!«

»Und zu Recht! Jotte, Lenchen ist immer noch beleidigt.«

Anastasia biss einen Nähfaden durch und hob ihre neueste Errungenschaft vom Flohmarkt hoch. »Kiek mal, Rosalein, diese schöne Bluse für zwei Euro! Komm doch mal mit! Ich sage dir, Boxhagener Platz, da findest du Sachen! Die Lesebrille vom Pharao Ramses, und 'n Ballkleid kostet nich mehr als ein Pfund Margarine.«

Es war Sonntagabend, Anastasia hatte frei. Sie saßen vor der geöffneten Balkontür in Rosas Küche und tranken Pfirsichbowle. Rosa betrachtete die verwaschene Bluse mit den kleinen Blumen. Sie war hübsch, ohne Frage, aber Anastasia hatte, seitdem sie sich kannten, noch nie ein ladenneues Kleidungsstück gekauft. Rosa nahm sich vor, ihr zum nächsten Geburtstag einen Gutschein von der schönen Boutique am Savignyplatz zu schenken. Ihr erstes Gehalt war auf dem Konto, und Edwin zahlte gut.

»Sag mal, ich würde mich gerne mal bei deiner Käthe bedanken, so richtig, meine ich. Mit Blumen oder irgendetwas Hübschem. Ohne Käthes Stoffbeutel wäre ich manchmal ganz schön knapp gewesen.«

Anastasia nippte an ihrer Bowle. »Käthe ist gerade mit ihrem Sohn und der blöden Schwiegertochter auf Mallorca. Kannst mir ja mal ein paar Blümelein mitgeben, wenn sie wieder zurück im Altersheim ist.«

»Übrigens, Zarentochter …« Plötzlich beugte Rosa sich vor und fixierte ihre Freundin genau. »Ich finde, dass dreihundert Euro ein zu großes Geburtstagsgeschenk für unser Fräuleinmutter ist, meine Liebe.«

»Ach, das hat doch die Bank gelöhnt!« Anastasia machte eine wegwerfende Handbewegung. »Ich könnte doch nich von meinen siebenhundert Piepen Monatsrente einfach mal so dreihundert abzwacken, selbst wenn's für die Tochter meiner liebsten Freundin ist. Und jetzt reden wir da nich mehr drüber, sonst kommt mein blaues Blut in Wallung, denn du musst das Mädel …« Sie brach ab.

Tanja, abwesendes Gesicht, zerrauftes Haar, erschien in der Küche.

»Magst du einen Schluck Bowle, Kind?«, fragte Anastasia.

»Hä?«

»Nicht stören!«, antwortete Rosa an ihrer Stelle. »Siehst du nicht den Kussmund auf Tanjas Backe? Das war die Muse der Schlagertexte.«

Tanja warf ihrer Mutter einen vernichtenden Blick zu, suchte im Kühlschrank nach kalter Milch, goss sich ein Glas voll und verschwand wieder in ihrem Zimmer. Sie blickten ihr nach.

»Also, eins muss ich Tanja lassen: Sie arbeitet ununterbrochen an Edwins Auftrag. Und ich glaube, sie macht es gut!« Rosas Stimme klang stolz.

*

Edwin hielt Rosa aufgeregt ein Photo entgegen. Sie betrachtete es verständnislos. Er hatte vor einer Viertelstunde die Tagespost geöffnet und konnte erst nach zwei Anläufen seiner Aufregung Herr werden. »Charles. Ich meine, es ist Vivien. Ich sag's Ihnen doch, Rosa. Es ist Charles' Schwester. Seine Zwillingsschwester Vivien. Sie waren keine eineiigen Zwillinge, ich weiß nicht, ob sie ihm wirklich ähnlich sieht, aber sie hat seine Augen, es ist ganz unfassbar. Sie lebt in Neuseeland. Wir haben jahrelang nichts von ihr gehört, ich wusste noch nicht einmal, dass sie eine Tochter hat. Jetzt möchte Vivien kommen, wie finden Sie das? Ist das nicht ganz unglaublich?«

Rosa betrachtete das Photo genauer. Eine rundliche Frau blickte ihr etwas einfältig entgegen. Sie hatte dunkles, vollkommen krauses Haar, stützte ihr Kinn zierlich auf den Handrücken und hatte die Augen besonders weit aufgerissen, so, als habe man sie an ihrem Korbtischchen beim Teetrinken überrascht. In ihrem naiven Ausdruck glich sie Charles tatsächlich.

Rosa erinnerte sich an ein Schwarzweißphoto, das auf dem Hausaltar stand, der kleine Charles und seine noch kleinere Schwester.

»Und Sie haben sie noch nie vorher gesehen?«

Edwin schüttelte den Kopf. »Es gab einen größeren Streit zwischen Charles und ihr. Vor über zwanzig Jahren. Dann hat sie nach Auckland geheiratet. Sie hatten keinerlei Kontakt mehr.«

Er blickte hoch, plötzlich geistesabwesend, sprach wie zu sich selbst. »Sie hat seine Augen.« Er schwieg, dann wandte er den Kopf und sah Rosa an, als habe sie soeben erst den Raum betreten. »Ich habe gerade mit ihr telefoniert, sie kann übermorgen hier sein, allerdings ohne ihre Tochter. Sie sollte im blauen Zimmer wohnen. Und Blumen und Champagnertrüffel und …« Er brach ab, schaute das Photo noch einmal an, setzte sich die Lesebrille auf die Nase, hielt das Bild dicht vor seine Augen. »Ich möchte, dass sie hier eine gute Zeit hat. Sie …« Er verstummte. Rosa beobach-

tete ihn und hatte plötzlich das Gefühl, an einer intimen Situation beteiligt zu sein, in der sie nicht erwünscht war.
»Seine Augen«, murmelte er, »es sind deine Augen.« Er wandte sich ab, eilte in den Salon und schloss die Tür.
Rosa ging langsam die Treppe hinauf. Aus dem Wandschrank im Flur suchte sie die beste italienische Bettwäsche heraus, die es im Hause Sunray gab, und öffnete die Fenster des blauen Gästezimmers. Als sie in den Garten blickte und tief Luft holte, hörte sie aus dem Salon schwermütige, schöne Musik. Sehr laut. Sie lauschte. War das nicht das Adagio von Albinoni?

*

Aus dem Wohnzimmer drang Besteckgeklapper und die leise Stimme Nat King Coles, der gerade musikalisch über das Lächeln der Mona Lisa sinnierte: »… or is it just the way to hide a broken heart …?«
Rosa hielt inne. Sie stand mit dem Brotkorb im Flur, hörte den Text und musste sich an die Wand lehnen. Nat King Cole war Arthurs Lieblingssänger gewesen. Erinnerungen konnten schlimmer sein als gezielte Magenschwinger. Sie schluckte, atmete tief durch, reckte den Kopf in die Höhe und betrat den Salon.
»Oh, Rosa, Ihr Essen ist unglaublich! Edwin, wie hast du diesen Star gefunden?«
Vivien Connaught strahlte. Rosa nickte freundlich und sagte auf Deutsch: »Edwin, erzählen Sie ihr doch die Ge-

schichte mit dem rosa Hasen. Aber lassen Sie bitte aus, dass ich in diesem Kostüm den dicksten Hintern der Welt hatte, dafür brauchen Sie dann auch nicht zu erwähnen, wie schlecht Sie sich anfangs benommen haben.«

Vivien blickte Rosa fragend an. Edwin lehnte sich zurück, lachte und erzählte Vivien genau das.

Von der Küche aus hörte Rosa ihr Gelächter, Gläserklirren und Nat King Cole, der jetzt wesentlich fröhlicher eine »Rambling rose« besang.

Edwin war nicht wieder zu erkennen. Etwas Besseres hätte ihm nicht passieren können. Rosa spülte eine Kasserolle und merkte, wie ihr schon wieder die Kehle eng wurde. Warum kam ausgerechnet heute Abend diese Trauer hoch, verdammt? Aber natürlich musste sie heute Abend hochkommen. Heute war das Leben so, wie es sein könnte. Zumindest für Edwin.

Rosa trug das Dessert auf und wartete, bis Vivien von dreierlei Mousse au Chocolat gekostet hatte. Vivien seufzte vor Vergnügen, nahm den Löffel in die linke Hand und legte ihre rechte Hand auf Rosas Arm. »Was kochen Sie morgen, Rosa? Worauf kann ich mich freuen?«

»Wünschen Sie sich etwas!«

»Oh, Edwin, ich beneide dich um diesen Luxus, eine Köchin für einen einzelnen Mann. Aber du bist schließlich ein berühmter Künstler! Dann gehört sich das auch so. Ich bin sicher, dass Oscar Wilde eine hatte und bestimmt auch Beethoven und Schiller und Voltaire und wie diese ganzen Musiker alle heißen.«

Das musste Edwin unbedingt an etwas erinnern, denn sein Blick wurde weich.

Vivien bohrte ihren Zeigefinger in die Luft. »Und Rosa spricht sogar perfekt Englisch, nein, einfach exzellent! Woher können Sie das?«
»Der Vater meiner Tochter war Engländer. Und ich habe in London gelebt. Eine Zeit lang.«
Vivien blickte sie bewundernd an. »Ich kann keine einzige Fremdsprache! Sie sind ein Goldschatz, Rosa, und dann noch die hübschen Blumen und die Pralinen in meinem Zimmer!«
»Sie werden staunen, Vivien, Blumen und Trüffel auf dem Nachttisch waren Edwins Idee. Auf so was käme ich nicht, denn auf meinem Nachttisch liegt immer nur der Pantoffel, den ich meiner Tochter nachwerfe, wenn sie mich morgens weckt.«
Vivien hielt erschrocken die Hand vor den Mund. »O nein, das machen Sie doch nicht wirklich!«
Rosa seufzte.

Rosa hatte mehrfach dankend abgelehnt, mit Vivien und Edwin zu essen. Schon jetzt, am dritten Tag des Besuches, entwickelte sich eine familiäre Intimität zwischen dem Geliebten und der Schwester des Verstorbenen, von der sich Rosa instinktiv fern hielt.
Rosa wischte nachdenklich über die Küchenbar. Edwin war so lebhaft, wie sie ihn noch nie gesehen hatte, er redete viel, lachte, entwickelte unvermutete Energien. Dieser Besuch schien ein Glücksfall zu sein, es war zu hoffen, dass sich Edwins positive Gemütslage stabilisierte, auch wenn Vivien wieder abreisen musste. Vivien verströmte ununterbrochen Freundlichkeit, ließ auch nicht die kleinste Geste

ohne Dank stehen, lobte Edwin für schlichtweg alles und Rosa überschwänglich für ihr Essen, ihre Hausarbeit, ihr Talent als Gärtnerin.

»Noch einmal tausend Dank für Ihre phantastische Vanillecreme. Oh, liebe Rosa, ich brauche ganz viele Teelichter. Und vielleicht zwei Silbertabletts? Ich möchte Edwin heute eine Überraschung bereiten.« Vivien steckte ihren Kopf zur Küchentür herein.

»Natürlich!« Rosa kramte die gewünschten Dinge aus dem Schrank und brachte sie in den Salon. Vivien war gerade dabei, aus dem gigantischen CD-Bestand einen Stapel erfolgreicher Sunray-Duo-Hits herauszusuchen. Auf dem Tisch vor dem Ledersofa lagen mehrere Päckchen. Das sah nach Bescherung aus.

Zehn Minuten später zog Rosa die Sommerjacke über und schloss die Küchentür hinter sich. Im Flur schulterte sie ihre Tasche und wollte Vivien eben einen kurzen Gruß zurufen, als sie in der offenen Salontür zurückprallte. Mitten auf dem Tisch stand das große Charles-Photo im Silberrahmen, das Herzstück des Altars. Rechts und links davon hatte Vivien die bekannten, alten Photos aufgebaut, aber auch etliche neue Kinderphotos von Charles dazugestellt, davor ein abgewetztes Matchboxauto, eine krakelige Kinderzeichnung auf vergilbtem Papier hinter Glas, eine ältere Postkarte mit filzig abgegriffenem Rand, und auf samtenem Bett lag ein offensichtlich angekauter alter Bleistift. Das Ganze war umrahmt von einer Unmenge brennender Teelichter. In drei großen Vasen dufteten die viktorianischen Rosen, die Charles vor ein paar Jahren an die Garagenwand gepflanzt und die Rosa vor einigen Tagen mit so

viel Mühe hochgebunden hatte. Viel konnte draußen nicht mehr von ihnen übrig sein.
Vivien legte den Finger an den Mund, als wolle sie Rosa bedeuten, nicht vor lauter Entzücken aufzuschreien und so Edwin vorzeitig zu alarmieren. »Oh, Rosie, das ist eine Postkarte, die Charles mir vor 22 Jahren geschrieben hat, und das ist sein alter Bleistift, an dem hat er in der Schule immer herumgekaut, und das hier«, sie wies auf das kleine Auto, »das war sein Lieblingsauto. Bugsybuggy hat er es immer genannt. Es war noch lange Zeit in der Schule sein Talisman. Ich bin so ein sentimentaler Mensch, ich habe das alles jahrzehntelang gehortet.«
Sie verknotete die Finger ineinander, betrachtete ihr Werk verzückt, wandte sich um, stellte den CD-Player an, und nach dem berühmten Telefonklingeln sangen Charles und Edwin Sunray: »Bist du einsam heute Nacht, dann ruf mich an, denn dann komme ich und trockne deine Tränen …«
»Edwin!«, rief Vivien und wandte sich zur Treppe. »Edwin!«
Als sie sich wieder umdrehte, hatte Rosa das Haus verlassen.

*

Viviens Besuch ging nun schon in die dritte Woche, und immer, wenn sie sagte: »Oh, Edwin, irgendwann muss ich aber wieder zurück!«, wehrte er ab. Sogar ihre Stimme erinnerte ihn an Charles. Seit vierzehn Tagen saß er kaum noch am Klavier, sondern hörte wieder und wieder alte Aufnahmen. Wenn er sich dann an den Flügel setzte, bat ihn Vivien, diesen oder jenen Song aus den guten alten Zeiten zu singen. Und er tat es.

Das Wertvollste für Edwin waren die Abende, an denen Vivien endlose – und harmlose – Kindheitserinnerungen auspackte. Erinnerungen an Episoden, die nicht er mit Charles geteilt hatte, sondern seine Schwester. Aber es waren kostbare Puzzleteile, die Edwin dem Bild seines Geliebten hinzufügen konnte.

Vivien, als neu geweihte Hohepriesterin des Hausaltars, stellte Blumen vor Charles' Photo, arrangierte alles immer wieder neu und legte einen roten Samtläufer unter die Heiligtümer.

Fast täglich stand Edwin vor diesen neuen Reliquien. Rosa beobachtete ihn aus den Augenwinkeln, wenn sie den Frühstückstisch abräumte und er minutenlang immer wieder dieselben Gegenstände in die Hand nahm, sie zurückstellte, wieder aufnahm und betrachtete. Kaum konnte er sich von der alten Postkarte lösen, als hielte er die Hand, die diese Zeilen geschrieben hatte.

Über ihre Lebenssituation sprach Vivien wenig. Sie hatte sich von ihrem Mann getrennt, schon vor Jahren. Sie wies auf Edwins und Charles' Photowand und meinte: »So schillernd ist mein Leben nicht, ich habe ein kleines Bed and Breakfast, zusammen mit einer Freundin, bei Auckland. Es ist ganz interessant, so viele Menschen aus aller Welt zu beherbergen. Reich wird man damit nicht, aber es ist genug zum Leben für meinen kleinen Schatz und mich.«

Der kleine Schatz hieß Maisy, und Maisy glich Charles »aufs Haar, Edwin. Du würdest es kaum glauben.«
Ihre Antworten fielen immer so aus, dass man sich nicht abgekanzelt fühlte, aber doch von einer gewissen Ratlosigkeit erfüllt war, denn man kam beim besten Willen nicht auf weiterführende Fragen. In Viviens Leben schienen sich tatsächlich kaum erzählenswerte Dinge zu ereignen. Vivien war Meisterin in der Kunst, sich in Bescheidenheit aufzulösen und halb unsichtbar zu werden, wenn ihre Anwesenheit gerade mal nicht gefragt war, zum Beispiel, wenn Edwin telefonierte oder Post erledigen musste.
»Wie alt ist eigentlich deine Tochter?«, fragte Edwin. Vivien schien, im Gegensatz zu anderen Müttern, nicht über ihre Tochter reden zu wollen. Sie wandte sich ab und blickte in den Garten. »Oh, Maisy ist neun. Sollen wir heute nicht auf der Terrasse Tee trinken, Edwin?«, fragte sie. »Es ist so ein schönes Wetter. Ich werde deine famose Rosa bitten, draußen zu servieren.«
»Und was ist das für eine Freundin, die gerade auf sie aufpasst?« Edwin ließ nicht locker.
»Eine ganz gute.« Vivien erhob sich und ging in Richtung Küche. Edwin stand plötzlich auf, setzte ihr nach und packte sie am Handgelenk. »Vivien, stimmt irgendetwas nicht mit Maisy? Ich meine, du kannst es mir ruhig sagen!«
Vivien schüttelte den Kopf, wandte sich ab, aber er konnte gerade noch sehen, dass sie sich auf die Unterlippe biss. Er respektierte es immer, wenn Leute nicht reden wollten. Aber sein Bedürfnis, ausgerechnet Vivien ein Problem erträglicher zu machen, wuchs. Vivien, die ihn täglich in die

Vergangenheit entführte, die dem Schatten seiner verlorenen Liebe Farbe gab, neue, wunderbar unbekannte Farben.

»Hat Vivien Ihnen schon mal etwas über ihre Tochter erzählt?«, fragte Edwin halblaut, als er eine halbe Stunde später die Nase zur Küchentür hereinsteckte. Rosa wandte sich um. Sie walkte gerade einen Hefeteig und schüttelte den Kopf. Mit dem mehligen Handrücken strich sie sich eine Strähne aus dem Gesicht und verpasste sich dabei eine weiße Nase. Edwin lachte. »Rosina, Sie sehen aus wie ein Dachs!«

Rosa legte den Kopf schief und betrachtete Edwin. Er hatte deutlich zugenommen und eine rötliche Gesichtsfarbe bekommen. Einen regelrechten Kosenamen wie »Rosina« hatte er auch noch nie benutzt – Rosa kam diese Wandlung vor wie der zu schnelle Trieb einer Winterpflanze auf einer Fensterbank unter künstlichem Licht.

Sie räusperte sich. »Seit drei Tagen liegt ein angefangener Brief an die kleine Maisy auf ihrem Schreibtisch. Ich gebe zu, dass ich ein paar Zeilen gelesen habe. Maisy scheint ziemlich krank zu sein. Nicht, dass Sie denken, ich schnüffele hier herum, aber auf einen Brief, den jemand drei Tage lang offen liegen lässt, wirft man einfach mal einen Blick oder zwei.«

»Ich täte das nicht!«, entgegnete Edwin.

»Sie kommen ja auch aus Hamburg! Wir Berliner waren schon immer so diskret wie eine Flüstertüte.« Rosa warf eine Hand voll Mehl auf den Teig und rollte ihn aus. »Ich habe heute früh Viviens Bett neu bezogen. Der Brief liegt immer noch dort.« Rosa walkte den Teig in alle Richtungen. »Ich kann ja mal auf die Terrasse gehen und sie eine Viertelstunde lang nach englischen Cookierezepten ausfragen.« Edwin lächelte und schlich die Treppe hinauf.

Vivien saß in ihrem Korbsessel und stickte an einem Kissenbezug, Stiefmütterchenkränze und Efeuranken. Rosa klopfte einen Rest Mehl von den Händen, sagte: »Herrliches Wetter heute, was?«, und tat, als wolle sie einen Moment lang Luft schnappen. Sie beobachtete die kleine Frau. Viviens krauses dunkles Haar entzog sich jeder Gestaltung und erinnerte ein wenig an einen Topfschwamm. Ihre braungelb gestreifte Bluse, der blaue Rock und die hellen Slingpumps passten nicht zusammen, störten aber auch nicht. Geschickt und flink zog Vivien die Sticknadel durch den grünen Stoff. Viviens Hände waren weiß, zart, fast glasig. Keine Arbeitshände. Rosa blickte unwillkürlich auf ihre eigenen: mehlverklebt, kräftig, breiter Handrücken und schmale Finger. Rosa hatte Vivien im Laufe der Woche beobachtet, hatte einige Male das blaue Zimmer aufgeräumt und dabei Kleidungsstücke zusammengefaltet, die teuer wirkten. Aber Schnitt und Farben ergaben ein ungeschicktes Nebeneinander. So, als habe hier jemand ohne Geschmack, aber mit Ambition zum Höheren seine Garderobe zusammengestellt. Auch die Farben des Stickgarns für die Blumen waren sämtlich einen Halbton zu laut für das Motiv.

Vivien hob ihre Stickarbeit prüfend hoch und betrachtete sie. »Das bekommt Edwin von mir zum Abschied. Ich muss spätestens Ende nächster Woche wieder nach Hause. Es geht nicht anders.« Sie blickte zu Rosa auf. Ihr Blick war manchmal einfältig wie der eines geschnitzten Holzengels in einer Bauernkapelle, aber wenn sie sich nicht beobachtet wähnte, überraschend aufmerksam und prüfend. Jetzt lächelte sie herzerwärmend, immer gleichbleibend intensiv. Dieses Lächeln kannte keine Abstufungen und kam bei Blickkontakt so zuverlässig wie die Nachrichten im Radio.

»Meinen Sie, ihm gefällt das?« Vivien wies auf das Stickkissen. Erst jetzt bemerkte Rosa, dass sich in der Mitte des Blumenmotivs zwei ineinander verschlungene Buchstaben befanden. Ein E und ein C.

Rosa schluckte. »Ja, natürlich wird ihm das gefallen!«, meinte sie, drehte sich halb im Türrahmen herum und ließ den Blick über die geometrischen Ledersofas und die sparsame Ästhetik der Art-déco-Lampen gleiten. Diese Handarbeit würde zwischen den hellgrauen Leinenkissen wirken wie ein textiler Grabstein, ein Objekt aus einem Kuriositätenladen.

»Wie alt ist denn eigentlich Ihre Tochter, Rosie?« Vivien schnitt einen gelblichen Faden ab, der im Inneren einer Stiefmütterchenblüte leuchten sollte. Rosa, halb in Gedanken, schreckte hoch. »Ähm – achtzehn.«

»Und was macht sie?«

»Sie geht noch zur Schule, …« Rosa seufzte. Über das Thema Schule wurde im Moment nicht mehr gesprochen, Tanja schien regelmäßig hinzugehen. Aber wie lange noch?

»… und im Moment dichtet sie neue Songtexte für Edwin.«

»Oh, wie wunderbar! Eine Dichterin! Ich bin immer so ehrfürchtig, wenn ich so etwas höre! Ich bin überhaupt nicht kreativ, mal abgesehen von meiner Stickerei!« Sie biss

einen Faden mit ihren Mausezähnen durch. »Und Ihre Tochter und Edwin bilden ein neues Team, sozusagen?«
»Tanja macht neue Texte auf einige alte Duo-Songs.«
Viviens Augen rundeten sich. »Aber wieso? Charles' Texte waren doch wunderschön! Ich kann zwar kein Deutsch, aber sie hatten doch so viel Erfolg mit seinen Texten!«
»Das stimmt, aber ich glaube, es handelte sich hier nur um Bruchstücke, die Charles selbst nicht gefielen. Er fand sie zu albern. Jetzt hat Edwin einige Songfragmente zu Ende komponiert, und meine Tochter macht dazu neue Texte. Sie werden toll!«
»Was?« Viviens Stimme wurde einen Halbton höher. »Unveröffentlichte Songs von Charles und Edwin? Aber die muss man doch in ihrer Originalfassung hören, sie sind eine Hinterlassenschaft, ein Dokument, ein Erbe! Die muss man behutsam restaurieren wie ein antikes Bild! Die kann man doch nicht einfach neu texten!« Sie schluckte aufgeregt, lächelte entschuldigend und legte eine Hand auf Rosas Mehlfinger. »Liebe Rosa, es ist phantastisch, dass Ihre Tochter eine Dichterin ist, aber man muss doch das Erbe eines so wunderbaren Menschen hüten und darf es nicht verfälschen.«
»Vivien, meine Tochter macht auf Edwins alte Musik neue Texte. Den alten Texten von Charles geschieht nichts.«
»Nein, aber sie müssten doch veröffentlicht werden, sonst bleiben sie im Dunkeln!«
Du meine Güte, dachte Rosa. Es handelte sich schließlich nicht um Weltliteratur, die Kontinente in Bewegung setzte. »Man muss genauso respektieren, dass Charles diese Bruchstücke selbst für Ausschuss hielt!«, fügte sie hinzu.

»Oh, ich weiß nicht …« Vivien verstummte. Edwin kam durch den Salon auf die Terrasse und nickte Rosa unmerklich zu. Rosa lockerte ihre Schultern und verschwand wieder in der Küche.

Es war spät geworden, als Edwin eintrat und auf die Küchenuhr wies. »Halb neun, Rosa. Sie machen zu viele Überstunden hier. Ich möchte kurz mit Ihnen reden. Ich bringe Sie nach Hause.«
Es war ihr recht, denn sie war nach diesem langen Tag hundemüde.
Im dunklen Auto sprachen sie zunächst kein Wort, dann sagte Edwin plötzlich: »Maisy ist körperlich behindert. Sie sitzt im Rollstuhl, Vivien hat mir ein Photo von ihr gezeigt. Ein trauriges kleines Ding. Und ihr steht eine schwere Operation bevor, möglicherweise eine Reihe von Operationen. Sie hatte einen Unfall. Das alles konnte ich dem Brief entnehmen.«
Rosa dachte daran, wie lange Vivien schon an dem Brief schrieb. Es musste heute der dritte oder vierte Tag sein, dass er auf ihrem Sekretär im blauen Zimmer lag. Wenn sie ihn nicht morgen abschickte, würde er möglicherweise erst nach ihr in Neuseeland ankommen.
»Ich glaube, Vivien liebt ihre Tochter sehr.« Edwin räusperte sich.
»Na ja, das tun die meisten Mütter.«
Edwin wandte Rosa den Kopf zu. »Ich habe Vivien eben nach dem Abendessen auf Maisy angesprochen und sie endlich aus der Reserve gelockt. Sie hat fürchterlich geheult. Für Maisy gibt es nur in einer Spezialklinik in Seattle

Hilfe. Vielleicht kann sie den Rollstuhl eines Tages wieder verlassen.«

»Lassen Sie mich raten, Edwin. Vivien hat das Geld für diese Klinik nicht und bekommt es jetzt von Ihnen. Und sie hat sich die ganze Zeit nicht getraut, das auszupacken.«

»Woher wissen Sie das?«

»Intuition«, entgegnete Rosa.

»Sie wäre unverrichteter Dinge abgereist, nur weil sie nicht gewagt hat, den Mund aufzumachen.«

Da irrst du dich, dachte Rosa. Vivien ist eine gute Strategin. Aber ich hätte es für Tanja genauso gemacht. Nein, das stimmt nicht. Ich hätte nicht diese Ruhe gehabt. Ich hätte nicht drei Wochen lang eine geschwisterliche Vergangenheit beatmet und die ganze Zeit an etwas anderes gedacht. Ich hätte sofort und offen gebettelt.

»Ich bin Ihnen wirklich dankbar für den Tipp mit dem Brief, Rosa.«

Rosa schwieg.

»Sie wird mit Maisy nach Seattle fliegen und die ganzen Maßnahmen abklären lassen, dann kommt sie zurück, und wir sehen weiter. Vielleicht fliege ich beim zweiten Mal mit nach Seattle. Rosa, ich habe auf einmal das Gefühl, etwas Sinnvolles tun zu können.«

»Das verstehe ich. Eine Geldanlage, die mit Lebensfreude zurückgezahlt wird, ist etwas Schönes.«

»Und ich werde mich natürlich auch weiterhin um Vivien und Maisy kümmern. Maisy soll eine vernünftige Ausbildung bekommen und Vivien eine gesicherte Zukunft. In gewisser Weise sind die beiden ja Familie. Ich bin sicher, dass Charles dasselbe getan hätte.«

»Bestimmt. Aber engen Kontakt hatte er doch nicht zu ihr, oder?«

Edwin antwortete nicht auf ihre Frage, sondern fügte hinzu: »Charles liebte Kinder. Vivien sagte mir, das sei eigentlich sein einziges Problem nach seinem Coming-out gewesen: Er hätte so gerne Kinder großgezogen.«

»Warum haben Sie keins adoptiert?«

Edwin seufzte. »Er hat es mir nie gesagt. Vielleicht hat er gemerkt, dass ich …« Er brach ab.

»Dass Sie Kinder nicht ausstehen können, was?«

Edwin hörte an ihrem Tonfall, dass sie grinste.

»Genau.« Er grinste auch. Dann sprach er zögerlich. »Ich weiß auch nicht, was mich bei dem Gedanken an Maisy so gepackt hat, aber vermutlich begreift mein verrottetes Gefühlsleben dieses Kind als Chance, Charles noch posthum einen Gefallen zu tun. Ich habe ihm jahrelang etwas verweigert, das ich jetzt – wenn auch zu spät – ein bisschen gutmachen kann. Charles hätte es so gewollt.«

Rosa schwieg.

»Dieser Konjunktiv reicht aus, um Maisy alles zu geben, was sie braucht.« Edwin bremste vor Rosas Haus in der Wilmersdorfer Straße.

Rosa nahm ihre Tasche, wollte aussteigen, hielt inne und fragte: »Was ist eigentlich mit Tanjas neuen Texten? Sie liegen jetzt schon seit zwei Tagen auf Ihrem Schreibtisch. Edwin, sie wartet auf Rückmeldung.«

»Ach ja, die Texte … Rosa, ich kann mich damit im Moment nicht auseinander setzen.« Er räusperte sich. Es war ihm unangenehm, was er jetzt sagen musste. Aber er sagte es. »Ich denke, ich werde mir doch noch jemanden suchen, der die Textfragmente in Charles' Sinn zu Ende textet. Ich glaube, das bin ich Charles schuldig.«

Hier wird ein bisschen viel mit Schuld operiert, dachte Rosa. Über die alten Songs hatte man beim Abendessen also auch gesprochen. Laut fragte sie: »Und was machen Sie dann mit Tanjas Texten?«

»Ich könnte neue Melodien dazu komponieren. Aber momentan komme ich nicht dazu. Ich bin zu beschäftigt. Ich muss ein paar dringende Versicherungssachen erledigen, ich muss zum Notar und Ähnliches mehr. Wieso?«, fragte er, plötzlich ungehalten. »Hat Ihre Tochter es eilig? Den Eindruck hatte ich eigentlich nicht.«

»Es geht um eine sehnlich erwartete Rückmeldung. Tanja hat sich viel Arbeit gemacht. Und sie hat endlich ein Ziel. Wie wichtig das ist, das haben *Sie* mir vor einiger Zeit erklärt, Edwin!«

»Wie viel will sie für ihre Arbeit?«

Eine Stichflamme schoss hoch. »Darum geht es doch nicht! Sie haben ihr einen Auftrag gegeben. Sie haben ihr große Hoffnungen gemacht. Jetzt möchte sie in erster Linie ein Feedback. Ist das so schwer zu verstehen, Herrgottsack?«

Sie stieg aus, ohne seine Antwort abzuwarten, und warf die Autotüre zu.

»Sag das noch mal, Mama.«

Tanja starrte ihre Mutter an. Sie saß im verwaschenen Pyjama am Küchentisch, mit gefalteten Händen, steif. »Also, er will die Texte nicht mehr?«

»Vielleicht später. Im Moment möchte er doch lieber die alte Sauce aufwärmen und sich an die Originalbruchstücke halten. Die zuckersüße Vivien, die Charles' Mumie immer unsichtbar neben sich schweben lässt, hat Edwin davon überzeugt.«

Tanja sagte nichts. Sie stand auf, schwer wie eine alte Frau, ging zur Küchentür, öffnete sie, verschwand im Flur, in ihrem Zimmer, und schloss leise die Tür.

Das war ungewöhnlich. Ja, es war das erste Mal, dass dieses laute, spontane Kind einen Kummer nicht sofort in Energie umwandelte und hinausbrüllte, ausagierte. Rosa zögerte, dann ging sie leise zur Tür und hielt ihr Ohr daran. Stille. Sie drückte sacht die Klinke herunter. Tanja lag auf ihrem Bett, presste das Gesicht ins Kissen und wimmerte, leise wie ein kleines Tier in einer Falle. Sie bewegte sich nicht, als Rosa sich an die Bettkante setzte und ihre struppigen Haare streichelte. Es tat weh, sie nicht vor Enttäuschungen schützen zu können. Aber sie war fast erwachsen. Und sie wollte sich für einen Weg entscheiden, der schwieriger kaum sein konnte.

Ins Künstlerleben führte keine geschwungene Marmortreppe. Eher eine schlecht beleuchtete Stiege. Man trat in Hundescheiße, der Fuß blieb in morschen Dielen hängen, und manche Stufen fehlten ganz. Was nützte es, ihr das immer wieder zu erzählen? Sie war dabei, es zu erfahren. Und die Zerstörung von Träumen schmerzte. Junge Wünsche hatten ein empfindlicheres Nervensystem als die sparsameren Illusionen der späten Jahre.

Schließlich verstummte Tanja, aber sie hob immer noch nicht das Gesicht, blickte Rosa nicht an. Rosa beugte sich über sie, drückte einen Kuss auf ihre Haare und erhob sich wortlos. An der Tür wandte sie sich noch einmal um. Auf

Tanjas Schreibtisch schillerte in dem schwachen Licht, das von der Küche in den Flur fiel, eine regenbogenfarbige Sichel. Die CD mit Edwins neuen Kompositionen aus den alten Fragmenten und mit Tanjas Kometensong. Rosa schloss leise die Tür.

*

Am nächsten Morgen fielen die gegenseitigen Begrüßungen ziemlich kühl aus. Vivien drückte sich wie eine ängstliche Haselmaus zwischen zwei verzankten Prügelkatern herum. Sogar ihre Kleiderfarbe – fahles Hellblau – sorgte dafür, dass sie tarnfarben in der Umgebung aufging. Zwischendurch summte sie englische Volksliedchen und verstummte sofort, wenn Rosa im Salon erschien. Rosa servierte das Essen mit höflich kühler Miene und redete nur, wenn sie angesprochen wurde.

In einer ruhigen Minute, als Edwin in seinem Studio abgetaucht war, klopfte Vivien an die Küchentür und steckte ihr Gesicht vorsichtig durch den Türspalt.

»Oh, Rosie, bitte streiten Sie nicht mit Edwin! Es war wegen der Texte, nicht wahr? Das tut mir so Leid, ich hätte mich da nicht einmischen dürfen. Oh, sorry!« Und ihre Augen füllten sich mit Tränen.

Rosa, über die Spülmaschine gebeugt, richtete sich langsam auf. »Ja, das wäre wahrscheinlich besser gewesen.«

Vivien kniff unmerklich die Augen zusammen und wischte sich die Tränen ab. »Rosa, könnten Sie uns bitte einen kleinen Spaten oder etwas Ähnliches herausstellen? Wir fahren heute noch auf den Friedhof.«

»Wollen Sie Charles exhumieren?«, fragte Rosa trocken.

Aber Viviens Humor war offensichtlich gänzlich unenglisch. »Oh, Rosa, was für ein schwarzer Scherz! Nein, ich möchte meinem geliebten Bruder etwas mitgeben, einen langen Brief. All die Dinge, die ich ihm noch sagen muss, habe ich aufgeschrieben. Es ist so schrecklich, wenn man sich nicht versöhnt hat, ich habe es damals versäumt. Ich habe das hier gekauft!« Sie zog eine flache Dose aus getriebenem Silberblech aus ihrer Rocktasche. »Für den Brief!«

Rosa sagte nichts mehr. Einen Lavendelbusch pflanzen oder eine Laterne aufs Grab stellen, das konnte sie nachvollziehen. Auch konnte man durchaus mit einem Toten reden, wenn man sich wirklich auf das Verhältnis, das man zu ihm gehabt hatte, konzentrierte. Aber Charles' Grab als Briefkasten benutzen und auf diese Art den Dialog mit einem Verstorbenen eröffnen?

Jetzt begann die Sache schrill zu werden. Und Rosa begann sich über Edwin zu wundern.

Am frühen Nachmittag verschwanden Edwin und Vivien mit dem Spaten, und Rosa machte sich daran, den Teppich im Gästezimmer zu saugen. Maisys Brief war verschwunden. Als Rosa den Papierkorb leerte, fielen ihr vier zusammengeknüllte hellgrüne Briefbögen auf. Es war das Papier von Viviens Schreibblock, auf diesem Papier hatte sie Maisy den Brief geschrieben. Rosa strich einen Bogen glatt.

»Mein Liebling! Wie sehr hoffe ich, dass Onkel Edwin dir helfen wird! Ich werde ihn heute Abend fragen, ob er …«

Hier brach der Brief ab. Rosa strich den nächsten Bogen glatt. »Mein liebster, süßer kleiner Liebling! Ach, wäre das schön, wenn du hier wärst! Du kannst dir nicht vorstellen, was für ein wunderbares Haus Onkel Edwin hat. Ich glaube, er hat die Möglichkeit, uns ...« Brief Nummer zwei brach ab. Auf dem dritten Bogen stand: »Meine liebste Maisy! Wenn Onkel Charles noch leben würde, hätte er dir sicher sofort geholfen. Aber ich glaube, dass auch Onkel Edwin ein sehr gutes Herz hat, und ...«

Vierter Brief: »Mein kleiner Liebling! Bald ist Mummy wieder bei dir. Heute Abend werde ich Onkel Edwin über deine schwere Operation erzählen, und hoffentlich wird er uns helfen. Aber da Onkel Charles uns sicher beigestanden hätte, glaube ich, dass auch ...«

Rosa setzte sich an den Schreibtisch. Einen Brief an ein neunjähriges Mädchen schrieb man spontan, und wenn man sich verschrieb, strich man Wörter durch oder verbesserte Buchstaben. Aber suchte man, wie hier, viermal nach der optimalen Positionierung eines Aufhängers am Briefanfang? Und überhaupt – natürlich sagte sich auf Englisch leichter »sweetheart« oder »Mummy loves you, darling« als auf Deutsch, dennoch lasen sich die Fragmente klebrigsüß, wie mit Sirup geschrieben. Wer redete so mit einem Kind?

Rosa strich die vier Blätter noch einmal glatt, faltete sie zusammen und steckte sie in die hintere Tasche ihrer Jeans, dann leerte sie den Papierkorb in eine Mülltüte. Sie ordnete die Toilettenartikel im blauen Bad und dachte noch einmal über die bizarre Aktion nach, die gerade auf dem Friedhof stattfand.

Rosa hielt inne und blickte hinunter in den Garten. Irgendetwas stimmte mit dieser grauen Maus nicht. Fast automatisch begann Rosa, Viviens Gepäck zu durchsuchen.

*

Charles Sunray. Mehr stand nicht auf dem Stein. Das Grab war gut gepflegt, denn Edwin gab viel Geld dafür aus. In der Mitte der Doppelgrabstätte blühte ein weißrosa Rhododendron.

»Oh, schau, Edwin!« Vivien war entzückt. Jemand hatte eine frische rote Rose auf die Kiesel gelegt, die den Grabstein in sauberem Halbkreis umgaben.

»Das kommt häufig vor. Er hatte wirklich viele Fans. Wo sollen wir deinen Brief eingraben?«

Vivien faltete die Hände. Sie blieb lange still. Nach einer Weile bemerkte Edwin, dass ihre Wangen nass vor Tränen waren. »Glaubst du, dass er mir jemals verzeihen wird?«

Edwin blickte in die Frühlingswolken. »Er war überhaupt nicht nachtragend. Deshalb wundere ich mich, Vivien, wie ihr beide euch so streiten konntet. Du hast mir nicht erzählt, um was es ging. Er hat es mir auch nie gesagt.«

Vivien nickte gramvoll und begann neben dem blühenden Strauch ein Loch in die Erde zu graben. Er wartete, aber sie sprach nicht mehr und stocherte mit dem Spaten auf Wurzelwerk herum.

»Soll *ich* das nicht besser machen?«

Sie schüttelte den Kopf. »Nein, Edwin, das gehört dazu. Bitte, lieber Edwin, sprich jetzt nicht, ich muss versuchen, mich an seine Stimme zu erinnern und an die letzten Worte, die ich von ihm vor zweiundzwanzig Jahren gehört habe.«

Edwin war bei Charles' Begräbnis zusammen mit anderen Menschen auf dem Friedhof gewesen. Danach immer nur allein. Er setzte sich meist auf die Bank, die sich fast gegenüber dem Grab befand, und sprach mit Charles, erzählte ihm, was er gerade machte oder vielmehr alles nicht machte, und wenn es die Umstände zuließen, sprach er laut mit ihm. Es war dann, als würde der Klang seiner eigenen Stimme auch der erlauschten Antwort des Toten mehr Kontur geben.

Er setzte sich auf die Bank und beobachtete Vivien, die ungeschickt das Erdloch aushob und sich bemühte, dabei die restliche Bepflanzung nicht zu beschädigen. Jetzt sprach er nicht mit Charles, denn mit Charles redete gerade Vivien.

Edwin fühlte sich auf einmal müde und fremd in seiner Haut. Vivien wurde immer kleiner und dunkler. Charles war mit Vivien zurückgekommen und gleichzeitig weiter weggerückt. Orpheus wandert in den dunklen Gang und hinter ihm die Gestalt, die ihm so lieb gewesen war … Dreh dich nicht um, Edwin. Sonst verlierst du ihn. Geh weiter in den Tunnel, hör den Gesang, hör die Klage, aber dreh dich nicht um. Du wirst ihn wiederfinden, wiederfinden …

Sein Kopf fiel zur Seite, mit einem Ruck wachte er auf, schüttelte sich, klappte ein silbernes Etui auf und nahm ein

Zigarillo. Worüber sie sich nur so furchtbar gestritten hatten, vor so langer Zeit? Er versuchte sich daran zu erinnern, was Charles über seine Schwester erzählt hatte, aber alles, woran er sich erinnern konnte, war, dass Charles bei Fragen nach Vivien immer abgewinkt hatte: »Das ist kein Thema mehr für mich.«

Was hatte er eben zu Vivien gesagt? Charles sei nicht nachtragend gewesen? Das stimmte nicht. Charles hatte kleinere Konflikte einfach weggelacht, man konnte ihn kaum aus der Fassung bringen, aber wenn es dann doch einmal geschah, vergaß er es nie. Wenn die Verletzung ihn wirklich erreicht hatte, war er nachtragend wie ein Elefant. Was mochte es gewesen sein?

Es musste schrecklich sein für Vivien, mit einem solchen Bündel ungetilgter Schuld herumzulaufen. Wenn sie denn eine Schuld trug. Wer wollte sich hier als Richter aufspielen? Die Verstrickungen unter Geschwistern waren manchmal schicksalhaft unlösbar. Niemand wusste das besser als Edwin selbst, denn seine eigene Schwester schien ihm so schwer erträglich wie er ihr vermutlich auch. Vielleicht half Vivien dieses symbolische Nachbegräbnis. Gerade hatte sie die Hände gefaltet, schien gegen die Fingerspitzen zu wispern, legte dann tränenüberströmt einen dicken weißen Umschlag in die silberne Dose. Sie kniete nieder, legte die Schatulle, die sie mit beiden Händen aufgenommen hatte, feierlich in das Loch, schaufelte andächtig die Erde mit den Händen zurück, klopfte sie flach und verharrte noch eine Weile kniend am Grab.

⋆

»Sagen Sie mal, Zarentochter, haben Sie sich das überlegt mit der Sendung?«
David Goldbach, der nette Redakteur, legte Anastasia ein großzügiges Trinkgeld auf den Teller mit dem Dessin Wildrose.
Statt einer Antwort nahm Anastasia ihr Prunkkissen vom Stuhl und wies ihm den frei gewordenen Platz an. Goldbach lachte. »Was muss ich eigentlich tun, damit ich mal auf Ihrem Erbstück vom Zarenhof sitzen darf?«
Anastasia kniff ein Auge zu und musterte ihn. »Einen Heiratsantrag machen. Ich hab nämlich in meinem ganzen Leben noch nie einen gekriegt.«
Goldbach betrachtete sie aufmerksam und suchte diesmal nicht nach einer lustigen Bemerkung.
Anastasia lachte plötzlich. »Aber ich hab selber einen gemacht. Leider hat der Junge Einspruch eingelegt.«
Er lächelte. Nach einer kleinen Pause wiederholte er seine Eingangsfrage. »Also, wie sieht es aus?«
»Doktor, meine eitlen Jahre sind vorbei, ich brauch kein' Fernsehruhm mehr.«
Goldbach erhob sich. »Schade, meine Beste. Wissen Sie, wenn ich dreißig Jahre älter wär, dann könnte ich mir das glatt vorstellen, das mit dem Antrag. Sie sind so ungewöhnlich, Zarentochter!«
Er beugte sich hinunter und gab ihr einen Kuss auf die linke Wange.
Anastasia lächelte. »Jetzt kann ick mir schon wieder drei Wochen lang nich die Visage waschen!«
Er winkte und verschwand. Anastasia blieb ganz still sitzen. Nach einer Weile beugte sie sich unter den Tisch zum

dösenden Rasputin und meinte: »Hat mich doch glatt noch mal ein Kerl geküsst.«

*

»Was hat sie gemacht? 'ne Blechbüchse mit 'nem Brief vergraben?«

Rosa nickte.

Anastasia lehnte sich zurück. »Rosa, das ist natürlich bekloppt, aber irgendwie gefällt es mir. Doch, ich kann's verstehen. Also sagen wir, Kinder würden so was machen. Verdächtig finde ich das nich. Und verdächtig in welcher Hinsicht? Was soll sie denn aushecken? Gut, sie will Geld. Aber das weiß er doch, und sie kriegt es – also! Und alles andere – nee, Rosa, ich finde, das liegt im grünen Bereich. Und 'n Brief an meine Tochter würde ich auch ein paarmal anfangen, wenn ich dem Kind ein gutes Beispiel sein will und es ein besonders feiner Brief werden soll.«

»Dieser Brief sah genauso aus wie einer, den ich finden sollte. Und von dem ich Edwin erzählen sollte. Und das hat ja auch funktioniert.«

»Ja, selbst wenn! Na und? Sie hat sich eben nich getraut, ihn direkt anzusprechen.«

Rosa schnaubte durch die Nase. »So, dann sieh dir das mal an. Ich hab es in Edwins Büro schnell photokopiert, ich konnte das Papier gerade noch in ihren Kulturbeutel zurückstecken, da standen sie auch schon wieder auf der Matte.«

Anastasia betrachtete interessiert die Schwarzweißkopie eines Artikels aus einem englischen Boulevardblatt. Auf dem verwaschen gerasterten Photo war Edwin auf seinem Ledersofa nur schwer zu identifizieren. Aber das kleinere Photo seiner auffälligen Villa war gut zu erkennen. Hier auf dem Zeitungsbild wirkte Edwins Haus fast wie die Kopie eines märkischen Landjunkerschlosses, das nach zu warmer Wäsche eingelaufen war. Anastasia, die kein Englisch sprach, schob Rosa den Artikel wieder zu und wartete gespannt.

Rosa setzte ihre Lesebrille auf. »Also, Überschrift: ›Villa Sonnenschein ohne Sonnenschein‹, Untertitel: ›Was macht eigentlich …?‹ Der Sohn unserer Stadt, Charles Cox oder besser, Charles Sunray, starb heute vor zwei Jahren. Er war ein Riesenstar in Deutschland, und wir fragen, wie immer an dieser Stelle: Was macht eigentlich … Edwin Sunray, sein Partner? Gerne denken wir daran zurück, wie die beiden vor drei Jahren mit der großen Silvestergala so viel Geld für den Erhalt unserer Seebrücke einspielten. Auch wenn Charles in England nicht so populär ist wie in Deutschland, hier in Brighton kennt und liebt ihn jeder. Unsere Redakteurin Irene Willis hat Edwin Sunray nach dem schlimmen Verlust in Berlin besucht. In einem Haus, wo Marlene Dietrich hätte wohnen können. Allein in seiner traurigen, millionenschweren Villa sitzt Edwin und hört die Musik aus vergangener Zeit.«

Rosa schaute auf. »Und jetzt kommen ein paar bescheuerte Fragen von Tante Willis und ein paar bescheuerte Antworten von Edwin. Wichtig an diesem Artikel ist eigentlich nur eines, Anastasia: Jemand hat zwei Textstellen mar-

kiert, nämlich das Wort ›millionenschwer‹ und ›die Musik aus vergangener Zeit‹ im letzten Satz.«
Rosa wies auf die grauen Passagen im photokopierten Text, die man im Original mit einem Marker herausgehoben hatte.
»Interessant.« Mehr sagte Anastasia nicht.
»Ich nehme mal an, dass eine englische Touristin diese Zeitung in Viviens Pension liegen gelassen hat, oder vielleicht kann man dieses Blättchen auch in Neuseeland kaufen, egal. Was sagst du dazu, Olle?«
»Das, liebe Rosa«, sagte Anastasia und legte den Kugelschreiber auf ihr Rätselheft, »das gefällt mir auch nich so besonders. Aber es bleibt dabei: Ich sehe nichts Beunruhigendes. Schlimmer find ich das Ding mit Tanja. Sie hat's mir heute im Treppenhaus erzählt. Ich kann es nich leiden, wenn Leute ihr Wort nich halten. Diese komische Eule hat sein Hirn verklebt – nix zu machen, da muss er durch.« Anastasia tätschelte Rasputin, der plötzlich die Ohren hochstellte. »Aber weißte was, Rosalein, ich glaube wirklich, Tanja ist eine echte Dichterin. Jetzt schreibt sie an einem Gedicht über Enttäuschungen. Vielleicht brauchen Künstler den Kummer als Dünger, wie 'ne Pflanze mit Mist besser wächst.«
»Das ist ein hochpoetisches Bild, Zarentochter.«
Rasputin fiepte. Jemand kam auf hohen Schuhen die Treppe herunter. Eine junge Dame in schwarzem Kostüm. Anastasia sprang auf. Die junge Frau umarmte sie. »Das wurde aber auch Zeit, Anastasia! Wir haben uns so lange nicht gesehen!«
Rasputin umhüpfte sie schweifwedelnd und wurde eben-

falls freundlich begrüßt. Rosa blickte verwundert auf. Anastasia nahm die Dame bei der Hand und sagte zu Rosa: »Rosalein, du musst uns jetzt entschuldigen, aber die Dame ist vom Jugendamt. Die wollen mir Rasputin wegnehmen! Wir müssen mal 'n paar Takte reden!«

Die Blondine lachte und legte einen Schnellhefter mit bunten Prospekten auf den Klapptisch.

Rosa stand auf. Schon wieder Geheimnisse. »Ich geh ja schon.« Sie schulterte ihre Tasche und klang leicht beleidigt. Anastasia merkte es und legte ihr die Hand auf den Arm. »Das Mädel ist von der Krankenkasse«, raunte sie ihr ins Ohr, als Rosa sich anschickte, die Treppe vom *Goldwasser* hochzusteigen. Rosa nickte und verschwand. Klar doch, wenn man die letzte Zarentochter war, konnte man auch eine junge Dame von der Allgemeinen Ortskrankenkasse so begrüßen wie die eigene Enkelin. Ach, rutscht mir doch alle den Buckel runter.

*

Rosa zog die Vorhänge zurück und ließ den Blick über die Reste der gestrigen Besinnungsfeier wandern. Charles' unvermeidliches Photo auf dem Wohnzimmertisch, abgebrannte Kerzen, CD-Hüllen und drei leere Flaschen Bordeaux. Mitten zwischen den schlichten hellen Kissen aus Leinen prunkte Viviens textiles Memorial mit den verschnörkelten Monogrammen der unzertrennlichen Seelen Charles und Edwin. Wie Vogelscheiße auf Meißner Porzellan, dachte Rosa. Ihre Schläfen pochten. Ihre Aggressionen gegen Vivien waren so weit gediehen, dass Rosa sich vor jedem Wort fürchtete, das Vivien an sie richtete. Es konnte gut geschehen, dass die kleine, sanfte Engländerin mit dem Mickymausgemüt irgendwann einen Topf Pflaumenkompott auf ihrer Frisur wiederfinden würde.

Unbegreiflich, völlig unbegreiflich, dass der bissige, kluge Edwin bislang noch nicht auf dieser meterbreiten Spur aus rosa Seife ausgeglitten war. Rosa stellte ein Wasserglas ab. So hart, dass es knackte und einen Sprung bekam. Es war Zeit, etwas zu tun.

Edwin und Vivien waren noch nicht auf, kein Wunder, nach der Ladung. Vivien war ohnehin eine Langschläferin. Edwin trank über die Maßen viel, seitdem Vivien aufgetaucht war.

Rosa ging leise die Treppe hinauf, vorbei an der offenen Tür von Edwins Lese- und Arbeitsraum. Dort standen der Kopierer, der Schreibtisch, die Regale mit Aktenordnern und den geschäftlichen Unterlagen. Plötzlich blieb sie stehen, drückte sich in den Schatten des edwardianischen Wäscheschrankes.

Aus dem Arbeitszimmer kamen Geräusche wie von einer großen Maus. Rosa beugte sich vor und konnte den Zipfel eines fliederfarbenen Morgenrockes erkennen. Papier raschelte.

Sie ging leise rückwärts zur Treppe, dann räusperte sie sich laut, trat fest auf und öffnete den Wäscheschrank. Im Arbeitszimmer gab es ein etwas lauteres Geräusch.

Vivien huschte aus dem Raum, erschrak, als sie Rosa sah. »Oh, guten Morgen, liebe Rosa, da habe ich doch irgend-

wo meine Lesebrille verlegt …« Sie nickte und verschwand in ihrem Zimmer.
Rosa wartete noch ein paar Minuten, dann schlich sie auf Zehenspitzen ins Arbeitszimmer. Der Schreibtisch war aufgeräumt. Vivien hatte hastig einen Ordner zurückgestellt, der ein Stück weiter als die anderen aus dem Regal ragte. Rosa zog den Ordner mit der Aufschrift »Kontoauszüge« heraus und fand sehr schnell, was auch Vivien vermutlich gesucht hatte: Edwin hatte auf das Konto des Inhabers »The Flower B & B« bei der Bank of New Zealand unter dem Stichwort »Maisy« eine Summe überwiesen, bei der Rosa der Atem stockte. Zweihundertfünfzigtausend Euro. Sie schob die Mappe wieder zurück, wollte gerade den Raum verlassen, als sie unter dem Briefbeschwerer ein Kuvert mit Edwin Sunrays Logo sah. Es war die Adresse, die ihr auffiel. Confidentia-Versicherungen, schon frankiert, nur die Postleitzahl fehlte noch. Sie nahm den Umschlag in die Hand und wendete ihn. Er war nicht verschlossen. Sie lauschte. Aus dem Korridor kamen keine Geräusche. Mit schneller Bewegung nahm sie den Brief aus dem Umschlag und überflog die Zeilen, hielt dabei den Atem an. Es war eine kurze Mitteilung an seine Lebensversicherung. »Als Begünstigte soll nicht mehr gelten: Frau Ella Piepenbrock, Hamburg, als neue Begünstigte soll eingesetzt werden: Fräulein Maisy Franklin, Waitoki, Neuseeland. Ich bitte darum, mir umgehend eine entsprechend geänderte …«
Rosa faltete den Brief wieder zusammen, schob ihn hastig in das Kuvert zurück und unter den Briefbeschwerer, denn irgendwo rauschte jetzt Wasser in der Leitung. Wieso eigentlich Maisy Franklin und nicht Connaught? Es musste

der Name ihres Vaters sein. Wie hoch die Lebensversicherung war, konnte man dem Schreiben leider nicht entnehmen. Aber Edwin war kein armer Mann.

In der Küche machte sich Rosa daran, Hefeteig für die Brioches anzusetzen, die Vivien jeden Morgen mit Sahne und Erdbeerkonfitüre aß. Bei dem Gedanken, dass Vivien dabei immer der rotweiße Sahnebrei die Mundwinkel hinunterfloss, verzog Rosa das Gesicht, als läge vor ihr eine stinkende Windel.

Rosa setzte sich, sobald der Hefeteig seiner ruhigen Arbeit nachgehen konnte, erst einmal mit einem Tee auf die Schwelle der Gartentür und versuchte, ihre Gedanken zu sortieren. Warum regte sie sich eigentlich auf? Edwin konnte sein Geld nachschmeißen, wem er wollte. Rosa nippte an ihrer Tasse.

Ihre Gedanken wurden klarer. Edwin tat es nicht für Vivien, er tat es posthum für Charles und für ein kleines Mädchen. Das war nachvollziehbar. Vermutlich würde er sie auch dauerhaft unterstützen, er hatte es ja angedeutet. Und jetzt sollte Maisy und damit auch Vivien von der Lebensversicherung profitieren. Warum denn nicht?

Aber verdammt, es gefiel ihr alles nicht. Und die Entwicklung, die Edwin nahm, gefiel Rosa noch weniger. Vor vier Wochen, bevor diese seltsame Botin der Vergangenheit aufgetaucht war, war er zwar deprimiert oder sogar depressiv gewesen, aber die hellen Momente hatten gestimmt, waren echt.

Das künstliche rosa Licht der Vergangenheitsbelebung begann Edwin zu lähmen und ging ihr selbst, Rosa, zunehmend auf die Nerven. Vivien, sanfte Krake, hatte Edwin

fest im Griff. »Charles hatte …«, oder, wesentlich gefährlicher: »Charles hätte …«, das war der Wahrnehmungsfilter, durch den Vivien Edwin jeden Tag blicken ließ.
Rosa drehte die Teetasse um und beobachtete die letzten Tropfen, die auf die Steinplatten der Terrasse fielen.
»Ist das ein Orakel, Rosa?«
Sie fuhr herum. Edwin stand da, in seinem Hausmantel, sah verkatert aus und wollte das, was er jeden Morgen wollte: einen Ostfriesentee, der weniger transparent war als ein kolumbianischer Kaffee. Rosa antwortete nicht, ging in die Küche und setzte das Teewasser auf. Schweigend füllte sie die Blätter in die Kanne, kontrollierte mit einem Blick unter das Küchentuch den Hefeteig und lehnte sich, immer noch schweigend, an die Bar. Edwin hielt seinen Kopf mit beiden Händen. Er schien ein wenig zu zittern. »Und zwei Aspirin!«
»Ihr Magen wird jubeln.«
Er setzte sich auf den Barhocker und sackte etwas zusammen.
»Sie saufen zu viel. Kann man Viviens Lieblichkeit denn nicht nüchtern genießen?« Rosa goss das kochende Wasser in die Kanne. Edwin öffnete ein Auge und plierte sie unfreundlich an. »Sind Sie heute Morgen auf Probleme gebürstet?«
Rosa stellte ihm den Tee vor die Nase, dass die Tasse überschwappte. »Ja.« Sie setzte sich auf den zweiten Barhocker gegenüber und sah ihm geradewegs in die Augen. »Edwin, ich muss mit Ihnen reden.«
»Doch nicht jetzt!«
»Wann denn sonst? Alleine erwischt man Sie ja überhaupt

nicht mehr. Entweder Sie buddeln auf dem Friedhof späte Post ein, oder Sie lauschen den Sphärenklängen der Vergangenheit. In der Gegenwart sind Sie überhaupt nicht mehr anzutreffen. Und vor allem nie ohne das Blümchengemüt.«

Er rührte zwei Löffel braunen Kandis in den Tee und schwieg.

Rosa beugte sich vor. »Edwin, ich mache mir Sorgen um Sie.«

»Haben Sie Ellas Posten übernommen?«

»Vielleicht. Offenbar muss man wirklich auf Sie aufpassen. Edwin, Sie spielen seit drei Wochen keinen Jazz mehr. Ich vermisse das so. Sie machen seit drei Wochen nicht mehr die Musik, die Ihnen passt wie ein alter Mantel.«

»Ich bezahle Sie für gut gegarten Tafelspitz und nicht für halbgare Kommentare«, bemerkte Edwin und schluckte seine Aspirin mit einer Grimasse.

»Gott sei Dank, den ekligen Edwin gibt es ja doch noch!«, entgegnete Rosa trocken. »Ich kann also aufhören, mir Sorgen um Sie zu machen. Ich dachte nämlich schon, Sie wären in all dem Zuckersirup abgesoffen.«

Sie sah ihn eindringlich an. »Edwin, Sie laufen herum wie in Trance. Man kann die Vergangenheit nicht reanimieren wie einen tiefgekühlten Frosch. Sie waren mit Tanja dabei, die alte Musik aufzuarbeiten. Gut und neu. Sie entfernen sich von Ihrem ureigenen Weg. Und Sie waren auf dem Weg zu der Musik, in der Sie zu Hause sind … ›Blue Scarves in New York Spring‹.«

Er hob die Tasse, setzte sie wieder laut ab. »Das geht Sie einen feuchten Kehricht an.«

»Kann sein. Ich misch mich trotzdem ein, verdammt. Es ist nicht zum Aushalten, was hier gespielt wird. Wachen Sie auf, Edwin.«

Er schwieg, rührte in seinem Kaffee, leckte den Löffel ab und legte ihn auf den Teller. »Rosa, was ich mit meiner Vergangenheit, meiner Gegenwart und meiner Musik mache, ich wiederhole mich, geht Sie nichts an.« Sein Tonfall wurde immer kälter. »Diese Komödie, die Sie hier gerade spielen, finde ich nicht sehr attraktiv. ›Besorgte Haushälterin grämt sich um ihren geliebten Arbeitgeber‹, das ist doch etwas zu transparent.«

Rosa verschlug es den Atem. »Und was glauben Sie hinter der transparenten Komödie zu entdecken?«

»Ich glaube dahinter eine ganz andere Sorge zu entdecken: Ihnen geht es um Geld!«

Rosa schloss kurz die Augen, bewegte den Kopf, als müsse sie eine Fliege verscheuchen, schnappte nach Luft. »Worum, bitte, geht es mir, würden Sie das wiederholen?«

»Tanja und damit auch Ihnen entgeht natürlich Geld, wenn ich das Projekt mit Tanjas neuen Texten jetzt doch nicht durchziehe. Und Geld ist doch eines Ihrer Lebensthemen, oder wie war das mit Arthur? …«

Weiter kam er nicht. Rosa versetzte ihm eine schallende Ohrfeige, band die Schürze ab, nahm ihre Handtasche und knallte die Tür hinter sich zu.

*

»Was hast du …? Was?« Anastasia starrte ihre Freundin an. Rosa sah aus wie eine Hornisse. Sie nickte und kniff die Augen zusammen. »Und ich würde es sofort noch mal machen, Zarentocher, da kannst du Gift drauf nehmen. Dieses Arschloch! Und ich habe Recht! Hier!« Sie hielt Anastasia einen erdverschmierten Umschlag hin. »Das ist der Abschiedsbrief, den Vivien mit schmerzzerknetetem Herzen ihrem armen verstorbenen Bruder geschrieben hat!«
Anastasia nahm das weiße Kuvert und zog eine zweimal gefaltete Broschüre von Möbel-Sieger heraus. »Ultracoole Möbel für ultracoole Leute« stand dort, rot auf gelb.
»Ich war sofort, nachdem ich ohne Worte gekündigt habe, auf dem Friedhof und habe den Schatz gehoben. Das wollte ich dann doch noch wissen, was die arme kleine Vivien auf dem Gewissen hat. Einen Haufen ultracooler Möbel nämlich, ha!«
»Also verscheißert sie ihn wirklich. Du hattest Recht, Rosa. Was jetzt?«
Rosa setzte sich auf Anastasias Sofa, stand aber sofort wieder auf, ging in die Küche und holte sich eine Flasche Bier aus dem Kühlschrank. »Ja, was jetzt, Zarentochter? Ich hab keine Ahnung. Edwin ist in den Fängen einer bekloppten Zuckerschleuder, soll er doch da verrotten, und ich bin mal wieder einen Job los. Du kannst mich jetzt ruhig anbrüllen, wie dämlich ich bin.« Jetzt zitterte ihre Stimme.
Anastasia setzte sich neben Rosa und legte den Arm um sie. »Tu ich gar nich, Rosalein. Man hat doch seinen Stolz. Das mit dem Geld, was er da gesagt hat, das war ekelhaft. Ich hätte ihm wahrscheinlich keine Ohrfeige gegeben …«
»Sondern?«

»Zwei. Und einen Tritt in den Hintern. So geht man nich mit Freunden um.«
»Edwin ist nicht mein Freund!«, brüllte Rosa und sah eine Zehntelsekunde lang so aus wie ihre Tochter. Rasputin bellte.
»Ich fürchte doch, Rosa Echte. Du sorgst dich um ihn. Du willst ihm helfen – du hast ihn in dein Herz geschlossen. Und was das heißt, das weiß ich. Gott sei Dank.«
Rosa blickte Anastasia in die Augen. »Olle, ja, ich sorge mich um ihn. Aber ganz so selbstlos bin ich nun auch wieder nicht. Ich muss auch an mich denken. Und an Tanja. So eine gute Stelle habe ich noch nie gehabt. Und dafür buddel ich dann auch schon mal auf dem Friedhof herum und eröffne den Zweikampf mit gewissenlosen Weibern. Und das sage ich dir: Diese Frau knöpfe ich mir noch vor. Notfalls reiße ich ihr jedes Haar einzeln aus ihrer Topfschwammfrisur.« Sie erhob sich. »Das Blödeste an der Sache ist, dass ich noch mal da hinmuss. Ich bin völlig überstürzt abgehauen. Ich wollte einfach nur weg. Aber ich habe noch ein paar Küchenutensilien bei ihm und meinen kleinen Bunsenbrenner für die Crème brûlée. Und seine Schlüssel habe ich auch noch.«
Sie zog ihren Sommermantel an. »Ich fahre sofort, Zarentochter. Dann habe ich's hinter mir.«

Vor Edwins Haus bekam sie weiche Knie. Aber der Zorn war noch längst nicht verraucht. Sie klingelte, obwohl sie die Tür mit dem Schlüssel hätte öffnen können. Nach etlichen Minuten kam Vivien und sah aus, als würde sie sich am liebsten gleich unter dem Teppich verkriechen. »Edwin

ist, hm, ist in seinem Studio – oh, Rosie, wie konnten Sie ihn schlagen!«
Rosa unterdrückte ein »Soll ich's Ihnen zeigen?« und stapfte in die Küche. Vivien wollte sich zurückziehen, aber Rosa befahl ihr im Kommandoton: »Bleiben Sie hier, Mrs. Connaught und sehen Sie sich die Dinge, die ich mitnehme, bitte genau an. Es handelt sich um mein Eigentum, und ich möchte nicht, dass Herr Sunray behauptet, ich würde ihn bestehlen, geldgierig, wie ich bin.«
»Das traut er Ihnen auch nicht zu. Aber er bittet Sie, Ihre Gewalttätigkeit im Zaum zu halten, sonst könnte es sein, dass er zurückschlägt«, sagte Edwin, der auf einmal in der Küchentür stand.
Rosa würdigte ihn keines Blickes, packte ihre Utensilien in eine große Tasche und warf Edwins Schlüssel auf den Tisch. »Da es mir ja immer nur ums Geld geht, bitte: Sie schulden mir noch welches. Mein Gehalt lief heute Morgen um neun Uhr dreißig aus. Meine Kontonummer haben Sie.«
Rosa verließ die Küche. In der Tür zum Salon warf sie noch einmal einen Blick in den Raum, den sie begonnen hatte zu mögen wie den Kräutergarten, die Küche und, verdammt noch mal, auch diesen Schlagerplärrer. Edwin lehnte in der Küchentür und blickte sie kühl an. Er war blass.
Rosa öffnete den Mund, schloss ihn wieder und ging zur Haustür. Als sie sich erneut umwandte, stand er immer noch an demselben Platz. »Edwin, mich so zu verletzen, gestatte ich keinem Mann mehr. Auch keinem schwulen.«
Sie verließ das Haus und warf die Tür zu.

Auf der Straße kamen die Tränen. Sie lief drei Schritte, blieb stehen, schulterte die schwere Tasche, lief weiter, blieb stehen, stellte die Tasche ab, wischte sich die Augen, nahm die Tasche wieder auf und stolperte über eine Autotür, die der unachtsame Fahrer genau in dem Moment aufriss, als sie vorbeiging. Die Tür stieß schmerzhaft an den rechten Ellenbogen, und sie schrie unwillkürlich auf.

»O verdammt – Entschuldigung! Frau Echte! Haben Sie sich verletzt?«

Es war Hürlimann. Rosa betastete ihren Arm, winkte stumm ab und wollte weitergehen, aber er hielt sie am Ärmel fest, als er ihre Augen sah. »Frau Echte, was ist passiert?«

Rosa blickte in sein besorgtes Gesicht und verlor die Fassung. Freundlichkeit ist das Letzte, was man brauchen kann, wenn der Panzer noch halten soll. Sie ließ den Kopf sinken und weinte. Hürlimann fragte nicht mehr, nahm ihr die Tasche ab und bugsierte sie durch sein Gartentor.

Der Kaffee lief durch die Maschine. Rosa hatte ein längeres Stück Haushaltspapier gebraucht, um die herausgeweinte Spannung aufzufangen. Jetzt putzte sie sich ein letztes Mal die rote Nase und berichtete Hürlimann ohne Umschweife, was sich zugetragen hatte. Sie beschrieb ihm die immer schrillere Vergangenheitsinszenierung, das Briefbegräbnis und schließlich ihren Fund in Edwins Arbeitszimmer. »Ich weiß auch nicht …« Sie spielte mit dem Kaffeelöffel. »Aber bei mir ist wirklich eine Sicherung durchgebrannt, als er behauptete, ich sei geldgierig. Ich schlage sonst nicht drauflos.«

»Nicht? Ich finde so etwas in Ordnung.«
Rosa blickte ihn prüfend an, verwundert. Hürlimann stützte sich mit beiden Armen auf den Küchentisch. »Letztes Jahr hat mich irgend so eine Dumpfbacke auf einem Parkplatz am Wannsee provoziert. Und zwar so, dass mein inneres Alphamännchen in drei Minuten bis zur Decke wuchs. Ich habe diesem Herrn nicht vornehm mitgeteilt, seine Blödheiten und Provokationen seien unter meinem Niveau, sondern ich habe ihm einfach eine reingehauen. Offensichtlich waren seine Blödheiten und Provokationen genau auf meinem Niveau. Er hat das Veilchen eingesteckt wie Wechselgeld, und mir ging es anschließend gut. Bei Kindern mache ich so etwas nicht, sie sind nämlich schwächer. Und in Ihrem Fall, Rosa, finde ich, hatte diese Ohrfeige einen außerordentlich hohen Erziehungswert. Sie haben adäquat gekontert, das ist alles.«
Einen Moment lang blieb es still in der Küche der Villa. Die Mittagssonne schien durch ungeputzte Fenster und ließ die maisgelbe Farbe der Schränke aufleuchten. Das Frühstücksgeschirr stand noch auf einem Tablett herum, überall in der Küche lagen irgendwelche Dinge, die eigentlich nicht hierher gehörten: Werkzeug, ein altes Arbeitshemd, mehrere Gartenbücher. Auf Zeitungspapier tropften ölverschmierte Motorteile eines Rasenmähers, an der Tür stand ein offensichtlich gerade gelieferter Weinkarton mit französischer Aufschrift. Hier wohnte jemand, der Bewegung in sein Leben ließ.
Hürlimann verfolgte Rosas Blicke und schien plötzlich die Unordnung wahrzunehmen. »Entschuldigen Sie, Frau Echte, es ist so durcheinander hier«, sagte er nicht ohne

Verlegenheit. »Wenn meine Tochter für längere Zeit unterwegs ist, lasse ich gerne alles liegen. Wenn sie zu Hause ist, darf ich das nicht. Sabine kann sehr streng sein.«
Rosa lächelte. »Ich find's gemütlich. Bis auf die Tatsache, dass Ihre Geräte zehnmal teurer sind, könnte das auch meine Küche sein.« Sie wies auf den Weinkarton. »Und Nuits St. Georges würde ich mir auch bestellen.«
Er sprang auf. »Möchten Sie ein Glas?«
»Oh, nein, danke. Es wäre zu schade, denn der muss vorher ruhen und atmen.«
»Na gut. Ich schlage vor, genau das machen Sie jetzt auch, Frau Echte. Das geht am besten mit einem Sekt.«
Er nahm eine Flasche aus dem Kühlschrank, stellte zwei Sektgläser auf den Tisch, füllte sie und prostete ihr zu. Hürlimann trank, stellte sein Glas ab und beugte sich vor. »Und Sie haben einen Möbelprospekt als Abschiedsbrief exhumiert? Das ist stark! Ich glaube, man ist dabei, unseren Edwin nach Strich und Faden auszunehmen.«
»Und, wie gesagt, die Lebensversicherung soll das Kind bekommen«, ergänzte Rosa.
Hürlimann wiegte sein graues Haupt. »Eigentlich sollte man diesen Idioten ruhig seiner Schröpferin überlassen, er hätte es verdient. Aber warten Sie mal … wie heißt dieses Bed and Breakfast?«
»Ich glaube, ›The Flower B & B‹. So stand es jedenfalls auf dem Kontoauszug.«
»Hm. ›The Flower B & B‹ … Kommen Sie, Frau Echte, wir lassen die Technik mal ein bisschen schnüffeln.«

Hürlimann erwies sich als gewiefter Internetsurfer. Für Rosa, die sich mit Computern überhaupt nicht auskannte, war es kaum fassbar, dass man mit zwei, drei Mausklicks in der Getränkekarte einer Bar auf der anderen Seite des Globus landen konnte. Die Liste der Hotels, Pensionen und B & Bs in und um Auckland war endlos.

»Bei Auckland«, hatte Vivien gesagt. Ein *Flower B & B* existierte zwar in der Übersicht eines lokalen Fremdenverkehrsvereins, aber es befand sich in einiger Entfernung von Auckland, die Besitzerin hieß B. Kunz, und außer der Adresse gab es keinerlei weitere Informationen, keine Homepage, nichts.

»Wie hieß die Gute noch mal?«

»Vivien Connaught«, entgegnete Rosa, und Hürlimann tippte den Namen noch einmal ein, diesmal in anderer Suchwortkombination.

»Sehen Sie mal!«

Auf dem Monitor baute sich ein Konterfei auf: eine etwas herbe, dunkelhaarige Dame, die einen Schafbock umklammert hielt und ihn damit zwang, so in die Kamera zu blicken, als sei er ihr angetrauter Ehemann. Dahinter ein großes Gebäude, daneben allerlei kleine Landschaftsphotos und diverse Links: »Zimmer, Preise, Sonderarrangements, Umgebung.«

Rosa starrte auf das Photo. Dann schüttelte sie den Kopf. »Nein. Das ist nicht Vivien. Aber … wieso kommt mir diese Frau so bekannt vor?« Sie rückte näher an den Monitor und studierte die Homepage sorgfältig. Eine Schafzüchterin nördlich von Auckland pries in nüchternen Worten, was die Photos opulent illustrierten: bequeme Zimmer,

wunderschöne Landschaft, reichhaltiges Essen. Ihre Farm nannte sich »Kahurangi-Lodge«.
Rosa stützte ihr Kinn auf beide Fäuste. »Verdammt, ich könnte schwören, ich hätte diese Frau schon mal gesehen. Aber wo? Ich war noch nie in Neuseeland.« Sie starrte die Internetseite weiter an, dann wandte sie sich Hürlimann zu. »Ich versteh das nicht. Ich habe ein Gefühl wie Watte im Kopf. Kennen Sie das? Das ist doch absurd. Woher soll ich eine Schafzüchterin kennen, die in Neuseeland …«
Rosa sprang auf, rannte an das Fenster des Wohnzimmers. Edwins Terrasse war von hier aus gut zu übersehen. Als Vivien plötzlich dort erschien, trat Rosa schnell beiseite und fragte: »Herr Professor, hat Ihnen Edwin jemals eine CD geschenkt? Besitzen Sie vielleicht eine ältere CD der beiden Sunrays?«
»Habe ich, aber die kriegen Sie nur, wenn Sie nie wieder Herr Professor zu mir sagen.«
Sie war zu aufgeregt, um darauf einzugehen, folgte ihm zu seiner umfangreichen CD-Sammlung und zitterte vor Ungeduld, als er die gesuchte Musik nicht sofort fand. Er schob sich die Lesebrille auf die Nase und verfolgte die langen Reihen mit dem Zeigefinger. »Sibelius … Schumann … Santana … versteh ich nicht. Wo ist er denn? Ach ja, in der Ecke Trash und Souvenirs … was haben wir denn hier!« Triumphierend hielt er Rosa eine alte CD entgegen, die sie noch nie gesehen hatte. Auf der Vorderseite nur eine rote Rose auf weißem Grund, ein Lippenstiftkussmund, dann wie mit plastischem Lack der Titel »Bist du einsam heute Nacht, dann ruf mich an« – der Millionenseller. Rosa drehte die Hülle herum, hielt sie an die Nase, griff Hürli-

mann ohne Umschweife ins Gesicht, nahm ihm die Lesebrille ab und setzte sie auf. Ihre Hand zitterte. »Ist das nicht ganz unglaublich? Sehen Sie doch selbst!«

Jetzt nahm er ihr behutsam die Brille von der Nase und betrachtete über ihre Schulter das Photo der beiden Künstler. Sie eilten zum Monitor, auf dem die strenge Schafzüchterin immer noch den Bock umklammert hielt. Rosa hielt die CD-Hülle neben den Monitor.

»Wenn man Charles eine Langhaarperücke aufsetzen würde und bei dieser Dame die Mundwinkel nach oben liften könnte, hätte man Zwillinge!«, sagte Hürlimann.

Rosa nickte, keines Wortes fähig. Wenn überhaupt jemand auf der Welt Charles Sunray ähnlich sah, dann *diese* Vivien Connaught. Aber es war einwandfrei nicht die Vivien, die nebenan in Edwins Haus herumzirpte.

Hürlimann notierte sich bereits die Telefonnummer der Farm und setzte den Drucker in Gang. Rosa starrte immer noch auf den Monitor und verstand überhaupt nichts mehr.

»Ich rufe jetzt dort an«, erklärte Hürlimann und griff nach dem Telefonhörer. Er wählte eine lange Nummer, brach mittendrin ab und legte den Hörer wieder auf den Schreibtisch. »Vielleicht doch keine so gute Idee. Ich glaube, in Neuseeland ist heute schon morgen, und der neue Tag ist erst drei Stunden alt.«

»Ich finde, es hat was, wenn man mitten zwischen schlummernden Neuseelandschafen von einem Exschönheitschirurgen aus dem Grunewald geweckt wird.« Rosa drehte sich auf ihrem Bürostuhl zu ihm hin. »Aber bitte schön, erklären Sie mir, wer ist diese rosa Ersatz-Vivien da drüben bei Edwin?«

»Vielleicht erfahren wir das in drei, vier Stunden. Darf ich Sie bitten, solange mein Gast zu sein? Ich schlage vor, ich koche etwas Unkompliziertes, und dann rufen wir die echte Vivien zur neuseeländischen Frühstücksstunde an. So eine Landwirtin ist ja zeitig auf den Beinen. Aber ich werde ihr auf jeden Fall schon einmal eine Mail schicken und ein paar Fragen stellen.«

Rosa nickte, erhob sich und trug die Kaffeetassen in die Küche. Als Hürlimann nach einer halben Stunde erschien, hatte sie das herumstehende Geschirr gespült und saß etwas verloren am Küchentisch. »Wenn Sie mir sagen, was Sie essen wollen, kann ich auch kochen!«

»O nein, das hier ist mein Revier. Sie bleiben hübsch da sitzen und denken nach.«

»Worüber?«

»Über die Strafe, die Edwin verdient hat, wenn dieser Zirkus hier vorbei ist. Jemanden wie Sie so zu behandeln ist unverzeihlich.«

Rosa räusperte sich. »Was ich ihm am wenigsten verzeihe, ist, dass er mich zu einer solchen Reaktion provoziert hat. Ich schäme mich in Grund und Boden. Ich habe noch nie in meinem Erwachsenenleben jemanden geschlagen.«

»Meine Meinung zu diesem Punkt kennen Sie ja.«

Rosa hob die Schultern. »Trotzdem. Prügeln ist nicht mein Ding, Professor. Edwin muss meine gesammelten Enttäuschungen reanimiert haben.«

Er wandte sich um, Zwiebel und Küchenmesser in der Hand, und musterte sie. »Waren es so viele?«

»Nein. Aber tiefe.«

»Das Restaurant?«

»Ja. Auch. Eine der größten. Aber ich hatte Ihnen gesagt, das ist etwas für einen grauen Herbsttag. Ich werde Sie pünktlich am 10. November zum Kaffee einladen und Ihnen alles erzählen. Jetzt erzählen Sie mir lieber etwas von Charles. Sie müssen ihn doch gekannt haben!«

»Ja, sogar recht gut. Aber das mit dem Zehnten, Frau Echte, das nehme ich ernst!«

»Bis dahin haben Sie mich längst vergessen. Heute ist der elfte Mai.«

»Abwarten.« Er warf Zwiebelwürfel in eine Pfanne mit zischender Butter. »Charles«, begann er und löschte die Zwiebeln mit Sekt, »war ein liebenswürdiges Schlitzohr. Er war keinesfalls der seelenvolle Engel, den Edwin in ihm sah. Das heißt, vielleicht war er es wirklich – für ihn.«

»Was sich zwischen zwei Menschen in einer Liebesbeziehung abspielt, ist für die Menschen außerhalb schwer einzuschätzen.«

Hürlimann nickte. »Das war bei meiner Frau und mir genauso. Sie hatte wirklich etwas Engelhaftes an sich, und sie wollte aus mir einen anderen, einen besseren Menschen machen. Es war sehr schwierig mit uns, denn ich wollte eigentlich so bleiben, wie ich bin. Eher wie ich war … aber ich möchte jetzt nicht von meiner Vergangenheit reden. Also, Charles wusste sehr genau, was er wollte. Er war ein liebenswürdiger Egozentriker. Gleichzeitig konnte er mit vollen Händen geben: Zuneigung, Geld. Ein Vollblutkünstler mit großen Eitelkeiten. Er liebte die Menschen, liebte Edwin, ich bin mir da ganz sicher, aber er hat ihn auch häufig betrogen.«

»Wusste Edwin das?«

»Ich glaube nicht. Auch wenn es sich komisch anhört, wenn man Edwin begegnet: Charles war eindeutig der Stärkere. Unser scharfzüngiger Kleiner da drüben hat für Charles seine Jazzerkarriere aufgegeben. Natürlich hätte Edwin niemals so viel Geld gemacht ohne Charles, aber Jazz war sein Leben. Bloß, Charles war es eben auch. Und Charles hat Bedingungen gestellt.«

»Das kann ich gut verstehen. Gegen Edwin muss man sich absichern.« Das kam mit einiger Bitterkeit.

Hürlimann rührte Sauerrahm in die Sauce und prüfte die Spaghetti, die daneben brodelten. »Edwin ist zwar giftig wie eine Viper. Aber Sie können darauf wetten, Rosa, dass es ihm jetzt schon unglaublich Leid tut. Er kapiert immer mit Verzögerung, wem er eigentlich vertrauen kann und wem besser nicht. Erst verspritzt er Gift an der falschen Stelle, und dann verkriecht er sich für Wochen, weil er sich danach selbst nicht leiden kann.«

»Infantil.«

»Ja. Aber infantil ist doch jeder von uns, mehr oder weniger, an unterschiedlichen Ecken seines Wesens.«

Er goss die Spaghetti ab, warf Kräuter in die Rahmsauce, deckte den Tisch und lud Rosa den Teller so voll, dass sie protestierte. »Oh, ich bin schon groß und stark, Professor!«

Er legte seine Gabel in den Teller und hob das Sektglas. »Ich heiße Nikolaus.«

»Das ist ein schöner Name!« Sie prostete zurück. »Aber Professor ohne ›Herr‹ hört sich auch sehr nett an. Ich merke gerade, dass ich richtig gern Professor sage. Prost, Professor!«

»Na meinetwegen. Sie machen ja sicher eh immer, was Sie wollen!« Er drehte die Nudeln um die Gabel.
»Fast immer. Übrigens, die sind sehr gut, Ihre Spaghetti.«
»Und das von einer Meisterköchin! Das wärmt mein Gemüt. Haben Sie eine Kochlehre gemacht, wie sich das gehört, Rosa?«
»Nein. Ich bin ausgebildete Musicaldarstellerin. Aber das ist alles schon lange her! Knapp zwanzig Jahre und gut zehn Kilo.«
»Aber ansprechend verteilte Kilo. Über das Musical will ich jetzt alles wissen. Das dürfen Sie bitte nicht auf den 10. November verschieben.«
Rosa hob ihr Glas. »Ich könnte natürlich vier Stunden lang darüber reden. Oder vier Tage. Aber ich glaube, dass Sie das Wesentliche schnell verstehen. Also in vier Minuten: Musical war für mich immer das Größte. Nach dem Abitur habe ich zehn Jahre gespielt, getanzt und gesungen. Die Größe der Bühnen wechselte, die meiner Rollen nicht. Immer nur die kleinen. Eines Tages spielte ich auf irgendeiner Provinzbühne ein Dienstmädchen in ›My Fair Lady‹. Und weil Eliza Doolittle am Morgen der Premiere einen Hörsturz bekam, musste die zweite Besetzung ran. Nur hatte die zweite Besetzung auf dem Weg zum Theater einen Unfall.«
»Und Sie spielten die Eliza.«
»Genau. Ihr Auftritt, Rosa! Irgendein englischer Autor und Musicalproduzent, der im Publikum saß, wurde auf diese Ersatz-Eliza aufmerksam und fragte sie, ob sie nicht Lust hätte, bei einem Projekt in London mitzuspielen. Eliza-Rosa hatte Lust. Auf die Rolle und auf den Engländer.

Und es wurde immer besser. Das Projekt wuchs, wir hatten Sponsoren, London war herrlich, die Liebe auch. Wir sprachen sogar übers Heiraten. Dann die Premiere: großer Erfolg. Langsam spielte ich mich aus der Landesliga nach oben. Das Ganze dauerte fast drei Jahre. Aber dann wurde ich schwanger. Gleichzeitig merkte ich, dass mein Liebhaber einige Rollen neu besetzen wollte – die in seinem Bett und ein paar Monate später auch die auf der Bühne. Und ich landete wieder in Berlin. Ohne Rolle, aber mit meiner Tochter Tanja im Bauch.«
Hürlimann sah sie aufmerksam an. »Da lernt man dann, Einsamkeit zu buchstabieren, glaube ich.«
»Und Enttäuschung, wahnsinnige Enttäuschung. Damals fing ich an, das Theater zu hassen. Alle diese oberflächlichen, narzisstischen Ellenbogenmenschen.«
»Hört sich an, als sprächen Sie von meinen ehemaligen Klinikkollegen!«
»Ich weiß, Professor. Es gibt sie überall. Aber gleich das ganze Milieu zu hassen machte es damals leichter für mich. Und so, wie ich mich von der letzten in die erste Reihe gespielt und gesungen habe, habe ich mich dann nach oben gekellnert.« Sie schwieg und fügte trotzig hinzu: »Ach, ich hatte eine gute Zeit, auch, als es verdammt schwer war.«
»Hat Tanja ihren unbekannten Vater vermisst?«
»Natürlich. Die Kinder in der Schule hatten meist einen, oder wenigstens zeitweise, oder wechselnde, wie das heute so ist. Meine Briefe an ihn kamen zurück, unbekannt verzogen. Nachforschungen ergebnislos. Ich musste auf ihre Fragen die richtigen Antworten finden, warum er sich nicht um sie kümmerte, warum er sie offenbar nicht liebte

und dergleichen mehr. Es war ein Eiertanz, denn er ist ein verantwortungsloser Egozentriker, das ist nun mal Tatsache. Aber ihr das sagen? Ihr Bild vom unbekannten Daddy, das Schnittmuster fürs Männerbild, wollte ich nicht schwarz malen. Also habe ich gelogen, was das Zeug hielt. Im Laufe der Zeit konnten wir uns der Realität vorsichtig nähern. Aber er ist für sie immer noch das unbekannte, abgetauchte Schreibgenie. Diese Begabung hat er ihr übrigens vererbt. Und die wüste Frisur.«

»Immerhin!« Hürlimann betrachtete sein Gegenüber. Diese Frau sah nicht jünger aus, als sie war. Wach, teilnahmsvoll, unvernünftig und klug. Wenn sie lachte, lachte sie mit dem ganzen Gesicht, nicht nur mit dem Mund. Es war kein Lachen, um das sie gekämpft hatte, sondern ein Lachen, das immer schon in ihr gewohnt haben musste. Solche Dinge konnte er seit einigen Jahren sehen.

»Und Sie, Rosa, an so etwas wie ein Studium oder an einen weniger anstrengenden Bürojob haben Sie nie gedacht?«

Rosa schüttelte den Kopf. »Ich brauche Menschen um mich herum, Getriebe, Farben. Und ich brauchte ganz einfach Geld! Im Bistro konnte Tanja in der hinteren Stube spielen. Die Besitzerin hatte selbst ein Kind. Wir waren fast eine Art Kneipen-Ersatzfamilie. Und als das Bistro Jahre später dichtmachte, war Tanja Schulkind, und ich bekam einen Job als Geschäftsführerin bei einer anderen Bistrobesitzerin. Man lernt sich ja im Laufe der Jahre kennen. Es ging immer gut weiter, es war natürlich harte Arbeit. Ich habe das Theater seltsamerweise nicht vermisst. Jedenfalls nicht oft. Vielleicht, weil Gastronomie und Bühne sich in mancher Hinsicht ähneln.«

Sie schwieg. Dann schob sie die Gabel auf den Teller, pickte mit dem Finger nach einem Brotkrümel. »Ich habe mich immer selbst an den Haaren rausgezogen, Professor. Aber nach den beiden letzten Desastern frage ich mich, ob ich nicht bald eine kahle Stelle auf dem Kopf kriege. Ich hätte so gerne mal einfach eine längere Zeit ruhig und gesichert gelebt.«

»Wie ging es dann weiter?«

»Das erfahren Sie am 10. November!« Sie lächelte. »Versprochen. Vielleicht kennen wir uns ja dann doch noch.«

»Meine Desasterstelle ist schon kahl!« Er deutete auf seinen Hinterkopf. »Viel schlimmer als bisher sollte es also bitte nicht kommen.«

»So schlimm?«

»Nein!« Er lächelte, wurde gleich darauf ernst. »Das heißt, als meine Frau starb, dachte ich, dass es nicht mehr weitergeht. Wir haben uns geliebt, aber verzweifelt geliebt. Ich wusste nicht, was sie von mir wollte. Ich habe es einfach nicht begriffen. Sie bekam von mir, was immer ich geben konnte, aber es war nie das Richtige. Ich habe lange Zeit ernsthaft geglaubt, sie wäre absichtlich in den Tod gerast. Vielleicht ist sie das auch. Ich glaube, sie hat von mir erwartet, dass ich jede Regung, jeden Gedanken, jedes Gefühl nicht nur akzeptieren, sondern auch verstehen sollte. Das konnte ich nicht.«

»Das hört sich an, als sei sie etliche Jahre jünger als Sie gewesen.«

Er nickte. »Ja. Das war sie auch. Und sie war Künstlerin, Musikerin. Sensibel und sicher auch ziemlich kapriziös. Erst heute verstehe ich einige Dinge, aber längst nicht alle.

Jedenfalls, als ich mit meiner Tochter Sabine zum ersten Mal allein in der Küche saß, begann ich zu begreifen, was für beschissene Lebensziele ich mir bis dahin gesetzt hatte. Zuerst habe ich meinen Sportwagen verkauft. Dann bin ich aus dem Golfclub ausgetreten. Nach einem Jahr war ich nicht mehr beleidigt, wenn man vergaß, mich zu entscheidenden Partys einzuladen, sondern erleichtert. Ich startete den abenteuerlichen Versuch, in der Gegenwart zu leben. Früher hieß mein Ziel: ›Größer, schöner, höher‹, Steigerung ist ja zwangsläufig immer mit der Zukunft verbunden. Jetzt heißt mein Ziel: ›Jetzt‹.«

»Jetzt gerade warten wir darauf, dass wir einer Trickbetrügerin das Handwerk legen können!«

»Falsch, liebe Frau Echte. Jetzt gerade sitzen wir uns gegenüber, lernen uns kennen, der Wein schimmert recht hübsch im Glas, und draußen singt eine Amsel.«

»Sie haben Recht. Ich möchte gerne lernen, mehr in der unmittelbaren Gegenwart zu leben – aber es ist gar nicht so einfach, nicht an die Zukunft zu denken. Vor allem, wenn man schon wieder arbeitslos ist.« Sie verstummte.

Das Küchenfenster stand weit offen. Rosa stützte das Kinn auf die rechte Hand und lauschte der Amsel. Hürlimann schwieg. Nach einer Weile beugte er sich vor, zog amüsiert die Augenbrauen zusammen und fragte: »Und Sie haben Edwin wirklich und wahrhaftig einfach eine reingehauen?«

»Wirklich und wahrhaftig! Und wissen Sie, was das Beste ist? Ich kann schon drüber lachen. Und ich glaube, das verdanke ich Ihnen.« Jetzt beugte sie sich vor. »Nebenan sitzt eine falsche Vivien, hier sitzt Rosa mit einem unbekannten Menschen, der ihr ganz und gar bekannt vorkommt – ist das nicht unglaublich, was die Gegenwart sich so alles einfallen lässt?«

»Doch. Unbedingt.« Und damit beugte er sich noch weiter vor und küsste sie mitten auf den Mund.

*

Tanja stand in der Tür und schlug mit einem kleinen grünen Plastiklineal rhythmisch in ihre linke Hand. »Würdest du mir bitte erklären, wo du jetzt herkommst, Rosa? Es ist halb zehn morgens, und du bist seit gestern Mittag verschwunden.«

»Ich habe dir doch auf den Anrufbeantworter gesprochen.«

»Ah ja. ›Bin bei Edwins Nachbar und einer spannenden Sache auf der Spur‹ … Welche Haarfarbe hatte die spannende Sache denn?«

»Grau. Ach Quatsch, ich meine, ich muss dir was über Edwins Vivien erzählen, da fällt dir das Kinn runter. Hör mal, wieso bist du nicht in der Schule?«

»Tja, Mama, Pech gehabt. Ich hab *dich* erwischt. Heute ist Lehrerausflug. Hast du einen neuen Macker?«

»Ach Tanja, spiel dich bitte nicht schon wieder als alleinerziehende Tochter auf. Das ist jetzt wirklich kein Thema.«

»Doch.«

»Tanja!! Was ich dir erzählen will, erzähle ich dir, wann ich will! Klar?«

»Gut, Rosa, den Satz merke ich mir.«

»Den hab ich von dir, blöde Kröte.«

»Blöde Kröte« war grundsätzlich das Signal, dass starke Gefühle im Spiel waren. Also schwieg Tanja, klug und in dem Bewusstsein, dass Rosa in ein paar Minuten sowieso reden würde. Sie beobachtete ihre Mutter. Rosa wirkte, als kreise sie in einem Nebenuniversum. Sie lächelte nicht, aber alles an ihr strahlte. Mit konzentrierten Gesten braute sie einen Ostfriesentee, schnupperte an der ersten Tasse, blickte zum Fenster hinaus in einen kühlgrauen Frühlingsmorgen und wandte sich schließlich ihrer Tochter zu. »Ich weiß nicht, wo ich anfangen soll. Es sind zwei ganz ungeheuerliche Sachen passiert.«

»Fang an mit den grauen Haaren, Mama.«

»Er heißt Nikolaus.«

Tanja lachte. »Netter Name, aber falsche Jahreszeit, was?« Dann wechselte sie den Gesichtsausdruck. »Aber kein neuer Arthur, Rosa, das musst du mir versprechen.«

Rosa zuckte mit den Schultern. »Ich wusste damals doch nicht, dass Arthur ein Arthur war. Ich weiß noch nicht einmal, ob das gestern eine Ouvertüre war oder ob es bloß ein Intermezzo ist, keine Ahnung. Aber ich habe mich verliebt!«

»Das teilt sich allen Anwesenden mit. Du siehst aus, als hättest du die ganze Nacht den Finger in der Steckdose gehabt, dabei hattest sicher ganz im Gegenteil …«

»Keine Vulgaritäten im Hause Echte, bitte! Ja, ich hab mit ihm geschlafen, ja, es war wunderschön, nein, nicht die ganze Nacht, denn wir sind schließlich nicht mehr zwanzig.«

»Wie alt ist er denn? Was hat er für einen Beruf? Ist das wirklich Edwins Nachbar oder ganz wer anders? Herrgott, nun erzähl doch, Mama!«
»Schätzlein, ich weiß nicht, wie alt er ist, älter als ich jedenfalls. Und er war mal Schönheitschirurg.«
»Mama!!«
»Du hast ihn doch noch nie gesehen, du liebes, tolerantes Kind. Er ist keins von diesen Porsche fahrenden Ölgesichtern. Sonst hätte er mich auch kaum registriert. Er hat eine lange und bewegte Lebensgeschichte, er hat eine erwachsene Tochter, und er möchte dich kennen lernen.«
»Ist er geschieden?«
Rosa schüttelte den Kopf. Sie schwieg eine Weile, dann nahm sie die Hand ihrer Tochter und drückte sie. »Das war auch so etwas Erstaunliches, Tanja.« Sie sprach leise. »Wir haben so viel gelacht gestern, wir haben so viel geredet und sind schließlich im Bett gelandet, um heute Morgen mit Freude aufzuwachen – das war vielleicht sogar das Beste an der Sache, weißt du. Und gestern Abend haben wir beide auch geheult. Ich, als ich dann doch noch von Arthur sprach – ich wollte es eigentlich nicht schon wieder –, und er, als er von dem Telefonat sprach, durch das er erfuhr, dass seine Frau tödlich verunglückt ist.«
Tanja sog scharf die Luft zwischen den Zähnen ein, wie bei einem Schmerz.
»Ich weiß keine Einzelheiten, habe nicht viel gefragt, aber Nikolaus ist jemand, der mir sowieso alles erzählen wird.«
Rosa setzte ihre Tasse ab. Sie wollte sich neuen Tee nachschenken, aber die Kanne war leer.
Tanja stand auf. Während sie den Wasserkocher füllte, be-

obachtete sie ihre Mutter. »Mama, du siehst irgendwie so frisch renoviert aus. Die Sache scheint dir gut zu tun. Ich werde mir deinen Nikolaus ansehen, und dann entscheide ich, ob du weiter mit ihm gehen darfst oder nicht.«
»Danke, liebe Tochter. So, und jetzt die zweite Sache: Vivien ist nicht Vivien.«
Tanja vergaß, das Wasser abzustellen. »Wie bitte?«
»Ganz einfach: Die Vivien, die sich bei Edwin eingenistet hat, ist eine Betrügerin. Nikolaus hat im Internet die echte Vivien gefunden, wir haben gestern Abend mit ihr telefoniert. Die Schwester von Charles Sunray lebt tatsächlich in Neuseeland, züchtet Schafe, hat eine große Farm, beherbergt Gäste und wollte uns zuerst kein Wort glauben. Aber dann haben wir es doch noch geschafft, ihr diese ganze aberwitzige Geschichte zu erklären.«
»Und wer ist jetzt die falsche Vivien?«
»Vivien eins – also die echte in Neuseeland – hatte einen Verdacht. Unsere Beschreibung passt genau auf eine ihrer früheren Angestellten. Die beiden waren eine Zeit lang sogar befreundet, bis Vivien eins herausfand, dass Vivien zwei sie betrog, um ganz hübsche Summen. Vivien zwei machte die Buchhaltung der Lodge. Um ganz sicherzugehen, sollen wir der echten Vivien ein Photo von der falschen mailen – Nikolaus will versuchen, sie heute heimlich abzulichten. Und Vivien zwei heißt natürlich auch nicht Vivien, sondern Barbra. Barbra Kunz. Sie ist Neuseeländerin, aber sie hat deutsche Vorfahren.«
»Und was ist mit der Tochter im Rollstuhl?«
»Sie hat eine Tochter, und die heißt tatsächlich auch Maisy. Maisy Franklin. Jedenfalls trägt sie einen anderen Namen

als Barbra. Sie soll etwa zwanzig sein und sitzt nicht im Rollstuhl, sondern kellnert und ist von ihrer Konstitution her durchaus jemand, der drei Bierkästen auf einmal stemmen kann. Sagt die echte Vivien. Übrigens existiert tatsächlich ein Flower B & B, nur nicht bei Auckland, sondern viel weiter nördlich. Und natürlich auf den Namen Barbra Kunz.«

»Wieso heißt die Tochter anders als die Mutter?«

»Das wissen wir nicht. Vielleicht der Name von Barbras Exmann, oder Maisylein ist schon verheiratet, weiß der Teufel.«

»Aber … wieso kommt Barbra zu dieser ganzen Aktion? Ich meine, sie musste doch damit rechnen, dass Edwin die echte Vivien vielleicht schon mal irgendwo gesehen hat.«

»Das haben wir uns gestern auch gefragt. Beziehungsweise, wir haben es Vivien gefragt. Wir haben Barbras Plan Stück für Stück zusammengetragen, bis alles ganz gut passte. Also: Die echte Vivien und Edwin sind sich niemals begegnet. Vivien und Charles hatten ihre Geschwisterbeziehung schon vor zweiundzwanzig Jahren abgebrochen.«

»Weißt du, warum?«

»Ich war natürlich neugierig und habe einfach gefragt. Daraufhin kam ein Schnauben durch den Hörer, dass mir fast das rechte Ohr abfiel. ›Was er getan hat, reicht, um noch mal zwanzig Jahre Schweigen dranzuhängen!‹ Die Wut auf Charles schien völlig ungebrochen, jedenfalls nach dem Tonfall aus dem Telefon zu urteilen. Wie auch immer, was damals zwischen Bruder und Schwester lief, werden wir nicht mehr herausfinden, denn Charles ist tot. Vivien ging nach Neuseeland, heiratete einen Farmer und hat seitdem die Lodge. Barbra als Mitarbeiterin und anfänglich auch Freundin hat damals alles über die Geschwister erfahren, und Vivien wird ihr gesagt haben, dass der Bruch für sie endgültig sei. Dann muss unsere Barbra den Zeitungsartikel entdeckt haben …«

»… und hatte plötzlich eine gute Idee!«, ergänzte Tanja. »Aber, Mama, was ich nicht verstehe: Du hast behauptet, Barbra-Vivien sähe Charles ähnlich, sie hätte seine Augen. Und es gibt doch auch Kinderphotos von der echten, kleinen Vivien. Und die ganzen Details mit dem alten Spielzeugauto und dem angekauten Bleistift, was ist denn damit?«

»Die Spielsachen hat Barbra wahrscheinlich von irgendeinem Kirchenbazar, was weiß ich. Und einen angekauten heiligen Bleistift hat jeder in der Schublade rumliegen. Die Postkarte und die Kinderphotos von Charles muss Maisy geklaut haben, denn sie war unter einem Vorwand vor ein paar Monaten bei der echten Vivien und ließ sich alte Photoalben zeigen.«

»Klasse ausgedacht!« Tanja nickte anerkennend. »Wenn man lügt, muss man so richtig ins Detail gehen, glaube ich, das ist überzeugender, als im Nebel zu bleiben.«

»Charles' eigene alte Kinderphotos, die seit zwei Jahren in Edwins Wohnzimmer stehen, sind nicht besonders deutlich«, fuhr Rosa fort. »Außerdem haben Bruder und Schwester beide dunkle Haare, wie Barbra. Auch altersmäßig haut es ganz gut hin. Und dann – ich stelle mir vor, mich holt ein Bote der Vergangenheit ein, einer Vergangenheit, von der ich mich noch nicht gelöst habe. Wo endet die Realität, wo beginnt die Projektion? Edwin wusste

nichts über Vivien. Nur dass sie die Zwillingsschwester seines Geliebten ist. Und so hat er sie empfangen. Anlass zu Misstrauen gab es nicht – wer denkt denn an so was? Ich wette, wenn zu mir damals eine junge Frau gekommen wäre und hätte behauptet: ›Ich bin Arthurs Tochter!‹ – ich hätte zwar kritisch hingesehen, aber ich hätte bestimmt Ähnlichkeiten entdeckt. Wir Menschen sind so.«
Tanja nickte. »Du meinst, man sieht, was man sehen will?«
»In jedem Fall. Sagen wir, normalerweise haben wir eine gefilterte Wahrnehmung.« Rosa rührte in ihrem Tee.
Tanja stützte den Kopf auf die Hände. »Barbra wusste über Edwin also nur, dass er traurig in seiner teuren Villa rumsitzt, wie es in der Illustrierten stand. Wie kritisch, wie wach oder misstrauisch er war, konnte sie nicht wissen.«
»Das musste sie austesten. Und das hat sie getan. Erst als sie ihn am Wickel hatte mit ihrer Totenbeschwörung, erst als sie merkte, wie labil Edwin ist, hat sie sich getraut, einen Schritt weiter zu gehen.«
»Der berühmte Bettelbrief in vier Entwürfen.«
»Genau.«
»Und warum hat sie Maisy elf Jahre jünger gemacht?«
»Ich kann es nur vermuten: Ein kleines Mädchen wirkt etwas rührender als eine bärenstarke Zwanzigjährige.«
»O Mann. Eigentlich eine geniale Idee, wenn sie nicht so eklig wäre. Eklig war auch, dass sie Edwin die Sache mit meinen neuen Texten ausgeredet hat. Was bringt ihr das schon?«
»Sich so für Charles' Erbe einzusetzen wirkt eben noch authentischer. Damit nur ja kein Zweifel aufkommt. Dein Wohl und Wehe ist ihr nun wirklich egal, Tanja.« Rosa

setzte sich gerade. »Tanja, Edwin ist vielleicht in Lebensgefahr. Maisy Franklin soll die neue Begünstigte seiner Lebensversicherung werden. Und damit natürlich auch ihre Mutter. Was Edwin ihr vielleicht schon mitgeteilt hat.«

»Was machen wir jetzt?«

Rosa zog die Augenbrauen hoch. »Nikolaus hat eine Idee. Ich wollte heute früh schon zur Polizei, aber Nikolaus hat mich davon überzeugt, dass das nicht sehr sinnvoll ist.«

»Aber wieso denn, Mama, wenn Edwin in Lebensgefahr ist?«

»Tanja, ich kann überhaupt nichts beweisen. Die wichtigste Zeugin sitzt auf der anderen Seite des Globus. Und überleg mal: Was sollte ich der Polizei erzählen? Ein schwuler Schlagersänger beherbergt eine Vivien, die gar keine Vivien ist und Möbelprospekte als Abschiedsbriefe vergräbt? Und gehen Sie mal auf www.kahurangi-lodge.co.nz, Herr Kommissar, da sitzt eine Frau mit Schafbock im Arm, das ist die echte Vivien! Was meinst du, wie viele durchgeknallte Geschichten die Polizei jeden Tag zu hören bekommt? Von Leuten, die mit derselben Überzeugung erzählen, wie ich das täte?«

»Schon gut, Mama. Du meinst, bei so einer Geschichte kannst du froh sein, wenn sie nicht den Zwangsjackenservice rufen. Und was jetzt?«

»Nikolaus wird Edwin heute auf einen Kaffee einladen. Und ich hoffe sehr, dass Edwin dann aufwacht.«

»Würdest du wieder zu ihm zurückgehen?«

Rosa starrte schon wieder zum Fenster hinaus. »Er hat mich sehr verletzt. Aber Anastasia hat Recht, ich habe nicht einfach das Gefühl, ich könnte ihm helfen – ich *muss* ihm helfen, verstehst du?«

»Nein, Mama, verstehe ich nicht, nach all seinen fiesen Bemerkungen.«

Rosa seufzte. »Es ist so, Tanja: Mit seinem Charakter habe ich Schwierigkeiten, aber seine Seele kann ich gut leiden.«

»*Das* verstehe ich.«

»Und außerdem ...« Rosa griff nach einem Keks, biss hinein und redete mit vollem Mund weiter. »... außerdem ist das ganz einfach eine verdammt gute Stelle mit einer verdammt guten Bezahlung, Tanja. Und dafür lohnt sich ein Kampf.«

»Mama, was hat dein Nikolaus denn jetzt für einen Plan?«

»Nichts Sensationelles, Tochter, eher etwas ganz Einfaches, und du kommst auch darin vor!«, begann Rosa.

*

Der Drucker von Professor Nikolaus Hürlimann baute fleißig zirpend aus vielen Pixelchen das Photo einer muskulösen jungen Dame zusammen, die in bauchfreiem Shirt und Jeans Eis schleckend am Kotflügel eines alten Pick-ups lehnte. Hürlimann starrte gebannt auf das Bild, das ihm Vivien Connaught aus Neuseeland schickte. Er nahm es langsam aus dem Drucker, schob die Brille auf die Nase und betrachtete es. Maisy hatte langes blondes Haar, war mindestens einen Kopf größer als ihre Mutter und breit wie ein Steuermann.

Neben der zwanzigjährigen Walküre stand unverkennbar die falsche Vivien, die drüben, jenseits des Zaunes, ihr graues Netz aus ersponnener Vergangenheit über Edwin geworfen hatte. Beide Frauen hatten die gleichen Hamsterbacken, die ihnen etwas Grobes, aber auch Kindliches verliehen, das sich offenbar mit dem Alter nicht verlor. Barbra hatte den gleichen devoten Ausdruck in den Augen, den sie auch bei Edwin zeigte, ein Ausdruck, der manchmal für Zehntelsekunden listig wurde. Maisy dagegen wirkte kampflustig.
Hürlimann rieb sich die Stirn. Er wusste, dass auf der anderen Seite der Erdkugel eine Schafzüchterin vielleicht gerade in diesem Augenblick auch in ihrem Büro stand und auf das Digitalphoto starrte, das er vor einer halben Stunde heimlich über den Zaun geschossen hatte: Barbra und Edwin auf der Terrasse beim Tee. Barbra hatte irritiert aufgeschaut, als die Hecke raschelte, hinter der Hürlimann wie ein Spanner hockte und auf den Auslöser drückte.
Hürlimann schreckte auf, als ihm sein Computer ein akustisches Signal gab. Eine Mail. Aus Neuseeland. Bei Vivien Connaught stand die Uhr jetzt auf halb eins in der Nacht, aber die Sache war natürlich aufregend, wer hätte da schlafen können?
»Dear Mr. Huerliman«, sah er und beugte sich vor, um besser lesen zu können, »I still don't believe it but it's her. It's definitely that bitch of Barbra. Rennt in Europa herum und missbraucht meinen guten Namen! *Schlagen Sie ihr die Fresse ein!*«
So richtig vornehm war Viviens Sprachschatz nicht, aber das ging vermutlich auf das Konto ihres Berufes. Hürli-

mann druckte ihre Nachricht aus, legte Maisys Photo mitten auf den Schreibtisch, schrieb eine kurze Antwort, dankte Mrs. Vivien Connaught und versprach ihr, sie auf dem Laufenden zu halten. Nach einigen Minuten erhob er sich und ging in die Küche.

Er setzte sich an den Küchentisch und betrachtete das benutzte Geschirr, das noch vom gemeinsamen Frühstück herumstand. Beim Anblick der Kaffeetasse, aus der Rosa getrunken hatte, vergaß er die beiden Viviens und wurde von einem so starken Gefühl durchflutet, dass er einen Laut von sich gab, als hätte er sich verschluckt.

Gestern Mittag noch, um die gleiche Zeit, hatte sein Leben vollkommen anders ausgesehen. Er hatte in seinem Auto gesessen, auf dem Weg vom Baumarkt nach Hause, zugeschnittene Holzteile im Kofferraum, und hatte sich auf einen Nachmittag im Garten gefreut. Ein neuer Kompostbehälter musste gebaut werden. Das Holz lag jetzt immer noch im Auto.

So, wie man anderen Menschen instinktiv ausweicht, war er gestern instinktiv auf Rosa zugesegelt, in direktem Geradeauskurs. Innerhalb von drei Stunden hatte sich zwischen ihnen etwas verdichtet, das mit anderen Frauen Wochen und Monate gedauert hätte und doch nicht an das heranreichte, was er gefunden hatte.

Er begriff es immer noch nicht. Rosa hatte ihm von Anfang an gefallen, und er hatte sich jedes Mal gefreut, wenn sie sich über den Zaun unterhielten, was nicht häufig vorgekommen war. Aber verliebt hatte er sich erst gestern, und zwar in der Sekunde, als sie ihm die Lesebrille von der Nase nahm. Diese distanzlose Geste berührte ihn, ebenso wie ihre ungefilterten Gefühle, ihr unverstelltes Verhalten, das Fehlen jeglichen Kalküls. Oder hatte seine Seele schon längst, damals beim ersten Gespräch über den Gartenzaun, gewusst, was er jetzt erst begriff und zuließ? Und dann war sie auch einfach so reizvoll mit ihrem Strahlen, das ganze Räume erhellen konnte.

Gestern dann – zwischen den Aufregungen und Enthüllungen, dem Zusammensetzen der einzelnen Bruchstücke des Dramoletts, das nebenan inszeniert wurde – das aufkeimende Wissen, dass da jemand vor ihm stand, den er immer schon gekannt, immer schon ersehnt hatte.

Fast ungläubig hatte er in dem langen Gespräch über seine und ihre Vergangenheit ein Gefühl entdeckt, das ihn an längst vergangene Memoryspiele mit seiner Tochter Sabine erinnerte: die Befriedigung, zwei zueinander gehörende bunte Karten aus der Monotonie gleichförmiger Bilderrücken aufzuspüren. So gesehen, war der ganze gestrige Abend ein langes Memoryspiel gewesen, in dem sich jeder Zug um Zug im anderen gespiegelt hatte. Nicht alle Karten hatten zueinander gepasst, natürlich nicht, aber die meisten. Diejenigen, die zeigten, was beiden im Leben wichtig geworden war.

Sie waren beide in ihrem Leben durch Talsohlen gelaufen, einsame, dunkle Wege, auf denen sie sich und ihren Fehlern begegnet waren und den Mut gehabt hatten, all das aufmerksam zu betrachten. Mit Rosa waren sie nicht nötig, die Zwänge der Eitelkeit, die unaufrichtigen Spiele, die er früher einmal perfektioniert hatte, bis er sich selbst nicht mehr leiden konnte.

Alles hatte sich freudvoll und ohne Verdrehungen ent-

wickelt. Auch das war wie im Memoryspiel gewesen: Seine erste zärtliche Geste fand eine Entsprechung bei ihr, die Steigerung der Zärtlichkeiten und schließlich der Ausbruch der großen Lust – alles fand seine Gegenkarte.
Und sie konnten gemeinsam lachen, welche Befreiung! Als er nach Mitternacht schließlich nackt in sein Bad lief, richtete sich Rosa auf und sagte: »Professor, ich finde es gut, dass du deinen Bauch nicht einziehst.«
»Aber das *habe* ich gerade getan!«, entgegnete er entsetzt. Daraufhin mussten beide so lachen, dass er aus Versehen seinen Rasierapparat in die Toilette warf, woraufhin sie noch mehr lachten und schließlich wieder übereinander herfielen.
In der Erinnerung an die Lust der vergangenen Nacht musste er sich zusammenreißen, denn sein Körper begann wieder zu reagieren. Er räusperte sich, stand auf und griff nach dem Haustürschlüssel.

»Hürlimann, seit wann lädst du mich zum Kaffeekränzchen ein?«
Edwin stand in der Haustür und blickte seinen Nachbarn verwundert an. Mit Hürlimann stimmte etwas nicht. Er sah verändert aus. Es verwirrte ihn. Wie konnte jemand strahlend *und* ernst aussehen?
Über Edwins Schulter hinweg erblickte Hürlimann Vivien, die ihm reizend schüchtern zulächelte. Er grüßte zurück und wiederholte in bestimmtem Ton: »Ich brauche einen privaten Rat von dir, Edwin.«
»Von mir? Was ist denn los?« Edwins Verwirrung nahm zu, denn diese Rollenverteilung war ihm neu. Bislang war

Hürlimann während ihrer achtzehnjährigen Nachbarschaft der ungebetene Ratgeber gewesen, und Edwin hatte sich aus Hürlimanns Privatleben vorwiegend herausgehalten. Dabei hätten Hürlimanns chaotische Ehe, die lauten Streitgespräche mit seiner Frau, seine Metamorphose vom gebräunten Erfolgschirurgen zum grauhaarigen Gartentroll durchaus Stoff für kontinuierliche Kommentare hergegeben.

»Bitte!!«, wiederholte Hürlimann eindringlich, und in seinem Tonfall lag fast so etwas wie eine Drohung. Die falsche Vivien verfolgte die Szene aufmerksam, sie schien plötzlich unruhig. Hürlimann registrierte es und wechselte sofort die Sprache. »Ich will meiner Tochter ein Klavier zum Geburtstag schenken!«, erklärte er auf Englisch und nickte Barbra-Vivien freundlich zu. »Ich muss Edwin mal kurz entführen, ich brauche seinen Rat, wo wir das Ding am besten hinstellen.« Hürlimann sprach auf dem kurzen Weg zu seinem Haus kein Wort, blickte sich dafür zweimal um, ob ihnen auch niemand folgte.

Edwin lief neben ihm, verwundert über Hürlimanns Tempo, und fasste ihn am Arm. »Hürlimann, deine Tochter ist ein nettes Kerlchen, aber sie ist so musikalisch wie eine Rohrdommel. Ein Klavier für Sabine? Das ist ungefähr so, als würdest du mir ein Abonnement für den ›Playboy‹ schenken.«

Hürlimann reagierte nicht. Er dirigierte Edwin direkt in sein Arbeitszimmer. Schweigend nahm er das frisch gedruckte Bild vom Schreibtisch und hielt es Edwin unter die Nase. Edwin begriff nichts. Er betrachtete das Bild und ließ es sinken. »Los jetzt, Hürlimann, erkläre mir bitte, was

das soll. Das ist Vivien und eine unbekannte Möbelpackerin. Was willst du mir damit sagen?«
»Das ist deine Vivien, Edwin. Mit ihrer Tochter Maisy.«
»Maisy ist neun und sitzt im Rollstuhl.«
»Falsch, Edwin. Maisy ist zwanzig und kann laufen. Das muss sie auch können, denn sie ist Kellnerin.«
Edwin setzte sich in einen Sessel, schwieg und starrte Hürlimann mit großen Augen an. Hürlimann hatte sich über seinen Computer gebeugt und gab gerade die Webadresse der Lodge ein. Das Bild der dunkelhaarigen Frau mit dem Schafbock baute sich auf. Edwin setzte sich plötzlich gerade, starrte noch intensiver und erhob sich beim Anblick der Frau. Das waren nicht die Augen von Charles, das waren seine Gesichtszüge. Bis ins Detail. Er sank in den Stuhl zurück, er war bleich geworden, fast sah es aus, als fiele er lautlos zusammen.
»Hör mir zu, Edwin.« Hürlimann goss seinem Gast einen doppelten Cognac ein und drückte ihm das Glas in die Hand. »Da drüben bei dir sitzt eine Betrügerin. Das hier …« – er wies auf den Monitor – »… ist die echte Vivien.«
Er zog die Schreibtischschublade heraus, griff nach einer Plastiktüte und gab sie Edwin. »Rosa hat den tränenreichen Abschiedsbrief exhumiert, Edwin.«
Edwin zog die lehmverkrustete Silberdose heraus und öffnete sie. »›Ultracoole Möbel für ultracoole Leute!‹«, las er laut und ließ den Prospekt sinken.
»Edwin, trink erst mal einen Schluck.«
Edwin gehorchte, nippte am Cognac, stellte das Glas ab, fuhr sich mit beiden Händen über das Gesicht, ließ die Hände wieder fallen und verschränkte die Finger ineinan-

der, so fest, dass es ihn schmerzen musste. Er blickte Hürlimann nicht an, als er sprach. »Der Reihe nach, bitte!«
Hürlimann setzte sich. »Ich kann es dir leider nicht ersparen, Edwin. Aber dieses ganze Charles-Revival, das die Dame da drüben veranstaltet hat, war von Anfang bis Ende eine widerliche Farce.« Hürlimann holte Luft, dann berichtete er so präzise wie möglich.
Zwischendurch stand Edwin auf, um die ausgedruckten Mails der echten Vivien zu überfliegen, um das breite blonde Mädchen zu betrachten oder um einfach nur aus dem Fenster in Richtung seiner Villa zu starren.
»Wie hoch hast du dein Leben versichert?«
»Eine Million.« Edwins Stimme kam aus Brunnentiefe.
»Weiß unsere falsche Vivien, dass du die Police ändern wolltest?«
»Ich habe mal so etwas angedeutet.«
»Hm. Nicht so gut für deine Sicherheit, Edwin.«
Edwin starrte ihn an.
»Edwin, jetzt müssen wir erst einmal dafür sorgen, dass Maisys Operationsgebühren wieder auf deinem Konto landen.«
Edwin schien sich aus seiner Lähmung zu lösen. Er richtete sich auf, verzog das Gesicht, als er merkte, wie verspannt er war, versuchte, richtig durchzuatmen. »Und wie?«, fragte er und ließ seine Schultern kreisen.
Hürlimann stützte sich mit beiden Armen auf den Schreibtisch. »Den gutbürgerlichen Weg, also Polizei und Staatsanwaltschaft, können wir vergessen. Barbra Kunz ist eine exzellente Märchenerzählerin, Neuseeland ist weit und die Rechtslage so verwickelt wie ein filziges Wollknäuel.«

Edwin nagte an seiner Unterlippe und nickte stumm.
»Und wenn unser Herzchen merkt, dass wir Verdacht schöpfen, wird sie ihre Tochter in Neuseeland anrufen, und die nicht neunjährige und keinesfalls gehbehinderte Maisy wird sofort das Konto abräumen und das Geld gut verstecken, falls das nicht sowieso schon passiert ist. Barbra wird verschwinden, und dann wird es sehr, sehr schwierig.«
Edwin stand auf. Er fuhr sich wieder mit beiden Händen durch das Gesicht, als wolle er eine dicke Schicht abtragen oder aus einem schlechten Traum aufwachen. »Hürlimann, ich begreife drei Dinge nicht: wie ich mich so einwickeln lassen konnte und warum sich Rosa Echte so um mich kümmert. Und wieso du überhaupt involviert bist.«
Hürlimann lächelte. »Also, der Reihe nach von rückwärts: Rosa und ich kennen uns flüchtig über den Zaun hinweg. Aber ohne dich und deine Katastrophenmanieren wäre mir Rosa gestern nicht heulend in die Arme gelaufen. Seit gestern kennen wir uns nicht mehr nur flüchtig. Edwin, dafür werde ich dir immer dankbar sein. Also bleib so dämlich, wie du bist, mein Goldjunge. Warum sie sich um dich kümmert … tja, weißt du, auf meine Weise habe ich das ja auch manchmal versucht. Ich war bloß nicht so hartnäckig wie sie und nicht so nahe dran. Vermutlich bin ich auch viel ignoranter als Rosa. Wenn man sieht, dass jemand mit seinem Boot Richtung Wasserfall rudert, versucht man, ihn aufzuhalten. Oder mehr noch, ihm die richtige Richtung zu zeigen. Ich denke, das hat Rosa getan. Bis die falsche Vivien kam und andere Signale aufstellte.«
Edwin schwieg. »Blue Scarves in New York Spring«. Er erinnerte sich, dass er ein Gefühl von Verrat empfunden

hatte, als er die »Blue Scarves« komponierte – Lust an seiner alten Musik und Verrat an Charles. So, als würde er den Geliebten endgültig verlieren, wenn er zu seiner eigenen Musik zurückkehrte und keine Schlager mehr komponierte.

Er war dabei gewesen, den Verlust zu überwinden. In winzigen Schritten. Es war eher Rosas Anwesenheit, die ihm dabei geholfen hatte, weniger die Gespräche. Die Präsenz ihrer wachen Seele hatte begonnen, ihn zu heilen, ohne dass es ihm bewusst gewesen war. Und genau in diese Situation des Zögerns, des vorsichtigen Loslassens war die falsche Vivien geplatzt.

Edwin starrte Hürlimann an, während ihm all diese Dinge auf einmal so deutlich wurden, als stünden sie säuberlich untereinander getippt auf einer Rechnung.

Was hatte er mit sich machen lassen? »Andere Signale« nannte es Hürlimann. Sirenengesänge waren es gewesen. Charles zurückholen – das hatte sie gesungen, die Sirene. Fehlfarbene Wiederbelebung. Was hätte Charles mit seinem guten Humor und seinem großzügigen Herzen jetzt getan?

Edwin setzte sich schweigend an Hürlimanns Schreibtisch, studierte das Konterfei seiner Schwägerin und las ihre Mails, die Hürlimann alle ausgedruckt hatte.

»Dear Mr. Huerliman, I still don't believe it but it's her. It's definitely that bitch of Barbra. Rennt in Europa herum und missbraucht meinen guten Namen! *Schlagen Sie ihr die Fresse ein!*«

Edwin las die Mails, wieder und wieder, dazwischen betrachtete er das Bild dieser ruppigen, lebenstüchtigen

Schafzüchterin. In ihren Augen saß Charles' Geradlinigkeit. Plötzlich erschien es ihm vollkommen absurd, unverständlich, dass sich solch eine Szene wie auf dem Friedhof hatte abspielen können, dass er dieser billigen Magie und diesen falschen Tränen aufgesessen war.

Hürlimann schwieg und ahnte, was in ihm vorgehen mochte. Nach ein paar weiteren Schweigeminuten legte Edwin die Blätter auf den Tisch und wandte sich seinem Nachbarn zu. »Was kann ich tun, Hürlimann? Hast du eine Idee?«

Hürlimann nickte. »Rosa und ich haben uns schon Gedanken gemacht.« Edwin wollte ihn unterbrechen, aber Hürlimann hob die Hand. »Ich weiß, was du jetzt sagen willst, mein Junge, aber das schaffst du alleine nicht. Du brauchst Verstärkung. Also, hör mir zu. Ich baue einfach auf Überrumpelung. Du darfst Barbra nicht ansatzweise verändert erscheinen, du darfst dir absolut nichts anmerken lassen.«

»Und weiter?«

»Du wirst gleich nach Hause gehen, und unter irgendeinem Vorwand verschwindest du in ein, zwei Stunden für den Rest des Tages. Ich werde unser neuseeländisches Imitat heute Nachmittag zum Kaffee einladen. Für fünf Uhr. Du schleichst gegen halb fünf hierher, zieh dir vorher Hut und Mantel an, möglichst Sachen, die Barbra-Vivien nicht an dir kennt, falls sie zufällig meine Haustür beobachten sollte, wenn du zurückkommst. Du bleibst oben im Flur, Rosa wird hier unten in der Küche sein, und vielleicht bringt sie noch Verstärkung mit. Wir sollten Barbra mühelos überrumpeln können, falls es notwendig wird.«

»Gut, Hürlimann. Aber wie willst du so eine ausgekochte

Betrügerin dazu bringen, das Geld zurückzuüberweisen? Und wie soll das konkret aussehen, die Überweisung? Wir können sie doch nicht ungezwungen lächelnd bis zum Schalter einer Bank eskortieren, wobei Rosa ihr vielleicht noch die kalte Mündung einer Sojasaucenflasche zwischen die Rippen drückt, natürlich gut versteckt unter einem Sommerschal?«

»Sie regelt fast alles per Internetbanking. Das weiß ich von der echten Vivien, bei der sie ja immerhin mal Buchhalterin war. Also werde ich Barbra Kunz heute Nachmittag mit den Fakten konfrontieren und ihr sagen, dass wir sie nur laufen lassen, wenn sie die Aktion ›Geld für Operation‹ wieder rückgängig macht. Das kann sie hier am Computer. Und dann soll sie ihren Koffer packen und verschwinden.«

»Und wenn sie sich weigert?«

»Warum sollte sie? Sie hat keine Chance. Und sie muss fürchten, dass wir die Polizei rufen.«

»Hürlimann, sie weiß doch bestimmt selbst, dass unsere Anschuldigungen nicht zu einer Festnahme ausreichen. Zunächst mal wird sie bestreiten, mich über ihre Identität getäuscht zu haben. Bis alles abgeklärt ist, wer hier wann was gesagt oder vorgetäuscht hat, wer dies oder jenes bestätigen und beweisen kann, und dann auch noch mit einer Hauptzeugin in Neuseeland – das kann dauern.«

Hürlimann hob beide Hände. »Edwin, ich bin sicher, dass sie nicht so weit denkt. Ich baue auf den Schock der Konfrontation und auf die Macht des starken Moments. Und wenn sie sich weigert, werden wir sie wie einen Rollbraten zusammenschnüren und vor dem Internet sitzen lassen wie früher die renitenten Kinder vor der kalten Graupensuppe.«

*

»Hello?« Barbra-Vivien war außer Atem, als sie schließlich die Tür öffnete. Sie musste im Obergeschoss gewesen sein. Dort gab es für sie am meisten zu sehen. Sie blickte Hürlimann mit runden Augen an. »Oh, Mister Hürlimann. How nice. Aber Edwin ist nicht da. Er musste zu einer geschäftlichen Besprechung und war so aufgeregt, poor darling. Wo er nur hingefahren ist?«, erkundigte sie sich im Tonfall eines vierjährigen Mädchens, das danach fragt, wo denn eigentlich der liebe Gott wohnt.

»Ach das!« Hürlimann winkte ab. »Ich glaube, er trifft einen Kollegen, er sagte es mir. Zwischen den beiden gibt es ein rechtliches Problem wegen einer Komposition, und so etwas hasst Edwin. Das macht ihn immer sehr nervös.«

Täuschte er sich, oder atmete sie unmerklich auf?

»Falls Edwin länger fortbleibt, Vivien, dann können Sie ja heute Nachmittag auf einen Milchkaffee bei mir vorbeischauen!«

Barbra-Vivien klatschte aufgeregt in die Hände. Dann näherte sie sich, riss die Augen noch weiter auf und raunte: »Da werden wir zwei lonely hearts einen schönen Café au Lait trinken, was?«

Hürlimann bemühte sich, nicht zurückzuweichen. »Sagen wir um fünf?«

Barbra-Vivien rückte noch ein Stück näher. »Um fünf, Doktor! Ich freue mich!«
Hürlimann nickte noch einmal, wandte sich schnell um, atmete tief durch, entschwand durch das Gartentor und erklomm die Stufen zu seiner Haustür.

*

Punkt fünf Uhr klingelte es bei Professor Nikolaus Hürlimann. Barbra stand vor der Tür, versuchte sich im Fenster zu spiegeln und überprüfte den Sitz ihrer Frisur. Sie räusperte sich und hielt einen Rosenstrauß auf Brusthöhe.
Hürlimann öffnete. Barbra registrierte zufrieden, dass er ein sauberes Hemd trug und sich rasiert hatte. Sie reichte ihm die Rosen. Sie dufteten intensiv, es waren die letzten viktorianischen Rosen, die Barbra abgehackt hatte, jetzt musste der Strauch, den Hürlimann kannte und bewunderte, geplündert sein. Sie riss die Augen auf und lächelte. Ihre Mimik hatte ihn immer schon irritiert. Vielleicht war sie der Ansicht, dass große Augen in jedem Fall die Attraktivität einer Frau steigern, aber Barbra bediente sich dieser Erkenntnis etwas zu ruckartig. Auch das Lächeln erinnerte ihn an die Situation, wenn jemand am Eingang von Disneyworld photographiert wurde. »Nice to see you!«
Er komplimentierte sie ins Wohnzimmer. Sie war ihm physisch unangenehm, es bereitete ihm Unbehagen, sie notfalls gewaltsam festhalten zu müssen, damit der Plan, den er mit Rosa ausgeheckt hatte, auch wirklich funktionierte.

Barbra blickte sich bewundernd um. »Oh, haben Sie die alle gelesen?«, fragte sie und zeigte auf die sechs deckenhoch gefüllten Bücherschränke. Ohne auf die Antwort zu warten, deutete sie auf das Photo einer hübschen jungen Frau. »Na, und wer ist das?«

»Meine Tochter.« Hürlimanns Antwort kam abweisender als beabsichtigt, deshalb beeilte er sich, in freundlicherem Tonfall hinzuzufügen: »Sie lebt bei mir.«

»Sie macht einen tüchtigen und intelligenten Eindruck. Sie müssen Sie sehr lieben.«

Hürlimann schwieg. Er öffnete die Tür zum selten benutzten Esszimmer, in dem schon der Teetisch gedeckt war. Barbra bewunderte alles, die alten Loom-Sessel, die modernen Bilder, auch wenn sie darauf nicht viel erkennen konnte, die breiten Fensterbänke mit den sorgsam gehegten Orchideen. »Oh, Herr Professor Hürlimann …« – sie sprach es aus wie »Hurlyman« –, »… all diese Bücher und die modernen Maler! Ich wünschte, ich könnte etwas dazu sagen, aber ich habe leider keine Ahnung davon. Ich habe immer nur einfache Dinge gemacht in meinem Leben. Meine Eltern hatten nicht viel Geld und dachten, für ein Mädchen wäre es sowieso …«

Sie verstummte und blickte durch das Fenster in den üppigen Garten. Vielleicht war ihr gerade bewusst geworden, dass sie sich auf unsicheres Terrain begab, wenn sie jetzt weitersprach. »Oh, sind die wundervoll!« Sie strich staunend über eine braungelb gesprenkelte Orchideenblüte, die an ein gähnendes Tigerköpfchen erinnerte. Eine ganze Weile stand sie schweigend da, bewunderte seine Blumen. Plötzlich wirkte sie verloren, weckte in ihm etwas,

das er jetzt absolut nicht gebrauchen konnte: Beschützerinstinkte.
Vielleicht hatte sie ihr Leben vorwiegend als Zaungast verbracht. Ausgeschlossen von all den Dingen, die er schon so oft genossen hatte. Anerkennung, Erfolg, Geld. Gesellschaftliche Bestätigung, das Gefühl, dazuzugehören. Und sie kannte auch nicht den Luxus, die anderen Dazugehörenden nach Belieben zu verachten. Das, was ihnen beiden unmittelbar bevorstand, deprimierte ihn plötzlich. »Mögen Sie Kaffee oder lieber Tee?« Er stand bereits an der Tür, die Klinke in der Hand.
»Tee, bitte. Wir Engländer sind da ganz konservativ!«
Hürlimann nickte, dankbar für diese Lüge. Barbra war in Takapuna nördlich von Auckland geboren, ihr Vater auch, aber der Großvater in Hannover. Vivien hatte ihm all ihre persönlichen Daten gemailt. Vor ihm saß eine mit allen Wassern gewaschene Betrügerin. Wie konnte jemand so durchtriebene Pläne aushecken und dabei aussehen wie ein melancholisches Waisenkind, das auf der Geburtstagsfeier einer reichen Schulfreundin verloren an der gedeckten Tafel sitzt?

Zäher konnte die Zeit nicht vergehen. Der Zeiger der Küchenuhr schien festgefroren.
Rosa hörte Barbras Gelächter, ihre aufgeregt hohe Stimme, sie schien in Fahrt zu kommen. Hoffentlich verriet sich Tanja nicht in ihrer Ungeduld, denn sie saß wie ein Gartenzwerg vor dem dichten Kirschlorbeer, der am Rand der Terrasse wuchs. Die Terrassentür hatte Hürlimann zwar abgeschlossen, aber sollte Barbra den Fluchtweg durch ein

Fenster zum Garten nehmen, würde sie auch hier aufgehalten werden.
Was wohl Anastasia oben machte? Hürlimann hatte sie in Sabines Zimmer gesetzt. Hoffentlich erlag sie nicht der Versuchung, mit Edwin zu reden. Edwin befand sich auch im Obergeschoss und sollte genauso wie Anastasia auf jedes Geräusch achten und jedes Geräusch vermeiden.
Rosa verschränkte die Arme und lehnte sich an die Spüle. Jetzt schäkerten Nikolaus und Barbra schon seit zwanzig Minuten. Man konnte es auch übertreiben mit dem Aufwärmen. Wenn er sich von Vivien-Barbras Hilflosigkeit einwickeln ließ? Von ihren Kindchengesten? Männer funktionierten auf diesem Terrain deutlich anders. Rosa hatte immer schon mit Erstaunen das Verhalten mancher Geschlechtsgenossinnen in Gegenwart netter Männer beobachtet: In Sekunden mutierten sogar starke, selbständige Frauen zu kleinen, schwachen Wesen mit höchst knickbaren Flügeln. Rosa nannte es das »Piepvogelsyndrom«. Piep, ich bin so hilflos, rette mich! Selbst bei Edwin hatte es gewirkt, und Edwin war nicht nur schwul, sondern besaß eine gute Portion Zynismus. Rosa schüttelte den Kopf, aber verscheuchen ließ sich diese Idee nicht. Sie wurde mit jeder Sekunde, in der wieder Gekicher aus dem Esszimmer in die Küche drang, stärker.
»O no, Professor, don't tell me!«, kam aus dem Esszimmer, und Barbra kreischte vor Vergnügen.
Rosa verschränkte die Arme vor der Brust, hielt sich an sich selbst fest, fror plötzlich.

Edwin hockte unterdessen auf der obersten Treppenstufe, direkt an der Tür zu Hürlimanns Bad, und bemühte sich, auch nicht das leiseste Geräusch zu machen. Er war zeitig gekommen, eine halbe Stunde vor Rosa, sie hatten sich nur flüchtig gegrüßt wie zwei fremde Boote, die in unbekanntem Gewässer aneinander vorbeisegeln. Entschuldigungen und klärende Gespräche mussten warten. Edwins Gemütszustand entzog sich jeder Definition. Betäubt und hellwach. Bei aller Dankbarkeit verspürte er auch Groll auf Rosa und Hürlimann. Groll, der weder logisch noch angemessen war. Aber seit wann mussten Gefühle logisch oder angemessen sein?
Seltsamerweise war er nicht wütend auf diese kleine Betrügerin mit den ewig unschuldigen Glotzaugen. Barbra war ihm gleichgültig. Sie hatte ihn nur berühren können, weil er durch sie in eine Luftspiegelung geliebter alter Bilder geschwebt war, geschwebt, nicht gelaufen, denn Bodenhaftung hatte er keine gehabt in den letzten drei Wochen. Wie eine alte Libelle war er unbeholfen in einer Fata Morgana herumgeflattert. Und Rosa, das Erdenwesen, hatte ihn heruntergeholt.
Ausgerechnet jetzt musste ihm eine Melodie einfallen, die ihm so in die Hände fuhr, dass er den Impuls unterdrücken musste, zum nächsten Klavier zu rennen. Eine starke Melodie, dramatisch wie ein Geysir, der auf Feuer tanzt.
Er schloss die Augen, summte leise, klopfte mit den Füßen den Takt, zwang sich, nach unten zu lauschen und die Unterhaltung mitzuverfolgen, aber die Musik riss ihn immer wieder fort. Schließlich begann er, die Harmonien auf der Rückseite eines Privatrezeptes, das er in der Brieftasche

trug, zu notieren. Auf der Vorderseite hatte ihm sein Hausarzt ein neues Antidepressivum verordnet, aber das Rezept war schon drei Wochen alt, und er hatte es noch nicht eingelöst.

»Kommen Sie, Mrs. Connaught, ich möchte Ihnen etwas Interessantes zeigen!«
»Oh, sagen Sie doch Vivien zu mir! Von Ihnen lasse ich mir gerne interessante Dinge zeigen, Professor Hurlyman. Ich muss Ihnen auch etwas zeigen. Ich habe ein Photo von meiner Maisy dabei, von meinem kleinen Goldschatz!« Sie senkte den Kopf, wühlte in ihrer Handtasche und streckte ihm schließlich ein Polaroid entgegen. Ein dunkelhaariges kleines Mädchen saß in einem Rollstuhl, die Gesichtszüge waren nur undeutlich zu erkennen, denn man hatte es von der anderen Straßenseite aus photographiert. Barbra musste sich auf die Lauer gelegt haben. Gezielt. Denn links waren, halb angeschnitten, oben an einer Mauer die Buchstaben »...ERY« zu erkennen. Sicher konnten sie auch von »Bakery« stammen oder einem anderen Laden, aber »Nursery« – Pflegeheim – lag nahe.
Hürlimann betrachtete es aufmerksam. »Muss die Kleine immer im Rollstuhl sitzen?«
Barbra senkte den Blick. Hürlimann beobachtete sie genau. Sie hob wieder den Kopf, riss die Augen auf, sah ihn sekundenlang an. Ihr Blick schimmerte auf einmal wässrig, sie schien um ihre Fassung zu kämpfen, nickte, versuchte zu lächeln, wobei rechts und links zwei Tränen fast gleichzeitig über ihre Wangen rollten und auf die Tischplatte fielen.

Unglaublich, dachte Hürlimann. Sie ist ein absoluter Profi. Fast verständlich, dass sie aus einer so seltenen Gabe Kapital schlug. Er erhob sich und wiederholte mit grimmiger Energie: »Kommen Sie, Vivien, kommen Sie!« und geleitete sie ins Wohnzimmer. Er legte eine CD auf.

Das Zeichen.

Die ersten Takte von Chopins Walzer in c-Moll, sehr leise. Rosa öffnete die Küchentür und schlich in den Flur. Hürlimann hatte die Flügeltür zum Wohnzimmer einen Spalt offen stehen lassen. Die Dunkelheit des Korridors und der Umstand, dass Hürlimanns Schreibtischstuhl mit dem Rücken zur Tür wies, erleichterten Rosa den vorsichtigen Einblick in die Szene.

Der Computer war bereits eingeschaltet, und Hürlimann beugte sich über den Monitor. »Setzen Sie sich, Vivien. Ich habe da etwas Spannendes gefunden, vielleicht interessiert es Sie.«

Sie setzte sich und zögerte plötzlich. Es schien, als wüchse ihr aus dem flimmernden Blau der schnellen Bilder Gefahr entgegen, sie war auf einmal vorsichtig. »Arbeiten Sie viel mit Ihrem Computer, Professor?«, fragte sie, hob den Kopf und lächelte gespannt. Hürlimann stand neben ihr, schweigend, und gab einige Daten ein. In dieser Sekunde schellte das Telefon. Hürlimann zuckte zusammen, entschlossen, den Anruf nicht entgegenzunehmen. Er tippte weiter auf der Tastatur und ließ es läuten. Schließlich sprang der Anrufbeantworter an. Dann sprach eine aufgeregte Frauenstimme. »Papa, es ist was ziemlich Dummes passiert, ich brauche deine Hilfe, und zwar schnell. Kannst du mich bitte unter folgender Nummer …«

Sabine Hürlimanns Stimme, sonst so sachlich und fast kühl, klang hell und aufgeregt wie die eines kleinen Mädchens. Hürlimann war mit einem Satz am Telefon.
Die Website der Kahurangi-Lodge baute sich auf.
Vor der Tür erstarrte Rosa und hielt den Atem an. In derselben Sekunde blickte die falsche Vivien der echten ins Gesicht. Barbra riss die Augen auf, diesmal spontan. Langsam erhob sie sich vom Computer.
»Sabine, was ist los?«, brüllte Hürlimann in den Hörer. Anscheinend ermahnte sie ihn als Erstes, nicht so zu brüllen, jedenfalls schrie er: »Ich will wissen, was los ist, in zwei Sätzen, verdammt!«
Sabine Hürlimann schien nun zur Sache zu kommen, jedenfalls lauschte Hürlimann, ließ Barbra dabei nicht aus den Augen und sagte nach dreißig Sekunden etwas ruhiger: »Ach so. Ruf mich in zehn Minuten noch mal an, ich erkläre es dir. Unmögliche Situation jetzt.« Er legte den Hörer auf und befahl Barbra: »Setzen Sie sich.«
Sie blieb stehen. Vorsichtig, wie jemand, der sein Zimmer mit einem Krokodil teilt, beobachtete sie ihrerseits jede seiner Regungen und jeden Winkel des Raumes.
»Barbra Kunz, wir wissen, wer Sie sind.« Sie zuckte bei der Nennung ihres richtigen Namens nicht zusammen, dafür ging sie langsam rückwärts, in Richtung Esszimmer.
»Bleiben Sie stehen!«, bellte Hürlimann.
Sie blieb nicht stehen.
»Bleiben Sie stehen, verdammt!«, brüllte Hürlimann. Wenn Hürlimann schrie, wackelten die Schränke, denn ein Mann mit seinem Resonanzboden hatte stimmlich schon einiges zu bieten. Aber sie schien taub. Was machte sie bloß? Wieso

blieb sie nicht stehen? Hürlimann verharrte in einer merkwürdigen Halbparalyse. Es schien ihm unmöglich, sie festzuhalten, sie hart anzufassen. Bei Frauen und Kindern hatte er das noch nie gekonnt. Barbra Kunz ging weiter, ging rückwärts in das Esszimmer und schloss die Tür. Hürlimanns Verstand schaltete sich zehn Sekunden zu spät ein, polternd fiel sein Computerstuhl um, als er ihr nachsetzte. Ab jetzt geschah fast alles gleichzeitig und binnen drei, vier Sekunden.

Barbra riss ihre Handtasche an sich, die Tasche, in der Geld und Papiere waren. Sie hatte sie nahezu immer dabei, damit nicht jemand aus Neugierde oder Zufall einen Namen in einem neuseeländischen Pass las, der nicht in die Besetzungsliste dieses schlechten Dramas passte. Sie rüttelte an der Terrassentür, sie war abgeschlossen. Noch bevor Hürlimann Barbra erreichte, war sie vom Esszimmer durch die zweite Tür in den Korridor gerannt, prallte zurück, als sie Rosa sah, holte aus und schlug Rosa die Tasche ins Gesicht, traf sie dicht unter dem linken Auge. Rosa taumelte vor Schmerz zurück. Hürlimann kümmerte sich instinktiv um Rosa, Barbra hatte bereits die Klinke der Haustür in der Hand, als sich eine schmale Gestalt auf sie stürzte. Noch bevor Rosa und Hürlimann eingreifen konnten, schnappte Barbra den erstbesten Gegenstand, schlug ihn dem neuen Gegner über den Kopf und stürzte zur Tür hinaus. Edwin sackte sofort zusammen.

»Bleib du bei ihm!«, schrie Rosa und wischte sich das Blut von der Wange.

Der Metallanhänger von Barbras Tasche hatte ihr linkes Jochbein knapp unter dem Auge getroffen, die Platzwunde

war nicht groß, blutete aber stark. Rosa raste auf die Straße.
Edwin hatte das Bewusstsein verloren. Hürlimann hob eine hölzerne Statue vom Boden auf. Eine naive Madonna aus Slowenien, bunt bemalt, aus solider Eiche, armdick und mit Blutspuren. Eine Sekunde später rief er den Rettungsdienst.

Rosa konnte noch soeben den blauen Rockzipfel sehen, als Barbra um die Ecke zur Clay-Allee bog. Rosa setzte ihr nach, so schnell sie konnte. An der Allee angelangt, verbarg sie sich vorsichtig hinter dem dicht bewachsenen Eckgrundstück. Barbra hob die Hand. Das Taxi hielt nicht, es war besetzt. Da vorne war eine Bushaltestelle, gerade kam der Bus, Barbra wandte sich um. Es gelang Rosa, sich hinter einem Paketauto zu verstecken.
Der Bus hielt an, und als Barbra vorne eingestiegen war und ein Ticket löste, schlich sich Rosa zur hinteren Tür hinein und versteckte sich auf der letzten Bank hinter dem breiten Rücken eines Mannes. Rosa atmete schwer.
»Sach, dat det allet nich wahr is!«
Rosa fuhr zusammen. Neben ihr saß Anastasia, ebenfalls heftig keuchend.
»Anas… Wo kommst du denn her? Ich hab dich überhaupt nicht gesehen!«
»Hinter dir her, Rosa. Ich bin die Treppe runter, hab Edwin noch fallen sehen, bin über ihn weggehüpft und dir nachgerannt.« Sie musste beim Sprechen Pausen machen und hielt sich die Hand vor den Brustkorb. Schließlich zog sie ein Papiertaschentuch aus ihrer Jacke und reichte es Rosa.

»Mach dir mal das Blut weg, Rosa«, flüsterte sie, schloss die Augen und lehnte die Stirn an die Sitzlehne vor ihr. Bis zur nächsten Busstation konnten beide kaum einen klaren Gedanken fassen.

»Hast du Geld dabei?«

Rosa schüttelte den Kopf. »Hoffentlich wird die Strecke nicht kontrolliert. Jetzt bloß kein Aufsehen!«, murmelte sie.

Anastasia starrte nach vorne. »Sie hat mich noch nie gesehen, das könnte vielleicht ganz günstig sein.«

Rosa konnte immer noch nicht richtig denken. Gott sei Dank war Edwin bei Hürlimann in den besten Händen. Was für ein schreckliches Geräusch das gewesen war, der dumpfe Schlag auf den Kopf. Rosa hielt beide Hände vor das Gesicht und verharrte ein paar Sekunden lang in dieser Haltung. Verdammt, was sollten sie tun? Der Bus fuhr zum Bahnhof Zoo. Wie konnten sie mitten im Gewühl eine Frau im Auge behalten? Wie konnten sie sie überwältigen? Was, wenn sich Barbra in den nächsten Zug nach Krakau oder Köln setzte?

Es gibt Momente im Leben, in denen man nicht denkt, sondern Eingebungen hat. Eingebungen können verrückt oder genial sein, oft beides, nur durchdacht sind sie nie. Und das kann manchmal von ungeheurem Vorteil sein.

»Olle, wir brauchen Hilfe!«, flüsterte sie und wies mit dem Kopf auf die Frau, die neben dem breitschultrigen Mann und direkt vor Anastasia saß. Sie war elegant gekleidet, trug teuren Schmuck und war nicht mehr ganz jung. Als sie merkte, dass sie von schräg hinten gemustert wurde, wandte sie kurz den Kopf, zuckte bei Rosas Anblick zurück,

denn Rosas Wunde blutete immer noch, ihre Haare standen wirr ums Gesicht, die Aufregung hatte deutlich lesbare Spuren hinterlassen.
Rosa blickte in neugierige dunkle Augen. Sie holte tief Luft, beugte sich vor und flüsterte: »Entschuldigung, haben Sie zufällig ein Handy? Und könnte ich es bitte kurz benutzen für ein Ortsgespräch?«
Die Dame stutzte, dann sagte sie: »Natürlich, das ist kein Problem«, und öffnete ihre Handtasche.
»Ich weiß, es ist ungehörig, aber ich habe keinen Pfennig dabei und kann Ihnen das Gespräch nicht zahlen!«, raunte Rosa. »Ein Ticket habe ich auch nicht, ich fahre schwarz. Sehen Sie die Frau da vorne? Die mit den kurzen dunklen Haaren? Das ist die Geliebte meines Mannes. Ich verfolge sie zusammen mit meiner Freundin schon seit einer halben Stunde. Ich will jetzt endlich wissen, wer sie ist, denn mein Mann streitet alles ab. Aber ich muss Verstärkung anfordern. Meine beiden Söhne.«
Anastasia sagte nichts. Mit Absurditäten und seltsamen Geschichten brachte man sie grundsätzlich nicht aus der Fassung. Sie wartete auf die Enthüllung der ganzen Idee und beugte sich gespannt vor.
Die elegante Frau blickte erst überrascht, dann teilnahmsvoll und reichte Rosa ihr Handy. »Das habe ich auch einmal mitgemacht, Sie Ärmste. So etwas ist ein mittlerer Weltuntergang. Sie müssen die Berliner Vorwahl eingeben, auch für ein Ortsgespräch!«
Rosa dankte ihr und konzentrierte sich auf die Nummer, die sie in den letzten zwei, drei Jahren oft gewählt hatte, wenn sie hören wollte, wo Tanja gerade steckte. »Zip, hier

ist Rosa. Jetzt hör mir gut zu, mein Junge«, flüsterte sie hinter vorgehaltener Hand. »Erklären werde ich das alles später. Du musst sofort, sofort!! mit Stefan zum Bahnhof Zoo kommen, zur Bushaltestelle vom 249er. Wenn ich mit Anastasia aussteige und wir uns an eine fremde Frau klammern, werdet ihr uns helfen, sie festzuhalten und in euer Auto zu packen. Zieht eure weißen Konditorjacken an und tut so, als wärt ihr Sanitäter. Bitte frag jetzt nicht! Lasst alles stehen und liegen, werft euch sofort ins Auto, sofort! Also: zur 249!«

Rosa gab der Dame das Handy zurück und bedankte sich noch einmal.

»Sie werden also nicht den diplomatischen Weg einschlagen, wie ich Ihrem – verzeihen Sie meine Indiskretion –, Ihrem Gespräch entnehmen konnte?« Die Stimme klang amüsiert.

»Weiß Gott, nein«, entgegnete Rosa.

Die fremde Dame erhob sich. »Ich muss leider aussteigen. Schade. Ich glaube fast, ich würde mitprügeln. So etwas reinigt die Seele, jedenfalls in dieser Situation. Ich drücke Ihnen die Daumen. Waidmannsheil!« Sie nickte Rosa und Anastasia zu und verließ den Bus.

»Und wenn sie nich am Zoo aussteigt?«

»Dann haben wir Pech gehabt. Aber ich bin sicher, dass sie nur einen Gedanken hat: weg von hier. Und sie kennt die Buslinie, sie weiß, dass Bahnhof Zoo die Endstation ist.«

Barbras Kopf ragte nicht besonders hoch über die Rückenlehne ihres Sitzes. Ein-, zweimal drehte sie sich um, aber sie sah keinen Verfolger. Wahrscheinlich standen sie alle um Edwin und seine Beule herum. Sie konzentrierte sich wieder auf die Haltestellen, weil sie damit rechnete, dass vielleicht doch noch die Polizei oder ein Taxi mit Rosa und dem aufgebrachten Hurlyman den Bus überholten.

Zweimal war sie während ihres Aufenthaltes bei Edwin allein mit diesem Bus gefahren, um den Ku'damm entlangzubummeln und bei Wertheim Stickgarn zu kaufen. Rosa war sogar mit ihr zur Haltestelle gegangen und hatte ihr alles erklärt. Dass an der Endstation ein großer Bahnhof war, wusste Barbra. Sie umklammerte ihre Handtasche. Was für ein guter Grundsatz, dass sie ihre Papiere und die Kreditkarten immer bei sich hatte! Zuerst würde sie Maisy noch einmal anrufen und fragen, ob das Kind schon das Geld vom Konto geräumt hatte. Vorsichtshalber. Und dann nach Frankfurt, am besten gleich vom Bahnhof Zoo aus. Jetzt war in Neuseeland Winter, es konnte nicht so schwer sein, innerhalb eines Tages einen Flug nach Singapur und Auckland zu bekommen. Im Notfall würde sie ein Ticket der Businessclass kaufen, sie hatte ja Geld. Sie lächelte zufrieden.

Wie schnell die deutsche Polizei arbeitete, wusste Barbra nicht. Dummerweise gab es jetzt wirklich einen Grund, sie festzuhalten.

Es war in der Tat ein Schock gewesen, Rosa im Flur des Professors zu treffen. Rosa, die die Schuld an alldem trug. Es tat Barbra Leid, dass sie Edwin diese Holzmadonna über den Schädel gezogen hatte, aber auch das war Rosas Schuld. Wem hätte es schon geschadet, das Ganze? Sie hatte Edwin für ein paar Wochen schöne Träume geliefert. Es war ein gewagter, genialer Plan gewesen, und sie hatte gute Arbeit

geleistet. Bedauerlich, dass sie nicht Rosas Schädel getroffen hatte.
Linker Hand identifizierte Barbra plötzlich die schmierigfinstere Eisenbahnbrücke, die über die Kantstraße führte. Dort oben rumpelten sie vorbei, die Züge nach Moskau, Paris oder Frankfurt. Gleich war sie erreicht, die erste Schleuse in Richtung Auckland. Barbra richtete sich erwartungsvoll auf und saß kerzengerade, die Handtasche fest umklammert.
Rosas Herz begann zu rasen, als der Bus von der Kantstraße links zum Bahnhof Zoo abbog. »Bitte, bitte, lieber Gott, lass Zip da sein und Stefan, bitte, bitte!« Ihre Lippen bewegten sich stumm, sie hielt sich an der Lehne ihres Vordermannes fest und wackelte rhythmisch vor Aufregung. Wie lange fuhr man von Kreuzberg zum Zoo? Das konnte doch nicht so lange dauern. Auf einmal schnauften die Busbremsen wie ein wütender Drache, der Bus stand still. Rosa duckte sich wieder und spähte durch das zerkratzte Busfenster.
Sie waren nicht da.
Barbra stieg zur Vordertür aus, Anastasia in der Mitte, Rosa hinten. Rosa trat sofort hinter den Bus, um von Barbra nicht gesehen zu werden. Sie waren nicht da!
Barbra war dabei, sich zu orientieren, und wandte sich schließlich Richtung Bahnhofshalle. Plötzlich wurde sie von hinten umklammert. Jemand schrie auf Deutsch: »Nein, Else, mach das nicht! Du musst wieder zurück! Du darfst noch nicht aus der Klinik! Bleib hier!«
Barbra versuchte sich zu befreien. Aber Rosas Griff war fest. Eine alte Frau mit roten Haaren hängte sich ebenfalls

an sie, Barbra schrie: »Help!« Die Leute wurden aufmerksam. Rosa und Anastasia ließen nicht locker. Jetzt begann Barbra zu kämpfen und trat um sich, traf Anastasia schmerzhaft am Oberschenkel, so dass sie die Tobende für Sekunden losließ. Der Busfahrer kletterte zur Tür hinaus. »Was 'n hier? Schlägerei?«

»Meine Cousine Else ist …«, keuchte Rosa, »… ist aus der Klinik abgehauen, … ist total daneben und hält sich für Königin Elisabeth! Dabei muss sie ganz … ganz wichtige Medikamente nehmen!«

»Leave me alone!«, kreischte Barbra und trat nach hinten.

»Nu fass dich, Else!«, bellte Anastasia, massierte ihr stark schmerzendes Bein und verkrallte sich mit der linken Hand in Barbras Pullover.

Der Busfahrer versuchte beschwichtigend auf sie einzureden und packte Barbra dabei am Arm. »Don't you touch me!« Barbra trat auch nach ihm, Barbra tobte wie ein Tiger. Leute blieben stehen. Gerade, als der Busfahrer die nächste Streife alarmieren wollte, bremste ein uralter Mercedes Diesel neben ihnen, zwei junge Männer in weißen Jacken sprangen heraus, packten Cousine Else: »Ganz ruhig, gute Frau, wir fahren gleich zum Doktor!«, und hielten sie fest. Barbra schrie gellend und entwickelte Kräfte, die man nicht vermutet hätte.

»Sie hält sich für die englische Königin!«, erklärte ein Umstehender den anderen Neugierigen. »Piss off!«, schrie Barbra, trat und biss und wehrte sich verzweifelt, hatte aber jetzt keine Chance mehr.

»Mit diese Maniern?«, fragte ein Berliner Witzbold. Stefan und Zip taten ihr Bestes, die Rasende zu bändigen. Die

Umstehenden sahen interessiert zu und gaben Kommentare ab. »Die arme Frau! Aber was will man machen!« Jemand, der sich sehr humorig fand, rief: »God save the queen!«
Der Busfahrer half den beiden jungen Männern, die tobende Frau festzuhalten, Rosa öffnete die Autotüren. Auf einmal schien Barbra erschöpft, ihre Kräfte ließen nach, sie wehrte sich kaum noch. Rosa hüpfte schnell auf den Rücksitz des Diesel, Anastasia auf den Beifahrersitz. Zip überließ Barbra dem Klammergriff Stefans und warf sich hinter das Steuer.
Doch in dem Moment, als Stefan versuchte, Barbra auf den Rücksitz zu bugsieren, zwischen Rosa und sich, drehte sie sich mit gesammelter Kraft um, bekam einen Arm frei, boxte ihm mitten ins Gesicht und war mit katapultartigem Sprung in der Menge verschwunden.
Stefan hielt seine Nase. Sie blutete und sah merkwürdig schief aus. »Scheiße!«, schrie Rosa und stürzte aus dem Wagen, Zip folgte ihr in das dichte Gewühl der Bahnhofshalle, Anastasia hinterher.
Barbra war nirgends zu sehen. Rosa wirbelte durch die Imbisstische der Bäckerei und des Pizzaverkäufers, riss fast eine Rucksacktouristin zu Boden, hastete zur großen Treppe, Zip nahm die zweite Verbindungsschneise, die zu den Zügen führte, rannte an dem Teegeschäft und dem Souvenirladen vorbei, spähte in jede Ecke, stolperte über eine Gruppe Jugendlicher, die auf ihren Lehrer wartete, hastete hinter Rosa die Treppe hoch.
Rosa verschwand zu den Gleisen drei und vier, blieb im Gewühl der Reisenden stecken, drängelte und schob sich

auf der Rolltreppe nach oben, erntete böse Blicke und Kommentare. Auf den Gleisen eins und zwei, getrennt durch den Schienengraben, sah sie Zip, wie er sich durch die wartende Menschenmenge arbeitete, auch er rempelte die Reisenden an, nahm sich keine Zeit für Entschuldigungen.

Rosa lief an dem endlos langen Intercity vorbei, vorbei an Menschen, die noch eilig ihre Tasche in den Zug hoben, dann sah sie zwei Waggons weiter eine kleine, dunkel gelockte Person in blauem Rock in die offene Türe des Zuges hüpfen.

Das musste sie sein! In diesem Moment rannte eine junge Frau gegen Rosa, warf sie fast um, schnauzte: »Wat stehn Sie hier im Wege, hä?«, und Rosa verlor zwei, drei Sekunden.

Die Türen des Intercity fielen mit dem satten Schnappgeräusch der Endgültigkeit zu, und der weiße Blechwurm setzte sich in Bewegung. In einem sinnlosen Impuls rannte Rosa bis ans Ende des Gleises, blieb stehen und schrie vor Wut.

»Rosaaa!«, kreischte jemand vier Meter hinter ihr, an der Treppe zum hinteren Gleisausgang. Rosa wirbelte herum und sah, wie Anastasia rittlings auf einer Frau hockte, die am Boden lag. »Hilf mir! Schnell! Ich hab ihr 'n Bein gestellt!«

*

Tanja saß in der Küche des Professors. Es war seltsam, so heimatlos, in diesem fremden, stillen Haus. Was für ein idiotischer Zufall, dass sie von ihrem Wachtposten vor der Terrassentür die ganzen Turbulenzen nicht gehört und gesehen hatte.

Erst als Hürlimann laut nach ihr rief, erfuhr sie, was sich in wenigen Sekunden abgespielt hatte. Rosa und Anastasia waren längst fort, hinter Barbra her.

Hürlimann hatte den Rettungswagen alarmiert. Er blickte ununterbrochen auf die Uhr, und sein Gesicht nahm den Ausdruck tiefer Besorgnis an, als Edwin nach fünf Minuten immer noch nicht das Bewusstsein zurückerlangt hatte. Schließlich, nach zehn Minuten, gab Edwin ein schwaches Geräusch von sich, aber da waren auch schon der Notarzt und die Sanitäter eingetroffen.

»Bitte bleiben Sie hier, bis Nachricht von Rosa da ist oder bis ich von der Klinik zurückkomme!«, hatte Hürlimann gesagt und war mit dem Krankenwagen verschwunden.

Wo blieben Mama und Anastasia? Sie waren jetzt seit einer knappen Stunde fort.

Tanja erhob sich und wanderte durch die dämmrige Küche. Die Ereignisse der letzten Stunden fielen so seltsam aus der Wirklichkeit. Aus dem Wohnzimmer schimmerte schwach und bläulich der Computer, er war seit Stunden online. Ab und zu gab es ein kleines Signalgeräusch, und eine höfliche Stimme lieferte in mechanischem Tonfall eine Information. Pöng! »Sie haben fünf neue Nachrichten!«, schnarrte die digitale Dame.

Das Telefon klingelte. Tanja rannte ins Wohnzimmer, suchte fluchend den Hörer, fand ihn und hob atemlos ab.

»Tanja? Ich werde noch in der Klinik bleiben. Es geht ihm den Umständen entsprechend.«

»Wie schlimm ist es?«

»Auf die leichte Schulter kann man es leider nicht nehmen, er wird gerade noch untersucht. Haben Sie Nachricht von Rosa?«

»Nein. Aber Mama hat auch kein Handy. Wenn ich Versager irgendetwas mitgekriegt hätte, dann würden wir diese blöde Kuh jetzt gemeinsam verfolgen.«

»Sie sind keine Versagerin, bloß weil Sie durch drei Mauern hindurch keine Geräusche hören konnten. Ich muss jetzt auflegen, bis bald, Tanja. Kopf hoch.«

Kopf hoch! Der hatte gut reden, der Professor. Überhaupt, was war das für ein idiotischer Plan gewesen? »Sie soll per Internet das Geld zurücküberweisen«, hatte Rosa erklärt. »Und sollte sie sich weigern, halten wir sie so lange fest, bis sie aufgibt.«

»Das ist Freiheitsberaubung, und das ist strafbar, Mama.«

»Das ist mir egal. Du glaubst doch nicht, dass sie auf eine deutsche Wache rennt, sobald wir sie wieder freilassen? Ohne Beweise, ohne ein Wort Deutsch zu sprechen? Und selbst wenn, dann steht sie mit einem Polizisten vor der Tür eines Professors der Medizin, der sie auf ihre Anschuldigungen hin besorgt mustert und sagt: ›Tsss, tsss, ich hab schon länger vermutet, dass mit dem Besuch von Herrn Sunray irgendetwas nicht stimmt, seine ehemalige Haushälterin wird Ihnen das gerne bestätigen.‹«

Tanja setzte sich in einen Sessel. Sie hatte Edwins bleiches Gesicht vor Augen, die alternden Klavierspielerhände, die auf seinem Brustkorb gelegen hatten, als man ihn hinaustrug. Wie welke Blätter hatten sie ausgesehen. Er tat ihr Leid, aber sie war immer noch wütend auf ihn. Und ob sein Geld verloren war oder nicht, war ihr gleichgültig. Zu sehr hatte sie sich auf die neue Perspektive gefreut, zu sehr hatte er sie enttäuscht. Rosas Engagement konnte sie nicht nachvollziehen. Aber einen zertrümmerten Schädel wünschte man niemandem.

Sie stand wieder auf und ging langsam durch den stillen Raum, an dessen Wänden grüngoldenes Abendlicht flirrte. Die letzten Sonnenstrahlen fielen durch die Blätter einer Birke, die vor den hinteren Fenstern des verwinkelten Wohnzimmers stand. Tanja sah sich um. Die Regale reichten bis zur Decke, waren voll gestopft, Bücherstapel lagen auf dem Boden, Gartenmagazine, englische Kataloge mit Photos wuchernder Blütenpflanzen füllten drei Bastkörbe.

Auf einem Korbtisch ein gebundener Roman, offensichtlich neu, aufgeschlagen. Tanja liebte es, Geschichten in der Mitte zu beginnen, um dann, nach wenigen Seiten, zu entscheiden, ob sie von vorn anfangen wollte. Sie legte sich auf den Teppich, in die flimmernde Lichtschneise der Abendsonne, und fiel wie durch eine magische Tür mitten in einen staubig-heißen Nachmittag Australiens, landete in einer Scheune, in der sich zwei wildfremde Menschen zum ersten Mal begegneten, und las sich binnen weniger Sekunden fest.

Was für Bilder die Autorin fand! Was für einen Blick auf Menschen sie entwickelte! Und die Sprache! Lyrisch, poetisch, dann wieder hingerotzt oder wie mit verbogenen

Schrauben zusammengesetzt, ganz so, wie sie ihre Figuren eben zeichnen wollte. Eigentlich schrieb sie völlig schnörkellos. Was aber machte ihre Sprache dann so gewaltig? Die Bilder, die sie nur andeutete?

Es war Weisheit darin. So viel Nähe zu ihren Figuren. Aber auch der Blick einer Frau, die zwischen sich und den anderen genug Distanz hielt, so dass sie die Menschen noch lieben konnte. Sie spielte auf der Klaviatur der Sprache nur ganz bestimmte Töne an, und auf einmal stand die Melodie von selbst im Raum. Wie machte sie das? Tanja verspürte ein Flirren im Magen. So schreiben können! So sehen können! Konnte man das lernen? Wie und wo?

Das Telefon klingelte. Tanja zuckte zusammen, sprang auf, verwirrt, blickte sich um und fand den Hörer.

»Papa? Hör mal zu, also du musst …«

»Hier ist nicht Papa«, unterbrach Tanja. »Sie sind Sabine, stimmt's? Ich soll alles notieren, was Sie mir sagen. Ihr Vater ist in der Klinik.«

»O Gott. Was hat er?«

»Er nicht, aber Edwin. Hören Sie, ich soll Ihre Angaben notieren, und dann muss ich die Leitung freihalten, weil es sein kann, dass meine Mutter gleich anruft, bitte.«

»Ich verstehe nur noch Bahnhof.«

»Man hat Edwin niedergeschlagen, und meine Mutter ist der Gaunerin hinterher, und Ihr Vater ist mit Edwin in der Klinik, um es ganz kurz zu machen.«

»Ach du lieber Gott. Und ich dachte, mir wäre was Schlimmes passiert. Was für eine Gaunerin denn?«

»Bitte, können wir das später klären? Die Leitung!!«

»Ja, gut – also, mir sind sämtliche Papiere, Kreditkarten und

Geld gestohlen worden, hier in Florida. Ich brauche von meinem Vater die Adresse eines seiner alten Kollegen, der mir aus der Patsche helfen muss. Er wohnt hier irgendwo. Äh … wer sind Sie eigentlich, wenn ich fragen darf?«

Nach zwei Minuten hatte Tanja alles Wesentliche notiert und drängte Sabine aus der Leitung. Tanja ging zum großen Fenster. Die Straße war abendlich still. Abwarten. Abwarten.

Sie griff wieder nach dem Roman, doch die Sonne war verschwunden, der Zauber gebrochen, und die Unruhe packte sie erneut. Aber den Namen der Autorin hatte sie sich notiert. Er steckte in ihrer Hosentasche wie ein Scheck, den sie später einlösen würde.

Im Regal stand ein Photo. Ein deutlich jüngerer Hürlimann, eine zarte blonde Frau und ein kleines Mädchen am Ufer eines Gewässers. Die Frau wirkte verschwommen, obwohl das Photo gestochen scharf war. Ihr Blick kam wie durch Milchglas. Das Kind hatte den Unterkiefer nach vorne geschoben und sah so aus wie die Klassenkameradinnen, mit denen sich Tanja in der Grundschule sofort geprügelt hätte. Sabine Hürlimann, vermutlich.

Bei so einem Vater konnte sie eigentlich nicht vollkommen missraten sein. Tanja und Hürlimann hatten nur wenige Worte gewechselt, aber sie hatte sofort registriert, dass hier ein Mann war, der zu der seltenen Spezies der Wandlungsfähigen, der Wachen gehörte. Einer, der zuhören konnte. Und zupacken. Er wirkte wie jemand, der sich entschuldigen konnte und dabei keinesfalls unter der Angst vor Gesichtsverlust litt, sondern Stärke ausstrahlte. Das war nur wenigen Männern gegeben, jedenfalls kannte Tanja keine.

Weder ihre Lehrer noch Rosas Verflossene hatten das gekonnt.
Tanja mochte Nikolaus.
Etwas, das sich wie Schmerz ohne Stiche anfühlte, stieg hoch. Geborgenheit und Zuhause hatten immer den Namen Rosa getragen. Jetzt war da ein Mann, und er sah verdammt noch mal nicht so aus wie eine der flüchtigen Liebschaften, die Mama zwischendurch gehabt hatte. Und er war kein Arthur. Vielleicht war es diesmal wirklich die Liebe.
Tanja legte beide Hände auf den Bauch. Emil. Emil ohne Vater, Tanja ohne Freund. Aber sie würden einander haben. Ungewöhnlich für ihr Alter, ihre Situation, aber in ihrem Leben war im Moment kein Platz für die Liebe. Die Suche nach dem Platz unter den Schreibenden überlagerte alles, die Liebe zum Schreiben schien keinen Raum für eine andere Liebe zu lassen. Da war die kurze Affäre mit Stefan gewesen, der Junge war einfach zu schön, um ihn nicht zu beachten, aber viel zu verdreht, um mit ihm eine richtige Beziehung anzufangen.
Nick war ein Zugvogel und damit attraktiv gewesen. Sie erinnerte sich, dass er an dem Morgen, nachdem er ihr Emil hinterlassen hatte, in der Küche der unbekannten Kreuzberger Wohnung an einer italienischen Espressokanne herumschraubte. Er hatte ihr den Rücken zugewandt, einen muskulösen, schönen Rücken, um die Hüften ein altes Frotteehandtuch gewickelt. Die Sonne schien durch die verschmutzten Fensterscheiben, es war ein stiller Moment, ein Moment, der aus der Normalzeit herausfiel wie ein kleines Bild, damit sie ihn in ihr Gedächtnis kleben

konnte, denn sie würden sich nie wieder begegnen. Sie sah ihm an, dass er schon im Flugzeug saß, obwohl er sein Gesicht abgewandt hatte. Sie hatten zusammen gefrühstückt, mit der freundlichen Unverbindlichkeit, die man entwickelt, wenn man weiß, dass man sich nie streiten wird, weil man sich nie kennen lernen wird.

Sie ging zum Fenster, legte beide Hände auf die Glasscheibe, beugte sich ein wenig vor und blickte hinaus in Hürlimanns Oase. Die Geschichte, die sie kurz nach der Nacht mit Nick in ihr blaues Buch geschrieben hatte, würde sie mit Emil weiterschreiben. Sie würde an Emils Bettchen sitzen und lauschen, was sie ihr zu erzählen hatte aus der warmen und dunklen Welt, aus der sie gerade gekommen war. Und das, was Rosa jetzt für sie, Tanja, war, würde sie für Emil sein. Sein müssen. Sein wollen.

Tanja zuckte zusammen, als wieder die digitale Stimme aus dem Computer tönte: »Sie haben sechs neue Nachrichten!«

Tanja ging zum Schreibtisch, neugierig blickte sie auf das blau flimmernde Feld. Sie schrieb erst seit ein paar Wochen auf dem Computer. Dem Computer, den Anastasias Gewinn ermöglicht hatte. Und letzte Woche hatte Stefan ihr sein altes Modem geschenkt und eine Internetadresse eingerichtet. Sie kannte sich noch nicht besonders gut aus, aber eine Nachricht öffnen, lesen und beantworten konnte sie.

Kahurangi-Lodge stand da, fünf Mal. Das war die echte Vivien, das wusste sie von Rosa. Sie zögerte. Eine fremde Mail zu öffnen war nichts anderes, als einen fremden Briefumschlag aufzuschlitzen. Aber bei sechs Nachrichten innerhalb einer Stunde musste es dringend sein. Und Hürlimann machte nicht den Eindruck, als ob er ihr den Kopf abreißen würde. Tanja klickte die Nachrichten der Reihe nach an.

Eins:

»Huerliman, was ist los? Es ist fünf Uhr morgens, ich sitze hier, kann nicht schlafen und warte auf eine Botschaft!«

Zwei:

»Huerliman, bitte melden!«

Drei:

»Ist was passiert?«

Vier:

»Melden Sie sich, verdammt. Hat sie das Geld zurücküberwiesen? Lassen Sie Barbra nicht vom Computer, auch wenn sie so tut, als könne sie nicht bis drei zählen. Falls du das hier liest, Barbra: fuck you!! Huerliman, haben Sie ein Gewehr? Zwingen Sie diese bitch, sofort alles zurückzuüberweisen! Ich warte auf eine Mail, Doc!«

Fünf:

»Ich muss gleich raus, meine Tiere versorgen, melden Sie sich noch mal vorher, verdammt!«

Tanja zögerte. Ob es sinnvoll war oder nicht, Tanja hatte das Bedürfnis, Vivien auf dem Laufenden zu halten. Außerdem konnte sie so ihre eigene Aufregung mit jemandem teilen. Jemandem, der auch involviert war, wenn auch ein paar Tausend Kilometer entfernt. Tanjas Finger rasten über die Tasten. *»I'm not Hürlimann«*, begann sie. *»Der ist in der Klinik mit Edwin. Barbra hat ihn…«*

Und sie beschrieb hastig und in fehlerhaftem Englisch, was passiert war. *»… ich warte auf den Professor, der ist noch in der*

Klinik. Und ich weiß nicht, ob meine Mutter diese Barbra fangen wird. Bis dann, Tanja.«

So, Mail absenden, noch mal bestätigen, und ab damit über den Ozean. Tanja lehnte sich zurück. Wo blieb Mama? Ihr fiel plötzlich ein, dass sie überhaupt nicht wusste, in welche Klinik man Edwin gebracht hatte.

Pöng! »Sie haben eine Nachricht!«

Tanja beugte sich vor und öffnete sie. *»Hello, Tanja! Cute chick! Danke für die Neuigkeiten. Bis später, Vivien.«*

Wahnsinn. Von Kontinent zu Kontinent. Als hätte man gerade nur mal einen Zettel über den Zaun geworfen. Warum meldete Rosa sich nicht, verdammt! Ob sie Barbra gefangen hatte? So etwas würde doch Aufsehen erregen im Bahnhof. Vielleicht waren sie allesamt festgenommen worden und saßen auf der Polizeiwache am Zoo.

Wie es wohl bei der echten Vivien aussah? Neuseeland … wenn Emil größer war, würde sie mit ihr nach Neuseeland reisen. Und danach ein Buch darüber schreiben.

Tanja wanderte wieder durch das fremde Wohnzimmer und betrachtete den wuchernden Garten durch die Fenster. Grün sollte Neuseeland sein, voll wilder Natur, Wasserfälle und wunderbarer Pflanzen. Und nett waren die Menschen da, hatte sie irgendwo gelesen. Vielleicht konnte man sogar die echte Vivien besuchen, ein bisschen auf der Farm arbeiten und dafür umsonst wohnen. Tanja legte sich auf das Sofa und rollte sich ein wie eine Garnele. Und Emil würde mit kleinen Schafen spielen, mit hüpfenden Lämmern. Tanja beobachtete das grüne Blätterflirren, in dem sich die letzten Sonnenstrahlen verfangen hatten. Lichtflecken und Schatten huschten über Hürlimanns Bücherregale und ließen sie wellenförmig verschwimmen. In breitem Strom flossen Buchstaben aus den vielen Büchern, Tanja spürte, wie der Fluss sie hochhob, wie er fast die Zimmerdecke erreichte und dann durch das offene Fenster in den neuseeländischen Garten strömte und sie mit sich trug, es war ein gutes Gefühl.

Abrupter konnte man nicht geweckt werden: Es klingelte Sturm, und jemand bollerte gegen die Tür. Tanja setzte sich verwirrt auf, strampelte sich aus einer Wolldecke, die jemand über sie gelegt haben musste, und blickte für eine Sekunde in Hürlimanns Augen. Er stürzte zur Haustür, wie ein Bienenschwarm surrten Menschen in den Flur, ein Bienenschwarm, in dessen Mitte eine gefangen genommene Hornisse kämpfte.

»Zip! Stefan! Was macht ihr denn …«

Tanja wich beiseite, denn eben zerrten sie Barbra, die strampelnd herumtobte, ins Wohnzimmer. Immerhin hatte man ihr die Hände auf den Rücken fesseln können. Als Barbra Hürlimann sah, brach sie in Tränen aus und überschüttete ihn mit einem Schwall Verwünschungen und Flüchen. Hürlimann packte sie bei den Schultern und drückte sie auf seinen Bürosessel. Seine Stimme war sehr laut: »Mrs. Kunz, wir geben Ihnen genau eine Chance, und das genau jetzt. Hören Sie mir gefälligst zu, sonst sitzen Sie in zwanzig Minuten hinter Gittern.«

Das war natürlich stark übertrieben, aber es wirkte.

Barbra verstummte und ließ nun ohne Widerstand geschehen, dass Rosa und Zip sie mit Hürlimanns Abschleppseil an den Drehstuhl fesselten. Es war eine seltsame Szene. Von weitem hätte man es für ein Familienphoto halten können: vorne die Jubilarin, sitzend, hinter ihr die liebende Familie, wie durch Zufall nach Größe geordnet. Nur dass die Hauptfigur gefesselt war und den Photographen verheult und wutentbrannt anstarrte und der Rest der Familie so erschöpft wirkte, als habe man sie allesamt vor drei Minuten mit dem Helikopter aus dem Circus Maximus gerettet.

Tanja setzte sich wieder auf das Sofa und betrachtete die Frau, die Edwin um so viele Illusionen betrogen hatte, zum ersten Mal. Eigentlich sah sie aus wie ein braves Muttchen unter ihrer dunklen Naturkrause, die wie ein Topfschwamm wirkte. Ein bisschen verbraucht, verlebt, schlicht. Nicht wie eine ausgekochte Ganovin.

Hürlimann stützte sich auf den Schreibtisch, auf beide Hände, beugte sich vor, so dass er direkt in Barbras Augen starrte, und fixierte sie wie der Python das Kaninchen. Sie wich nicht zurück. Sie schwieg und wartete.

»Barbra Kunz, Sie werden hier und jetzt sofort das Geld von Ihrem Konto auf Edwins Konto zurücküberweisen. Per Internet. Danach rufen wir in der Klinik an, und wenn es so aussieht, als käme Edwin durch, werden Sie sofort verschwinden. Ich fahre Sie zum Bahnhof und setze Sie in den nächsten Zug nach Frankfurt. Von dort aus nehmen Sie die nächste Maschine nach Hause. Wenn es schlecht um Edwin steht, rufe ich die Polizei, dann wird man Sie mitnehmen. Übrigens hat er eine Schädelfraktur.«

Hürlimann verharrte in seiner drohenden Pose. Rosa hielt erschrocken die Hand vor den Mund. Anastasia verstand nichts, weil Hürlimann Englisch gesprochen hatte, und

blickte Rosa fragend an. Rosa flüsterte ihr etwas ins Ohr, woraufhin sie einen entsetzten Laut von sich gab.
Barbra schwieg. Alle verharrten für Sekunden in völliger Stille, dann hob sie die verschnürten Hände, ließ sie wieder fallen und schien begriffen zu haben, dass sie wirklich nur eine Chance hatte – nämlich zu tun, was er sagte. Sie nickte. Zip löste das obere Ende des Abschleppseils, gab damit ihre beiden Hände frei und rollte Barbra direkt vor die Computertastatur.
Sie begann, ihre Daten einzugeben. Rosa löste sich aus ihrer Starre, trat zu Hürlimann und fragte ihn leise und bang: »Nikolaus, wie sieht es aus mit Edwin? Stimmt das mit dem Schädelbruch?«
Hürlimann blickte grimmig auf Barbra. »Ja. Aber er wird durchkommen, das ist jetzt schon klar. Nur irgendwelche Folgeschäden oder Komplikationen kann man nicht voraussagen. Aber ich glaube nicht daran. Er hat Glück gehabt. Dieses Weibsstück hier soll nur ein bisschen zusätzlich unter Druck gesetzt werden, danach werfen wir sie raus. Vielleicht gehst du mal rüber und packst ihren Krempel zusammen, den kann sie dann gleich mitnehmen. Edwins Schlüssel hängt im Flur neben …«
»Es geht nicht.« Barbras Stimme war fast tonlos. »Mein Konto ist leer, sehen Sie selbst.«
Hürlimann war mit einem Satz hinter ihr und starrte in das blaue Computerauge. Auf dem Konto des Flower B & B befanden sich noch vierhundertsechzig New Zealand Dollar. Hürlimann schloss die Augen, presste seine Faust gegen die Lippen und überlegte. »Hat Ihre Tochter alle Kontovollmachten?«

»Ja.«
»Haben Sie sie angerufen und ihr gesagt, sie solle das Geld abheben?«
»… Nein.«
Die winzige Pause ließ ihn aufhorchen. »Sie haben es getan, Barbra. Okay, wenn sowieso alles verloren ist, rufe ich jetzt die Polizei.«
Die Antwort kam schnell. »Ich habe ihr vor zwei, drei Tagen vorgeschlagen, sie solle es demnächst machen. Vorsichtshalber.«
»Vorsichtshalber. Aha.« Hürlimann rollte Barbra auf ihrem Bürosessel beiseite wie einen Teewagen, gab ein paar Daten ein, schrieb ein paar eilige Worte, zögerte, brach den Vorgang ab und griff zum Telefonhörer. Nur Vivien konnte helfen, aber wie, wusste er nicht.

*

Rosa schluckte. Sie drückte die Klinke herunter, trat in das Krankenzimmer und schloss die Tür hinter sich. Sie blieb stehen, sah auf den Mann, der in seinem Krankenbett lag. Es war still im Raum. Sie sagte nichts, als sie sich neben Edwins Bett setzte. Sein Gesicht schien schmaler. Er wirkte durchsichtig, aber sein Blick war aufmerksam. Sie musterten sich schweigend.
»Sie sehen aus, als wären Sie im Pappkarton unter einen Eispflug gerodelt!«, eröffnete Rosa das Gespräch. Er beäugte die verkrustete Wunde auf ihrer Wange, diverse

Kratzspuren im Gesicht und eine bläuliche Schwellung auf dem anderen Jochbein. »Ich will ja nichts sagen, aber …« Er deutete mit dem Zeigefinger auf ihr zerschundenes Gesicht. »Ist Hürlimann ein Schläger?«
Rosa lachte. »Das hätten Sie wohl gerne, was? Nein, das war Ihr sanftes Blümchengemüt. Kleine Meinungsverschiedenheit an der Bahnsteigkante. Als die Dame sich meinen Argumenten gegenüber verschlossen zeigte, mussten Anastasia und ich handgreiflich werden.«
»Hat Anastasia auch ein blaues Auge?«
»Nein. Ihrer Bluse fehlt jetzt der Kragen.«
»Teures Stück?«
»Sie haben ja Sorgen. Nichts, was Sie nicht ersetzen könnten, Edwin.«
Er lächelte. Hinter der Blässe, den Augenringen und den Falten sah Rosa plötzlich einen vielleicht neunjährigen Jungen, der sich furchtgepeinigt bei seiner Lehrerin entschuldigen soll. Edwin räusperte sich. »Na, ich fürchte, ein paar Sachen kann ich nicht wieder gutmachen. Wenn man hier so rumliegt, dann denkt man schon mal über den ein oder anderen Fehler nach.«
Rosa legte den Kopf schief und betrachtete ihn aufmerksam. »Sie und Fehler? Hab ich das richtig gehört? Hat man Sie bereits auf Dachschäden untersucht, oder ist das jetzt ein Beispiel für schlagartige Läuterung?«
»Schlagartig auf jeden Fall. Ich muss Barbra wohl dankbar sein, dass sie mich ausgerechnet mit einer Holzmadonna niedergestreckt hat.«
Rosa nickte. »Wer weiß, welche Kräfte hier gewirkt haben. Übrigens soll ich Sie grüßen.«

Er blickte sie fragend an.
»Von Tanja.«
»Wofür?«
Sie schwiegen. Nach einer Weile betrachtete Edwin seine Hände. »Ich werde noch eine letzte Sunray-CD im Genre Schlager machen. Was danach kommt, weiß ich noch nicht. Ich werde Tanja aber neue Aufträge verschaffen, das dürfte nicht so schwer für mich sein. Ein paar gute Kontakte sind mir noch geblieben.«
»Das wird sie, glaube ich, ganz schön aufbauen. Mich auch, übrigens. Ich hatte immer noch gehofft, dass sie die Schule nicht schmeißt. Aber sie hat es tatsächlich getan. Das liegt mir auf der Seele wie ein Sack Zement. Straßendichterin!«
Er klopfte ihr sacht auf die Hand. »Manchmal hat sogar so ein widerlicher Zyniker wie ich eine abgegriffene Parole im Repertoire: Kommt Zeit, kommt Rat. Es gibt Erfahrungen, die muss sie einfach selbst machen, Rosa. Wir lassen sie schon nicht hängen.«
Dieses »wir« tröstete Rosa mehr als alles, was sie in den letzten Wochen an guten Ratschlägen entgegengenommen hatte.
Er räusperte sich, dann runzelte er die Stirn. »Haben Sie Ella benachrichtigt?«
»Nein. Sollte ich das?« Sie lachte plötzlich. »Ich weiß, Sie halten mich für übergriffig, das bin ich auch, das sind Mütter häufig, aber es gibt für mich tatsächlich Grenzen. Ella ist wirklich Ihre ureigene Baustelle, da halte ich mich raus.«
»Ich glaube, sie kreuzt im Moment vor Spitzbergen herum. Mitternachtssonne mit Kapitänsdinner oder so ähnlich. Ich

erzähle es ihr später mal, verdünnt und in Kleinstdosis.« Er betrachtete seinen Handrücken, in dem eine weiß verklebte Infusionskanüle steckte. »Sonst paddelt sie auf dem Rücken eines Eisbären an Land und nimmt das nächste Flugzeug, um mir ihre berüchtigten Dauerpredigten zu halten. Vor allem ihr unschlagbares ›Hätte ich dir gleich sagen können, wie das endet‹. Und in diesem Zustand bin ich einigermaßen wehrlos, ich kann ihr hier noch nicht einmal eine Espressotasse an den Kopf werfen.«

»Edwin, Sie sind zu hart mit ihr. Sie hat sich doch wirklich auf Distanz gehalten in den letzten Wochen.«

»Ich weiß. Aber ich kenne sie seit 58 Jahren, und Sie kennen sie erst seit sechs Wochen. Ich kann nicht behaupten, dass dieses Wechselbad von Schuldgefühlen und Zuneigung angenehm ist. Ich verdanke ihr viel, woran sie mich auch regelmäßig erinnert. Und dafür hasse ich sie. Sie ist unter all der Rechthaberei ein anständiger Kerl, und dafür liebe ich sie. Ohne Ella wäre ich ganz einfach verhungert, denn meine Mutter war zwischendurch verschwunden. Tagelang, manchmal wochenlang.«

Edwin machte eine Pause und betrachtete seine Fingernägel. Rosa wollte nichts dazu sagen, wollte, dass er weitersprach.

»Und wenn Ella nicht eisern die Fassade der versorgten Kinder aufrechterhalten hätte, wären wir beide in irgendwelchen Heimen verschwunden. Sie hat für mich geklaut und gearbeitet, seit ihrem zehnten Lebensjahr. Zehn Jahre alt und voll verantwortlich für einen Dreijährigen. Der Wahnsinn. Ich weiß bis heute nicht, wie sie das im Detail geschafft hat.«

»Haben Sie nie darüber gesprochen?«
»Doch, natürlich. Aber alles hat sie mir nicht erzählt. Jedenfalls, als sie sechzehn war, hatte sie eine Stelle, ging arbeiten, und meine Mutter lief nur noch am Rande mit. Meine Schultüte hat mir Ella gebastelt und in den Arm gedrückt, zum Elternsprechtag ging Ella, weil meine Mutter angeblich gehbehindert war. Meist lag sie im Delirium in einer Ecke und kotzte. Na ja, und so weiter. Irgendwann einmal hatten die höheren Mächte ein Einsehen, und meine Mutter trat ab. Danach, das war eigentlich die beste Zeit. Wir wohnten in einer winzigen Zweizimmerwohnung im Schanzenviertel, dunkel und muffig. Ella schuftete wie verrückt, aber sonntags fuhren wir im Hafen auf einem Bötchen, hielten uns zu zweit an einer Limo fest, und Ella putzte nach Feierabend bei einer Klavierlehrerin, damit ich dafür Stunden nehmen konnte. Dann bekam Ella einen Bürojob, und wir wurden fast bürgerlich. Sonntags gab's Schweinebraten. Für uns war das damals kaum zu glauben. Und dann kam meine Ablösephase, danach mein Coming-out, die Musik. Ich verließ sie. Erst innerlich, dann äußerlich.«
»Muss verdammt hart für sie gewesen sein.«
»Hart ist wohl kein Ausdruck. Sie hat durchaus den Absprung zu ihrem eigenen Leben versucht, ein bisschen missglückt und mit dieser Dauermacke, alles um sich herum mit liebender Fürsorge in den Wahnsinn zu treiben.«
Sie schwiegen beide. Rosa blickte Edwin in die Augen. Sie sagte immer noch nichts.
Er hob genervt die Hände. »Ja, verdammt, ist ja gut, ich rufe sie heute an.«

»Habe ich was gesagt?«
»Nein. Aber Ihre Augenbrauen stehen in demselben Winkel hoch wie bei ihr, wenn ihr was nicht passt.«
Rosa lachte. »Edwin, Sie sind total bescheuert und tendenziell paranoid.«
»Aber selbstverständlich. Weiß ich. Insgesamt habe ich aber Glück gehabt, finden Sie nicht? Meine geistigen Schäden halten sich in Grenzen, und ich kann weiter Klavier spielen!« Er spreizte seine Finger und betrachtete sie.
Rosa beugte sich vor. »Wenn Sie hier raus sind, laden Sie mich mal ein und spielen ›Blue Scarves in New York Spring‹? Wissen Sie, dass ich das vermisse?«
Er starrte an die Decke. »Extra einladen wollte ich Sie eigentlich nicht, Rosa, ich dachte daran, es Ihnen während der Arbeitszeit vorzuspielen, während Sie mir so ein unverschämt gutes Estragonpoulet zubereiten. Die haben hier zwar ein paar hübsche Pfleger im Krankenhaus, aber das Essen … Ich glaube, ich habe mich gegen Ende ausgesprochen schlecht benommen, Rosa.«
Jetzt war es heraus.
Sie beugte sich zu ihm herunter und gab ihm einen Kuss auf die Wange. »Und ich glaube, Edwin Sunray, Sie sind ein ziemlicher Idiot. Wie lange Sie brauchen, bis Sie kapieren, dass Sie echte Freunde haben!«
»Sie haben Recht. Ich bin ein Idiot. Und Sie sind übergriffig und selbstherrlich.«
»Und Sie sind ein nörglerischer Neurotiker, starrsinnig und narzisstisch. Und selbstherrlich bin ich überhaupt nicht, aber eine unglaublich gute Köchin und dazu hinreißend nett.«

»Ich weiß, das war versuchte Selbstironie, doch blöderweise stimmt es, Rosa. Eigenlob stinkt!«
»Quatsch. Seit wann?« Rosa lächelte. Sie betrachteten die beiden Sonnenstrahlen, die als schräger Doppelstreifen auf der weißen Bettdecke leuchteten. Eine dicke Fliege summte herein, stieß immer wieder mit dumpfem Geräusch gegen die Glasscheibe und fand schließlich den Ausgang durch das geöffnete Kippfenster. Jetzt war es wieder vollkommen still. Edwin atmete ein, stieß die Luft in einem Seufzer aus und wandte Rosa wieder den Kopf zu. Er hatte gerade einen langen Anlauf genommen.
Es war ein Blick, der es eigentlich überflüssig machte, zu reden, aber er tat es trotzdem. »Rosa, wissen Sie was? Sie sind wirklich und tatsächlich die erste Frau, deretwegen es mir fast Leid tut, dass ich schwul bin. Oder sagen wir lieber: Schade, dass Sie kein Mann sind.«
Rosa blickte ihn lange an, dann wandte sie den Kopf zur Seite. Sie schwieg, dann putzte sie sich die Nase. »Verflucht noch mal, Edwin Sunray. Entweder gehst du mir auf die Nerven, oder du bringst mich zum Heulen.«
»Oh! Ich wollte dir ausnahmsweise mal was Freundliches sagen!«
»Weiß ich doch.« Rosa putzte sich die Nase noch einmal. »Ich meine ja nur … von Hürlimann hätte ich das jetzt nicht so gerne gehört. Aber ansonsten ist es das netteste Kompliment, das man mir je gemacht hat.«

*

Sabine Hürlimann verschluckte sich an dem dünnen Kaffee. Sie saß vor dem Internettresen des Hotels, mit Blick auf den dunkelblauen Golf von Mexiko, und las die Mail ihres Vaters.

»... aber mit so etwas hatte wirklich niemand gerechnet, das kannst du mir glauben, Kind. Es war wie im Kino. Charles' Schwester, ich meine, die echte Schwester in Neuseeland, ist ziemlich pfiffig. Schon am Tag vorher hatte sie Unheil gewittert, weil diese Walkürentochter Maisy auf einmal in einem nagelneuen Pick-up herumfuhr. Als ich dann in Neuseeland anrief, um Vivien zu sagen, dass Barbras Konto leer sei, stand Vivien bereits sprungbereit, denn die kluge Tanja hatte sie schon zwei Stunden vorher über die Ereignisse informiert, per E-Mail. Vivien orderte Barbras Töchterlein Maisy zu sich, eröffnete ihr, dass ihre Mutter 32 Flugstunden entfernt wie ein verschnürter Rollbraten vor unserem Computer sitze, und zwang sie, die zweihundertfünfzigtausend minus Pick-up sofort auf Edwins Konto zurückzuüberweisen. Das liebe Mädchen hatte das Geld bereits auf ein neues Konto verschoben. Eins, zu dem übrigens auch die Mama keinen Zugang hatte. Stell dir das Bild mal vor! Getrennt durch Ozeane und Kontinente sitzen sich zwei Frauen am Computer gegenüber, die eine gefesselt, die andere mit Viviens Jagdgewehr im Rücken, und wickeln ihre Geldgeschäfte ab.«

Sabine Hürlimann holte tief Luft, bevor sie weiterlas. *»Ich habe Barbra Kunz dann am Bahnhof Zoo aus dem Auto steigen lassen. Edwin war übrigens auch dafür. Irgendwie hat sie uns allen einen Gefallen getan. Ohne es zu wollen, natürlich. Es hat sich viel verändert für mich, Sabine. Ich werde es dir lieber persönlich erzählen. Es hat mit Rosa Echte zu tun, die du ja schon einmal auf unserer Terrasse gesehen hast. Ging mit deinen Ersatzpapieren* *alles klar? Bis bald, liebes Kind, pass auf dich auf, Kuss, dein oller Papa, der momentan ziemlich glücklich ist.«*

*

Rosa riss die Tür zu Edwins Kellerstudio auf, ohne vorher anzuklopfen. »Edwin, ich muss nach Charlottenburg, sofort! Du kriegst heute Mittag nichts zu essen, und ich weiß nicht, wann ich wiederkomme.«

Edwin war aufgestanden, erschrocken bei ihrem Anblick. »Ist was mit Tanja?«

»Nein. Mit Anastasia. Tanja rief mich eben an. Ich muss los!« Und ohne ein weiteres Wort rannte sie die Treppe hinauf, band unterwegs die Schürze ab, warf sie auf den Fußboden und schlug die Haustür zu. »Ruf mich an, wenn du …«, rief Edwin ihr hinterher, aber sie hörte es nicht mehr. Anastasia. Hoffentlich war es nicht so schlimm, wie Rosa ausgesehen hatte. Langsam stieg er die Treppe hinauf. Er musste sich noch schonen.

Es roch nach gebratenen Zwiebeln. Hatte sie in der Hektik möglicherweise vergessen, den Herd abzustellen? Er ging in die Küche. Die Herdplatten waren ausgeschaltet, die Essenszutaten in säuberlicher *mise en place* vorbereitet, auf der Marmorplatte lag ein rohes Filet. Die heiße Pfanne hatte Rosa beiseite gezogen. Edwin griff nach einer Scheibe Brot und fischte ein Stück angebratener Zwiebel heraus. Er öffnete den Kühlschrank, fand eine angebrochene Flasche Chablis und goss sich ein Wasserglas halb voll.

Im Wohnzimmer legte er sich auf die Couch und blickte zum Fenster hinaus. Nebenan fuhr Hürlimann seinen Wagen aus der Garage. Edwin konnte ihn nicht sehen, aber er kannte das Quietschen des Holztors, sein Scharren über die unkrautbewachsenen Waschbetonplatten vor der Garage, kannte das Motorengeräusch des schweren alten Citroën. Eine Autotür fiel ins Schloss, dann fuhr der Wagen los, die Geräusche entfernten sich.
In der Küche sprang der Kühlschrank schnarrend an. Die Septembersonne ließ blaue Pigmente in seinem grauen Nepalteppich sichtbar werden. Er betrachtete den Staub, der in einem Sonnenstrahl über dem Tisch schwebte. Rosa hatte Dahliensträuße verteilt, aus denen sich lange Hopfenranken wanden. Durch die Whiskyflasche auf einem Beistelltisch fiel ein leuchtender Streifen maltgefärbten Sonnenlichtes an die Wand. Lange war er fort gewesen, jetzt war er wieder zu Hause.
Langsam ließ er seinen Blick an den Bücherregalen vorbeiwandern, bis er an Charles' Altar hängen blieb. Er stand auf und betrachtete ihn von nahem.
Charles' Photos und einige alte Erinnerungsstücke – die echten Souvenirs von Barbra, die Photos und die Postkarte, hatte er in einer Schublade versenkt – standen auf einer dunkelgrauen Insel. Rosa hatte rings um den Altar gewischt, aber das Portrait im Silberrahmen und alles andere war dick verstaubt. Edwin musste unwillkürlich grinsen, weil er sich vorstellte, wie Rosa jedes Mal mit dem Mikrofasertuch um die Tabu-Objekte herumkurvte und vermutlich auch jedes Mal an die lang zurückliegende Szene dachte, in der er sie so scharf zurechtgewiesen hatte. Jeden-

falls wirkte der elegant geschwungene Rand des Staubteppichs auf dem weißen Regal wie eine ironisch hochgezogene Augenbraue.
Er nahm Charles' Photo herunter, trug es auf die Terrasse, pustete die dicksten Flocken fort, wischte den Staub mit der Hand nach und betrachtete seinen Geliebten. »Hast *du* eigentlich dafür gesorgt, dass mein Kopf stabiler war als die slowenische Holzmadonna? Anscheinend wolltest du mich noch nicht da oben, Charlie.« Er nahm das Photo mit auf die Couch, legte sich wieder hin, hielt das Bild mit beiden Armen hoch über sich. »Du fehlst mir, Charles«, sagte er. »Aber ich kann unsere Musik nicht mehr machen. Ohne dich geht das nicht.«
Er ließ das Bild sinken und weinte. Erst leise. Dann, als ihm bewusst wurde, dass niemand im Haus war, weinte er laut wie ein Kind. Lange und laut. Dieses Mal öffnete das Weinen seine Brust, weitete sein Herz und entließ einen Schatten.
Als er sich schließlich beruhigt hatte, stand er vorsichtig auf. Vorsichtig, denn sein Kreislauf war manchmal noch labil. Er ging zum Sekretär, griff nach einem selbstklebenden rosa Merkzettel und schrieb eine kurze Notiz darauf. Dann heftete er den Zettel sorgsam auf den Rahmen mit Charles' Photo, aber so, dass Charles noch etwas sehen konnte, und stellte das Bild auf seinen völlig verstaubten Platz zurück.
Das würde sie morgen lesen: »Rosa, du alte Schlampe! Mach hier mal sauber! Gruß, Charles.«
Er setzte sich an seinen Bechstein und sprang in Gershwins »Rhapsody in Blue«, irgendwo in die Mitte, so, wie jemand in einen gefüllten Sandkasten voller Förmchen hüpft,

spielte und rannte und tobte auf den Tasten, bis die Sonne im Garten verschwand.

★

Tanja öffnete die Tür. Sie war bleich. Hürlimann eilte mit seinem Koffer an ihr vorbei. Anastasia lag auf dem Sofa, bewusstlos. Rasputin hockte in einer Ecke auf seinen Hinterbeinen, aufrecht, still wie ein kleines Denkmal.

Hürlimann kramte das Stethoskop aus der Tasche. »Was war denn los, Tanja?«

Tanja schüttelte den Kopf, schluckte. »Keine Ahnung. Ich weiß es nicht. Ich kam die Treppe hoch und wunderte mich, dass die Tür halb offen stand. Ich rief nach ihr, dann sah ich, dass in der Küche eine Einkaufstasche umgefallen und alles kreuz und quer auf dem Boden herumgekollert war, Zwiebeln und Äpfel und … und dann lag sie hier, halb auf dem Boden, ich hab sie dann noch aufs Sofa gehievt.«

Rosa legte Anastasia einen kalten Lappen auf die Stirn. Hürlimann prüfte den Puls und machte ein bedenkliches Gesicht. Rosa blickte ihn fragend an. Er zuckte die Schultern, nahm eine Ampulle und Injektionsbesteck aus der Tasche und zog die Spritze auf.

Rasputin bewegte sich immer noch nicht. Er saß da wie ausgestopft. Nach ein paar Minuten schlug Anastasia die Augen auf, gab einen Laut von sich, der tierhaft war, tief aus der Brust kam, ihr Blick war trübe, dann wurde er klarer, wie bei jemandem, der langsam vom tiefen Grund innerer Dunkelheit ans Licht schwimmt. Es dauerte eine Weile, bis sie begriff, dass sich ungewöhnlich viele Leute in ihrer Wohnung befanden. »K-inder, wa…?« Sie konnte nicht richtig sprechen.

Rosa nahm ihre Hand und hockte sich neben sie. »Hör mal, meine Gute, du solltest besser in die Klinik zur Untersuchung und Beobachtung. Reg dich bitte nicht auf, wir kommen mit. Aber wir müssen ein paar Sachen abklären.«

Rosa rechnete mit Protest. Aber Anastasia seufzte nur und schwieg. Sie hob die Hand und ließ sie wieder fallen. Rosa lächelte sie an. »Olle, du hattest einen Schwächeanfall oder etwas Ähnliches, du meine Güte, das kann mal vorkommen. Du wirst gründlich untersucht, und dann sorge ich dafür, dass du dich richtig schön erholst.«

Anastasia nickte, als hätte man ihr vorgeschlagen, noch eine Salzstange zu essen. Es war genau dieser Mangel an Widerstand, der Rosa mehr beunruhigte als der Ohnmachtsanfall.

Anastasia winkte Tanja und Rosa mit der Hand näher zu sich. Sie beugten sich über sie. »Kin-der«, sagte Anastasia mühsam, kaum brachte sie die Silben heraus, sie lallte ein wenig. »… hin-ter Hun-defutter, Doku-dokumen…«

Der Arzt im grünen Kittel tauschte sich halblaut mit Hürlimann aus. Rosa saß in der Warteecke und beobachtete Hürlimanns Gesicht. Was er sprach, konnte sie nicht verstehen. Er sah ernst aus, müde, zum ersten Mal fand sie ihn alt, und die Wärme für ihn durchflutete sie, mischte sich mit der Angst um Anastasia. Es hielt sie nicht mehr auf ihrem

Sitz. Sie stand auf, machte ein Handzeichen, so, als wolle sie den weißen Schriftzug »Intensivstation« wegwischen, und öffnete die Glastür. »Ich möchte zu ihr!«
»Sind Sie eine Verwandte?«, fragte der Arzt. O bitte, jetzt nicht diese Diskussionen. »Ja«, entgegnete sie schnell und bestimmt, weil Hürlimann gerade den Mund aufmachte. »Ich bin die Nichte.«
Hürlimann nickte. »Die einzige noch lebende Verwandte«, bekräftigte er.

Klein sah Anastasia aus, wie ein altes Kind in einem viel zu großen Bett. Sie hob die Hand. An der anderen hingen die Schläuche der Infusion. Über ihrem Kopf hüpften piepsende Wellen über einen Monitor und verschwammen in Rosas Augen zu chiffrierten Drohungen. Sie setzte sich neben Anastasias Bett und nahm ihre Hand. Anastasia öffnete die Augen und blickte Rosa an, Rosa spürte den schwachen Druck ihrer Finger.
Anastasia versuchte zu sprechen, aber es schien nicht zu funktionieren. Sie öffnete den Mund, formte die Lippen, machte ein schwaches Geräusch, dann schloss sie die Augen.
»Olleken, nächste Woche werden wir wieder Fußball spielen!« Rosa schluckte die Angsttränen hinunter. Mit ihrer freien Hand fingerte sie nach einem Papiertaschentuch in ihrer Jackentasche, schnäuzte sich. Anastasia lächelte mit geschlossenen Augen. Wieder öffnete sie den Mund, entließ einen Krächzlaut. Dann verstummte sie wieder.
»Olleken, wenn du hier raus bist, dann lass ich Edwin alleine kochen, wir beide fahren zusammen an die Ostsee, ich

lade dich ein, in eine ganz schöne alte Villa, und wir werden Muscheln suchen und …«
Anastasia hob schwach die Hand, öffnete wieder die Augen. Ihr Blick war auf einmal ganz klar. »Ro-sa«, flüsterte sie. Sie hatte den Namen langsam und sorgfältig ausgesprochen, als stünden ihr nur wenige Worte zur Verfügung. Wie jemand, der zögernd seine kostbaren letzten Münzen aus einer Schatulle holt. Rosa beugte sich über sie und sah ihr direkt in die Augen.
»Ro-sa.«
Rosa streichelte ihrer Freundin die Wange.
»Wieder-sehen.«
Rosa liefen unkontrolliert die Tränen rechts und links herunter, ihre Nase begann auch zu laufen, wieder schnäuzte sie sich. »Olleken, Wiedersehen zu Hause!! In der Wilmersdorfer!«
Anastasia sprach nicht mehr. Die digitalen Signale über den Köpfen flackerten ihr unruhiges Ballett, aber auf Anastasias Gesicht lag die Stille einer Winterlandschaft. Plötzlich begriff Rosa, dass Anastasia wusste, was sie gesagt hatte. Papierne Hülsen wie »wird schon wieder«, »der Arzt hat gesagt, du kommst wieder auf die Beine«, »sag so was doch nicht« – all das wirbelte wie Flocken durch eine gläserne Kugel, auf deren Grund Anastasia in einem weißen Bett lag.
Rosa ließ die Papierflocken sinken. Es war auf einmal still und hell in ihrem Kopf. Die Seele hatte begriffen, was der Verstand nicht zulassen wollte. »Olleken«, begann sie leise und streichelte Anastasias Hand. »Olleken, du bist meine liebste Freundin, das weißt du. Und du wirst immer bei

mir sein. Wir kümmern uns um Rasputin, mach dir keine Sorgen. Er wird es immer gut haben. Du kannst dich auf mich verlassen, das weißt du auch. Und weißt du noch was? Du bist überhaupt das Beste, was mir in den letzten Jahren passiert ist.«

Plötzlich veränderte sich Anastasias Gesicht. Sie lächelte nicht, aber etwas aus ihr strahlte, leuchtete auf und schien sich dem so kalten und funktionalen Raum mitzuteilen, schien in jeden Winkel zu dringen. Rosa hielt den Atem an. Das Licht, das keines war und trotzdem hell, weitete sich aus, löste die Formen des Raumes auf und war plötzlich verschwunden. Auf dem Monitor erschien der Schlussstrich unter einer langen Geschichte.

*

»Kann es sein, Mama, dass eben noch jemand da war – und auf einmal ist er weg? Einfach so?«

Tanja starrte auf ihre Hände. Sie stand auf, schob Anastasias Gardinenwolke beiseite und blickte auf die Wilmersdorfer Straße. Ihre Augen waren seit gestern verquollen. »Kann es sein, dass ich immer noch mit ihr rede?«

»Natürlich. Das ist oft so: Wenn jemand gestorben ist, ist er noch eine ganze Zeit lang sehr intensiv um dich. Was wissen wir, welche Wege die Seelen gehen?« Rosa war aufgestanden. Sie legte ihren Arm um Tanjas Schultern. »Vielleicht ist sie gerade bei uns und will uns sagen, dass wir nicht traurig sein sollen.« Rosa schaute zur Decke. »Aber das nützt nichts, Olleken, wir sind es. Wir vermissen dich so!« Rosa weinte. Sie blieben beide noch eine Weile am Fenster stehen, sprachen nicht mehr.

Seit gestern befand sich Rosa in einem stillen Zentrum. Sie weinte, es schmerzte, aber das leuchtend Friedliche von Anastasias letzten Minuten schien sie immer wieder so zu umgeben, dass der Schmerz nicht schneiden konnte.

Schließlich griff Rosa nach dem dicken braunen Umschlag, den sie vor einer halben Stunde hinter den Hundefutterdosen hervorgeholt hatten.

Auf dem Umschlag stand in Anastasias steiler, ordentlicher Handschrift: »Für Rosa und Tanja im Falle meines Todes.« Es war eine DVD ohne Etikett. Sonst nichts, kein Brief, keine Erklärung.

Verwundert drehte und wendete Rosa die schillernde Scheibe hin und her. Nach einer Weile gelang es ihr, Anastasias Fernseher und ihren Recorder in Gang zu setzen. Erst flimmerte es blau, dann sah man Anastasias Sofa, hier in ihrem Wohnzimmer, mit verschlissenen Brokatkissen. Die Kamera musste jemand genau da aufgebaut haben, wo sie beide jetzt standen. Dann huschte plötzlich Anastasia ins Bild, fixierte den Aschenbecher auf dem Couchtisch und murmelte: »Genau hinter diesen Aschenbecher mittig. So.« Sie setzte sich gerade aufs Sofa, hob den Kopf und hustete noch einmal kurz.

»Liebe Rosa, liebe Tanja – Herrgottsack, ich hoff, dieses Teil da läuft wirklich! Also wenn ihr beiden das hier jetzt seht, bin ich nich mehr da – jedenfalls nich mehr so richtig. Komischer Gedanke, Rosalein. Denn jetzt lebe ich ja noch … übrigens warst du gestern Abend bei mir, Rosa, und hast mir diesen Zeitungsartikel von Charles' Schwester gezeigt, mit den Textmarkerstellen, und hast mir von den Bettelbriefen erzählt, die du im Papierkorb gefunden hast. Ich hoff ja, dass diese blöde Eule keinen Schaden anrichtet, aber der Lauf der Weltgeschichte wird ja nu meinen Fernsehfilm überholt haben. Also später mal aktualisieren will ich diesen Spielfilm nich, und darum geht's auch gar nich. Kinder, es geht um was anderes. Rosa, zuerst hüpfst du jetzt mal in die Küche und holst dir 'n Bleistift aus der Schublade neben dem Herd und einen Zettel. Du musst jetzt was mitschreiben, ich warte solange.« Sie hustete wieder und klopfte aufs Sofa. »Na komm mal her, Hundi, komm Rasputin, sollst auch mal ins Fernsehen.« Der Bildschirm-Rasputin sprang auf das Sofa.

Tanja drückte auf die Pausentaste, denn Rasputin hatte bei Nennung seines Namens angefangen zu fiepen, lief aufgeregt und schwanzwedelnd vor dem Fernseher auf und ab, war kaum zu beruhigen.

»Mama, hast du den Zettel?«, rief Tanja in die Küche, aber da kam Rosa auch schon zurück. Tanja nahm den unruhigen Hund auf den Schoß und ließ die Aufnahme weiterlaufen.

»So, Rosa.« Anastasia diktierte eine Telefonnummer und die Adresse einer Dame namens Katharina. Rosa notierte mit, ließ den Film zur Sicherheit noch einmal zurücklaufen und überprüfte Anastasias Diktat. »Und jetzt, meine beiden Lieben, kommt das Schwierigste für mich. Erst mal muss ich euch was sagen, was sich ziemlich schmalzig anhört, aber es ist die reine Wahrheit. Ohne euch wär ich in den letzten paar Jahren nich so froh gewesen, wie ich es

jetzt wieder bin.« Sie streichelte Rasputins Ohren und blickte einen Moment lang nicht mehr in die Kamera.
Tanja flüsterte: »Rosa, das ist alles so absurd, ich glaube, ich halte das nicht aus.«
»Schhhh«, machte Rosa, denn Anastasia redete weiter.
»Ich hab euch nie gesagt, wer ich bin, was ich gemacht hab und wo ich herkomme. Klar, aus Berlin. Ja ... wo erzähl ich denn jetzt weiter? Also erst mal, Rosa, bevor ich's vergess: Diese Katharina kennst du, du hast sie gestern auf dem Klo vom *Goldwasser* gesehen, weißt du noch, sie kam mich besuchen, und ich sagte, sie käm vom Jugendamt und die wollten mir Rasputin wegnehmen. War 'n blöder Witz, geb ich ja zu. Ich wollte dir nich sagen, wer das ist, denn ich wollte nich, dass du dich fragst, wieso mich eine Angestellte von meiner Bank auf dem Klo besuchen kommt. Du erinnerst dich doch bestimmt. Sie ist so 'ne ganz Schicke im Kostüm. Und ich glaub, du warst eingeschnappt, weil ich sie dir nich vorgestellt hab. Aber ich hatte meine Gründe.«
Jetzt hatte Rosa das Bild wieder vor sich. Sie erinnerte sich an eine junge Frau im Businesskostüm, Sabine Hürlimann nicht unähnlich, aber mit offenerem Gesicht.
»Als Katharina mich besucht hat, ist mir übrigens auch klar geworden, dass ich mal langsam so was wie ein Testament machen sollte. Denn man weiß ja nie. Weil, irgendein Dokument brauche ich schon, ihr werdet gleich kapieren, wieso. Aber nich mit Pergament und Bütten und Notar, nee, Kinder. Was ich zu regeln hab mit euch, soll mehr so unterm Tisch ablaufen. Und die liebe Katharina hat mir diese Kamera geliehen und aufgebaut, und sie macht euch

auch diese CD oder wie das heißt fertig, sie ist an meine bekloppten Ideen gewöhnt.« Sie klapste dem unruhig werdenden Rasputin auf den Kopf und entließ ihn von ihrem Schoß. Sie faltete die Hände und blickte auf den Tisch, dann wieder in die Kamera. »Meine Zarennummer – na ja, die kennt ihr ja. Ich hab euch immer geliebt dafür, dass ihr sie hingenommen habt. Dass ihr nich gebohrt habt. Die Nummer hab ich mir zugelegt, wie man einen ollen Spülschrank mit Folie zuklebt, zum Beispiel mit falscher Holzmaserung oder Kachelmuster. Denn natürlich hab ich was zu verbergen, und solange ich lebe, soll es auch verflucht noch mal keiner erfahren. Ich kann mit dieser ganzen Scheiße nur leben, wenn ich den Deckel zuhalte. Denn sie ist einfach passiert, und da gibt's nix mehr schönzureden. Also, die Akte Anastasia alias Grete Pachulke liegt bei der Berliner Staatsanwaltschaft und ist 'n ziemlicher Wälzer, bibeldick. Eure kleine Zarentochter hat nämlich in Moabit gesessen. Drei Jahre lang. Unterschlagung, Fälschung und alles, was man so macht, wenn man richtig Geld abzweigen will. Eure liebe Anastasia ist nämlich gelernte Buchhalterin und war sogar mal Prokuristin, bevor sie zur Klofrau aufstieg. Ich bin also nich ganz so blöde, wie ich ausseh. Das Ganze passierte in einem Berliner Großbetrieb, ich nenne keine Namen, ihr sollt aus bestimmten Gründen sowieso nichts wissen. Keine Details und gar nix. Im Übrigen, Kinder, ist das auch 'n Grund, weshalb ich nich bei Goldbach in seiner Show auftreten wollte. Klar wäre ich gerne mal im Fernsehen gewesen. Aber es gibt 'n paar Leute, die sollten an meine Visage besser nich mehr erinnert werden. Aus lauter Vorsicht. Ach, ich red durcheinander, weiß ich, wo

mach ich 'n jetzt weiter …« Sie fischte eine Zigarette aus der Tasche ihrer Wolljacke, zündete sie an und blinzelte, weil ihr der Rauch ins rechte Auge gestiegen war.
Rosa rang um Fassung. Moabit! Was hatte Anastasia mit sich herumgeschleppt? Anastasia und kriminell? Es passte einfach nicht. Es wollte nicht passen.
Wie als Antwort auf Rosas kreisende Gedanken sagte Anastasia: »Also, Kinder, ihr fragt euch jetzt bestimmt, warum ich so was gemacht hab. Nee, ich hatte keine Tochter im Rollstuhl, und ich hab's auch nich für die Armen im Kiez gemacht. Ich bin keine Mutter Teresa. Es waren absolut egoistische Gründe: Da gab's einen Mann. Und den wollte ich halten. Einen, den ick eben jeliebt hab, wat willste machen …« Sie hustete und nickte in die Kamera. »Rosalein, wenn ich dir sage, er war so 'n Arthur-Typ, dann weißte auch, warum ich bei deinem Arthur so deutlich abgewinkt habe. Die beiden Jungs, das war dieselbe Werft! Ich hab fast 'n Affen gekriegt, als ich deinen Arthur zum ersten Mal gesehen hab. Ich dachte, dieses miese Theaterstück geht jetzt in Wiederholung. Gott sei Dank ist deine kriminelle Ader nich so ausgeprägt wie meine. Oder du bist einfach klüger als ich, Rosa. Mein Arthur hieß Friedrich und konnte nich mit Geld umgehen. Und zwar nich nur nich, sonder gar nich. Gezählte vier Betriebe hat er in den Sand gesetzt, ein ganzes Riesenvermögen durch den Gully gejagt, und ich hab mich mit 'n bisschen Liebe und 'n paar netten Worten ködern lassen wie 'n Aal mit 'ner alten Bulette. Und zwar jahrelang. Das mit den anderen Weibern nebenher hab ich auch erst erfahren, als die Suppe schon durch 'n Kanal war. Blöder als ich konnte man

gar nich mehr sein. Bloß die Sache mit der Unterschlagung, na ja, *den* Unterschlagung*en,* das hab ich schon ziemlich schlau aufgezogen.« Der Stolz in ihrer Stimme war unüberhörbar. »… gemessen an dem, was ich durch die Nebenspülung geleitet habe, sind sie mir verdammt spät draufgekommen. Ich war schon nich schlecht in meinem Job, echt nich schlecht.«

Sie nickte bekräftigend. Dann schaute sie nach rechts, wollte den Blickkontakt mit dem Kameraauge nicht haben. »Aber ich hab 'ne verdammt dicke Rechnung gekriegt, Kinder. Im Knast bin ich endgültig aufgewacht aus meinem Liebestraum. Friedrich war über alle Berge. Schon vorher. Als sie mich festnahmen, war er so gründlich verschwunden, wie man nur verschwinden kann. Und im Moabiter Frauengefängnis fiel ich in ein Loch, das keinen Boden hatte. Eigentlich war ich gar nich mehr da. Irgendwie war mir auch egal, dass ich im Knast war. Im Gegenteil, ich fand das 'ne Zeit lang sogar ganz in Ordnung, ich wollte weg aus der Welt, ich hatte Sonne, Mond und Sterne nich mehr verdient.«

Sie machte eine Pause, jetzt schaute sie wieder in die Kamera. »Erinnerst du dich noch dran, Tanjamaus, ich hab dir mal gesagt, ich hätte mich vom letzten Dreck zum vorletzten Dreck hochgearbeitet? Ich fühlte mich wie der allerletzte Dreck. Aber ich glaube, fast jeder Mensch hat unter seinem Reservetank noch 'n Reservetank. Ich kam raus. Aus dem Loch, meine ich. Und was ich im Knast so alles gedacht und gefühlt hab, das hab ich aufgeschrieben, über Friedrich und meinen Kleinen, den ich verloren hab, ja, ich hatte mal 'n Kind, Rosa, nich von Friedrich. Ist länger her.

Und verglichen mit diesem Unglück waren Friedrich und Moabit bloß ’n stressiger Spaziergang.«
Sie schaute angestrengt nach oben, dann wieder in die Kamera. »Ja, also all das, das Verratzte und Verfehlte, all das hab ich aufgeschrieben, Tanja. Im Knast. Zeit war ja genug. Vierzig dünne Schulhefte voll. Ich glaube, man kann meine Schrift ganz gut lesen. Und jetzt hör mal, Mäuseken, Tanja, diese Hefte schenke ich dir. Die Hefte liegen in einem Karton unter meinem Bett. Das ist mein wichtigstes Erbe. Deshalb erzähl ich jetzt nich mehr so viel über all den Scheiß, den ich erlebt hab. All den Scheiß, den ich gebaut hab. Lies es selbst. Rosa, du darfst es natürlich auch lesen, aber ich denke, unsere Tanja mit ihrer Phantasie und der Schreibmaschine im Kopf kann vielleicht was damit machen. Vielleicht auch erst viel später, wenn du noch ’n bisschen mehr gelebt hast, Kind. Tja … wo war ich? Ach so: Ich hab zweimal im Leben Glück gehabt. Das zweite Mal war, als ich in die Wilmersdorfer zog und euch gefunden hab, hier in dieser bildschönen Mietskaserne. Kinder, ich …«, jetzt zitterte ihre Stimme, sie versuchte noch einmal zu reden, dann kamen ihr plötzlich die Tränen, sie verbarg das Gesicht in den Händen, dann stand sie auf, warf dabei eine Tasse um, dann wurde es dunkel auf der Mattscheibe.
»Mama, was sagst du dazu?«
»Was?« Rosa hatte Tanja nicht zugehört. Sie starrte auf das grauweiße Geflimmer. Tanja ließ den Film in Windeseile vorlaufen. Da war sie wieder! Geflimmer, dann wackelte Anastasia zwischen Tisch und Couch, zentrierte sich wieder hinter den Orientierungspunkt, den Aschenbecher,

putzte sich noch einmal die Nase. »Entschuldigt, aber ich hab einen Weinbrand getrunken. Bei jroße Jerührtheit muss ick jrundsätzlich saufen.« Sie hustete und hielt die Hand vor den Mund, blickte wieder in die Kamera. »Also, euch beiden verdanke ich, dass ich hier so 'ne gute Zeit hab, ich fühl mich nich mehr aussätzig, und ihr habt nie gebohrt und gefragt wegen der Zarengeschichte. Die hab ich mir übrigens schon im Knast zugelegt, und da natürlich mehr aus Unterhaltungsgründen. Zur richtigen Tarnkappe hab ich die Macke erst nachher umgehäkelt. Wenn mich einer nach meiner Vergangenheit ausfragte, bekam er eben meine Zirkusnummer zu hören. Bei euch beiden weiß ich: Ihr nehmt mich so, wie ich bin. Und ich denk mal, dass ich auch jetzt nich bei euch unten durch bin. Aber ich schaff's nich, Kinder, ich schaff's nich, euch das alles beispielsweise heute Abend zu erzählen. Ich schaff's nich von Angesicht zu Angesicht.« Sie hob die Hände und ließ sie wieder fallen.

»So, und das *erste* Mal, dass der liebe Gott gedacht hat, ich könnte vielleicht doch ausnahmsweise auch 'ne Nettigkeit vertragen, das war, als er über dem Canastakränzchen ein paar Sterne vom Himmel fallen ließ. Vielleicht hat er mich zufällig nich gesehen in der Runde und ist deshalb stehen geblieben, vielleicht hat er's aber auch extra meinetwegen regnen lassen. Wir haben vor vier Jahren ungefähr zweieinhalb Millionen Euro gewonnen. Geteilt durch fünf. In der Lotterie, wir haben immer zusammen ein Los gekauft. Und wir haben uns geschworen, dass wir so weiterleben wie bisher. Und dass wir den Mund halten. Denn, ich meine, fünfhunderttausend Euro ist zwar verflucht viel Geld.

Aber zu wenig, um es rumzuerzählen. Wenn du das nämlich tust, hast du in vierundzwanzig Stunden mehr Blutegel am Bein sitzen, als eigentlich draufpassen, und dann ist es schnell weg, das Geld, du hast 'n Haufen Ärger und verkrachte Verwandtschaft und keine Freunde mehr. Wir wollten uns ein paar schöne Dinge leisten, Agnes hat ihrer blöden Tochter ein Haus gekauft und Marianne ihrem Wolfi einen fetten Mercedes, Lore macht Kreuzfahrten, und Lenchen hat sich 'ne Wohnung in einem Betonbunker an der spanischen Küste zugelegt. Und ich mir hier diesen Feudalfernseher. Mehr will ich gar nich. Ich bin eigentlich zufrieden mit allem, Rasputin und ich kriegen das Gratisessen im *Goldwasser.* Den Job aufgeben wär mir nich eingefallen, warum auch? Das ist für mich einfach was, wo ich gerne hingehe. Nee, ich wüsste immer noch nich, wofür ich viel Geld ausgeben sollte, da fehlt mir die Phantasie. Aber ich wollte auf keinen Fall, dass mein alter Gläubiger davon Wind bekommt, dass ich auf einmal Geld habe. Dann wär's weg gewesen. Der Betrieb sitzt auch heute noch ganz gut in der Kohle, obwohl ich ihn ein bisschen ins Trudeln gebracht habe, die brauchen das Geld nich, und da mach ich mir auch keinen Kopp drum. Also, Kinder: Ich hab meine Rente bei der ›Berliner Credit & Sparanstalt 1908‹, und genau da arbeitet meine liebe Katharina. Ich hab ihrer Mutter mal sehr aus der Patsche geholfen. Steht alles im Heft, Tanja. Na jedenfalls, deshalb tut Kathrinchen alles für mich. Katharina könnt ihr dreihundertprozentig vertrauen. Sie hat mir auch geholfen, das Geld so unterzubringen, dass niemand rauskriegen kann, wo es ist. Ruft sie an. Dann wird sie für einen Kurzurlaub in ein Nachbarland reisen müssen, wo man krummen Hunden nich unter die weiße Weste linst. Abzüglich Reisespesen, die sie brauchen wird, und abzüglich eines Souvenirs von fünfzigtausend Euro für sie müsste noch ganz nett was übrig bleiben. Ich hab nich viel verbraucht. Mal zwei, drei Beutel mit Gruß von Käthe, ja, ich weiß, Rosa, jetzt wirst du sauer auf mich sein, aber ich konnte dir doch nich einfach so Fresspakete vor die Tür stellen. Du dachtest doch, ich wär 'n halber Sozialfall. Da hab ich eben Käthe erfunden. Und ihre blöde Schwiegertochter gleich mit. Und wenn ihr euch fragt, warum ich euch nich offen vom Geld erzählt oder euch sogar Geld gegeben habe: Als du diese Scheiße mit Arthur und deinem gesamten Gesparten erlebt hast, da dachte ich zuerst daran, dir was zu geben. Aber auf einmal wusste ich: Nich gut, Anastasia. Das hätte alles verändert. Schließlich, das Wichtigste ist, dass hier keiner friert oder hungert. Und so weit wart ihr nich. Solltest du den Job bei Edwin verlieren und in Not kommen, finanziell, dann überleg ich weiter. Ich lass euch nich hängen. Aber wenn ihr den Film hier seht, hat sich das sowieso erledigt. Moment, ich hab mir 'n Mund fusselig geredet, jetzt brauch ich mal ein Bier.«

Anastasia erhob sich, zwängte sich aus der schmalen Gasse zwischen Sofa und Tisch und kam nach dreißig Sekunden mit einer Bierflasche und einer Untertasse zurück. Auf dem Bildschirm hoppelte Rasputin wieder aufs Sofa. Anastasia nahm einen Schluck, goss dann etwas Pils in die Untertasse und Rasputin schlappte sie begeistert leer.

»Ja«, fuhr sie fort und grinste, »… mal eine italienische Decke aus dem KaDeWe, mal ein gezinktes Preisausschreiben von der ›Berliner Credit & Sparanstalt 1908‹. Sie kicherte. Tanja pustete die Luft heftig aus.

»… mal ’ne angeblich gebrauchte Waschmaschine für angeblich dreißig Euro. Hach, Kinder, das hat mir so ’n Spaß gemacht. Sollte ich dann noch leben, werd ich mir für Emils Grundausstattung ein Märchen ausdenken, bei dem Grimms Brüder blass werden.« Sie gluckste vor Vergnügen, dann setzte sie sich wieder gerade und sagte in offiziellem Tonfall: »Also, meine beiden liebsten, besten Freundinnen, fünfzigtausend bekommt Katharina, und zehntausend habe ich im Laufe der vier Jahre ausgegeben. Ich hinterlasse euch den Rest, also etwa vierhundertvierzigtausend Euro. Minus Katharinas Spesen, ich muss euch ja nich bitten, großzügig zu sein. Ich möchte, dass ihr beiden teilt. Das Kempinski könnt ihr nich damit kaufen, aber als Polster im Rücken hat so ’n Batzen Geld doch ’ne ganz freundliche Wirkung. Ich hoffe ja, dass ich noch ’ne Weile hier bleiben kann und sehe, wie Emil wächst, aber man weiß nie, was? Komisch, ich hüpf immer zwischen Gegenwart und Zukunft im Kopf, jetzt bin ich tot, obwohl ich jetzt noch lebe.«

Sie schwieg kurze Zeit, packte Rasputin auf den Schoß und legte ihr Kinn auf seinen Kopf. »Hört mal, Kinder, ladet zu meinem Begräbnis doch den Doktor Goldbach ein. So ’n Netter. Er hat mir mal gesagt, dass er mir vor dreißig Jahren einen Heiratsantrag gemacht hätte. Ich wär so ungewöhnlich. Denn soll er an meinem Grab auch mal ordentlich gerührt sein. Sagt ihm das. Komisch, ich seh euch beide morgen wieder, aber wenn ihr das Video jetzt anschaut, dann nich mehr …« Sie stand auf, und plötzlich wackelte das Bild, man sah nur noch das leere Sofa, hörte Anastasias Stimme: »Wie geht ’n det Scheißteil noch mal aus? Also nee … hier vielleicht?« Es wurde dunkel.

Tanja stand auf, um in Anastasias zweitem Zimmer, ihrem kleinen Schlafraum, unter dem Bett nach den blauen Heften zu suchen. Rosa blieb sitzen.

Das Telefon klingelte. Rosa zuckte zusammen. Es konnte nur Anastasia gemeint sein, es war so traurig in seiner Normalität. Rosa wappnete sich, hob ab. »Bei Anastasia Pachulke«, meldete sie sich.

»Ach, da steckst du, dachte ich’s mir doch.« Es war Edwin. »Hör mal, Frau Echte, ich kann nicht viel für euch tun. Ich bin leider nur ein bedingt brauchbarer Tröster. Es ist wegen Rasputin. Ich weiß, dass ihr ihn nehmen werdet. Aber ich hätte auch nichts dagegen, wenn er bei mir einzieht. Wir Witwen müssen zusammenhalten.«

*

Dieser dunkelgraue Dezembertag hatte sich vorgenommen, die Depressionsrate der Einwohner nach oben schnellen zu lassen. Die Berliner Tageshelligkeit im Gegenwert einer verschmutzten 25-Watt-Birne war heute nicht überschritten worden, wie so oft im Winter. Dafür hatte es um halb vier bereits zu dämmern begonnen. Es regnete seit dem frühen Morgen. Die Menschen drängten sich in die künstliche Fröhlichkeit der Kaufhäuser oder an die tröstenden Alkohol- und Kaffeequellen. Kaum jemand lachte freiwillig. Über den Köpfen vieler Menschen schwebte nur eine große Denkblase: »Auswandern!« Übrigens dieselben Köpfe, über denen im Sommer schwebte: »Woanders leben? Nie!«

In der Villa in Dahlem allerdings hatte der depressive Tag heute keine Chance. Heute wurde Edwin neunundfünfzig. Er hatte seinen Geburtstag drei Jahre lang ignoriert. Wozu sollte man feiernd in die Zukunft blicken, wenn die Gegenwart kaum aushaltbar war? Aber die Gegenwart hatte ein anderes Gesicht bekommen, die Zukunft auch.

Manchmal war das Leben ein Fest. Heute war es so. Das Haus summte.

Die vielen Kerzen in ihren Silberkandelabern verstärkten die warmen Töne gelber Chrysanthemen, orangefarbener Calla und roter Beerenzweige. Rosa hatte mit Blumen einigen Aufwand getrieben, das tat sie eigentlich immer, aber heute fühlte man sich durch die rotgelben Farbharmonien, die sich bis hin zum funkelnden Rotwein in allen Abstufungen wiederholten, in ein südfranzösisches Landhaus versetzt. Eine extra für den Abend engagierte Servicehilfe sorgte dafür, dass die Gläser nicht leer wurden.

Um den großen Tisch im Salon saßen die Freunde. Und zwei neue Gesichter. Neben einem von ihnen thronte Ella Piepenbrock, die allerdings immer wieder unter den Tisch langte, um Edwins neuen Hund zu streicheln. Rasputin hatte bedenklich zugenommen, schien bei guter Laune.

»Hören Sie mal, junge Frau …« Das eine neue Gesicht mit Namen Ludwig hielt Rosa am Ärmel fest. Sie hatte der Runde vor einiger Zeit den ersten Gang, einen lauwarmen Salat von sautierten Steinpilzen mit Thymianessig, serviert

und eilte nun in die Küche, um nach dem zweiten Gang zu sehen, Perlhuhnbrust mit Honigsauce. »… hören Sie mal, gibt's eigentlich einen Nobelpreis fürs Kochen?«
Edwin, der neben Ludwig saß, antwortete an ihrer Stelle. »Aber natürlich, Ludwig. Ich habe Rosa während ihrer Laudatio in Stockholm von der Bühne entführt. Mit Äther betäubt und abgeschleppt. Seitdem muss sie hier kochen. Aber ich leih sie dir mal.«
Ludwig seufzte beseligt, ließ Rosa los und gabelte den nächsten Steinpilz auf. Als Ella ihren Begleiter angekündigt hatte, war Edwin zutiefst entschlossen gewesen, diesen Freund sofort und auf der Stelle zu lieben, zu ehren und ihn auf Händen zu tragen, bis dass der Tod sie scheiden würde, Hauptsache, der Freund ertrug Ella, ganz gleichgültig, welch dumpfes, versoffenes Subjekt oder welch nörgeligen Rentner in Perlonsocken sie anschleppte. Aber Ludwig war ein Glücksfall. Er war einen Kopf kleiner als Ella, etwas über siebzig und hatte ausgerechnet in einem Hamburger Arbeiterviertel einen erfolgreichen kleinen Juwelierladen betrieben. Eheringe, Doubléschmuck, Medaillons und Konfirmationsuhren. Ella hatte ihn auf ihrer Polarmeerfahrt kennen gelernt. Übrigens genau an dem Abend, als Barbra Kunz dem kleinen Bruder die Holzmadonnenfraktur verpasste.
»Das hat was zu bedeuten, Schwesterlein, das hat was zu bedeuten!« Edwin hatte am Telefon süffisant geklungen.
»Und was, Edwin?«
»Jedem seine Keule, Ella!«
Aber Ella überhörte seine unfeine Bemerkung, denn sie war seit Monaten außerordentlich gut gelaunt. Ludwigs

Gemüt war – ja, wie sollte man es nennen? Abgefedert, vielleicht. Nichts ärgerte ihn wirklich, außer wenn das Bier warm oder der Wein schlecht war. Ludwig hatte in seinem Leben zu viel gesehen und gehört, um sich von Ellas Weltverbesserungsprogramm noch erschüttern zu lassen, er ließ es einfach ablaufen wie eine abendliche Unterhaltungsserie. »Nunc in quimquam pasper zobel!«, zitierte er. »Was heißt das?«, fragte Ella dann.
»Lasst weise Frauen Gutes reden«, erklärte Ludwig, überdachte seinen Kopf mit der »Hamburger Morgenpost« und schlief stets friedlich ein.
Ella dozierte weiter und freute sich über ihren gebildeten Freund, dessen Lateinkenntnisse sie allerdings nicht überprüfen konnte, denn sie hatte nie Latein gelernt. Ludwig auch nicht, aber das wusste Ella nicht.
»Wenn sie mit ihrem Programm durch ist, kann man mit ihr sogar reden! Aber zuerst gilt mal: Was rausmuss, muss raus!«, sagte Ludwig halblaut zu seinem Gastgeber und zündete sich unter Ellas Augen ein Zigarillo an. Ihre bösen Blicke glitten an ihm ab wie Wasser an einem Entenbürzel.
Rosa war, genau wie Edwin, erleichtert über Ellas neuen Lebensschwerpunkt, denn sie hatte wenig Neigung, sich Vorwürfe anzuhören: »Wieso haben Sie mich nicht über diese falsche Vivien informiert, Rosa? Wieso haben Sie denn nicht viel früher gemerkt, was hier gespielt wurde? Also, wenn ich hier gewesen wäre, dann …«
Dazu gab es heute Abend noch aus einem anderen Grund zu wenig Raum: das zweite neue Gesicht. Es war eigentlich kein ganz neues. Am unteren Ende des Esstisches saß Mrs. Vivien Connaught. Vivien, die Echte.

Sie war seit einer Woche hier, wollte noch weitere zwei Tage bleiben und dann ihren Verwandten in Südengland guten Tag sagen, bevor sie wieder nach Neuseeland zurückflog. Edwin hatte sie eingeladen; zum Flug nach Berlin und zum Weiterflug nach London, inklusive Hotelaufenthalt erster Klasse in Brighton. Sie war seiner Einladung gefolgt, nach einigem Zögern und längerem E-Mail-Austausch mit Hürlimann. Schließlich war sie zu der Überzeugung gekommen, dass sie sich nach zwanzig Jahren Farmarbeit diese Auszeit gönnen durfte, dass sie solch ein Geschenk von Edwin annehmen konnte. Es war tatsächlich ihr erster richtiger Urlaub seit all den Jahren.
Gestern Abend hatte Rosa sie in einer stillen Minute gefragt, warum sie sich in Edwins Sache so dankenswert und erfolgreich engagiert hatte. Vivien dachte ein paar Sekunden lang nach. »Ich weiß es nicht so genau«, entgegnete sie. »Ich hab's einfach nicht ertragen, dass diese fucking bitch auch noch so viel unverdientes Geld bekommt, wenn ihr sie schon nicht in den Knast bringen wolltet. Und Barbra und ich, wir hatten noch eine Rechnung offen. Andere Leute helfen aus richtig edlen Gründen. Ich nicht. Ich hatte eher so ein sportliches Interesse daran, dass hier nicht noch mehr Bullshit passiert.«
Sie hatten sich in der Küche gegenübergesessen und tranken dunkles, märkisches Bier, das Vivien so genoss wie andere Leute eine Flasche Veuve Clicquot. Vivien hatte die dichten schwarzen Haare, die von grauen Streifen durchzogen waren, mit einem Einmachgummi zu einem Pferdeschwanz gebunden, ihre Hände erzählten eine lange Geschichte von harter Arbeit und wenig Zeit für kosmetische

Verschönerungen. Vivien trug irgendwie immer verdreckte Gummistiefel, auch wenn sie gar keine anhatte, haute ihrem Gesprächspartner ständig auf die Schulter oder auf den Rücken, baute in jeden zweiten Nebensatz rustikale Verbalverstärker ein: »Sieht dieser Braten gut aus, verflucht noch mal!«, und lachte mit den tausend Fältchen ihres wettergegerbten Farmergesichtes. Vivien war der geradlinigste Charakter, dem Rosa je begegnet war. Deshalb fragte sie direkt: »Was war damals zwischen Charles und dir, Vivien? Ich weiß, ich bin nicht sehr diskret, aber ...«

»Ich auch nicht!«, unterbrach Vivien, trank einen Schluck Bier und wischte sich den Mund mit dem Handrücken ab. Sie stellte ihr Glas geräuschvoll auf den Tisch. »Charles war verdammt noch mal der Begabtere von uns beiden. Unsere Mom liebte ihn, unser Dad liebte ihn, und ich war so was wie der graue Rahmen um ihn herum. Ich brachte ihn noch mehr zum Leuchten, denn ich liebte und bewunderte ihn auch. Er machte Musik, er textete, komponierte, war Entertainer auf Partys, trat im Radio auf, im Fernsehen – erst mal keine großen Sachen, aber nach und nach wurde man auf ihn aufmerksam. Und ich, ich lief neben ihm her und machte seine Termine, seine Verträge, seine Buchhaltung. Je größer er wurde, desto kleiner wurde ich. Für ihn war immer klar, dass er alles bekam, was er wollte, einfach weil es ein Naturgesetz war, verdammt noch mal. Und dann ...«, sie starrte auf Rosas Gewürzgläser, »... und dann verliebte ich mich. Micky. Klein, blond, dünn und Sänger. Mike war der erste Mensch in meinem Leben, der mir das Gefühl gab, ich wäre auch was wert. Er war der erste Mensch, der mir dieses Papier ausstellte, diesen verdammten Schein mit dem Wort ›Existenzberechtigung‹ drauf. Mike war einfach gut zu mir. Sie arbeiteten eine Weile zusammen. Mike war als Musiker eher mittelmäßig, aber Charles war überzeugt, Mike und er hätten eine große Zukunft als Duo.«

Sie stützte das Kinn auf ihre beiden Hände, machte eine kleine Pause, schien stumm aus einer langen Bilderkette auszusortieren. Dann räusperte sie sich. »Mike war schüchtern, einer von diesen Spätzündern. Ich fand sie eines Abends in einem Hotelbett in Manchester, ein mieses Hotel nach einem miesen Job. Wer Charles kannte, wusste, von wem die Initiative ausgegangen war. Er hatte sein Coming-out schon mit fünfzehn gehabt, Mike seines an diesem Abend. Verdammte Scheiße, ich weiß nicht, wem ich es zu verdanken habe, dass ich an dem Abend niemanden umbrachte und am nächsten Morgen einen Tee trinken konnte. Am übernächsten Morgen saß ich im Flugzeug nach Auckland. Hatte mal eine Brieffreundin da. Ja, und dann habe ich in der Kneipe ihrer Eltern gekellnert und nach zwei Jahren ihren Cousin geheiratet. Ron Connaught.«

Sie trank ihr Glas leer und füllte gleich nach. »Ich hab verfluchtes Glück gehabt mit Ron. Würde nie mehr tauschen. Hab Charles trotzdem zwanzig Jahre lang gehasst wie die Pest … Dass Charles vor ein paar Jahren gestorben ist, habe ich aus irgendeiner Illustrierten erfahren, die ein deutscher Gast auf der Lodge liegen gelassen hatte. Ich gebe zu, es hat mich ziemlich umgehauen. Muss ihn wohl für unsterblich gehalten haben. Und diese Geschichte mit Edwin und Barbra …« Sie lachte und streckte ihre Beine von sich.

»Irgendwie hatte ich das Gefühl, dass mir jemand einen Zeigefinger in den Bauch pikste und sagte: ›Last chance, girl. Begrab deinen Bruder anständig. Hilf diesem Edwin. Denn er kann nichts für die Geschichte mit Mike, das war vor seiner Zeit.‹ Und wenn Edwin es mit Charles so lange ausgehalten hat, dann muss er ihn geliebt haben, und so was kann ich dann verdammt noch mal respektieren.«

Vivien glich Charles so sehr, dass Edwin nicht auf die Suche nach Ähnlichkeiten, sondern nach Unterschieden gehen musste. Gerade deshalb konnte er Viviens ureigene Persönlichkeit besser wahrnehmen. Barbra war hinter der blassrosa Tünche ihrer Vergangenheitsmalerei als eigenständige Person nahezu konturlos geblieben, Vivien war höchst vital und brachte ihm Charles' Blicke, seine Gesten, winzige Eigenheiten der Körpersprache, so direkt zurück, dass ihn die Erinnerung an seinen Geliebten ohne das Zutun seltsamer Fata Morganen, ohne die Dreingabe eigener Phantasie einholte. Auf einem realen Weg, nicht auf einem sphärisch beleuchteten. Wenn Vivien ihr Baguette in Stücke brach, dann geschah das mit genau derselben besonderen Drehung des Handgelenkes, mit der Charles sein Brot gebrochen hatte. Manchmal, wenn sie den Kopf hob und sich ihr Blick mit dem eines anderen Menschen kreuzte, zwinkerte sie ihm zu. Genau das hatte Charles auch getan. Er war auch in Vivien, dieser Drang, ständig Gemeinschaft herzustellen.
Edwin war mit Vivien auf dem Friedhof gewesen. Sie hatte einen kleinen Kranz aus Tannenzweigen und Christrosen auf das Grab gelegt, nachdenklich einige Minuten vor dem

Grabstein ihres Bruders gestanden. Edwin hatte ihrem Gesicht nicht ablesen können, was sie dachte oder fühlte. Unmittelbar danach hatte sie sich Edwin zugewandt, ihm auf die Schulter gehauen, ihn angestrahlt: »Und jetzt hab ich 'ne verdammte Schwuchtel als Schwägerin, wer hat das schon?«, und sie schleifte ihn zum Wirtshaus Moorlake am winterlichen Wannsee (»Was war denn Charles' Lieblingskneipe, verflucht noch mal?«), wo er mit ihr Bier trank und Würstchen aß, sich von der Farm und den Schafen erzählen ließ und in ihrem wiehernden Lachen und den simplen Scherzen Charles wiederfand, ohne dass es ihn zerriss.

»Chick«, sagte Vivien an der festlichen Abendtafel, und dabei klapste sie Tanja auf die jetzt deutliche Wölbung unter ihrem Sweatshirt, »auf der Lodge laufen ungefähr acht Kinder rum. Irgendeine von meinen Farmarbeiterinnen hat immer einen dicken Bauch oder schleppt ein neues Baby durch die Gegend. Komm doch einfach mal zu uns! Die Zwillinge von meinem dienstältesten Maorimädchen heißen Siegfried und Walburga.« Mrs. Connaught fügte hinzu: »Deshalb nämlich, weil sie eine deutsche Patentante haben, eine alte Lehrerin aus Deutschland, die schon mehr als zehnmal auf meiner Lodge Urlaub gemacht hat.« Wenn Vivien erzählte, musste man unausweichlich zuhören, denn sie röhrte so laut wie an ihrem heimischen Küchentisch, um den sich täglich mindestens zwanzig Leute scharten. »No joke, du kommst zu mir auf die Lodge! Du kannst doch ein paar Semester in Auckland studieren, oder? Das sind nur 30 Meilen.«

»Ich kann nicht studieren, ich habe keinen Schulabschluss«, entgegnete Tanja so leise, dass Rosa es nicht hören konnte. »Ich schreibe nur noch, deshalb habe ich die Schule verlassen. Und ich mache Straßendichtung mit den beiden Jungs hier!« Sie wies auf Zip und Stefan, die ihnen gegenübersaßen.

Vivien nickte und fand das sehr in Ordnung. Gestern hatte sie erfahren, dass dieses erstaunliche kleine Mädchen für Edwin getextet hatte und dass es bereits einen Song von Edwin und Tanja gab, der, wenn alles gut ging, bald in den Charts landen würde: »Wie ein Komet.«

»Meine Nachbarin ist auch Schriftstellerin!« Vivien winkte das Servicemädchen herbei und orderte noch ein märkisches Schwarzbier. »Und sie ist ganz normal! Sie ist sogar verflucht nett! Du solltest sie mal kennen lernen, ich glaub, sie bringt denen an der Universität von Auckland das Schreiben bei.«

Tanja saß ganz still. Sie faltete die Hände vor dem Mund und dachte intensiv nach. Seit über zwei Monaten lag auf ihrem kleinen Schreibtisch in der Wilmersdorfer Straße ein Stapel von vierzig Schulheften mit blauen Umschlägen, die so verwaschen aussahen wie ein altes Grubenhandtuch. Tanja hatte alles gelesen. Wusste, dass es ein Schatz war. Ein Schwergewicht. Spürte, dieser Sache nicht gewachsen zu sein, noch nicht. Aber die Liebe zu dieser Geschichte, die Herausforderung wuchs mit jedem Tag. Eine Aufgabe, bei der sie Hilfe brauchte. Jemanden, der weise war, weise und Künstler und Handwerker in einem.

Sie fasste Vivien plötzlich an den Oberarmen und drehte sie so zu sich, dass sie ihr voll in die Augen sah. »Vivien?

Dein Angebot, dass ich kommen kann, also Emil und ich, gilt das auch noch in zwei Jahren?«

»*Chick,* komm wann du willst. Wenn du in zwei Jahren mit Emil kommst, dann kann sie ohne Windeln auf unserem Pony sitzen, und das ist ein verdammt besseres Gefühl, wenn sie beim Traben nicht immer in ihr eigenes Scheißhäufchen plumpst. Aber warum kommst du nicht früher?«

»Ich gehe zur Schule zurück, denn ich will später an die Universität von Auckland. Schreiben lernen. Aber sag es noch nicht Rosa, bitte, Vivien. Ich schenk's ihr zum Geburtstag.«

Vivien zwinkerte ihr zu.

In der Küche stützte sich Rosa für einen Moment mit beiden Armen auf den Tisch und betrachtete Tanjas Gecko, der immer noch auf der Wand saß. Edwin hatte sich gegen eine Übermalung ausgesprochen.

Es war still hier, nur im Backofen knackte es, er kühlte gerade aus. Aus dem Wohnzimmer drangen Stimmengesumm und Gläserklirren zu ihr. Sie schloss die Augen und lauschte diesem heimeligen Konzert. Dezember. Griesegrauer, kalter Dezember, aber die Farbe war endgültig in ihr Leben zurückgekehrt. Die Farbe und auch die Liebe. Wobei es sie immer wieder überraschte, dass sie Edwin in dieses Gefühl mit einschloss. Gleichzeitig hatte ihr das Leben eine Freundin genommen. Anastasia fehlte ihr. Seltsam, aber in die Trauer um ihren Verlust mischte sich meist ein friedliches Empfinden. Vielleicht lag es daran, dass Anastasias Leben trotz aller Schrecken und Verletzungen eine Rundung erfahren hatte, die versöhnen konnte.

Wenn einem das Leben in einem einzigen Jahr eine Freundin nahm, aber einen Freund und einen Geliebten schenkte, ja, und ein Enkelkind, das noch in seiner urzeitlichen Schutzhülle wuchs, war es trotz allem ein reiches Jahr gewesen. Arthur, als blasser Schatten, zeigte sich manchmal noch, schmerzte nicht mehr.
Wie aufs Stichwort betrat Hürlimann die Küche, auf der Suche nach ihr. Eben machte er den Mund auf, aber dann schwieg er, als er sah, dass sie, immer noch auf den Tisch gestützt, auf einer stillen Insel stand.
Bei seinem Anblick lächelte sie, löste sich aus ihrer Haltung und schichtete weiter an ihrer Kreation von Blätterteig mit karamellisierten Mandeln und Vanillesahne.
Hürlimann trat wortlos hinter sie und legte seinen Kopf auf ihre Schulter.
»Wie geht es euch beiden heute?«, fragte sie.
Hürlimann wusste, wonach sie fragte. Vor drei Tagen hatte er seine Tochter mit dem Wunsch konfrontiert, mit Rosa zusammenleben zu wollen. Sabine verhielt sich seitdem wie ein beleidigter Teenager, hatte sofort einen Makler beauftragt, ihr ein adäquates Appartement zu besorgen, und schmollte, ohne zu formulieren, was sie denn an dem Entschluss ihres Vaters so störte.
»Sie muss wohl endgültig die Erkenntnis zulassen, dass du nicht irgendeine Freundin bist«, sagte Hürlimann und umfasste sie mit beiden Armen.
»Das ist nicht leicht für sie, Nikolaus, denn sie hat dir den Tod ihrer Mutter noch nicht verziehen, da habt ihr noch einiges vor euch.«
»Ich weiß. Aber sie gesteht sich noch nicht einmal diesen

Vorwurf ein. Sie fühlt sich hinausgedrängt. Mehr kann sie nicht formulieren.«

»Du hast nicht von ihr verlangt, dass sie ausziehen soll, und ich auch nicht. Sie geht aus eigenem Entschluss. Außerdem, wenn man mit siebenundzwanzig Jahren von zu Hause auszieht, fällt man nicht gerade ohne Federn aus dem Nest, Professor.«

»Ich glaube, sie hat auch Probleme mit Tanja. Da kommt sozusagen die Gegentochter, sogar mit Enkel. Sabine fühlt sich entthront und entwurzelt und ersetzt.«

»Dann sag ihr, dass Tanja unbedingt in unserer alten Wohnung bleiben möchte. Sie will endlich alleine wohnen. Allein mit Emil. Sie wird ja zunächst nicht mehr mit den Jungs herumziehen können, sie will in Ruhe schreiben und sich dann überlegen, wie sie das möglichst mit Gelderdienen verbinden kann.«

»Aber die Songtexterei, damit könnte sie doch ganz gut verdienen?«

Rosa wiegte den Kopf. »Auch dazu braucht sie auf Dauer das Handwerk. Und das hat sie noch nicht gelernt. Sie hat ein paar schöne Sachen getextet, aber längst nicht alles ist wirklich gut. Und der Wind auf dem freien Markt bläst um etliche Grade härter als in Edwins Studio, das merkt sie jetzt schon, nachdem Edwin mit seiner Produktion aufgehört hat. Außerdem zieht es sie zur Prosa.«

Hürlimann tauchte seinen Zeigefinger in die Sahne und leckte ihn ab. Er war in Gedanken wieder bei seiner eigenen Tochter, schien erleichtert. »Wenn Tanja nicht bei uns wohnt, ich glaube, das wird die Sache für Sabine vereinfachen.«

»Es reicht Tanja völlig, wenn sie zu uns kommen kann, wann immer sie möchte, und wenn sie Emil ab und zu mal bei uns parken kann. Tanja freut sich, dass sie auf ihre alten Tage noch so etwas wie einen Ersatzvater bekommen hat.«

»Kinder, die ich nicht mehr erziehen muss, adoptiere ich gern!« Hürlimann tauchte den Finger schon wieder in die Sahne. Als er ihn ablecken wollte, stellte sich Rosa auf die Zehenspitzen und kam ihm blitzschnell zuvor. Die Tür ging auf, Edwin steckte den Kopf herein, wollte ihn gleich wieder zurückziehen. »Oh, Verzeihung! Ich wollte nicht stören bei euren seltsamen Balzritualen!«

»Komm rein, Edwin, mein kleiner Schatz, du störst nicht mehr als sonst auch!« Hürlimann steckte erneut den Finger in die Sahne, so dass Rosa schließlich die Schüssel fortzog. Leider stand sie jetzt direkt bei Edwin, der sofort seinen Finger hineintauchte und ihn ableckte. »Wann, glaubt ihr, sollte ich meine Überraschung einplanen? Vor oder nach dem Dessert, Rosa?«

»Wie lange dauert es denn, Edwin?«

»So zehn, fünfzehn Minuten.«

»Na, dann jetzt.«

Hätte Rosa geahnt, dass aus den zehn, fünfzehn Minuten fast eine Stunde werden sollte, genau die Stunde, in der der knusprige Anteil ihres kunstvollen Desserts durchweichen würde, hätte sie eine andere Antwort gegeben.

Rosa und Hürlimann nahmen an der Tafel Platz. Zwischen Zip und Stefan saß Sabine Hürlimann neben einer blonden Dame, die ihr nicht unähnlich war, nur war deren Lächeln offener. Rosa zwinkerte Katharina zu. Katharina, dem Geldkurier, der sich auch jetzt, nachdem Anastasia nicht mehr da war, um die findige Verwaltung des Geldpolsters kümmerte. Dieses übersichtlichen Vermögens, das Rosa das wohlige Gefühl von Unabhängigkeit vermittelte und Tanja die entspannte Aussicht auf ein paar Jahre als freie Autorin.

Edwin legte sein Gesicht in würdige Falten und klopfte mit der Gabel an sein Glas. Er stand auf, stellte sich hinter seinen Stuhl. Seine Augen glänzten, jetzt war er ganz Bühnenprofi, wieder in seinem Element.

»Meine lieben Freunde, zuallererst möchte ich mir selbst recht herzlich zum Geburtstag gratulieren. Ich danke für die schönen Reden, die ihr zur Vorspeise gehalten habt. Ich danke Freund Ludwig, dass er meine anspruchsvolle Schwester Ella so glänzend unterhält, und das nun immerhin schon seit fast sieben Monaten. Dir, liebe Ella, danke ich, dass du mich faulen Schüler damals durchgefüttert hast, denn ohne dich wäre ich ganz einfach verhungert. Das muss mal gesagt werden, vor allen Dingen nach so einem Essen.«

Ellas Augen begannen zu schwimmen. Es war wirklich und wahrhaftig das erste Mal in ihrem Leben, dass Edwin sich bei ihr so deutlich bedankte. Und auch noch öffentlich.

»Ich danke Tanja Echte«, fuhr Edwin fort, »… dass sie so wunderbare Songtexte dichtet, auf die ich ziemlich neidisch wäre, wenn ich nicht so ein wunderbarer Komponist wäre. Danke auch an Hürlimann, dass er mir lebensrettend penetrant die Treue hielt, auch wenn ich phasenweise schwer erziehbar war. Ich danke der slowenischen Holzmadonna, dass sie meinen Schädel nicht ganz zertrümmert hat. Ich danke den beiden begabten jungen Poeten Zip und Stefan, dass sie in weiß bekittelter Amtsanmaßung am Bahnhof Zoo versucht haben, eine gewisse Dame in eine Zwangsjacke zu stecken. Danke auch an die Zarentochter Anastasia, die mit ihrem Fuß diese gewisse Dame zu Fall brachte und somit ursächlich an der Rückführung einer ganz hübschen Geldsumme beteiligt war.«

Er machte eine kleine Pause und blickte in Rosas Richtung.

Rosa nickte unmerklich, als wollte sie sagen: »Ja, Edwin. Sprich von ihr.«

»Anastasia«, fuhr er fort, »war ein bemerkenswerter Mensch. Sie war klug, sie war leidenschaftlich. Ich weiß genau, Zarentochter, dass ich dir nicht gerecht werde, wenn ich jetzt jede Menge Adjektive aufhäufe, denn das Beste an dir war die Mischung und gleichzeitig immer ihr Gegenteil: seriös und anarchisch, liebevoll und pampig. Und es wohnte noch so viel mehr unter deinen roten Stoppelhaaren. Du fehlst in unserer Runde, Zarentochter. Soweit ich informiert bin, gibt es ja mehrere letzte Zarentöchter, und wie ich dich kenne, hast du mit ihnen da oben schon längst ein Canastakränzchen gegründet und umnebelst Petrus mit Raumspray. Anastasia, wir vermissen dich, altes Mädchen.« Edwin hob stumm sein Glas, und alle tranken einen Schluck auf Anastasia.

»Ich danke meiner lieben Schwägerin Vivien Connaught, dass sie sich so für mich engagiert hat. Dass ich auf meine alten Tage noch eine neue Verwandte bekomme, finde ich erfreulich. Sehr erfreulich fand ich auch, dass Vivien ein

Jagdgewehr und einen hellen Verstand besitzt. Mein lieber Charles hatte beides nicht, aber dafür das größte Herz der Welt, und ich danke dem Himmel, dass ich mit ihm leben durfte.«

Edwins Stimme schwankte ein wenig. Dann räusperte er sich, stützte sich mit beiden Händen auf die Rückenlehne seines Stuhls und beugte sich leicht vor. »Vor allem aber danke ich Rosa Echte, dass sie vor langen Monaten an einem nebligen Frühlingsmorgen in einem rosa Hasenkostüm durch den Grunewald wankte. Mit einem Korb voller angebrochener Weinflaschen. In dem Kostüm hattest du zwar einen ziemlich dicken Hintern, liebe Rosa, aber irgendwie stand es dir gut. Wofür ich dir noch danke, das will ich jetzt nicht mehr ausführen, denn ihr solltet vor dem Frühstück hier raus sein. Außerdem wisst ihr es alle. Ich ernenne dich hiermit zur Haushälterin auf Lebenszeit, und solltest du, Hürlimann, auf die bizarre Idee kommen, Rosa zu ehelichen und im Greisenalter mit ihr in irgendeine stinklangweilige Idylle außerhalb von Berlin zu ziehen, dann wisse, ich hatte meine Finger zuerst drauf, sie bleibt hier. Sie ist für mich der wichtigste Fund der letzten Jahre, diese Rosa, sozusagen meine Lebensrosine. So, jetzt habe ich zwölfmal das Wort ›danke‹ verwendet, jetzt reicht's. Und jetzt, meine Lieben, bekommt ihr die Erklärung dafür, warum die Charles-Memorial-CD meine ultimativ letzte Schlager-CD sein wird.«

Er trat einen Schritt zurück und öffnete die Tür zum Flur. Herein schlurfte ein dicker Herr mit grauem Haar, ein Saxophon im Anschlag, hinter ihm ein hübscher langhaariger Jüngling mit Kontrabass, zum Schluss ein schmächtiger

Stoppelkopf ohne jedes Instrument. Er setzte sich hinter das Schlagzeug, das seit ein paar Tagen in der Ecke hinter dem Flügel stand und über das Rosa sich gewundert hatte, aber Edwin hatte ihr glaubhafte Geschichten von rhythmischen Übungen erzählt. Rosa konnte es nicht fassen, wie Edwin unbemerkt drei ausgewachsene Männer ins Haus hatte lotsen können. Alle vier trugen weiße Anzüge derselben Machart, was bei ihren so unterschiedlichen Physiognomien für optische Angleichung sorgen sollte und eine gewisse Komik hatte. Der junge Kontrabassist nahm entspannt Aufstellung, Edwin setzte sich an seinen Bechstein, der Saxophon-Falstaff hob sein Instrument zum Mund, der Schlagzeuger hielt die Trommelstöcke in Bereitschaft. Edwin gab mit seinem rechten Fuß den Takt an, und dann swingten sie los, mit einer Lässigkeit, als wären die Instrumente Teil ihrer selbst. Und das waren sie auch. Edwins Liebling, »Night and Day«, brachte sämtliche Zuhörer innerhalb von fünfundvierzig Sekunden dazu, den Takt mit Händen oder Füßen mitzuklopfen.
Profis, obere Liga, unüberhörbar. Der Schlagzeuger schlafwandlerisch sicher und vor allem diskret, der Saxophonist schwergewichtige Leichtigkeit, der Bassist so biegsam wie die Harmonien, die er immer mit einer winzigen gekonnten Verspätung kontrastfarbig unter die Soli der anderen Musiker legte, und Edwin – Edwin war Edwin.
Die Freunde klatschten, riefen »Bravo«. Edwin hob die Hand: »Nehmt eure Gläser, Leute!« Er nickte dem Schlagzeuger zu, der ein dünnes, großes Papier von der Vorderseite der Drum riss und damit den Schriftzug enthüllte: »SUNRAY JAZZ QUARTET«.

Edwin neigte den Kopf zur Seite, schloss die Augen, und als nach dem Piano-Intro der Saxophonist zur Melodie ansetzte, schwebte ein blauer Schal durch den Raum, und Rosa war die Einzige, die ihn sah. Edwin spielte sich bei seinem Solochorus in einen Zustand, der auf die Zuhörer übergriff. Sein Gesicht war gespannt, entspannt, versunken, wach. Er spielte seine Musik, und sie spielte ihn, sie trugen sich gegenseitig, leicht wie ein herbstliches Blatt und schwer wie ein geliebtes Gewicht, kein Zweifel: Er war angekommen.
All that jazz.

Danke - Merci - Grazie

Allen voran danke ich der unbekannten molligen Blondine mit den Stoppelhaaren, die mir vor zwei Jahren am Viktoria-Luise-Platz hier in Berlin über den Weg lief. Sie blickte mich kurz an, prüfend und freundlich – und verschwand im U-Bahnhof der Linie 4. Mit diesem Blick hinterließ sie mir zwar nicht den kompletten Roman, aber das komplette Psychogramm meiner Romanheldin Rosa Echte und eimerweise Dialoge. Ein Gesicht wie eine Geschichte, bei der man lacht, heult und manchmal nicht mehr atmen kann vor Wie-soll-das-bloß-weitergehen. Ich hatte dieses Gesicht und seine Geschichte nicht gesucht, ich hatte es einfach gefunden. Warum manche Menschen so stark auf mich wirken, kann ich nicht erklären.

Es gibt noch ein paar Dinge, die ich nie begreifen werde. Warum der Begriff »Kulturbeutel« nicht Jahr für Jahr zum Unwort gewählt wird, zum Beispiel. Warum ich einen Text von etwa dreiundachtzigtausend Wörtern mutterseelenalleine verfassen kann und dann bei der Suche nach einem bis drei Wörtern, nämlich dem Titel, verzweifle.

Aber wozu hat man Freunde? Ich habe euch diesmal gequält, ich weiß es, umso größer fällt mein Dank aus für eure treue Hilfe, für die außerordentliche Toleranz, meine Vorschlagszurückweisungsnörgeleien (neues Unwort, ich liebe die deutsche Sprache) zu ertragen. Wie die sieben Zwerge habt ihr aus dem Titelsteinbruch unermüdlich neue Ideen angeschleppt und mir sehr geholfen – nicht nur bei der Titelsuche.

Für vielfältige freundliche Unterstützung (Informationen, Anregungen, Kritiken, Titelvorschläge, lange Telefonate, Computerambulanz, Zuspruch, Rat & Tat in finsteren Zeiten) danke ich herzlich: Edith Jeske, Pascal Illi, Silvia Fuhs, Lilo Klafki und Helmut Herles, Katja und Gerhard Noll, Marlis Thalmann, Katrin Höhmann, Gila und Morton Ehudin, Mathias Metzner, Susanne Fülscher, Gabriele und Rainer Türmer, Christine ten Napel-Hartmann, Heidi Poel, Reinhild Elle, Birgit Brandt, Tobias Reitz, Gudula Geuther und Bertram Theilacker. Ich danke den Erfindern des Internets, die mich Carole Sambale-Tannert nach über 30 Jahren wiederfinden ließen. Quel bonheur, ma petite! Und danke für deine vielen guten Ideen.

Bacio speciale für André Felici, Kerstin Becker, Imke Tramnitz und Carina Bauer.

Der Text »Wie ein Komet«, den ich im Roman der begabten Tanja Echte untergeschoben habe, stammt von Edith Jeske, ebenso wie »Du gehst mir aus dem Sinn«. Edith Jeske bekommt hiermit ein Dauerabonnement auf meinen großen Dank für ihre immer währende Hilfsbereitschaft in Kombination mit absoluter Professionalität und Zuverlässigkeit.

Ich danke Andreas Zaron sowie dem »Maren Musik Verlag und Zaron-Songs« für die Abdruckgenehmigung von »Wie ein Komet«. Dank an den Komponisten Rainer Bielfeldt für die Zustimmung zum Textabdruck von »Du gehst mir

aus dem Sinn«. Auf seiner CD »Alles nur ein Traum« (Bielfeldt-Records) kann man diesen wunderschönen Song hören – und nicht nur ihn.
Dank auch an Karin Graf und ihre Mitarbeiterinnen von der Agentur Graf & Graf, Berlin. Carolin Graehl vom Droemer Knaur Verlag ist und bleibt meine Lieblingslektorin. Danke für Ihre Geduld!
Und danke, liebster Georg. Für alles.

Christine Vogeley
Sternschnuppensommer

Roman

Claire hat die Nase voll von ihrem Alltag: verzogene Schüler, verdrossene Kollegen und eine mittelschwere Sinnkrise. Da kommt die Einladung ihrer weisen alten Malerfreundin gerade recht, den Sommer mit ihr in der französischen Touraine zu verbringen. Dort warten ein Haus, ein herrliches Naturidyll und fast nur liebenswerte Menschen – bis auf jenen rätselhaften Tierarzt, der nur Hunde an sich heranzulassen scheint … Ehe Claire es sich versieht, befindet sie sich in Gefühlswirren, gegen die ihr Bonner Alltagschaos ein Klacks ist. Und um die Situation noch zu verschärfen, taucht plötzlich eine gute Bekannte in Frankreich auf – zwei Kinder im Schlepptau, einen rachsüchtigen Kriminellen im Nacken und Todesangst im Blick …

»Eine Sprache wie Champagner –
man hört einfach nicht mehr auf zu lesen!«
Diana Procop, RBB
(Rundfunk Berlin Brandenburg)

Knaur Taschenbuch Verlag

[illegible]

[illegible]

[illegible]

Ein besonderer [illegible]

[illegible]

Knaur Taschenbuch Verlag

Paula Wall

Die Frauen der Familie Belle

Roman

Ein besonderer Zauber geht von den Frauen der Familie Belle aus: Schon Vorfahrin Musette konnte das zukünftige Leben eines Neugeborenen voraussagen, indem sie ihre Hand auf sein Herz legte.
Viele Jahre nach ihr bringt die schöne Angela die Männerherzen reihenweise zum Schmelzen, und mit ihrer Gabe, den Menschen bis auf den Grund der Seele zu schauen, verleitet sie die so genannten Herren der Schöpfung zu ungeahnten Großtaten. Ihre Tante Charlotte, die sie großgezogen hat, sieht dies gar nicht gern. Doch eines Tages begegnet auch ihr die Liebe – ausgerechnet in Gestalt des neuen Pfarrers des kleinen Städtchens, den sie auf höchst ungewöhnliche Weise verführt! Von nun an verkündet er von der Kanzel seine ganz besondere Botschaft der Liebe …

Knaur Taschenbuch Verlag